如见雪来
杨溯 著
天津出版传媒集团
百花文艺出版社

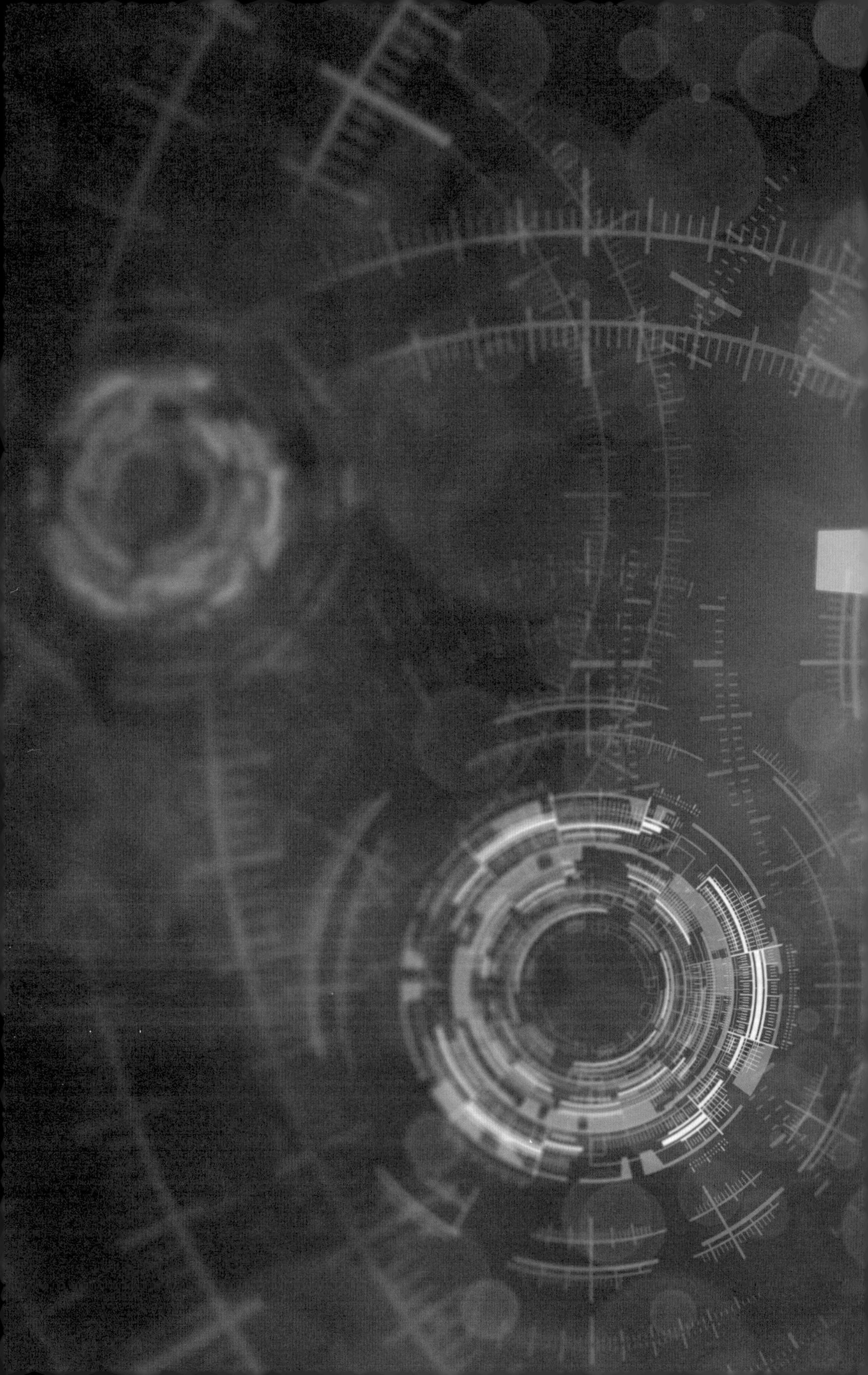

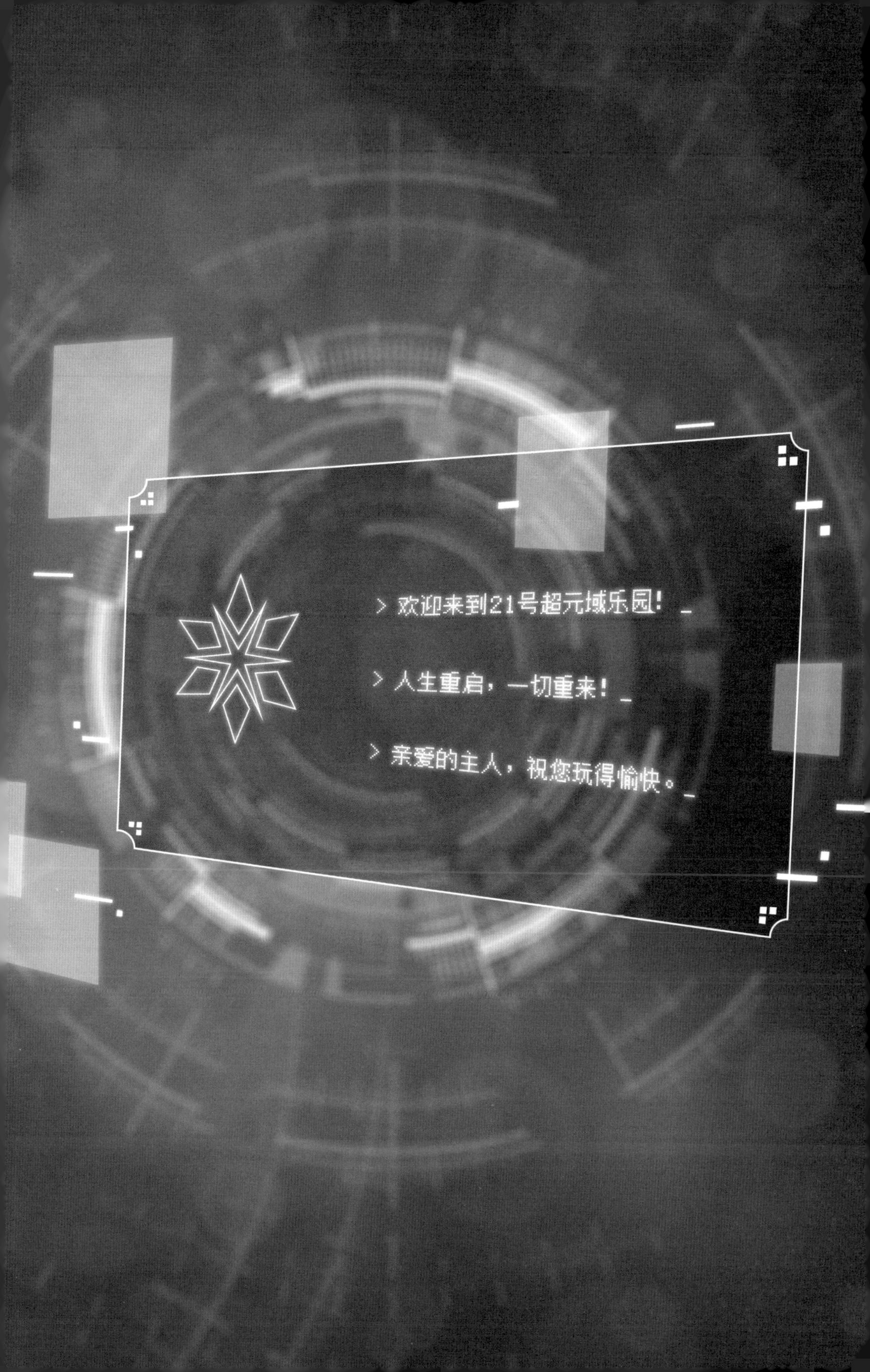
> 欢迎来到21号超元域乐园！_
> 人生重启，一切重来！_
> 亲爱的主人，祝您玩得愉快。_

有些人的悲伤是江河倾泻，天崩地裂；
有些人是平静海面下的暗流，压抑克制。
桑持玉恰恰是后者，他越悲伤，越沉默。

樂
坊
橋

目录

『风雨如晦，鸡鸣不已，即见君子，云胡不喜？』

第一章 意识重新连接

“意识断裂……意识重新连接……意识上线成功。状态检测：无异常。”

“世界观加载成功，地面环境加载成功，宿主信息导入成功，身体匹配中……身体匹配成功。”

“系统权限开放程度：30%。”

“宿主000号苏如晦，欢迎回来。”

苏如晦睁开了双眼，视野模糊，眼前仿佛笼了层薄薄的雾气。浑身酸疼，经脉好似寸寸碎裂过后又寸寸黏合，他动了动手指头，手臂立刻发麻。他急剧地喘了几口气，躺着默默等待视野清晰。

发生了什么？记忆缓缓回笼，他记得他死了。最后被囚在昆仑的日子里，药毒入体，无药可救，昆仑秘宗兵行险着，剖开肺腑，寻觅那颗深植在他体内而又不属于他的心核。很不幸，伤口大出血，经络缝合失败，人生最后一刻，他感受到生命静谧地流逝，像一条小溪淙淙流出他的身体。

似乎经历了一段漫长的黑暗，他被脑中这奇怪的声音唤醒。

系统。他记得这个声音，从他十岁开始就时不时聒噪地在他耳边响起。它到底是个什么东西？它从哪里来？他一概不知，甚至曾经动过念头剖开自己的头颅寻找这个声音的来源……

“温馨提示：宿主无法用这个方法找到我，你会再次大出血。此外，你还会因此失去你的颅骨和头皮，别人秃顶，你无顶。”

苏如晦：“……”

“恭喜宿主重新上线，现在是昆仑历法一千二百三十九年冬十二月己亥日午时一刻，距离宿主失落经过了五年三个月二十天又七个时辰。在这期间，宿主的‘神机鬼藏’机关傀儡得到飞跃式的发展。”

系统的用词向来古怪，神奇的是苏如晦竟然能听懂它在说些什么。

没错，苏如晦拥有一个系统。

“天者万物之祖，万物非天不生”，人们相信星辰中蕴含着万物造化的本源与规律，推演星图，历数星汉，可究天人之际。人生而得天力，便可觉醒秘术。秘术先天而有，再加上后天修行感天应地积攒灵力，便能发动秘术。若将人比作火炮，灵力是火药，秘术便是炮管。只有拥有秘术，才能释放灵力。秘术不同，释放的方式也不同。拥有秘术的人相互结合，能够提高后代觉醒秘术的概率。故而放眼天下，世家林立，相互通婚，力求秘术传承概率最大限度之提升。

而他苏如晦非常不幸，在十岁那年由于一个意外失去了秘术。

那之后，他就莫名其妙有了系统。这个系统最擅长的事是坑苏如晦和说白烂话，偶尔提供一点儿有用的外挂。它为数不多的有用外挂中，一本告诉苏如晦如何造傀儡的书册帮了苏如晦大忙。系统记载的傀儡以灵石为驱动能源，水火不侵，有的甚至刀枪不入，非常厉害。作为一个没有秘术的废物，傀儡给了苏如晦极大的助力。只不过，他的机关傀儡最大的用途不在军火，而在勾栏瓦舍。

当年他掌管黑街极乐坊，每年产出数万具傀儡。他的傀儡男女皆有，皮相卓越，以假乱真。傀儡从黑街输送到大靖各地伎馆，源源不断的黄金流从各地涌入黑街，连州府世家都秘密登门拜访，与他签订买卖契约。因此，天下人人尊称他为“苏老板”。

黄金让黑街壮大，他也吸引了秘宗的注意，常年稳居秘宗甲级通缉犯榜首，被昆仑秘宗一品武官桑持玉撵着到处跑。

回忆起不堪回首的往事，苏如晦长叹了一声，再次活动手脚，经脉终于不再疼痛，他侧过身打量四周。

眼前是个颇为讲究的屋子，石砖结构，雕花窗拔步床八仙桌，应有尽有，典型的世家风格。苏如晦许久没住这样的屋子了，长年累月住黑街的地窖、郊外的山洞，颇有些不习惯。四周挂着许多朱红色帐幔，桌上摊开许多书册，蝇头笔记密密麻麻，红木窗棂开着，风吹乱了纸张，哗啦啦响。地上堆了许多陨铁零件、玄银轴承，还有镶嵌着灵石的傀儡平衡仪和破旧的人造经络。

一面镜子正对着他的脸，苏如晦看见自己的模样，和原来的他有四五分相似，只是比他年轻许多。骨相清俊，眉峰稍显锐利，最出众的是这一双眸子，乌沉沉的，看人的时候有股逼人的锐气，一副意气风发贵族少年郎的模样。

苏如晦摸了摸自己苍白的脸颊，终于问出了重生后的第一个问题：

“我现在是谁?”

一个半透明的面板应声跃出——

姓名：江却邪

种族：人

性别：男，背地里喜欢男扮女装。

年龄：十七岁，还年轻，没有老到身体功能出现障碍的地步。

身份：表面上是云州江家幺子，没有传承家族秘术的小可怜，三日前已被卖入桑家为奴，系统祝宿主与主人主仆同心，黄土变金。其余身份待探索。

苏如晦："哈？"男扮女装就算了，卖身是什么意思?!

江却邪，这个名字苏如晦没听过。云州江氏是世家中的佼佼者，每一代都有不少人觉醒秘术进入昆仑秘宗。世家中人没有秘术等同于残废，最常见的出路是丢出去作为弃子，以换取某些珍贵的资源。显然，这就是江却邪的现状。

"他怎么死的？"苏如晦又问。

"系统权限开放不足，目前只能提供基础信息，剩下的请宿主自行探索。"

唉……真麻烦。苏如晦揉了揉额心，面板上的"其余身份待探索"很值得思考，看来原主这个小孩儿不简单呐。上下摸了摸自己，肌肤完好，没有伤口，四周没有打斗痕迹。

是自然死亡还是凶杀？

苏如晦从地上爬起来，趿拉着鞋四处观察，打开衣柜，一柜子的襦裙半臂小袄儿，整整齐齐码在一块儿。他拿出一条石榴裙对着自己比了比，这小孩儿眼光不错，还挺好看。转过脸看乌漆长案上的书册，随意翻了几本，分别是《神机鬼藏快速图解》《陨铁骨骼材料》和《傀儡关节精解》。看起来这小孩儿在研究他的神机鬼藏，苏如晦的目光上移，窗台上一个鞋印赫然映入眼帘。

脚尖朝内，曾有人踩着窗台潜入这间屋子。

苏如晦脱了鞋比较大小，鞋印比原主的码子大一号，不是原主。

八成是凶手。

这家伙到底用什么法子杀了江却邪？没有伤痕，或许用的是什么奇诡的秘术。没有打斗痕迹，凶手极有可能是江却邪熟悉的人。现在苏如晦接管了这具身体，在外人眼里，江却邪并没有死亡，凶手会不会再来谋杀一遍？

更重要的是屋内没有脚印，凶手十分谨慎，进屋后就脱了鞋，却单单留下窗台上的这个。说明这家伙想着临走的时候擦掉，反正也要擦他出去的脚印。既然没擦，且只有一个进屋的脚印，没有出屋的脚印，这就意味着——

凶手尚在屋内。

和凶手同居一室，真是让人不寒而栗啊。情况似乎很危险，不过……

死就死吧。苏如晦吊起个看破生死的死鱼眼，他活腻味了，不在乎。

来啊，杀我啊。苏如晦百无聊赖地等了片刻，那厮不出来。

不出来就算了，他背过手，唱着“啷咯咙咚呛”，大摇大摆出了房门，往外一看，嚯，好大个院子。

木头长廊曲曲折折，竹席垂下青瓦廊檐，绛纱灯滴溜溜地转。阳光洒在肩头，簌簌跃动，金灿灿如蜂子。院子真大，有钱真好，但怎么没个仆人呢？出来半晌，连个鬼影儿都没看见。仔细看，这屋舍很是老旧，抱柱掉了漆，栏杆缺了角，砖墙爬满了油绿的藤蔓，只那些灯笼和帘幕是新的。

奇也怪哉，这到底是何处？

苏如晦摸着下巴思忖，打眼一瞧，看见对面一间上了锁的厢房。

你锁着，我偏要开。

苏如晦也不找钥匙，脚一踹，红棂木门就大剌剌敞开了。

里头黑洞洞的，积着一股子刺骨的阴冷。里头摆设陈旧又简单，苏如晦首先看见一张孤零零的架子床。白纱垂下，遮住一个影影绰绰的人影，像一座无人问津的孤坟。脚踏边上躺了一只瘦骨嶙峋的老狗，见他开门，掀起眼皮看了他一眼。

苏如晦悄没声儿地进去，单手撩开帘幕，看见了里头的人。是个男人，本是白璧无瑕的一张脸，此刻却有些过分苍白了。发着虚汗，浸得整个人淋了水的栀子一般。一袭素白中衣，被血浸透了，染了胭脂似的红了一大片。即便脸色苍白如纸，依然掩不住他清隽冷峻的气韵。

苏如晦沉默了。这人便是化成灰他也认识。

桑持玉，昆仑秘宗最锋利的刀，他的命中敌手，生死宿仇。

他还记得他被囚在仙人洞，桑持玉日日夜夜雕塑似的守在洞前，不让他离开半步。直到他病死，桑持玉还是守在那里，礁石一般不挪动分毫。他有时候甚至想，等他死了，变成一具白骨了，这家伙该不会守着他的骨头到地老天荒吧。

“小冤家，咱们又见面了。”苏如晦掀开这厮的被子，一眼看出他右腿膝盖已碎，“乖乖，这是怎么了？”

“信息解锁：桑持玉犯了错，五日前被逐出昆仑秘宗。他的师尊剥了他的秘术，废了他的右腿。现在他手无缚鸡之力，宿主可以对他任意施为。友情提示：蜡烛在多宝格第三层，老虎凳在寝居博物架第二层，精铁项圈在衣柜。”

倘若触碰到关键人物或者物品，系统会自动解锁一些相关信息，只不过这信息有用没用就另说了。苏如晦自动滤过奇奇怪怪的东西，心里问：所以他为什么在这儿？

“江却邪的主人，便是桑持玉。俗话说得好，天下大势，合久必分，分久必合。”

苏如晦记起来了，桑持玉和江氏有婚约来着。桑持玉是昆仑秘宗一品武官，虽然人缘不怎么好，杀神之名让人闻风丧胆，但好歹是大掌宗唯一的徒弟。江家老早就和他师父商谈好了婚约，没记错的话，桑持玉的未婚妻是江家十二小姐江雪芽才对。现在看来，桑持玉沦为废人，江家竟想出这荒唐的主意，让同样是废物的幺子卖身进桑家为奴，以作废除婚约的补偿。

难怪这庭院没人，家什也老旧，原来是桑家老宅。桑持玉出身云州桑氏，他三岁那年，黑街恶人军攻打昆仑秘宗，兵临不苦关，桑氏阖族战死，只剩下这么一个小娃娃。主子死光光，奴仆自然就散了。桑持玉又常年住在边都宫城，桑氏老宅自然无人照看。

这小子这么惨，苏如晦都不好意思欺负他了，原地站了一会儿，同床边的老狗大眼瞪小眼。苏如晦回到寝居翻箱倒柜找纱布和金疮药，临走时看了眼窗台，脚印没了，那凶手约莫是跑了。他返回厢房，剪开桑持玉的衣裳，伤口触目惊心，一条条叠在一块儿，看起来像鞭伤，皮肉外翻，好些地方肿胀发黑，有流脓的迹象。

这伤太重了，腐肉要割掉，流出红血再涂药，伤口才能长好，有些地方还得缝针。苏如晦找来酒和匕首，含一大口酒往刀刃上喷，又放在烛火上烧红。先给桑持玉擦麻药，让他身上失去知觉，然后一点点割腐肉。

正在此时，床上的人蹙了蹙眉心，睫毛微微颤抖，徐徐睁开了眼。

苏如晦抬起眼，同桑持玉四目相对。这么多年没见，这小子的眼眸还是这样黑而深，望着它，仿佛望进了一片亘古的深海。仔细瞧，又觉得有点儿变了，却说不清哪里变了。

苏如晦贱兮兮一笑：“哟，主子，你醒啦？你昏迷了好久，担心死我了。”

桑持玉就这样看着他，没说话。

桑持玉向来是个闷葫芦的性子，苏如晦了解他，也不多说，自顾自帮他涂药。桑持玉木偶一般，半点儿反应都没有。

他犯了什么错儿，竟落得如此下场？依着苏如晦对桑持玉的了解，这厮是个脑子转不过弯的死脑筋，把澹台净制定的戒律和昆仑秘宗那些忽悠人的训诫当成人生的规条，怎么可能犯错呢？

想到这儿，耳畔忽然响起“嘀”的一声。

嘀——

任务发布：拿什么拯救你？我的残疾主人。

任务描述：调查桑持玉被逐出秘宗的真相。

任务奖励：系统权限释放10%，宿主将可以向系统索要任意日常物品。

苏如晦继续专心给桑持玉包扎伤口。胸口的包扎好了，苏如晦注意到被褥上也有血，扶着桑持玉坐起来，果然，他背上同样惨不忍睹。亏这小子躺这么久，一声也不吭，他是没痛觉吗？

苏如晦看不下去："这鞭子抽得你浑身没一块好肉，谁对你这么狠？真不是人。"

桑持玉静静抬眼，破天荒地说了话："你。"

两个人再次四目相对，彼此都陷入沉默。

苏如晦想起上锁的门，想起这小子独自一人躺在阴冷破败的厢房里，登时明白了，江却邪约莫十分憎恨这桩交易，更憎恨桑持玉这个名义上的主人。想来也正常，江家不做人，把儿子卖给桑家为奴，敷衍桑持玉之余更没把自己儿子当人看。江却邪迁怒桑持玉，便成了现下的局面。

这下尴尬了，现在江却邪变成了苏如晦，苏如晦可没这么狠毒。

苏如晦憋了半天，道："对，我的意思就是我真不是人！"

桑持玉没有回应他，默默把被苏如晦剪得破破烂烂的亵衣穿起来。即便这亵衣破不蔽体了，桑持玉仍旧将系带一丝不苟地系好。他面无表情，脸上没有惊怒，更没有悲喜。苏如晦心里很不是滋味儿，桑持玉向来喜洁，他的衣裳永远纤尘不染，现在竟面不改色地穿着这样的破烂儿。苏如晦甚至觉得，此刻就算他拿着鞭子再把桑持玉打一通，桑持玉也会默默承受，绝无半点反抗。

苏如晦返身去翻他的柜子，找出一件干净亵衣丢给他。

"我不会再打你了，你安心养着吧。你也知道，我爷娘为了我姐，才将我卖给你。我好歹是个七尺男儿，受这份羞辱难免郁结于心。不过呢……"

苏如晦话锋一转："昨夜我黄粱一梦，梦见我俩前世有缘，本是一对挚友，奈何命运捉弄，叫我们不得不刀兵相见，我们相约来世再续前缘，于是你掏了我的心，我取了你人头。虽然这梦怪诞无理，但难保不是太上无极天尊冥冥之中对咱们的指引。所以，"苏如晦拍拍他的肩膀，"以后咱俩好好处，我不嫌弃你，你也别记恨我，有我一口鸡头吃，就有你一口鸡屁股。你怎么看？"

桑持玉默然不语，很显然，苏如晦说的每个字桑持玉都不相信。桑持玉低下眼眸，脱下脏污的亵衣，换上干净的那件。他手上也有伤，苍白的腕子好像扭一下就能折断，系衣带的时候不住颤抖。穿好衣裳他就躺下了，阖着双目，背对苏如晦。

苏如晦耸耸肩："你不说话，我就当你同意了。"

桑持玉仍然没有回应，苏如晦帮他掖了掖被子，拿起他换下的脏衣裳，转身走了。

苏如晦前脚刚走，窝在脚踏边上的老狗慢慢掀起眼皮，道："有点儿意思，我明明看见此人已经断了气，这会儿竟又活蹦乱跳。"

一条狗口吐人言，明明是怪异至极的景象，桑持玉半点儿反应都没有。

"你到底还要颓靡到什么时候？"老狗哼哼唧唧，"昆仑秘宗害你至此，你还念着澹台净是你的师父吗？你念着你师父，你师父可不念着你。听我一句劝，服下黑观音为你备下的秘药，你便能恢复如初，甚至比往日更胜一筹。届时有怨报怨，有仇报仇，让昆仑秘宗那帮猪狗悔不当初。"

桑持玉睁开眼，并不搭理它。他伸手从床榻里侧摸出来一个圆圆的小盒子，打开，一颗沾着斑斑血渍的黑色心核映入眼帘。桑持玉的眼眸黯淡了几分，唇色苍白如纸。

老狗窝在床下，看不见桑持玉的动作，喋喋不休半晌都没有得到回应，终于泄了气。

突然，桑持玉问："是你杀了他吗？"

他没头没脑说了一句话，老狗立刻反应过来，忙道："与我没半点干系，我去的时候他已经歇菜了。怎么，要不要我让他再死一次？只要你吩咐一句……"

"噤声，"桑持玉阖上双眼，"你太吵了。"

老狗悻悻住了嘴，又扭头望向门的方向，嘀咕道："你这奴仆起死回生，真是邪门，世上有这样的秘术吗？不对，之前他见了你就要发怒，横眉冷对，哪像今日这般嘘寒问暖，跑前跑后？前后判若两人，啧……难道是借尸还魂？有意思有意思，我要去查一查，若禀告黑观音，定然是大功一件。"

苏如晦靠在外头的门柱边上，把里头的对话听了个全。会说话的狗，应该是变换外形的秘术？苏如晦摸着下巴思忖，黑观音，这个名字他听过，此人是黑街大悲殿的一把手，于药草一途颇有造诣，手里握着好些奇怪的药物，什么合欢散啦，五石散啦，都是些秘宗严令禁止的药物。以前听说他有一种秘药叫无极散，可以开发人的潜能，让普通人觉醒秘术，但是副作用非常大，很多人因此陷入疯狂。

苏如晦摇摇头，我的宿敌，你可别把路走岔了。

苏如晦把桑持玉和自己的衣裳都洗了，挂在院子里头晾，眯起眼望了望天色，做饭还早，他背着手大爷似的巡视桑家老宅。老宅坐落云州郊外，占地颇大，亭台楼阁应有尽有，就是杂草丛生，破败如荒坟。天色渐晚，宅子也越发阴森起来。

苏如晦去厨房，一进去，就遇见那只老狗。老狗正扒拉着灶台，一见苏如晦，两只耳朵都竖了起来，一副警惕的样子。苏如晦挑了挑眉，江却邪肯定不会帮桑持玉做饭，难道这几天都是这只老狗做的饭？

“一边儿去。”

苏如晦把老狗踹出门，生火烧水做饭。桑持玉伤得重，得给他喂肉才好得快。苏如晦杀了只鸡，剖开鸡腹清空内脏，倒料酒，塞入葱段姜片，水烧开，把鸡放里头蒸。放一把花椒粒，再撒一勺姜黄粉，一炷香后，香味儿就飘出来了。苏如晦扭头看，那老狗攀着窗台，眼巴巴盯着大锅，口水直流。

苏如晦捡了个骨头棒子扔出去，那老狗龇牙咧嘴地望了苏如晦半晌，不敢露馅儿，耷拉着耳朵去把骨头棒子叼回来。苏如晦又扔，老狗愤愤地拿爪子刨了两下地，不情不愿继续去捡。

“好狗，”苏如晦咧嘴笑，“我主人没给你取名儿吧，以后就叫你旺财。”

老狗气得几欲吐血。

琢磨着时间差不多了，苏如晦打开锅盖，鸡肉业已变得金黄。用筷子一戳，肉软绵绵的，立马凹下去一个洞，这就算是熟透了。最后淋上酱汁，苏如晦把鸡盛出来，端上两碗大米饭，到桑持玉的厢房里去。

“主子，吃饭啦。”苏如晦把盘子放在桌上，将帘子卷起来。

桑持玉仰头看了他一眼，十七岁的儿郎，撸着袖子，露出一截白皙的手臂，朝气蓬勃的模样。桑持玉默不吭声，目光扫向八仙桌上冒着热气的蒸鸡。

“咱们坐在床上吃。”苏如晦搬来炕桌，放在桑持玉面前。

桑持玉慢吞吞坐起来，两手撑着床榻将身子往后挪，苏如晦也不催，等他挪好了再把盘子端上炕桌。

苏如晦撕了鸡腿给桑持玉，桑持玉望着香喷喷的饭菜，抿了抿唇。他许久没有吃这样香的饭了，囚在昆仑之时他们给他吃剩饭冷菜，回到桑家老狗偶尔煮上几顿吃食，大多难以下咽。无论受什么苦，他都无所谓，这是他应得的。

眼前这个人不是江却邪，不应该待在这里，他更不应该得到此人的善待。

手指抚上滚烫的碗沿，他低声道：“明日，我会把你的卖身契还你。”

苏如晦愣了下：“好端端的还给我做什么？你记恨我打你？还是你嫌我不够能干？”

桑持玉沉默片刻，道：“你待我好，我无法报答。”

苏如晦一笑:“谁要你报答，主仆之间，除了图你家产还能图你什么?”

桑持玉:“……”

苏如晦哈哈笑:“更何况我连你的家产也不图，你快点儿把伤养好就算报答我了。快吃，尝尝我的手艺。”

桑持玉却不动筷，只道:“明日，离开此地。”

“什么意思?”苏如晦挑眉,“赶我走?”

桑持玉不语。

“我不答应走，你就不吃饭吗?”苏如晦问。

桑持玉垂下眼眸，一声不响，算是默认了。

苏如晦抱着手臂，歪头看他。这小子脑子坏了？之前江却邪打他，他不赶人家走，现在对他好了，他反倒要赶人了。他这是在找虐?

“行，明儿我就走。”苏如晦道,“现在您老能动筷了吧?”

“抱歉。”桑持玉轻声道，终于拿起了筷子。

老狗拼命摇尾巴，可怜巴巴把他们瞅着。苏如晦扔给它一块肉，它嗷呜叫着，把肉叼走了。桑持玉吃了一口鸡肉，忽然顿住，墨色的双眸琉璃珠一般，看不透里面的情绪。

“怎么?”苏如晦问,“做得不好？不合口味?”

桑持玉慢慢抬起头，问:“一勺料酒，一把花椒粒，一勺姜黄粉?”

苏如晦乐了:“你这舌头还挺厉害，我的配料尝得这么准。”

桑持玉不再说什么，低下头继续吃饭。他一口一口，吃得很安静，嚼东西没有声音，即便浑身伤痕，身处破败陋室，他依然保持着秘宗武官的仪轨。

苏如晦胃口小，吃几口就饱了。他记得桑持玉也差不多，这家伙素来不喜油荤。正等着收盘，却见桑持玉一筷一筷，把一盘鸡肉吃个精光。

苏如晦:“……”

这厮这几日饿得不轻。

苏如晦忽然一笑:“这么信任我，我给啥你吃啥?”

桑持玉的动作顿住了。

“我在鸡肉里下了泻药。”苏如晦说。

桑持玉低下头，剧烈地咳嗽。底下的老狗啃肉啃到一半，听见苏如晦的话，瞪圆眼睛汪汪大叫。

苏如晦看他咳得胸口起伏，怕他伤口裂开，忙道:“逗你玩儿的，我不也吃了吗?”

桑持玉不再咳了，筷子放在一边，许久没有拿起来。

苏如晦笑了:“真没下泻药。以后别人给你的东西别乱吃，没准就是坏东西。当然了，我给的除外。”

他这话颇有些醉翁之意不在酒的意味，桑持玉抬起眼静静看着他，他保持着笑容，露出一口大白牙，仿佛是个人畜无害的少年郎。桑持玉垂下眼眸，重新拿起筷子，继续把饭吃完。

老狗看桑持玉继续吃了，踌躇半晌，没有抵挡住肉香的诱惑，又下了嘴。

苏如晦又道:“晚上跟我一块儿睡。”

桑持玉微微蹙起眉心，唤了声:“江公子。”

不要再逗他了。

“没逗你玩儿，这回是真的。”苏如晦道，“虽然明儿我就要走了，但无论如何现在咱俩都是主仆，你身体又如此虚弱，我得在旁看顾着你，免得你半夜嘎嘣断气了都没人知道。”

桑持玉眉心越蹙越紧。他早先一副死气沉沉的模样，这会儿有了表情，总算有点人气儿了。苏如晦拉他袖子:“好吧，我说实话，昨夜有人潜进我屋子想杀我。我一个手无缚鸡之力的弱男子，着实害怕得很。”

坏狗在侧，苏如晦得看着点儿这小子，免得他真的喝秘药。

顺便看看能不能向他打听到他被逐的原因。同床共枕，最适合秉烛夜话。

老狗汪汪大叫，急得原地打转。

桑持玉，不要相信他，他一肚子坏水儿!

晚上，苏如晦死皮赖脸赖在了桑持玉的厢房。桑持玉一个残废，赶不走狗皮膏药似的苏如晦。老狗吃人嘴软，也不敢赶人。桑持玉不愿与苏如晦同榻而眠，苏如晦只好在地上铺褥子，跟老狗一块儿睡。

系统贱贱地开嗓:

临时任务发布：反客为主，爬上桑持玉的床。

临时任务描述：哪里有压迫，哪里就有反抗。桑持玉的床，狗与苏如晦不能上。狗能甘心，苏如晦怎能甘心?

临时任务时限：一刻钟。

临时任务奖励：系统权限释放5%，宿主将可以看见视野内可见人物不为人知的秘密。

屋里熄了灯，四下里暗沉沉一片，桑持玉的架子床笼着烟雾一样的白纱，看不真切里头的情况。苏如晦慢吞吞抚上老狗毛茸茸的脊背，老狗打了个激灵，警惕地竖起耳朵。

直觉告诉它，旁边这厮没安好心。

苏如晦幽幽叹道:“旺财，可怜你同我挤一个被窝，谁让我有个狠心的主人呢?我做饭予他吃，他连床都不让我上。”

老狗:“……”

帐子里的桑持玉缓缓睁开了眼。

地上那人絮絮叨叨:

“地上好凉啊，我明儿肯定要着风寒了。”

“虽然我着了风寒，可我还是要强撑病体，爬起来为我柔弱不能自理的主人做饭。”

“有人要杀我，主人不疼我，旺财，我的命好苦。”

老狗闲闲地打了个哈欠，它想告诉旁边这货卖惨是没有用的，桑持玉铁石心肠，万不可能让他上床。刚来的时候老狗嫌地上硬，偷偷窝在桑持玉脚边睡觉，醒来看见桑持玉坐在床沿上——这厮不愿与人同床，硬生生坐了一夜，第二天拖着病腿，把床单换了。

它这么干净这么可爱的一只狗桑持玉都嫌弃，莫说这来历不明又没皮没脸的小浑蛋了。

苏如晦握拳在唇下，夸张地咳嗽了几声，营造出夜冷受风的假象。

老狗面无表情，演得好假，这演技还不如狗。

然而此时，他们听见帐子里的人低低叹了声，道:“上来吧。”

老狗不可置信地瞪大双眼。

苏如晦喜滋滋抱着枕头，钻进白纱帐，爬上了桑持玉的床榻。他不再搞什么幺蛾子，从桑持玉脚边爬进床里侧，靠墙睡下。两人中间隔着宽敞的空隙，足够再睡一个人。

“临时任务完成，系统权限升级，目前权限开放度35%，宿主将可以看见视野内可见人物不为人知的小秘密。”

“晚安，好梦。”他道。

说完闭上眼，没一会儿呼吸变得平稳，已是睡着了。

黑暗里，桑持玉却没有再阖上双目。夜晚无比静谧，静到仿佛可以听见时间咝咝流淌的声音。他望着苏如晦笼在阴影里熟睡的侧脸，睁眼到天明。

第二天日上三竿苏如晦才醒，扭头看，桑持玉靠着床柱子临光而坐，光晕柔和了他面颊的轮廓，显得沉静淡然。苏如晦爬起来，道："饿了吧，我去给你做早饭，想吃啥？"

桑持玉淡淡地说："你该走了。"

他的手从薄衾下掏出来，递给苏如晦一张纸，是江却邪的卖身契。

苏如晦没接，啧啧感叹："主人，你好生无情。"

桑持玉保持着递给他的姿势，摆明了他不接桑持玉就不动。

"我走了，你怎么办？"苏如晦看了眼那翻着肚皮睡得流口水的老狗，"你就指着这玩意儿照料你？"

"与你无关。"桑持玉嗓音冷硬。

这模样倒是有几分熟悉，让苏如晦想起了他以前的样子。

苏如晦看他压根儿也没指望谁能照顾他，他就等着死。

不就被打断腿还被剥了秘术吗？他苏如晦早就没有秘术了，和普通人没什么两样。十八岁被赶出秘宗混迹黑街，二十五岁药毒发作，日渐虚弱，他都没放弃，这小子现在就自暴自弃成这样了，果然是个没受过生活毒害的孩子。

苏如晦感到头疼，换了个说法："有人要杀我，万一我出去，没走几步让人宰了怎么办？好歹当了四天主仆，你就一点儿也不担心我？"

桑持玉这回不吭气儿了，但也只有一会儿，他道："你会有办法的。"

苏如晦挑眉："你怎么知道？你就这么信我？"

"你总是有办法，没什么能难倒你。"桑持玉将卖身契放在他面前，"而我是个废人，只会成为你的拖累。离开吧，不要在我这里浪费时间。"

苏如晦低头看他的卖身契，上头没写什么内容，无非"空口无凭，立字为证"之类的套话，只不过空白处多添了几笔新墨，写着：

"伏愿阁下身强体健，千秋万岁。"

苏如晦不自觉地笑，桑持玉祝他活成千年老王八吗？

"行，我先收着。不过我没打算走，反正你现在也打不过我。"苏如晦将卖身契放入怀里，爬下床榻，"我去给你做早饭。"

好歹认识这么多年，他没法儿放任这小子自生自灭。说完不管桑持玉如何反应，他趿拉着鞋就走了。

厨房里的米粮快见底了，苏如晦做了碗瘦肉粥，放在桑持玉的炕桌上，然后踹了脚老狗："跟我上街买菜去，要不然今儿的肉没你份。"

临走前翻了翻江却邪的寝居，苏如晦悲哀地发现这厮没留下多少钱，手里的存银顶多够再活十来天。桑持玉更不用问，他那屋一眼望得到头，除了破烂儿就是破烂儿，一看就知道没钱。系统这糟心玩意儿，除了说垃圾话一点儿用都没有，怎么就不能发布点任务让他挣钱？

目光扫向地上横七竖八的铁阀门、轴承和平衡仪，苏如晦摸了摸下巴，这些破铜烂铁说不定能利用起来。暂时不想了，买菜要紧。凶手针对的是江却邪，桑持玉一人待着没事儿，否则他前夜就得死。苏如晦揣了点碎银，安心领着老狗去城里。下大雨，没有马匹，马厩里只有一匹报废的傀儡木马。他们只好走路，一人一狗撑着伞走了小半个时辰，赶在晌午之前进了城。

云州是大靖最大的州，不算治下的三十九个乡县，光主城便足有五十多个坊市。横平竖直的天街切分了各个坊市，将它们豆腐块儿似的码在一起。一座高耸入云的雕像坐落城中，巨大的铁灰色脸庞满目慈悲，寂然若神。那是桑持玉的师尊，也是昆仑大掌宗澹台净的塑像。老东西六十大寿那年，江家家主江怀苍动用数万民工完成了这座石雕。所有屋舍高楼围绕塑像辐散而立，因为人口过于密集，屋舍相互堆叠犹若高塔，遮天蔽日，彼此之间连着无数凌空栈道。石像脚下行人仓促，微小如蝼蚁。

苏如晦走在凌空栈道底下，头顶站了一群满面扑着白粉、穿着大红石榴裙的妓女，嬉闹声穿过雨幕。酒坊屋檐底下各色灯笼迎风而动，烛光透过颜料纸，光也是五颜六色的，打在女人惨白的脸上，一个个恍如妖魔。

还有的“女人”眼珠如琉璃，骨碌碌转动间闪烁着内置灵石透出的青色流光，雨滴打在她没有杂质的皮肤上，流淌着一种非人的瓷质光泽。那不是活人，是机关傀儡。虽然不是真人，可她们的价格比真人高很多，富家子弟猎奇，把她们的价格哄抬得很高。

一个披着蓑衣的小贩迎上来，塞了本题名是《神机鬼藏》的书给苏如晦，说话连珠炮似的向他兜售：“昆仑秘宗流出来的正宗货，假一赔十，还有本附录，详细记载了苏如晦生前和江家小姐江雪芽的爱恨情仇，客官要不要买一本？”

“苏如晦和江雪芽？”苏如晦愣了。

小贩摇唇鼓舌：“客官你这都不知道？苏如晦和江小姐乃天作之合，江小姐被秘宗龙骧卫两个武官偷去内衫，苏如晦冲冠一怒为红颜，当街斩杀那两个淫贼。杀人乃大罪，苏如晦无奈辞别爱侣，遁入黑街。桑持玉横插一脚，哄得大掌宗为他与江家订立婚约。苏如晦终日郁郁寡欢，抱病而去。幸而苍天有眼，桑持玉得了恶报，成了废人……哎哎，客官你怎么走了？”

这都什么跟什么？苏如晦避开小贩，拐进另一条街。墙面张贴了许多小报，被雨水浇得湿透，“甲级双修傀儡，二品类人傀儡”“禁铁令：私自贩卖灵火铳和刀剑铁器者杀无赦”……

“双修傀儡？”苏如晦摸着下巴。

“信息解锁：双修傀儡，市面上最畅销的傀儡种类，价格昂贵，连二手的都要一百金。系统建议宿主打消买的念头，毕竟宿主口袋比脸还干净。”

苏如晦说：“滚。”

靠墙摆了许多罩着防水油布的小摊，里面缩着打瞌睡的商贩。他们贩卖世家和秘宗淘汰的傀儡，缺了页的剑谱和拳术大全，还有成沓的秘术符箓，苏如晦知道这些符箓里有一张有效就谢天谢地了。

他脚步不停，到另一个坊买菜，最后把老狗卖进了狗肉馆。

“旺财，对不住你了。”他笑嘻嘻，在老狗愤怒的目光中悠然离去。

他在人群中转悠了一会儿，想方设法打听桑持玉被逐的事儿，什么都没打听出来。昆仑秘宗一向把言论控制得很死，看来不进黑街探听不出什么。然而进黑街得有投名状，当初他当街杀了俩秘宗子弟，黑街主动对他开放，现在他不想杀人，只想当个勤勤恳恳照顾残疾主人的良民，这下难办了。

事儿没打听出来，还被人跟踪了。苏如晦不知道自己什么地方露出马脚，引起别人的注意，又或者……难道是那个杀江却邪的凶手？进了条小巷，他回头，一个男人立在雨中。

“为何不来找我？按照约定，我们本该在昨日见面。”男人的声音传来，听起来上了年纪。

是原主认识的人。苏如晦下意识看他的脚，隔着雨幕，看不清他的脚多大，无法和记忆中的鞋印比对。

这家伙是江家的人，还是别的什么人？

“李保财，原主的直属上司，希望借着原主的容貌走上事业的巅峰。”

这就是系统说的“不为人知的小秘密”吗？相当于没说。苏如晦想把系统暴打一顿。

江却邪身份不明，苏如晦不宜说太多话，容易暴露，他没有正面回答男人的问题，只道：“前夜有人刺杀我。”

“有人刺杀你?！看清脸了吗?”

“没有。”

男人镇定下来：“或许是大悲殿的人，他们也在监视桑持玉。此事你不用管，我来查。这几日不必同我联系，扮好江却邪就行，尽量想法子从桑持玉嘴里挖到关于昆仑秘宗的一切。”

重磅信息，江却邪是假的。苏如晦在心里“哇”了一声。

大悲殿，黑街最大的教派，向来神秘，他上辈子和里头的人接触过几回。老狗提到过“黑观音”，它应该是大悲殿的狗。

“猜测正确。信息解锁：老狗法号寂无，黑观音派来挖桑持玉的，他拥有的秘术是化形，为了掩人耳目，他选择变成一只老狗，但他没想到，桑持玉最讨厌的动物就是狗。”

男人又道：“你今晚准备一下，韩野会来找你。”

听到这个名字，苏如晦大致明白了，原来这假江却邪是黑街极乐坊的人。极乐坊是黑街最大的帮派，他苏如晦有幸当过一任坊主。当然，比起坊主，他更乐意别人喊他老板，坊主这个称呼实在太土了，听起来像个妓院的龟公，搁话本子里都当不了男主角。幸好这个名号没叫多久，因为他上任第二年，黑街出了叛徒，把密道卖给昆仑秘宗。实力悬殊，黑街压根儿没有胜算，而讲和的唯一条件就是把他交出去。牺牲一人保全大家，结果可想而知，他被交了出去。

而韩野，就是把他交出去的那个人。

老仇人啊，要不要打一架热热身？韩野是秘术者，拥有秘术“黑焰火”，他没有神机鬼藏，十成十会输。罢了，还是老老实实当个小弟吧，将来有机会再弄他。

男人见他沉默，似乎误解了什么，道：“怎么，你要反悔？咱们商量好了，我才将你的名字向上头报，现下无论如何都是更改不了了。放心，你削骨易容之后的脸很像苏如晦，韩野一定对你青眼有加。你是识时务的，讨好了韩野，你将来在极乐坊平步青云，连带着我也沾光。别想着反抗，江却邪就是你的前车之鉴，那小孩儿已经没了。”

“信息解锁：真的江却邪半年前就被劫入了极乐坊，目前已死亡，死亡原因是药物中毒。”

苏如晦：“……”

这都什么鬼东西？

第二章 只因心中有愧

同李保财分别以后，苏如晦陷入了沉思。韩野当年是他的小弟一号，成日屁颠屁颠地跟在他后头叫大哥。后来苏如晦才知道，这厮觉得自己处处压他一头，一直想拉下自己上位，喊“阿晦哥”都是装出来的，他以此为耻辱。

苏如晦感到疑惑，韩野怎么还疯子似的到处找自己的替身，莫非是心中还有恨？想想就觉得不可思议，苏如晦浑身上下起鸡皮疙瘩。

重活一世，上辈子的故友没见着，遇见的全是仇敌。苏如晦感慨万千，返回先前路过的杂货摊买了一大袋硝石、硫黄和木炭，大包小包地拎着急急忙忙回了桑家老宅。

雨下得大，回到家后背都湿透了，苏如晦把东西搁在厨房，转身去找桑持玉。厢房门扇紧闭，和离开时一样。苏如晦换了身干衣裳，进屋收拾桑持玉早上喝粥的碗筷。走到床边一瞧，炕桌上的瘦肉粥一口都没有动，原原本本放在那儿。

桑持玉盘腿坐在床榻上，大约是因为大雨天冷，他的脸颊比昨天还苍白了些许。苏如晦歪着脑袋看他，他是秘宗第一利刃，凶名在外，很少人注意到他其实是个挺俊秀的男人。桑持玉的美是静态的美，不骄不躁，不声不响，此刻因为病了，更添一种破碎感，像一朵即将凋谢的白昙。

“怎么不吃?”苏如晦问桑持玉。

桑持玉一动不动，只道:“你该走了。”

这倔小子。苏如晦气得牙痒痒，问:“我不走你能怎么着?”

桑持玉不语，低垂的睫羽在冷白的脸上打下一片阴影。

苏如晦看了眼炕桌上的粥:“你就绝食?”

桑持玉仍不回应，这样子是默认了。

苏如晦又问:“我要带你走，你走吗?”

桑持玉看了他一眼，道:“不走。”

“有人要杀我，你也不肯跟我一起走?”

桑持玉的回复一如既往:“不走。”

这小子跟茅坑里的臭石头似的，偏生还病了，打又打不得，骂又骂不得。苏如晦摇头叹气，偏过脸看窗外的雨，天穹压得低低的，伸手就能够到似的。雨点子噼里啪啦地打着筒瓦，银光乱溅。

晚上韩野要来，苏如晦本想带着桑持玉一块儿逃，可雨下得这样大，凭桑持玉这半死不活的样子，还不肯吃饭，跑不出半里路就得病倒。

不带他走吧，苏如晦又不放心。韩野是个疯子，让他和桑持玉碰面，等于把小白兔送进恶狼口。就桑持玉这风吹就倒的样子，还不如苏如晦扛造。

看来少不得和韩野干一场了。

“你知不知道我会看面相?”苏如晦突然说。

桑持玉的睫毛颤了颤，缓缓抬起眼，安静地望着他。

“离开吧，江公子。”桑持玉说。

苏如晦冷不防伸出手，拍了拍他的脸颊，笑道:“我观你面相，算出你命中带煞。”

桑持玉:“……”

“晚上我有客来，你好好躺着，没事儿别出来。”苏如晦收拾碗筷。

“客?”桑持玉微微蹙起眉心。

这还是苏如晦第一次听他发问，仿佛他也有了感兴趣的东西。

苏如晦笑得很恶劣:“没错，你不是想让我走吗，一个会让你如愿以偿的客人。”

桑持玉有些怔忡，右手不自觉抓起膝上的布料，揉出细密的褶皱。

半晌，桑持玉闭起眼，道:“随你。”

他彻底不开口了，无论苏如晦如何捉弄他，他都没反应。苏如晦又尝试问他被逐出昆仑秘宗的事儿，他一声不吭。

苏如晦没辙，收起碗筷走了，午膳和晚饭都没再送来。天光渐收，雨声零落，庭院里的花儿被打得东倒西歪。屋子里一点点变暗，桑持玉独坐于黑暗中，看粲然的光线一寸寸离开指尖。

他终于放弃了吗？这样也好。桑持玉想。

其实苏如晦压根儿没时间做饭，他忙着倒腾黑火药和突火枪准备晚上的恶战。材料所限，只能用硝石配置一些土炮埋在房屋四角。他将硝石粉撒在地上的特定区域，连接墙角的土炮，痕迹小心地用书册、傀儡零件遮住，免得被发现。最后是突火枪，竹筒做枪管，简陋至极，胜在有些威力，射程达一百五十步。子窠里装了许多碎铁片，一旦爆炸立刻四溅喷射。这种火枪不必特地瞄准，也能造成很大杀伤力。就算弄不死韩野，至少让他变成刺猬。

天黑了，苏如晦靠在墙边等。蜡烛无声地烧，烛泪一滴滴往下流，积落在白瓷盘里。苏如晦闲着无聊，拆解地上的机械零件，造机关小蜘蛛。

他的傀儡分为四品，四品木傀儡，三品铁傀儡，二品皮傀儡，一品肉傀儡。以假乱真的程度从四品往一品递升，一品肉傀儡与活物几乎真假难辨。

他曾经制造出一批兽傀，里头都是老虎狮子之流，偶尔掺进去小猫小狗什么的。这支兽傀军曾为黑街夺下了西州白帝城，苏如晦按照心中的构想，将白帝城建成了机关城，整座城池由严密复杂的机关运转，无须将士守城，机关足以力拒百万大军。那是黑街最强盛的时候，可惜苏如晦被秘宗俘获之后，兽傀随之被移交给了秘宗，白帝城也被秘宗收复。

苏如晦往小蜘蛛的脑壳里装入窃风星阵，这星阵简单易学，就是没啥大用。它可以谛听风里的声音，苏如晦通常拿这听听黑街的八卦什么的。

窃风蜘蛛做了四五个，时辰已至半夜子时，人还没来，苏如晦肚子咕咕叫。他起身伸了个懒腰，去厨房蒸了笼大白馒头。桑持玉一天没吃东西，这得饿出胃病来，明儿想法子让他吃东西。苏如晦叼着馒头回屋，推开门，登时有危险的预感。黑暗里坐了一个人，阴影罩住半张脸，独洁白的下巴和薄薄的唇露在光下。

男人审视着苏如晦，纵使隔着铁一样厚重的黑暗，苏如晦依然能感觉到他阴沉的目光。

“信息解锁：韩野，极乐坊现任坊主，私生活混乱，不守男德的典范。宿主，我支持你打他屁股踢他下盘。”

他开口了，嗓音低哑：“小东西，你的确很像他。”

苏如晦无语，小？不好意思，他高大得很。

苏如晦把嘴里的馒头咽了，不动声色靠近八仙桌，他的突火枪藏在桌面下面。听韩野说话的意思，应该没有见过原身，那便可以自由发挥了。苏如晦道：“坊主，真不好意思，劳您跑这一趟。我年纪小，不懂事，贸贸然毛遂自荐，其实我压根儿没搞明白事儿，后来仔细一琢磨，我觉得我还是专心当卧底比较好。要不我给您做顿饭赔罪，您吃完就走？”

韩野低低发笑：“做过功课了吗？说话也像他。”他跷起二郎腿，屈指叩击桌面，“过来，让我仔细瞧瞧你的模样。”

苏如晦不动弹，道：“坊主您还是找别人吧，夜深露重，您一路好走。”

韩野以为他在拿乔，道：“想要什么？金子？要多少，今日我心情好，都允了。”

“想要您挪一挪尊驾，以后别来找我。”苏如晦道。

韩野沉默地注视苏如晦，片刻后站起身。光影在韩野身上腾挪，烛光照耀他冷白的脸颊。五年的时光沉落在他眉梢，他比往日成熟了许多，五官深邃，眼眸幽幽。他不再是当年那个跟在苏如晦身后卖乖的小老弟了，而是个手握生杀的危险分子。

“你的语气是跟谁学的？你叫什么名字？”韩野问。

完了，苏如晦也不知道原身叫什么，心里紧急呼唤系统。

幸好不用苏如晦回答，韩野自己解答了：“我想起来了，你叫阿七，他们说你是个混迹街头的地痞流氓，十一岁进了极乐坊，杀过人放过火。难怪像他，那家伙也是个地痞流氓。”

哇，不用这么骂他吧，苏如晦感到郁闷，他自问是个英俊潇洒的大好人。

韩野道：“你前头那些东西，要么哭哭啼啼，要么曲意逢迎，顶着他的脸，做着他不会做的事。江却邪倒是稍稍像一些，可惜已经死了。”

按照这个逻辑，只要他越像苏如晦越有生机。这事儿好办了，苏如晦松了口气，因为他绝对不会和韩野回去。

“但是你要有分寸，不要学得太过。毕竟我从前很讨厌那个家伙。”韩野朝他伸出手，“阿七，到我身边来。”

苏如晦迷惑了：“那你到底是喜欢他还是讨厌他？”

韩野回答：“你……”

苏如晦没等他说完，左手拿出突火枪，右手点燃火信，火光乍现，灿烂的火花从竹管中喷涌而出。苏如晦最喜欢话没说完就打炮，出其不意才更有胜算。刹那间炮声如雷，硝烟过后，苏如晦退到了门口，而韩野好端端站在原地。突火枪没打中，准头太差了，子窠出膛就走歪了。

除了脸颊上的一道划痕，溅射的铁片没能给韩野造成伤害，他身上的黑袍似乎是特制的，表面有一圈淡淡的流光。那是秘术符箓的作用，苏如晦看得出。秘术者引血画符可以让秘术的效果部分留在符箓上，韩野的衣袍缝制了秘术效果类似于“盾甲”的符箓。

“火枪？”韩野低声道，“他素来喜欢鼓捣这些东西，是谁教你的？”

苏如晦耸耸肩：“你猜咯。”

韩野蓦然抬眼：“可惜你的准头不够好。”

“但是够用了。”苏如晦幽幽地说，猛地转身，逃出寝舍。

他的身后，突火枪炸出的火星点燃了地上的硝石粉末，火花咻咻飞燃，不消片刻便引燃了四角的土炮。登时震天雷响，火焰四射，脆弱的木制窗牖一齐粉碎，石砖在巨大的冲击力下化为齑粉，寝舍轰然倒塌，四分五裂。

四包土炮，房子都塌了，这下该死了吧。苏如晦站在院里，拍了拍身上的灰。

“走好啊小浑蛋，我烧一百个纸人去阴间陪你。”苏如晦叉腰大笑。

尘埃落尽，苏如晦的笑声戛然而止。

一道阴影立在废墟中，掌心笼着一团漆黑的火焰。韩野除了脸上那道细小的伤痕，毫发无损。他垂眸注视掌心热烈的火焰，道：“我的秘术早已到达洞玄境，除了释放焰火，但凡带火的东西都为我所控，你太大意了。”

洞玄境秘术?！世间秘术无论种类，分为十重天，而第十重又分为五大境界，从低到高依次是洞玄、通幽、观火、朝圣和天人。刚刚觉醒秘术的人连一重天都算不上，天赋异禀的人到达洞玄境要花十数年的时间，更多人要花上四五十年。大靖的朝圣秘术者屈指可数，澹台净是其中之一。人家是昆仑秘宗的大掌宗，今年恰好一百岁。而天人境的大宗师，从古至今一个也没有。

韩野至多不过二十五岁的年纪，竟已达到十重洞玄境。苏如晦明白了，这人把袭向他的焰火控制住了，焰火自动成为屏障，为他挡住了冲击。

太欺负人了，苏如晦心累，为啥他没有这么威风的术法?

就在此时，一只瘦削冰凉的手按在他的肩上，他扭头，看见桑持玉沉静的侧颜。桑持玉拄着拐，一步步走到他身边。桑持玉的脊背挺直，纵然狼狈而落魄，依然有一身不折的傲骨。

“你是谁?”桑持玉盯着前方的男人。

韩野遥遥望着桑持玉，目光不善，又忽地一笑：“我知道了，是你把苏如晦的一切教给江却邪的。桑持玉，苏如晦就是你们害死的，现在把一个假货留在身边做什么？你们不是仇敌吗，难道你还顾念和苏如晦幼年的情谊？你这个道貌岸然的家伙，真恶心。”

那厢韩野叭叭说个不停，这厢苏如晦不动声色地思索。韩野很强，决不能正面对抗。极乐坊想从桑持玉口中挖到昆仑秘宗的情报，左不过地图、驻防图什么的，桑持玉是大掌宗的关门弟子，没人比他更了解这些，一时半会儿极乐坊不会要桑持玉的命，更不会暴露阿七的卧底身份。

想明白这些关节，苏如晦知道怎么办了。他一扭身，面向桑持玉，捏着嗓子呜呜假哭：“主人，就是他，叫什么韩野，说我长得像苏如晦，想要绑架我。一仆怎可侍二主？我不活了啦。”

桑持玉：“……”

韩野：“……”

桑持玉身子发僵，撑着木拐的手握得紧紧的。他绷着脸，将苏如晦拉到身后，用身子将这矫揉造作的家伙遮挡住，再抬头看向韩野，目光仿佛浸着霜雪，透骨冰凉。

“不管阁下深夜造访所为何事，恐怕在下不能令阁下如愿。”

韩野嗤笑了一声：“莫要忘了，你已是个废人，我要带他走，你拿什么挡我？”

桑持玉脸上没什么表情，单手从怀里取出一枚暗红色管状物，拔开盖子，一束殷红的亮光伴随着尖利的啸声直冲云霄，在天穹炸开圈圈光雨。见着这东西，韩野脸色一变。

桑持玉冷冷道：“虽是废人，亦有好友。秘宗门内身怀空间秘术者凡十人，响箭一出，秘宗必至。十对一，你毫无胜算。发动秘术需要五息的时间，保守估算，你有十息的时间离开。”

韩野的笑意敛住了，眉目间蓄满风雷。桑持玉从小待在昆仑秘宗，纵然被逐出门庭，定然有不少知交，韩野的确不敢托大。他目光一转，落在桑持玉身后那个探头探脑的家伙身上。他从腰囊里取出一封信笺，阴沉笑道：“桑持玉，你的忠仆说我图谋不轨，我真是冤枉。分明是他鱼传尺素，邀我而来，谁知他临阵反悔。这封信就是证据，‘花径不曾缘客扫，蓬门今始为君开。江家却邪，静候君来’，你自己看吧。”

他将信笺一扔，那洒金笺蝴蝶似的飘向桑持玉，落在桑持玉脚边。

苏如晦：“……”

韩野这个小浑蛋大概气晕了，忘记阿七的任务是探听情报这码事儿了，如此离间他和桑持玉，教他如何探听消息？证据就在眼前，苏如晦仿佛看见桑持玉头顶三个大字——冤大头。原身干的事儿，锅苏如晦来背，苏如晦心中吐血。

桑持玉面色不改，淡淡道：“却邪心不我属，另谋良主，我不怨，阁下亦不应强人所难。”

这意思就是苏如晦想离开就离开，是他桑持玉没本事，桑持玉不怪罪苏如晦。但你韩野邀约不成意图强抢，就是你的不对了。

莫说苏如晦，连韩野都没想到桑持玉心胸如此宽广，这冤大头桑持玉当得稳稳当当的，一句怨言都没有。

“……”韩野冷笑，最后看了眼苏如晦，“江公子，来日再见。”

他说完，转身离开。

苏如晦手圈在嘴边，做成喇叭状，冲他的背影喊：“我不是江公子。”

韩野和桑持玉俱是一愣。

苏如晦紧接着道:“我是桑家的忠仆！生是桑家的奴，死是桑家的鬼!”

韩野似乎很是无语了一阵，拂袖而去。

这厮终于走了，苏如晦松了一口气。韩野秘术强大，还进了阶，要真是实打实对战，他和桑持玉半点儿胜算都没有。苏如晦拍了拍桑持玉的肩膀:“幸好你有响箭，要不然咱们就惨了。”他数了数时间,“十息已到，你朋友动作也太慢了，等他们来了，咱俩都已经合葬了。”

桑持玉转过身，撑着木拐慢吞吞往回走。

“我没有朋友。”他嗓音平淡。

“啊?”苏如晦一愣，随即反应过来，桑持玉是诈韩野的，秘宗根本不会有人来救他。苏如晦捡起桑持玉刚刚发的响箭空筒，这才发现这压根儿不是昆仑秘宗的呼救响箭，而是一支烟花炮筒，约莫是之前为桑持玉大婚准备的。

这家伙……苏如晦无言，之前桑持玉的人缘就差得离谱，没想到已经五年了，桑持玉的人缘还是这么差。

桑持玉站得太久，膝盖很疼，走不了两步路就得歇一歇。苏如晦了解他，他骨子里高傲，定不愿旁人帮助他太多，否则也不用成日里想着赶苏如晦走了。苏如晦不帮忙，就跟在一边儿陪着，还一面笑嘻嘻问:“主人，你真不在意我一仆侍二主?”

“我业已将卖身契还给你,”桑持玉道,“与我无关。”

又是这副拒人于千里之外的态度，从头到脚都写着“离我远点儿”。苏如晦很无奈，难怪没朋友，这脾气也就自己愿意同他说话。

桑持玉顿了顿，冷不丁地开了口:“方才那人……你以前认识吗?”

“不认识啊,”苏如晦半真半假答道,“不过苏如晦肯定同他认识。苏如晦你还记得吧，那个黑街天才，神机鬼藏的创始人，你俩以前不老打架吗？那个人好像在找同苏如晦长得像的人，逮到一个就收用一个，都是我这样俊朗非凡的少年郎。”

说事儿便说事儿，苏如晦偏要自吹自擂，说罢还从兜里摸出面镜子揽镜自照，咂舌道:“都是长得俊惹的祸。”

他这二百五的样子从前很遭人诟病，崇拜他的人很多，厌恶他的人也很多，许多人都恨不得照脸揍他一拳。桑持玉却不声不响，好像早已习惯他这副不着调的样子，默默听他叽里呱啦胡说八道。

“难办啊，我看那小浑蛋不打算放过我。”

两人终于挪到了厢房门槛边上，苏如晦仰天长叹。

桑持玉跨进门槛，道:“我会想办法。”

"嗯?"苏如晦想说，连秘宗的人都不愿意救你，你能有啥办法?抬起眼，刚好对上桑持玉平静的眼眸，话登时卡了壳。桑持玉的眼眸深深的，苏如晦一下就看进他静谧的眼底。他素来是沉静的人,"靠得住"的典范，从不轻易许诺，一许诺，万死不辞。

这人真是，自己都这样了，还想着帮别人。虽然他俩是敌人，其实苏如晦蛮担心他的。他一丝不苟地遵循澹台净的教导，当个光风霁月的真君子，苏如晦时常忧虑他刚过易折。他与人为善尽心竭力，苏如晦更担忧他遭人蒙骗。很多人说桑持玉冷血无情什么的，但苏如晦知道，这家伙是个很好的人。

苏如晦满心无奈，面上却是眉眼弯弯，道:"那就仰仗主人保护我了。"

其实没真想依靠桑持玉，苏如晦只是习惯了戏弄他。

桑持玉果然一顿，脸颊有微微泛红的迹象。主人，主人，方才还自称"忠仆"，分明不是真心，却总是如此口无遮拦。他抿了抿唇，偏过脸关门，声音冷了几分:"夜深了，请回吧。"

"哎!"苏如晦挡住门,"主人，你看我屋炸塌了，没地儿睡了，今夜我在你屋歇一晚呗。"

"空闲的屋子很多。"桑持玉这回一点儿面子都不给，直接闩上了门。

真是铁石心肠呐。苏如晦很惆怅，背着手离开了。

桑持玉回到床边，从被褥里摸出个圆圆的小盒子，锁扣打开，盖子往后一弹，露出里面沾了血迹的黑色心核。没人知道这心核的来历，大悲殿的人服药获取力量，禁药流传黑市，一直是昆仑秘宗的重点打压对象，有人猜测这黑色心核是大悲殿的杰作。它过去的主人是苏如晦，心核给了苏如晦力量，也给了他恐怖的药毒。苏如晦二十五岁那年药毒发作，仅仅两年身体迅速衰败，最后病入膏肓，无药可救。

桑持玉掌心上这枚心核，便是秘宗从苏如晦身体里挖出来的。

没有人知道心核带给了苏如晦什么，有人猜测是超出寻常人的聪敏天赋。毕竟苏如晦离开秘宗的时候还是个胡作非为的二世祖，遁入黑街之后便大放异彩，制造出了震惊天下的"神机鬼藏"。

尽管桑持玉知道，传言有误，苏如晦从来不是什么庸常之辈。

不过，这心核，兴许可以一试。

桑持玉脱下衣裳，解开胸前的纱布，前日还狰狞无比的伤口，此刻裹了药粉，没那么丑陋了。他拈起那枚心核，将它放入自己的伤口。刚刚结起来的血痂脱落，伤口被他强行撑开，血液汩汩而出，浸染了那黑色的心核。

心核没入血肉一半的时候，发出微微的蓝色亮光，自动往经脉深处挤压。桑持玉脱了手，那心核消失在他伤口深处。他会变成什么样呢？他也不知道。总之苏如晦曾经是什么样子，他就是什么样子吧。

其实那家伙说什么梦见他们前世有缘的时候，他就知道苏如晦回来了。这种一听就是哄人的烂话，苏如晦从前说过，只不过不是对着他。他真的很讨厌苏如晦，他是世界上最讨厌苏如晦的人。他想人们或许不能一眼认出曾经喜欢的人，但一定可以一眼认出曾经讨厌的人。

时间过去了很久很久，很多事情都变了，昔年尊敬的师长变得面目可憎，昆仑秘宗变得藏污纳垢，徒有光明磊落之表，实有暴戾恣睢之里。而他桑持玉也从殿前一品武官，变成了一个一无是处的废人。

只有苏如晦还是原样，讨人嫌，爱闯祸，四处惹是生非。

伤口太疼了，胸口里好像被霜雪冰封，腔子里骤然失温，桑持玉痛苦地蜷在床榻上。恍惚间他想起昔日在边都北辰殿，大掌宗向他发问："吾徒持玉，你可知错？"

他说："知错。"

大掌宗欣慰点头："你终于想明白了，你错在何处？"

他抬眼，一字一句，字字刻骨。

"错在……不救苏如晦！"

于是大掌宗雷霆一怒，剥他秘术，折他右腿，逐出秘宗，永不复名。

他低头，汗滴打在手背，垂在床榻上的发丝已然变了颜色。他缓缓侧目，桌上镜匣映照出他如今的模样，恍有皑皑白雪积落发鬓，染白他的长发，连眼眸也变成冰海一般的蓝色。视野似乎有了微妙的变化，光与影判然分明，他听见窗外树叶窸窸窣窣，风扫落叶，仿佛絮絮低语。

目力、耳力都得到了大幅提升，这具身体已不是凡人之躯。异化得这般彻底，比昔日的苏如晦更甚许多。他动了动手脚，胸背上的伤口愈合，右腿能动了，仿佛得到了新生，他感受到了久违的秘术力量奔涌于体内。

他知道，他已然是个怪物了。

苏如晦匡扶黑街，黑街将他出卖给秘宗。

苏如晦善待秘宗，秘宗窃他神机鬼藏。

天下大义沦陷，他桑持玉又何必苦守道心？当个丑陋的怪物，好过当个伪善的人。

"桑公子，我回来了！"老狗从窗外爬进来，没有注意到床上人的异样，兀自气冲冲道，“那个江却邪好生狠毒，将我卖到狗肉馆。幸好我机灵，变回人身逃走。气杀我也，裸行的样子被人见着了，明儿云州小报说不定就会写街头惊现裸男狂奔。我定要向黑观音禀告，黑观音一定对他的秘术感兴趣，到时候免不得开膛剖腹，好好研究。”

老狗窝在脚踏边，一抬头，看见桑持玉发色如雪，登时呆了：“你怎么变成这样了……等等，你服了无极散？好家伙，你这变异的程度也太剧烈了吧，你感觉怎么样？欸，不对，我不是还没给你秘药吗？”

桑持玉望着他，冰蓝色的双眸寂静若深海，没有丝毫波澜，更看不出半点情绪。这非人的模样，让老狗不自觉感到胆寒。老狗想，大概是桑持玉自己找到他藏起来的无极散了，要不然桑持玉怎么能变成这样？

桑持玉问：“我听闻，尔等大悲殿有言，食一人者为一住菩萨，食十人者为十住菩萨。你是几住菩萨？”

老狗骄傲挺胸：“不才，我已是三住菩萨。”他嘿嘿笑，“两个男人，一个小孩儿，娃娃肉嫩，好吃。”

“方才江却邪之事，你禀告过了吗？”

“还没，”老狗从床下扒拉出他的通讯罗盘，“我现在就告诉黑观音！”

“很好。”

桑持玉蓦然抬手，覆住老狗的天灵盖。他的掌心生发出无数冰蓝色的经络，插入老狗的眼耳口鼻。老狗七窍流血，四脚乱蹬，在桑持玉的掌下瞬时恢复赤身裸体的人身。男人连惨叫都没有发出，皮肉以肉眼可见的速度衰颓了下去，霎时间变成一具空荡荡的皮囊。

桑持玉收回手，漠然望着自己的掌心。光束般的经络收回，他的掌心恢复如初。

秘术·吞噬。

他吃了谁，就会获得谁的秘术。

很少人知道他的秘术，因为他厌恶他这与生俱来的秘术，鲜少使用。

吞噬了老狗，他得到了老狗的秘术“化形”，冥想片刻，秘术无声发动，他的发丝一寸寸变回乌黑的颜色，眼眸里恍有墨迹氤氲，遮盖他瞳子深深的蓝。而后他俯身捡起地上的通讯罗盘，拨弄上方的八卦方位，留存在罗盘上的符印幽幽发光，连通了对面的某个人。对方沉默，等着罗盘这边的人开口。

桑持玉问：“我杀了你的狗，做投名状，够吗？”

一个喑哑的笑声从罗盘中响起：“桑公子，老狗伺候你多日，你说杀便杀，不觉得愧疚吗？”

桑持玉低头看了看自己的掌心，眸子寂寂的。他刚刚杀了一个他不该杀的人，心里却没什么波澜，仿佛只是碾死了一只从脚边路过的蚂蚁。大家都觉得他是个好人，连苏如晦都这么认为，他们不知道，其实他杀人的时候没什么感觉。对他来说，杀人和杀猪没有区别，他只是一丝不苟地履行着澹台净教给他的戒律，持身端正，仁慈正义。

装作正义，算正义吗？

“没感觉。”他说。

那人低笑：“桑公子和传闻不太一样，传闻果然不可轻信。明日教众聚首传经，公子的位置，我备下了。”

那厢桑持玉融合心核彻夜无眠，苏如晦这边也翻来覆去睡不着觉。为了保全自己，苏如晦同韩野打了一架。若杀了韩野也便罢了，黑街以实力为尊，谁有能耐谁就是老大。老大被杀不会引起报复，只会让人恭恭敬敬认你当大哥。然而现在韩野活得好好的，先不说苏如晦很可能会被极乐坊怀疑他不是阿七，便说韩野那睚眦必报的性子必定不可能善罢甘休。

罢了，死就死吧，他又不是没死过。苏如晦想，死这种事儿多来几回就习惯了。

就是他那柔弱不能自理的主人让人甚为忧心。

桑持玉到底犯了什么错儿，颓废成如今这个模样？

他那些零落天涯的故人们，又都如何了？

迷迷糊糊睡着了，意识好像变成了淡淡的游丝，牵引着他回到往日清滟滟的春光，那是他无数次午夜深梦才能回去的往昔。这次梦到他十岁，还在白衣上人明若无手下当徒弟，还住在山清水秀的苎萝山不了斋。那时候他和桑持玉还不是敌人，他也还是个名门正派的好儿郎。

他师父医术卓绝，嘴巴又严，很多人若是得了什么不能见人的隐疾，就来不了斋治病。苏如晦十岁那年，澹台净找到他师父，让师父治一个人。

“嘘——”

苏如晦从草丛里探出脑袋，紧接着，他的身后又探出俩脑袋。圆脸杏子眼那个是他师妹周小粟，瓜子脸那个是江家十二小姐江雪芽。江雪芽在苎萝山一边看病一边学武，算他半个师姐。

“你说的神仙弟弟真的在这儿吗？”江雪芽问，“我怎么什么都没看到？”

“是啊，师哥，你别又是逗我们玩的。”周小粟说。

“谁逗你们玩儿，阿舅叩山，我开的大门，亲眼看见了的。”他又一次将手指竖在唇边，“嘘——我看看阿舅在不在。”

他四处望了一圈，笑道：“是‘迷迭阵’，用来藏人的，难怪咱们看不见。这星阵我前几天才学过，你俩等着吧，我去找人。”

不等两人同意，他扭头摸进了迷迭阵。在周小粟和江雪芽的视野里，他的背影扭曲了一下，瞬间消失不见了。

苏如晦弓腰在树底下走，回头看，身后几棵老树周围埋了灵石，彼此之间交织着复杂的星线，就是它们结成了这迷迭阵。他蹑手蹑脚绕过奇形怪状巉岩巨石，进了一处冷冰冰的山洞。视野尽头有一张小石床，一个披着白斗篷的小孩儿双手抱着膝盖，靠墙坐着，那孤孤单单的模样，像一株遗世独立的小蘑菇。

苏如晦进入山洞，那小孩儿听见脚步声，扭头朝他望过来。乌黑的眼眸，清冽的眸光，毛绒兜帽底下的脸儿小小的，和钻了一天山林顶着满头树叶的苏如晦一点儿也不一样。刹那间，四目相对。

苏如晦好奇地靠近他，问：“我是苏如晦，你是谁？阿舅为什么把你藏起来？”

小孩儿不吭气，一声不响将他望着。

“你吃什么长大的？好好看呀。”苏如晦大着胆子戳戳他冷冰冰的脸庞，“一会儿江雪芽看见你一定会气死，她总说自己是天下第一绝色。”

说了半天，小孩儿都没回应他，苏如晦挠挠头，道：“你为什么不说话，是不是怕我？不要怕，我不是坏蛋的。我这人可好了，专门打坏蛋。那个送你来的人，叫澹台净的，昆仑秘宗的大掌宗，他是我阿舅，他小妹是我娘亲。你是他徒弟，咱俩算亲戚。”

他故意没说他爹是谁，世家子和黔首的地位判然分明，他怕这小弟弟知道他爹的身份就不和他玩儿了。他爹是黔首，是个名不见经传的教书先生，因为长得俊秀被他娘相中，硬抢进边都宫城。

强扭的瓜不甜，苏如晦从坊间的小道消息得知，他爹娘是一对怨侣。更不幸的是，他娘生下他没多久就死于一场民乱。他爹穷困潦倒，背着还是小婴儿的他蹲在大树下教人认字，还摆摊卖过草鞋。澹台阿舅看不下去，把他领了来，托付给白衣上人明若无学艺。他爹时不时来探望他，每回都带一些稀奇古怪的三头木头小狗哄他开心。小狗里面还安了机关，屁股后头的线一拉，它们就会咔嗒咔嗒地跑起来嘿嘿叫。

其实他很想说长着三颗脑袋的小狗很恐怖，嘿嘿叫而不是汪汪叫的狗更恐怖。可谁让他是个懂事儿的小孩呢，他每次都装作很喜欢的样子收下。

他捡来一根树枝，在地上写自己的名字：“喏，这是我的名字，苏如晦的苏，苏如晦的如晦。你叫什么名字？写给我看。”

苏如晦把树枝递给他，小孩儿没接，两手仍然抱着膝盖。

苏如晦以为小孩儿不愿意搭理他，有些失望，正准备收回手，却听见一个小小的声音。

“玉儿。”小孩儿低低地说，“我叫玉儿。”

苏如晦眼睛一亮：“玉儿！这名字真好听。你等等我，我去把周小粟和江雪芽叫过来。”

他呼地一下就跑远了，玉儿茫茫然发了会儿呆，山洞口传来吵吵闹闹的声响，苏如晦领着两个小女娃进来了。那俩女娃看见玉儿，蝴蝶似的围上来，捧着脸蛋盯着他看。苏如晦很得意，道：“没骗你们吧，我就说他可好看了。”

“他生了什么病呀？每天都要待在这儿不能出去吗？”周小粟眼泪汪汪，“好可怜啊。”

“对啊，”苏如晦问玉儿，“我阿舅为什么要关你？”

玉儿的声音轻轻的：“他说因为我会害人。”

“害人？”苏如晦迷茫了。

江雪芽握拳：“我知道了！因为玉儿长得太好看了，大掌宗担心他变成祸水。”她气道，“玉儿，你别听他们胡说。你才不会害人，都是那些臭男人害人。他们害了人，就喜欢把过错推到咱们美女身上。”

“他是男的。”苏如晦插嘴提醒。

“就是就是，”周小粟跟着道，“以后我们带着你玩儿，让师哥把迷迭阵的灵石挖下来，傍晚我们送你回来，再埋回去，保管师父和阿舅发现不了。要是他们发现了……”

江雪芽接话：“你就说是苏如晦拐你出去玩儿的。”

她们叽叽喳喳说得起劲儿，没注意到玉儿不在听，他正垂着长而翘的睫羽，低头看地上的字。

苏如晦抗议：“你们真行，什么都推给我，上回一起偷银票，结果就我一个人跪祖师爷。”

没人搭理他，周小粟拍了拍掌，叫道：“让玉儿加入我们帮派吧！”

她从怀里拿出一张皱皱巴巴的纸，铺在石床上。右侧写着“神龙帮”，左边分别有“帮主苏如晦”“青龙堂堂主周小粟”“赤龙堂堂主江雪芽”，每个名字上面都摁了红通通的手印。其余诸如“帮主夫人”“帮众”“扫地奴仆”都是空白。

苏如晦给玉儿做介绍：“这是我创立的帮派，神龙帮。以后咱们神龙帮壮大了，你就和周小粟、江雪芽一样，是神龙帮的元老。”

“我喜欢红色，所以我是赤龙堂堂主。小粟喜欢青色，所以她是青龙堂的。你喜欢什么颜色？我给你加上。”江雪芽说。

玉儿摇摇头。

“摇头是什么意思？你没有喜欢的颜色？”周小粟低下脑袋，看见玉儿雪白的脚丫子，“呀，你没鞋子呀。没有鞋子怎么出去玩儿？外面好多小石子儿呢。”

“头发也没绾。”苏如晦说。他把自己发髻上的黑檀木簪拔下来，给玉儿绾了个丸子小髻。

江雪芽做了决定：“那就当帮主夫人好了，以后让苏如晦背着你走。他还得管你新衣裳，管你头面和脂粉，你要是想买啥，你就找苏如晦。这个发簪太土了，你以后让他给你买个金子打的。”

玉儿轻轻绞起眉心，他精致的眉宇笼着烟雾一样的忧愁，一副很不解的样子。这模样太好看了，周小粟和江雪芽都晕乎了，百看不厌。

苏如晦翻了个白眼，叫道：“江雪芽你别瞎出主意，我才不要什么帮主夫人，我要小弟。”

“好吧，那就当小弟吧，反正苏如晦背你。”江雪芽下了决断，唰唰写上玉儿的名字，取出一盒小印泥，拉着玉儿的手摁了手印。

玉儿还没反应过来发生了什么，一切就都安排好了。而苏如晦早已习以为常，江雪芽和周小粟天天给他挖坑。没办法，小玉儿总得有人背，指望江雪芽和周小粟是不可能的。苏如晦在玉儿身前蹲下，玉儿犹豫了一会儿，慢吞吞上了苏如晦的背。

苏如晦站起来一阵风似的往外跑，玉儿在他背上颠，春风吹下他的兜帽，拂起他乌黑的长发。后来苏如晦才知道，桑持玉那时候并不识字，他学会的头三个字，就是——苏、如、晦。

天蒙蒙亮，苏如晦醒了，穿好衣裳推开窗，便见桑持玉坐在窗外，脚边靠着木拐。桑持玉听见声响，侧过脸，静静望过来。乌黑的发乌黑的眸，和小时候一样漂亮。苏如晦忍不住想，他到底吃什么长大的？

“你想见江雪芽吗？”桑持玉问。

“啊？”苏如晦疑惑，“为什么这么问？”

“你做梦，喊她的名字。”桑持玉说。

苏如晦的床在窗边，不知道桑持玉搁这儿坐了多久，听见了苏如晦的梦话。

“……”苏如晦心虚地咳嗽了一声，这小子应该没听见别的梦话吧？

似乎是苏如晦看错了，桑持玉的眼神好像有几分黯淡。桑持玉挪开眼，避开他的目光，道：“今日回江家。”

“回江家？”苏如晦蹙眉想了想，江家卖子保女一事确实离谱，不过回江家确实是个不错的选择，江家戒备森严，黑街的人不敢来找麻烦。

苏如晦点头：“行，回去。”

说不定还能打听打听师妹的消息。自从她嫁人，他困居昆仑，他已经许久没见过周小粟了。

桑持玉垂下眼睫，不再回应什么。

果然，他明白，苏如晦心里一直念着江雪芽。

忽然间，苏如晦耳边响起“嘀”的一声。

嘀——

临时任务发布：寻找江雪芽。

临时任务描述：与昔日故友许久不见，看看她如今过得好不好。

临时任务时限：一天。

临时任务奖励：系统的崇拜和夸奖×1

苏如晦：啊？

这是什么狗屁奖励？

❄ ❄ ❄

事不宜迟，苏如晦把先前做的窃风蜘蛛和突火枪装进包袱，又做了几个肉夹馍用油纸包着，路上给桑持玉当早饭，随后去马厩翻出那匹报废的马匹傀儡。现如今大伙儿都不用真马拉车了，改用马匹傀儡，这玩意儿不用喂饲料，只要有足够的灵石，定期给齿轮上油就能跑，速度也快，比真马便利多了。

从头到尾检查了一番，幸好能修，苏如晦更换了马肚子里的平衡仪，这马就能跑了。他又在座位上铺好毛茸茸的小毯子。桑持玉支着拐一步一步走过来，拖着“病腿”爬上马车。他动作很慢，苏如晦不催他，看他挪进车厢，把热乎乎的肉夹馍丢他怀里。

桑持玉接住肉夹馍，道：“回江家之后，我会同令尊禀明，还你自由身。”

禀明后，苏如晦就不用再回桑家了。苏如晦明白了，原来桑持玉昨晚说他会想办法，想的就是这办法。回到江家，黑街的人不敢再来侵扰，自然就躲过一劫了。既然如此，直接把人赶出门不就好了，苏如晦又不是没长腿，这小子何必亲自跟一趟？

哦……苏如晦懂了，桑持玉害怕路上有极乐坊的人找麻烦。

唉，这小子，他跟着又有什么用？烟花炮筒已经用没了，不能再借着昆仑秘宗狐假虎威。要真遇上人，他用他的木拐敲死他们吗？

怎么这么善良呢？苏如晦很无奈，抬起手，在他脑门上弹了下。

桑持玉呆了下，黑黑的眼眸里有些怔然的色彩。

苏如晦笑道：“缓缓吧，我知道你不愿意同我在一块儿，说实话，我也不愿意同你在一块儿。可是我爹娘把我卖了，可想而知他们有多不待见我，我再回去也只是自取其辱。我还指着趁这机会在外头逍遥自在呢，你别坏了我的好事。”

桑持玉沉默良久，鸦羽似的睫毛颤了颤，缓缓点了头。

“现在你可以吃点东西了吧？”苏如晦问。

桑持玉的视线落在怀里的肉夹馍上，昨日绝食一天，肚子的确很饿了。他张嘴咬了一口，咸香流油的牛肉充盈口腔，空荡荡的胃得到了抚慰。桑持玉不喜油腥，但馍里的肉口感筋道，油水恰到好处，他不讨厌。

苏如晦满意了，放下车帘子，拉起缰绳，在心里道：系统，指路。

“信息解锁：江家路线图。”

眼前凭空浮现绿色的箭头指引方向，苏如晦发动马车，车轮辚辚滚动，缓缓走上驰道，而后越来越快，几乎如同风驰电掣，快晌午的时候到了江家。江氏大宅坐落在云州西北面的靖安坊，大宅朱门白墙，檐下挂着带“江”字的红灯笼，顺着檐溜极目望去，十步一灯，望不见尽头。只要是挂着带“江”字的灯笼的屋檐，便是江家屋檐。

看门人见了江却邪，神情没什么变化，一面遣人去通报家主，一面派人搬来轮椅。不愧是大门户的下人，礼数甚为周到，半点儿看不出对江却邪的怠慢。然而这公事公办的态度已经很说明问题了：江却邪在江宅长到十七岁，半年前被换了人竟无人发觉，而今回门下人态度也不亲切熟稔，看来江家幺子在江宅并没什么存在感。

“温馨提示：江却邪有二十六个兄弟姐妹，他的父亲江怀苍恐怕连他的脸都不记得。”

这是好事，熟悉江却邪的人不多，给苏如晦扮演江却邪降低了难度。下人推着桑持玉的轮椅，把人带到了江却邪从前住的小楼。虽然偏僻，但是颇为精致。楼宇斜倚碧水，屋檐飞甍耸立，池中红莲灼灼盛放。门槛边上立了一个美貌妇人，见了江却邪，立刻扑簌簌落泪，迎上来喊道：“我的儿！”

“据相貌判断，此人是江却邪生母白采苹，今年三十三岁，江怀苍第三十房小妾。据本系统所知，白采苹和江怀苍的大儿子有一腿。”

苏如晦尴尬假笑，同白采苹相拥，也喊道：“我的娘！”

桑持玉朝白采苹颔首行礼，并不多言。白采苹见了桑持玉，别过脸冲着苏如晦不住拭泪：“可怜我的儿，都怪你那狠心的爹爹，把你卖给桑家……”

苏如晦下意识看了眼桑持玉，那家伙坐在轮椅里，望着池子里的红莲，好似什么都没听到。

白采苹哽咽了下：“娘苦命，不得宠，今日你虽被准许回家，你爹定然不会来相见的。幸而你大哥哥素来照拂我们，已传厨房去准备宴席了，咱们一家人今日好好团圆一番。”

苏如晦点头：“大哥哥真好，有大哥哥身体力行照顾娘，儿子很放心。”

白采苹没有听出不对味儿来，只哭道：“儿啊，你不必强颜欢笑，娘知道你受了委屈，有什么心里话尽管说给娘听。”

苏如晦哈哈笑，推着桑持玉往里走：“娘多虑了，我在桑家过得很好，是吧，桑少爷？”

桑持玉：“……”

白采苹半信半疑，跟在后头进了小楼。

席间苏如晦旁敲侧击问江雪芽的近况，白采苹只道：“十二娘子统领秘宗铁骑，是大忙人，我一个只知道绣花的妇道人家足不出户，如何能见到她？”

看来只能出去遛弯儿的时候想办法，看看能不能偶遇了，苏如晦想。宅子这么大，遛弯儿的距离有点儿长，苏如晦想想就心累。吃完饭，苏如晦领桑持玉回屋休息。白采苹只给了他们一间屋子，就是江却邪原先的屋子。

苏如晦首先看见屋里的拔步床。

“信息解锁：江却邪的拔步床，白采苹和江大公子昨晚在此鏖战三百回合。”

苏如晦默默换了床上的床单被褥。

桑持玉道：“你在此歇一夜，我先走了。”

“吃完饭就走，太不给面子了吧，我刚跟我娘说你疼我。”苏如晦叫道。

桑持玉沉默了会儿，道：“抱歉。”

“必须要走？”苏如晦坐在床沿上看他。

“嗯。”

“为什么？我的屋装不下你这尊大佛？”苏如晦问。

桑持玉不说话了，他临光而坐，神色淡淡的，满身粲然天光，像冰雪堆砌出来的人。

苏如晦感到郁闷，实在不知道桑持玉为什么会变成这副半死不活的样子。旁人苛待他，他忍，旁人对他好，他却要拒人于千里之外。

他到底遭遇了什么？

“主人啊，你说你多愁人呐。”苏如晦叹气，“我打你你不赶我走，我对你好你反倒要和我各奔东西了。为什么？我挺好奇的，你告诉我原因呗。”

桑持玉望着别处，黑而深的眼睛里没有情绪。他许久不做回应，苏如晦以为他又要消极沉默以对，这时他忽然回答了：“心中有愧，以苦赎罪。”

苏如晦：“……”

的确是桑持玉这种一根筋能干出来的事儿，苏如晦无言以对。

苏如晦接着问：“是不是我虐待你，蹂躏你，欺侮你，你就愿意搁这儿待着？得，你早说啊，我最擅长欺负人了。”

他霍地站起身，一步步向桑持玉靠近。这厮脸上挂着坏笑，光看脸就知道满肚子坏水。他生了一副好相貌，笑起来的时候眉眼生光，偏偏有种流里流气的姿态，地痞流氓似的不像好人。桑持玉看他如此，眉心微微蹙起：“你……”

“你？你什么你？”苏如晦道，“今天我就要好好欺负欺负你！”

他作势要扑过来，桑持玉却比他更先一步，脚一踹床脚，整个轮椅转向，苏如晦脚踝绊上了轮椅的脚踏，直接扑进了床褥。苏如晦蒙了，这厮受那么重的伤，竟还有这般身手？还没反应过来，桑持玉伸手一扯棉被，将他身子一翻，裹进被子里。他骨碌碌往里滚了两圈，被子严严实实将他裹成了个人棍。

被子裹得紧紧的，光露出一个脑袋，苏如晦愣了，继而大喊：“放我出去。”

桑持玉稳稳当当坐在轮椅上，面无表情地看着他。

苏如晦毛毛虫似的扭来扭去，桑持玉摁住他的腰，他没法儿把被子滚开。

“求你了，放我出去。我错了，我错了还不行吗？”苏如晦连声告饶。

“睡觉。”桑持玉用帕子盖住他的眼睛。

“我睡不着，你放我出去吧，求你了。”苏如晦可怜兮兮。

桑持玉纹丝不动。苏如晦闹腾了半晌，最终还是消停了，鼻尖满是桑持玉帕子的香味儿，冷冷的，像是白昙的味道。黑甜的梦袭来，苏如晦当真沉沉睡了过去。待醒来时，天光渐收，屋子暗了下来，罩着一层阴沉的瘴似的。桑持玉不在，轮椅也不见了，约莫是走了。

苏如晦偏头一看，床沿上搁了个通讯罗盘，上面有一枚孤零零的符印。一看就是桑持玉留下的，用来保持联络。苏如晦忍不住笑，笑完又惆怅起来，留在江家只是权宜之计，他不可能一直赖在这儿，得想办法解决韩野那个大麻烦。

漫不经心抬眼往外看，他忽地顿住了目光。

因为他看见，对面的窗子外有个黑乎乎的人影，糊在窗棂上的素白高丽纸模模糊糊映现出一张脸。

有人在窗外偷窥。

隔得远，苏如晦又在床帐子的阴影里，那人应该没有发现苏如晦已经醒了。苏如晦保持不动，那影子也定着不动。江家有钱，窗纸厚实，那脸只有个大致的轮廓，看不清模样。苏如晦眯着眼看了半天，也没看出这张脸的样子。这姿势维持了许久，脖子酸得厉害，针扎似的，就要撑不住的时候，那影子走了。

苏如晦在心底问:“系统，那是谁?”

“系统只能识别清晰图像，对方影像模糊，无法识别。”

垃圾系统。苏如晦暗骂了一声，拿起通讯罗盘，放进兜里，轻手轻脚摸出门，绕到窗下。人已然不见了，地上留着他的脚印，苏如晦定睛一看，心登时凉飕飕的。那鞋印同苏如晦苏醒那日，在桑家窗台上发现的鞋印一模一样。苏如晦过目不忘，绝不可能认错。

原来凶手在江家。

夜幕徐徐降临，天色昏黑，江宅里的一切都罩在了荫翳里。月色若有若无，捣碎了一般，星星点点落在池子的涟漪里，那些枯死的水草立在远处，一片黑，疏疏落落的剪影有种张牙舞爪的狰狞。

留在江宅很危险，晚上很可能会出事儿，苏如晦迅速做了判断。出江宅要面对极乐坊，留在江宅要面对凶手。韩野至少知根知底，那凶手的秘术诡谲，杀人于无形，恐怕不好对付。苏如晦当机立断，决定离府。回屋穿好衣裳，苏如晦正要走，脚下忽然踩到个坚硬的物事，低头一看，是一只猫眼石耳坠，耳坠的金钩上沾了点微不可察的血迹。

如此贵重的耳坠子，只可能是白采苹的，可是怎么会有血迹?

苏如晦拧起了眉，蹲下身细细察看四周，床褥遮盖的床脚、波斯地毯的花纹上还有红木脚踏的边缘都有星星血迹，所有血迹都围绕着这张拔步床。

昨夜江大公子和白采苹干的事除了鏖战三百回合，还有什么?

苏如晦趴下身，向床底探看。这一看，他便对上了一双圆睁的眼睛。

白采苹脸色青黑，满脸惊诧地望着他。这神情颇为狰狞恐怖，把苏如晦吓了一大跳。半晌之后，苏如晦才反应过来，这是一具尸体。他把尸体拉出来检查，见额角和后脑勺都有磕碰的痕迹，耳上只有一枚耳环，嘴里塞了冰蝉玉防腐。

“获取死亡一天的白采苹×1。”

苏如晦震惊了，白采苹昨晚就死了，今天白天他看到的白采苹是什么东西？

苏如晦想起白天系统介绍那个活的白采苹的时候，句首加了个“据相貌判断”。这狗系统，跟他玩儿文字游戏，那个活着的白采苹是个假货，难怪她没认出江却邪也是个冒牌货。

江宅不能待了，得立刻走。苏如晦收拾包袱，直接出门，一路上没见到下人，偌大的宅子死了一般，半点声息也无。苏如晦暗叹，麻烦真是到处都有，江宅的不对劲儿已写在明面儿上了，只怕今夜难以走脱。下楼到厅堂，却见“白采苹”坐在漆木屏风后面，一抹剪影映在纸绢上。

这厮挡在苏如晦的必经之路上，非常棘手。苏如晦弯腰从靴子里抽出匕首背在身后，自后方缓缓绕过屏风。他看见白采苹的侧脸，女人带着温柔的笑，和白天一样，本是温婉昳丽的面庞，现下看来多少有些僵硬惊悚。

苏如晦一步步走近，“白采苹”一动不动。他伸出手在白采苹面前晃了晃，她依然没有反应。奇也怪哉。苏如晦凑近白采苹的脸庞细细端详，从细眉到眼睛，再到嘴唇。看明白了，这是个傀儡。苏如晦拔出匕首割开她的后颈肉，没有血液；撕开皮肉，露出里面锈迹斑斑的陨铁骨骼，骨骼下是一圈圈牛皮裹着的人造经络。脑壳里放置一组灵石，组成苏如晦自创的八卦灵感星阵，这星阵是灵力流的中枢，能让傀儡学习人类的表现。

这个傀儡外形精致，可惜用的时间太久了，经络老化，灵力流通行受阻，傀儡罢工了。

“信息解锁：老旧的美人傀儡。宿主担任极乐坊坊主时产出的甲字第一批歌舞傀儡，现在被人改造用于旁的用途，比如说伪装江却邪的娘。”

苏如晦揭开白采苹的面皮，眉骨中央上刻着苏如晦的雪花徽识，这表明这个傀儡出自苏如晦的手。

“有点意思，秘宗不是已经掌控了我的神机鬼藏吗？江家怎么还用我做的傀儡？”苏如晦问。

“诚然神机鬼藏已经被秘宗掌控，由于他们没有破解傀儡核心密钥，无法造出二品及以上的机关傀儡。市面上的二品类人傀儡多半是假的，世人公认伟大的天才苏老板才是真正的双修傀儡制造大师!”

苏如晦:“……”这名声不要也罢。

三品和四品傀儡只能履行主人简单的命令,二品傀儡能够学人说话,一品傀儡能学人思考。而所谓的超一品类人傀儡,便是与活人别无二致,甚至比活人还要强大的傀儡。傀儡能够学人,但终究不是人。它们遵循主人的命令,把自己视为主人的工具。

苏如晦有段时间造傀儡造得疯魔,铁了心要造出真正具有智识的傀儡。当然,他并没有成功。然而不知哪里走漏了风声,传出小道消息。苏如晦本人尚且对自己不自信,天下人倒是对他充满信心,坚信他造出了超一品傀儡。

算了,往事如烟,反正这些破事儿跟他没关系了。

苏如晦出门,一转身,便看见木廊尽头立着个黑影。他停了步子,那黑影缓缓朝他走过来,白皙的脸庞从荫翳下显露,他看见了一张熟悉的脸——江雪芽。她带着笑容,细眉弯弯如新月,喊了声:“弟弟,你终于回来了。”

苏如晦被囚在昆仑的时候,江雪芽来看过他几次。那时候境况不好,他们说话有人监视,每回见面都说不了什么。再后来他重病,时昏时醒,最后一次见到江雪芽,他强撑病体对她说:“师姐,周小粟靠你了,她那个丈夫心术不正,我实在是不大放心。”

江雪芽按住他的肩膀,沉痛道:“放心吧,小粟我会照顾,那狗男人若敢欺侮她,我率铁骑踏平幽州。你不必担心,尽管安心去吧。”

唉,苏如晦叹气,这个家伙真的不会说话啊。

苏如晦对这厮很不放心,又道:“你和桑持玉……”

江雪芽的表情更沉痛了:“都怪我,没能早点发现那件事。”

“什么事?”苏如晦疑惑。

“自然是你二人都心悦于我的事,”江雪芽喟然长叹,“怪我,让你们兄弟反目成仇。”

他喜欢她?什么玩意儿?苏如晦震惊了,道:“不……”

江雪芽打断他:“不必多说,我都知道。虽然我对你和桑持玉都没有那方面的心思,但是看在相交多年的分儿上,我可以让你俩一起过府,只要你们和我的蓝颜知己们好好相处。可惜你……唉,身子差了点儿,不知道能不能撑到那天。”

苏如晦挣扎着说:“你听我解释……”

“不必解释。”江雪芽按下他。

“我必须解释……”

江雪芽无奈:“好吧，你还有什么话就说吧。诉衷肠就不必了，对不起，咱俩认识这么多年了，我实在有点儿尴尬。”

“我……”

苏如晦想要开口，刚巧药毒犯了，眼前一黑，一下晕了过去，于是他的解释始终没能说出口。老天爷可怜，给他机会，他一定要解释清楚，他不喜欢江雪芽！这是个误会，天大的误会！

可是他现在是江却邪，怎么告诉江雪芽苏如晦不喜欢她？目光挪到江雪芽脸上，只见江雪芽笑眯眯望着他，烛火积落在她眉宇，她双眼似乎流泻出摄人的精光。

不对。

苏如晦猛然发现，他明明见到了江雪芽，系统却没有发布任务完成提示。“寻找江雪芽”的任务还没有完成，这个人根本不是江雪芽。

“拙劣的模仿者，如果宿主的演技可以得金像奖，那么她只值得金扫帚奖。”

虽然听不懂系统说的金像奖和金扫帚奖是什么意思，但是苏如晦大概知道这人是个假货了。江雪芽打小跟着师父习武，刀术卓绝，尤擅格斗刀法，比起桑持玉都不遑多让。连她都能被暗算替换，苏如晦心里掀起惊涛骇浪，面上却依然镇静自若，弯腰恭恭敬敬行了个礼，道:“却邪见过阿姊。”

这个假扮江雪芽的人似乎并未发现端倪，点点头:“走吧，我带你去见父亲。”

仿佛有口锅扣在苏如晦心头，他手指微微发紧。真正的江雪芽在哪儿？还活着吗？“寻找江雪芽”，找的是活人，还是尸体？苏如晦眼底铺上一层静寂的暗影，那所谓的“父亲”还是江怀苍吗？

江家到底遭遇了什么？

苏如晦抬起头，转瞬间换了副腼腆的神色:“劳阿姊稍候，我去趟茅房。”

“好，我等你。”江雪芽笑容和蔼。

果真是“拙劣的模仿者”，苏如晦心想，江雪芽压根儿不会这么微笑。

他进了茅房，关上门，转身对着恭桶，正要掏通讯罗盘，不经意瞥了脚边的恭桶一眼。这腌臜东西不知多久没有清洗了，里头残留了许多人的遗留物。就看了这么一眼，苏如晦掏罗盘的手顿住了。因为他透过黄澄澄的金汁看见自己背后，茅房木门的上方缓缓探出了江雪芽的脸，她圆溜溜的眼睛直勾勾盯着他的背影，苏如晦的心情十分复杂。

露出马脚了吗？她怀疑我？苏如晦心头一紧。

他又看了眼金汁，江雪芽一副饶有兴趣的样子，完全没有离开的意思。这偷窥的姿态无比熟悉，之前在小楼窗外偷窥的人想必也是她。

似乎不是怀疑，而是感兴趣。这怪人好像有偷窥的习惯。

然而苏如晦若不如厕，恐怕就会被怀疑了。

苏如晦一咬牙，解开裤带脱下裤子。他感到头皮一松，背后灼灼发热的目光似乎不见了。他扭过头，人已经不在了，小心翼翼附在门缝儿上往外探看，见她站在小径尽头等着，没有再上前来。

他蹲下身，急急忙忙掏出通讯罗盘。

罗盘的灵力流连通，青光符印在罗盘上浮现，他听见桑持玉的声音："何事？"

"你在家里？"苏如晦问。

"嗯。"

"你还给我的卖身契，最后一句话是什么？"

那边沉默了一会儿，半晌才回答："伏愿阁下身强体健，千秋万岁。"

是桑持玉本人没错，苏如晦放心了，道："这句话我原样送给你，虽然不知道你愧对谁，有什么愧，但是我知道天天半死不活的没用，养好身子，才有办法弥补你愧对的人。"苏如晦飞快地说道，"厨房还有几个肉夹馍，你对付着吃晚饭，明早我回去给你做早饭。"

说完苏如晦合上了罗盘。桑持玉泥菩萨过河自身难保，告诉他此间险境是徒惹烦忧，所以他没说江宅的情况。江雪芽必须得找，是死是活，他都得见到她。然则江宅情况不明，危险重重，还是从长计议的好。三十六计，走为上策。

苏如晦提上裤子，深吸一口气，推开了门。

另一边，桑持玉望着沉寂的通讯罗盘，好半晌没说话。

"桑公子，准备好了吗？"他的身前不远处，一个男人打开了一道深蓝色气旋，"这是我的秘术——无相法门，经由此门，可以去往大千世界。我修为尚浅，最远只能连通三百里地，去黑街是足够了。公子踏入此门，从此便是黑街的人了。如何，公子可还要考虑一番？"

桑持玉没有回答，只问："你们传经要多久？明天清晨之前可以结束吗？"

"公子随时都可以离开，这次只不过是让公子熟悉熟悉我们大悲殿。公子有旁的要事吗？"

"嗯。"

桑持玉收起罗盘，踏入气旋，眼前移天换地，风景殊异。这是一处颓败的殿宇，空气中有炙肉的焦煳味，炽烈的篝火撞入眼帘，他的面颊感受到滚烫的热度。无数男女围着篝火喝酒吃肉，赤裸着上身互相摔跤搏杀，有的甚至滚倒在泥地里欢好。大多是秘术者，外形发生了些许变异，有人眼睛是竖瞳，脸颊上长毛或者浮现纹路。

无法在阳光下行走的人都藏在这里，黑街是流民、杀人犯和人渣的聚居地。其中一批人进入大悲殿，大悲殿赐予他们秘药，赠予他们与阳光下的世界抗衡的力量。

大殿最前方是一尊妖异的黑色千手观音像，密密麻麻的手臂扭曲着向四周伸展，让人想起海怪恐怖的触手。石像上站了一个人，那是大悲殿的主人，也是桑持玉在黑街的引渡者，黑观音。

桑持玉一进来，仿佛沸水炉子里浇了一盆冰块，喧闹声登时止息，所有人眼也不眨地望过来。曾经桑持玉是他们最大的敌人，这个男人的手上沾满了人渣的鲜血。黑街恶人账上排名前一百的人所剩无几，因为桑持玉按图索骥，将他们挨个儿斩杀。

正前方，黑观音朝桑持玉伸出了手，桑持玉一步步朝他走去。

恶人夹道目送这个沉默的男人，在他身边絮絮低语——

“桑持玉，我的哥哥是你杀的，你还记得吗？”

“我深爱的女人死于你手，你收割了她漂亮的头颅。”

“十一年前秘宗开荒，你炸死了我的丈夫。”

桑持玉走到最前面，黑观音微笑着道：“可是我们不会对你怀抱仇恨，在黑街，杀人不犯法。事实上，我们早就知道你有一天会来到我们这里。不知道你有没有发现，虽然你是世家遗孤，秘宗首徒，可是你手上的杀孽远比我们深重。不过，公子放心，我们不会强逼你做你不愿做的事。”

黑观音知道桑持玉来到黑街是走投无路之举，昆仑秘宗毕竟是他长大的地方，师友亲缘怎可能一朝斩断？况且桑持玉又是这等持身守正之人，能说服他进黑街，已经是了不得的事儿了。只要能从桑持玉口中得到昆仑秘宗的讯息，黑观音就知足了。

“我要向你打听一个人。”桑持玉开口。

“何人？”黑观音和蔼地询问。

人群中突然喧哗起来，大悲殿废墟进入不少脸上涂着油彩的男人。这些人扛着灵火铳，大摇大摆走进来，神情不善。大悲殿的人们龇牙弓背，呈戒备状态。一个黑发黑眸的男人缓步走进废墟，他是唯一一个脸上没有涂油彩的人，也是唯一一个没有带火铳的人。一身纯黑色的外袍光华流转，恍有月光溅跃其上。

只要在黑街住上一段时日，便会知道这是黑街最不好惹的帮派——极乐坊。

他们没有信仰，更无规矩，及时行乐是他们唯一的信条。

韩野一边拍掌一边笑，声调里带着嘲讽：“桑持玉，真没想到在这儿见到你。”

黑观音并不理他，只问桑持玉：“公子要寻何人，尽管问来。”

“不用了，他已经来了。”桑持玉的目光落在韩野身上。

韩野在千手观音像下站定，与桑持玉遥遥相对而立。韩野率先开口：“你们秘宗的人一向视我们为垃圾、毒虫，上回你们的人进黑街，统统带着钢铁面罩，说我们这儿的空气有毒，只要呼吸一口就会皮肉生疮。既然桑公子大驾光临，我专门给你准备了个金子打的。”

他将手里的东西往前一丢，一个金灿灿的东西滚到桑持玉脚边，却不是什么面罩，而是个口笼子。

桑持玉望着他，面无表情。

韩野笑得不怀好意：“不戴戴看吗？我对你们秘宗的人向来以礼相待。你好像不信？来啊，让桑公子看看他的同僚。”

他拍了拍掌，身后极乐坊的下属用金锁链拴来一个爬行的人。那人戴着和桑持玉脚边物事一模一样的金口笼，四肢着地，狗一样爬过来。只要他稍稍抬起身，后方立时有人鞭打他的后背。他的背部已然血肉模糊。桑持玉认得这个人，鹰扬卫百户李蒙，秘术是瞬影移形，在秘宗他们同属一个官署，经常见面。

李蒙也看到了桑持玉，登时热泪盈眶，口齿不清地喊：“救我！”

韩野抬抬手，极乐坊的人松了锁链。李蒙连滚带爬，拖着叮当作响的锁链跑向桑持玉，死死扒着他的腿不松手。韩野阴沉地笑：“黑观音，你太过天真。桑持玉岂会对同僚下手？你难道指望将来大悲殿同昆仑对垒的时候，他出手对付昆仑吗？我看你还是想想他会不会顾念往日旧情，对你们恩将仇报吧。”

黑观音摇头笑：“我信桑公子不是这样的人，大悲殿报予公子善意，公子定不会让我们失望。”

“愚蠢至极。”韩野冷下脸。

话刚说完，身后响起一声凄厉的惨叫，周遭的人统统倒吸了一口凉气。韩野皱眉，看见这些人惊诧的眼神，心中生疑，回眸望去，正见桑持玉慢条斯理地将手指插入李蒙的眼眶。那个把桑持玉当成救命稻草的男人像失了水的鱼一样剧烈颤抖，血越涌越多，蛇一样蜿蜒着遍布他的脸庞，他渐渐失力，归于静止。

桑持玉将手指抽出来，离开男人眼眶的刹那间，所有冰蓝色的经络收回指尖，无人发觉他手指的异样。他转过脸，没有情绪的眼眸对上惊讶的韩野。韩野这才发现，桑持玉变了，他再也不是往日那个扶危济世的大掌宗首徒了。

众人没想到桑持玉真的能下手，连黑观音都有些惊讶。众人更惊讶的是，桑持玉不但出手了，而且出手如此狠辣。

“我听闻黑街杀人不犯法。”桑持玉道。

“不错，”韩野敛起眸底的震惊，道，“桑持玉，想不到……”

“你会残杀昔日同僚”几个字未能说出，他的肩背猛然泛起鸡皮疙瘩，一道阴影笼罩了他。他再一次看见众人震惊的眼神，而原本站在前方远处的桑持玉不见了踪影。与此同时，一只冰凉的手掐住了他的后脖颈。

出乎意料的速度，让人措手不及。韩野猜到他饮下了秘药，却没有猜到他的秘术。黑街有一本密册记录了迄今为止他们所得到的关于昆仑秘宗的所有讯息，包括他们已知的秘宗高手的秘术，其中桑持玉是一片空白。纵然知道他是秘术者，黑街与桑持玉对峙这么多年，从不曾听闻桑持玉使用过他的秘术。没想到桑持玉的秘术和他同僚一样是瞬影移形，韩野的心底结起冰寒的霜花，手指寸寸发冷。他的黑焰火发动需要五息的时间，但他相信桑持玉掐断他脖子的速度绝不会超过一息。他死定了。

然而，桑持玉迟迟没有动手，反倒松开了他的后颈。

冰寒的气息撤走，韩野僵直的脊背松快了几分。他疑惑地扭过头，桑持玉为何不杀他？他分明感受到了桑持玉凛然的杀气。桑持玉的目光似乎落在他的发顶，他摸了摸自己的发髻，那里别了根黑檀木簪。

“为何不动手？你别想我感激你。”韩野冷笑。

桑持玉看了他一眼，同他擦身而过，向黑观音走去。

这小子看起来比他还目中无人。韩野额角青筋跳了跳，按捺着性子对他的背影道：“你既然决心入黑街，我就不会再找你的麻烦。正好，我的卧底从秘宗拿回一个消息，我想你们一定感兴趣。”

“哦？”黑观音起了兴致，“愿闻其详。”

韩野挥挥手，极乐坊的人退避在外，黑观音也点了点头，大悲殿诸人缓缓退下。偌大的废墟里，只剩下极乐坊和大悲殿的核心成员。桑持玉对他们的谈话不感兴趣，也想离开，黑观音请他留下来。

韩野微微扬唇，压低声音道：“苏如晦没死，我的人亲眼所见，昆仑秘宗把他藏起来了。”

桑持玉微微一怔，没有波澜的静寂双眸看向了韩野。

第三章 代行人与小弟

“江雪芽”站在小径尽头等候，茅房里的人迟迟不出来，她往那儿看了看，提步走过去。就在此时，头顶落下一道黑影，重重压上她的脊背。苏如晦以膝盖抵住她的后颈，她在巨大的冲击力作用下狠狠摔进了泥巴里。

许久不动手，苏如晦的动作有些生疏，他本想压她的肩背，没想到直接压住了她的后颈。人体的颈骨很脆弱，以苏如晦的体重跳压而下足以使其碎裂，然而身下的人一点事儿也没有，朝上的那只眼睛在眼眶里弹珠似的骨碌碌乱转，定在了苏如晦的方向。

她说：“弟弟，你出恭好慢。”

这景象实在过于诡异，苏如晦心中大骇，迅速将她的手臂反绑在身后，拖着她来到树下。

“你到底是什么人？”苏如晦问。

“我是你的姐姐江雪芽。”她笑眯眯地说。

“别装了，”苏如晦抽出匕首在她胸腹间比画，“不要逼我动真格的，我可不会怜香惜玉。”

她笑容的弧度丝毫不减，她脸上像戴了个精致的面具，看起来十分诡异。

她的回答变了：“孩子，你胜不过我们，不要试图违抗我们，更不要试图杀死我们，你的力量在我们面前毫无意义。我们等了你很久，请你去正厅觐见江怀苍——你的父亲。”

这答了等于没答，苏如晦没时间跟她掰扯，问：“真正的江雪芽在哪儿？”

“江雪芽”保持着微笑，并不言语。

不合作，只能用刑了。苏如晦将匕首刺进她的肩头，鲜血涌入血槽，她的笑容竟一如既往，仿佛感觉不到肩膀的痛楚。苏如晦明白了，动刑对她没用。

要是有真言秘术就好了，可以让这家伙说真话。

“温馨提示：江宅被洞玄境秘术‘净土’覆盖，区域内所有未被指定的秘术者秘术失效。”

苏如晦：“……”

这些怪物果然不可小觑。苏如晦一拳把她打晕。

还是先跑路吧。苏如晦返回小楼，白采苹的傀儡还在那儿坐着，那精致的笑容同“江雪芽”如出一辙，看了让人浑身起鸡皮疙瘩。苏如晦撕下她的面皮，贴在自己的脸上，又换上白采苹的裙装，将匕首绑在大腿上。易容非常粗糙，白天一眼就能发现不对劲，而且这裙子对他来说太短了，裙摆才到他的小腿。幸好现在是黑夜，不在近前看发现不了端倪。

他回忆白天来时的路，出去须得经过两座跨院，一座曲廊。顺着抄手游廊往外走，踏出腰子门，外头影影绰绰全是看不清面目的人影，幽魂似的在树荫里徘徊。他迅速转身，走上另一座曲廊。灯笼的红光罩在脸上，是极为不祥的血色，整座宅院被笼在绛红色的光里，似乎有鲜血到处流淌。

下了曲廊，前方黑暗的假山树林里出现攒动的人影，他额头出了冷汗，回身想要跑，却见木廊里不知何时已经挤满了人。这些人行走没有声息，如同鬼魅。他的行动早就被发现了，他们像捉弄牢笼里的老鼠一样观看他四处乱窜。

苏如晦气喘吁吁，放下包袱一屁股坐在栏杆上，摆摆手：“不跑了，要杀要剐，悉听尊便。”

一只手搭在他的肩头，他转过脸，对上一张微笑的老人脸。这脸庞笑得无比怪异，苏如晦差点儿背过气去。他拨开肩头长满老人斑的手，干笑道：“恕我直言，你们的模仿实在很拙劣，不如我们还是坦诚相见吧。”说着，他撕下了脸上的假面皮。戴着这玩意儿着实憋闷，料想这帮怪东西也好不到哪儿去。

江怀苍摇头：“我们的相貌于你而言太过丑陋，你若见了必定十分惊惧，还是不要摘下面具吧。孩子，不要再想着逃跑了，我们之中有身怀天眼秘术的同伴，江宅无时无刻不处在他的监视之下，无论你逃往哪里他都能看见。”

江雪芽从他身后走出来，依旧是那副眉眼弯弯的模样。

见多了就习惯了，苏如晦换上吊儿郎当的微笑，两手揣在袖子里，道：“你早说啊，害我累得半死。来吧老爹，让我们友好地谈一谈。”

江怀苍眯着眼睛笑：“谈？有什么好谈的呢？你应该求我们放你一条生路。”

“不不不，”苏如晦摆手，“该求人的是你们，不是我。你们需要我。”

“哦？”江怀苍假笑，“你如此渺小，是什么给了你这样的信心？求助于我们吧，我们不会害你性命。”

苏如晦学他假笑:“我不知道你们是谁，你们混入江家大宅，还替换了江家人，可谓十分强大。可惜就我所见，你们的演技和伪装非常烂，论起模仿的技巧，你们还不如猴子。你们不能到处现身于人前，很容易被发现。你们很强，强到足以神不知鬼不觉地灭杀江氏。但你们成功的最大原因是出其不意，以及净土秘术对其他秘术者的压制。如果你们和其他秘术者正面为敌，恐怕形势就会大幅度扭转。我想你们应该非常忌惮昆仑秘宗，毕竟那里高手如云。”

江怀苍保持着微笑。

“所以你们需要一个人，一个不用伪装的真正的江家人，一个为你们办事的人。”苏如晦摸着下巴，“如果我没猜错的话，你们一早就选中了我。”

“说说看吧，我们为何会选中你?”

“非我族类，其心必异。你们无法对我全然信任，所以你们掌控了江氏族人的性命。我想你们本来的目的并不是杀人，而只是替换。你们替换得很小心，替换江大公子的时候甚至延续他的习惯——和我娘上床。但是恐怕我娘发现了你们的猫腻，兴许还激烈反抗，你们不得已把她杀了。”

苏如晦汗颜地想，这才是系统所谓“鏖战三百回合”的真正意思，这个垃圾系统，成日不好好说话误导他。

他接着道:“尽管如此，江家应该仍有相当一部分人活着，你们可以用他们的命要挟我。”

江怀苍叹道:“你是个聪明的孩子啊。”

“但这并非你们选中我的最重要的原因，”苏如晦沉思，“我实在想不明白，我到底有什么特别之处。”

“因为你没有秘术。”江怀苍告诉他，“我们需要一个人进入秘宗，探查一个秘术者无法进入的地方。你是江家子，你进入秘宗的门槛比普通人低。你是桑持玉的贴身仆役，你可以从他那边趁机取得秘宗完整的地图。注意，我说的是完整的地图。秘宗有相当一部分区域没有标注在地图上，最高等级戒严，桑持玉是曾经的首徒，只有他知道那些地方在何处。其中有一个地方，藏着秘宗最深的秘密。据我们所知，那个地方被设置了迷迭阵。阵法奥秘玄妙，我等无法参透。不过这迷迭阵有个特点，便是它容许普通人通过。”

“秘密?”

“不错，”江怀苍的眼神变得深邃，“三十多年前，一个来自秘宗的女人偷走了我们的绝世刀兵，封藏于秘宗之内。我们这一族流浪多年，跋涉万里，披风沥雪，便是要找回我们的兵刃。”

“绝世刀兵？长什么模样？”苏如晦说，“画个图给我看看。”

江怀苍神秘地微笑：“当你进入迷迭阵，我们自然会给你进一步的指示。”

找东西而已，不算什么难事儿，值得探究的是这帮人的身份。苏如晦不动声色地打量这些怪人，他们身上有种说不出的别扭感。这种别扭感很难形容，就像狗说人话，人做狗样，十分违和。

他们说他们是和秘宗对立的族群，倒也有可能。秘宗这些年来开疆扩土，清除了不少深山老族，譬如南沼老苗、漠海羌族等，皆被秘宗赶尽杀绝。如今他们的土地种满庄稼，建满屋舍，归入四十八州之中。他们这一支又是哪一脉？

“交易吗，弟弟？”江雪芽温柔地询问。

“交易，当然交易。”苏如晦口上答应得爽快，“这是助人为乐的好事儿啊，我义不容辞。放心吧，我这人最爱看大团圆，路上看见一猫一狗，我都非得把它们撵作一双。”

江雪芽歪头看他：“可我们杀了你的母亲，你不仇恨我们吗？我知道你常常表里不如一，出口必是谎话连连。或许你只是委曲求全，只待来日反戈一击。告诉我们真话，不要隐瞒。我的秘术是‘真言’，你在我们面前无法说谎。”

苏如晦无辜地眨眨眼：“我真不想报仇，我一点儿也不恨你们。”

江雪芽和江怀苍面面相觑。

江雪芽道：“他说的是真话，我的术法已经发动了。”

江怀苍微笑着慨叹：“是个冷心的孩子啊。”

苏如晦假笑，这帮怪人怎么也不会想到，他们可以替换江氏，别人也可以替换江却邪。白采苹和他非亲非故，他会惋惜，但不至于仇恨。

“比起死去的人，我更在乎活着的人。”苏如晦慢条斯理地说，“江家还有多少人活着？”

“你的父亲、哥哥和姐姐，都尚在人世。”

得到了想要的讯息，苏如晦爽快地点头：“行，这笔买卖我做了。为你们探查昆仑秘宗是吧，这事儿包给我了。”

江怀苍笑着颔首：“很好，从今日起，你是我们的代行人。你的任务是找到昆仑秘宗的秘密，把他们费尽心思掩盖的秘密完整无缺地带出来交给我们。为了打消你的疑虑，我们向你承诺，交给我们那个秘密不会对你和你的家人产生任何威胁。”

苏如晦也肃然道：“从今日起，我就是你们的代行人。却邪向老天爷起誓，若有背叛，天打雷劈！”

真言术下，他当然无法说谎。怪人们高兴地点头。

苏如晦也很高兴，说谎的不是江却邪，而是苏如晦，当然没有关系。

实力差距悬殊，他们要拿捏他，江雪芽暂时没有性命之忧，暂且答应这帮怪人的条件，以待来日救出江雪芽。只不过要帮他们干这么危险的事儿，怎能不讨点好处?

苏如晦搓搓手，笑道:“诸位前辈，你们也知道我是个没有秘术的小可怜。昆仑秘宗龙潭虎穴，我孤身独往，除却一身是胆，别无长物。前辈们个个是秘术大能，想必以气血画点儿符箓给我防身不成问题。不知能否讨几张符箓？最好是真言和净土。”

江怀苍同意了，旁观的黑影们指间闪烁金光，血丝自指尖渗出，书写无数符箓。符箓飘向苏如晦，苏如晦忙不迭地接下。随意点了点，有五张真言符箓、两张净土符箓，七张瞬影移形，一张无相法门，一张可以让人暂时隐身的神隐，和一张能透视物象的神目，统共十七张。秘术者以气血画符，对自身消耗甚大，不休息个七八天恢复不过来。这帮怪人一给就是十七张，真是实诚。

苏如晦是个黑心眼的，羊毛不薅到秃不罢休。他摆出一副眉眼弯弯的笑脸，又道:“实不相瞒，最近手头比较紧。诸位知道，我们凡人人情往来十分耗钱，到时候打通人脉少不得花费。更别说我已为人奴仆，还要照顾柔弱不能自理的主家，那个……”

江怀苍道:“江宅本就是你家，你家的财物，你随意取用。”

“好嘞。”苏如晦猛拍胸口，“各位前辈放一百二十个心，你们的事儿包在却邪身上了！却邪赴汤蹈火，在所不辞!”

等等，苏如晦忽然想起一件事。一番话谈下来，他能够确定这帮怪物确实对江却邪没有杀心。假江雪芽那日潜入他的寝居只是观察监视，毕竟他是他们定好的人选，他们并不想杀他。

谋杀江却邪者另有其人。

他这厢心思沉重，那厢江雪芽递给他一个通讯罗盘:“这是专门同我们联络的罗盘，符印已经烙刻完毕。我们得知秘宗拓荒卫归来，将在各地发布征军告示，这是你进入秘宗最好的机会。我们的模仿不足以掩人耳目，我将换一个合适的身份，在昆仑等你的到来。”

苏如晦接过罗盘，揣着鼓鼓囊囊的荷包心满意足离开。江雪芽和江怀苍目送他消失在木制回廊的拐角，江怀苍笑叹道:“你学会说谎了。”

“是的，我的秘术并非真言，而是读心。当我聚精会神，我便可以阅读我面前之人的所思所想。”江雪芽道,“行走人世,说谎是第一要诀。”

“那么他可信吗?”

“可不可信有什么要紧呢?重要的是他是否能为我们所用,毕竟他是苏如晦啊。”那张和江雪芽如出一辙的脸望向北方天穹,“黑街叛他,秘宗囚他,这两者都是他的仇敌。他心中真正在乎的人是江雪芽,只要他以为江雪芽在我们手中,他便可为我们所用。请神荼大人出马寻找江雪芽的下落,务必在苏如晦之前找到她。”

江怀苍道了声是,余光瞥见苏如晦落下的碎花布包袱。有几只小虫子在花布上爬,江怀苍拍落虫子,命人把包袱给苏如晦送回去。

黑街,大悲殿。

“不可能,”桑持玉开口,“苏如晦已死。”

韩野瞥了他一眼,徐徐道:“三日前,昆仑秘宗秘密召请渝州神医黄知北,我一个得力的手下混入黄知北的队伍。秘宗非常谨慎,黄知北只被允许携带一名弟子入山。我的手下替换了他的大弟子,成功潜入秘宗。秘宗将他们迷晕,又在仙人洞把他们唤醒。”

黑观音展开边都地图,地图上是一片皑皑雪山,山下坊市林立,屋舍俨然。

“别看了,市面上流传的地图不会有仙人洞的标记。”韩野抱着臂道,“据可靠消息,仙人洞是秘宗专门囚苏如晦的所在,四周罩了三层迷迭阵,秘术者连门槛都进不去,而没有秘术的普通人,也会迷失在重重迷障之中。秘宗五年前昭告天下苏如晦病重而死,而我的手下传讯过来的最后一句话便是‘苏老板还活着,秘宗丧心病狂,快来救人’。那之后他被秘宗发觉,现下已同我们失去联络,约莫是凶多吉少了。”他看向桑持玉,“桑持玉,你为什么说苏如晦已死,你亲眼所见吗?”

桑持玉没有回应,黑而深邃的眸子寂静若海。

何止亲眼所见,苏如晦是他亲手所杀。

况且那个叫江却邪的活脱就是苏如晦,这世间怎么会有两个苏如晦?

“喂,回话。”韩野喊他。

“未曾。”他说了谎。

“那就是了,你只是猜测罢了,其实苏如晦还活着。不过说实话,关于苏如晦的情况,我只知道他还活着。秘宗秘密召请神医,料想苏如晦的情况不容乐观。他身中药毒,离开黑街的时候就已经病重。即使把他救回来,或许也活不了多久。”韩野摩挲着拇指上的精钢指环,道,“但是,极乐坊一定会去救他。”

黑观音叹息道:“弥补你们背叛他的错误吗?”

“随你怎么想。”韩野倨傲地扬了扬下巴,“黑观音,你入不入伙?”

黑观音沙哑地笑起来:“苏老板匡扶黑街,我等谁不曾受过他的恩惠?如今确信苏老板尚在人世,大悲殿自然要出一份绵薄之力救他离开昆仑。只是秘宗险恶,大悲殿此去凶险重重。我想,拿一个机关武库应该不算过分。”

此言一出,大家絮絮低语,苏如晦的“机关武库”大名鼎鼎,谁人不知。

当年苏如晦被移交给秘宗,他所有人形傀儡、兽形傀儡、图纸、风后星阵、《机关傀儡精解》也都被秘宗获取。从此不只极乐坊拥有苏如晦留下的傀儡制造技艺,秘宗也获取了这绝技。秘宗把这些东西藏在一个地方,外人将其命名为“机关武库”。机关兽傀已经足够让人眼馋,更有传说言道苏如晦的超一品肉傀儡也在其中。

韩野笑了:“老狐狸,你的算盘打得很响亮。行,机关武库归你,极乐坊只要苏如晦安全回家。”

黑观音拱手道谢:“大悲殿必定倾力相助,烦请坊主给个章程。”

韩野道:“上个月拓荒卫开矿归来,损失惨重,明日他们会在云州城张贴告示招人入伍。体术卓越者优先,秘术者直接入围。我买了一批户帖,家世打扫得很干净,我们的人可以用这些户帖入伍。拓荒卫鲜少扩招,这是千载难逢的机会,就算不为救苏如晦,也是渗透秘宗的好时机。”

“多谢你的消息,”黑观音拱手,“只不过户帖就不劳烦坊主了。”

韩野冷笑,果然是只老狐狸。若用他的户帖入伍,韩野便能掌握他大悲殿的卧底名单。黑观音忌惮这一点,不肯使用韩野的户帖。黑观音口头上说承了苏如晦的恩惠要救人,实际上不知道在盘算什么,这个老怪物的话一点儿也不可信。然而无论如何,韩野的目的已经达到了。有大悲殿这根搅屎棍给秘宗添乱,极乐坊救出苏如晦的概率会大很多。

“秘术者有资格得到官衔,背景调查非常严格,秘宗还会用真言术对入围者审查,我建议你们扮成普通人应征。”他摆摆手,道,“消息已经送到,我走了。”

桑持玉忽然出声:“我加入。”

他要去秘宗查清楚仙人洞到底是怎么回事。

韩野眯起眼,望向欢喜佛下敛目打坐的男人。他方才一直不吭声,影子似的没有存在感,韩野还以为他没在听。毕竟和苏如晦当了许多年的宿敌,桑持玉即使不是个睚眦必报的人,也不会对苏如晦伸出援手。桑持玉忽然说要加入,倒让韩野惊讶了一瞬。

桑持玉抬起眼,烛火沉落在他眉宇间,别有一分清冷的滟然。他道:“五年前,是我镇守仙人洞，迷迭阵我有破解之法。”

黑观音颔首：“有桑公子助力，我们如虎添翼。此次极乐坊同大悲殿联手，定能重挫昆仑。”

“老狐狸，”韩野对黑观音道，“可否让我和桑公子单独谈会儿？”

黑观音笑着不动弹。

韩野哼道：“我不会挖你墙脚，有些私事罢了。”

黑观音敛袖作揖：“请便。”

人都走了，只剩下韩野和桑持玉两个人，一站一坐。篝火高烧，呼呼作响，欢喜佛悲悯的脸庞在跳跃的光影里明暗不定，不时显露出一丝狰狞的色彩。

韩野道：“桑持玉，他日救回苏如晦，我要囚他做我的奴隶，你不要插手。”

四周灼热的气息瞬时降温，韩野感受到对面的杀气。

果然。他心里哂笑。

“桑持玉，世人道你持身守正，却不知你只是虚有其表。我曾经以为你和那帮道貌岸然的秘宗武官不一样，原来你比他们更低劣。不过……”他勾起嘴角，“黑街欢迎你这样的人。”

桑持玉的表情没有丝毫变化，仿佛听不见韩野对他的诋毁。他平静地询问：“簪子，他送给你的吗？”

“你说这个？”韩野取下发髻上的木簪，黑檀质地，簪头雕了一朵粗糙的小花儿，“没错，是他送的。我母亲是个娼家女，黑街一半的人是她的顾客。有一天她死在床上，我流落街头。苏如晦把这根簪子送我，让我拿着它去极乐坊，告诉我不要放弃，还叫我小弟弟。我那时想这个哥哥真好，就算为了他我也要活下去。我千辛万苦爬到他身边，成为他最得力的心腹，然后我看见他把同样的木簪子送给另一个小孩儿，让他去极乐坊报到。我这才发现，极乐坊一大半的孤儿都有他送的木雕。他闲着没事儿就雕个小玩意儿，存了一屋子，堆得满地都是，让人无处下脚。”

韩野嘲讽地笑起来：“他随意施舍，就能让一个从泥巴里爬起来的小孩儿为他赴汤蹈火。他若是存心如此，我敬他心机深重。可他不是，他就是这么一个烂好人。见到孤儿要收，见到老人要救。我最恨的就是他这个样子，他救的人太多，我来到他面前的时候，他早就忘记了我是谁。救那么多人又有什么用？秘宗进犯，第一个把他推出去保命的人就是他救过的人。”

桑持玉抿唇不语。

“我出卖了他，”韩野的嗓音有几分苦涩，“料想这次他会记住我一辈子。”

桑持玉垂下眼帘，道："你出卖他，是因为他病入膏肓，黑街无计可施，而秘宗可以网罗天下名医。可你没想到，秘宗同样无能为力。"

韩野的神情有一瞬变得落寞："连你都能看出来的事儿，那个家伙却看不出来。他临走之时，看向我的厌恶眼神，我至今难忘。"他好一会儿没吭声，继而换上副幸灾乐祸的神色，"他那个人最是坐不住，成日喜欢鼓捣些乱七八糟的东西。秘宗囚他这么久，想必早就待不住了吧。"

桑持玉没有答话，静静凝望一旁跳跃的篝火。

韩野不说，桑持玉也知道苏如晦是个什么样的人，打从桑持玉十岁那年认识苏如晦开始，苏如晦身边的桃花就没有断过。为何会有这么多人喜欢苏如晦？他想，真是奇怪，苏如晦明明那么讨厌，聒噪，无耻，下流，招人烦。

韩野又问："他是不是也送过你簪子，所以你见到这根簪子没有对我动手？我劝你忘了他，他一定早就把送你簪子的事儿忘得一干二净了。"

桑持玉眉睫低垂。韩野说得没错，苏如晦向来是这样一个人，他对谁都好，他的善意四处泛滥，他的记性也很差，这些小事他从来记不住。

"对了，还有件事儿，江却邪颇合我眼缘，不知桑公子可否卖我个人情，将此人拱手相让？"

桑持玉拒绝得很快："他不是可以随意相赠的礼物。"

"一个肖似苏如晦的废物罢了，你何必在意？"韩野嗤了声。

鬼使神差地，桑持玉没有吐露江却邪是苏如晦的秘密。桑持玉迎着韩野嘲讽的目光，道："不要去打扰他。"

韩野冷笑，桑持玉这个伪君子，进了黑街成了恶人，还要救苦救难。为了一个男人争斗很丢脸面，韩野意兴阑珊，道："罢了，那就算了。最后给你一句忠告，黑观音不是个好东西，你最好防着他点。他的无极散里有旁的佐料，你若有门路，找个大夫好生看看吧。"

天蒙蒙亮，苏如晦回到了家。抬起手掌，一只小小的铁甲蜘蛛爬上他的指尖。

"回来了？"苏如晦牵唇一笑，"那些怪人说了什么，学给我听听。"

他故意把包袱落在回廊，便是为了让窃风蜘蛛探听那帮人的谈话。窃风蜘蛛果然不辱使命，嚅动口器，鹦鹉学舌般一字不差地把"江雪芽"和"江怀苍"的谈话模仿了一遍。

听完之后，苏如晦惊讶地挑了挑眉头。没想到江雪芽不在那帮怪人手里，那江雪芽会在哪儿？那个假江雪芽会读心，这秘术棘手得很哪。苏如晦收起小蜘蛛，清点手里头的什物。他现在手握一大堆秘术符箓，遇见极乐坊纵使打不过，逃跑是绰绰有余的，他一点儿也不虚。不过安全起见，他还是得再想想法子尽可能地武装自己。

耳边忽地“嘀”了一声。

“‘寻找江雪芽’任务失败，宿主收获系统的贬低与辱骂×1。”

苏如晦讶然，什么玩意儿？

“苏如晦，你是个平平无奇的小垃圾。”

苏如晦：“……”

去死吧，狗系统。

回廊里冷冷清清，寝居废墟横亘在院里，焦黑的木头相互枕藉，乱七八糟。桑持玉的厢房窗门紧闭，料想人还睡着没醒。苏如晦不打扰桑持玉，径自去厨房做早饭。先捏了两个大饭团，里头塞进黄澄澄流油的咸蛋黄，还有切得细细的牛肉碎。桑持玉不挑嘴，苏如晦给他吃啥他就吃啥。纵使苏如晦知道他不喜吃肉，考虑他身子病弱，也要给他多塞点肉。

又倒了两杯乌梅浆，早饭差不多做好了，他到厢房门口侧耳听，里头仍是没有声息。往常这时候桑持玉早起了，他作息规律，对自己又严苛，从来不睡到日上三竿。苏如晦看了看高挂的日头，蹙起了眉，抬手推开房门。

屋里空空如也。

苏如晦愣了，四处寻找桑持玉，连根头发都没有看见，打开衣柜，衣裳鞋袜都被收走了。坏蛋劫人，断没有帮人收拾包袱的道理，桑持玉是自己走的。苏如晦气得吐血，他以为他同桑持玉已经掰开揉碎说明白了，他不会赖在桑家，过些时日便如桑持玉所愿离开这里，没想到这没良心的仍是不告而别。

这小子又是满身伤，又是腿瘸，他能走到哪里去？

苏如晦气得想要揍人，冷静下来想，桑持玉会去哪里，投靠谁？桑持玉说他没有朋友，他难道要靠自己过活？他打小就在昆仑秘宗，鲜少与外人交游，世态险恶人心不古他压根儿没数，他是秘宗武官，养尊处优，又何曾自己谋过生？苏如晦几乎可以想见这傻子沦落成流浪汉的样子了。

苏如晦悲哀地想，过两日去贫民坊和奴隶窑转转，看看能不能把人捡回来。

正想着，忽见角门那儿闪过一角衣袂，苏如晦一惊，大喊：“桑持玉！”

无人应答，苏如晦故意惨叫：“啊！脚扭了。”

院埕里安静了会儿，角门外头出现了一个黑色人影。桑持玉一袭黑衣，静静立在门前。

苏如晦无言以对，如此拙劣的谎话都能骗过这小子，可见其天真，他出门走上三步，就会被坏人带沟里去。

“你干吗啊你！”苏如晦满脸无奈，“你想去哪儿啊？”

桑持玉没回话，定定望着他的脚，似乎在判断他是不是真的扭了脚。

苏如晦看他站立如常的模样，忽地绞起眉心：“你腿好了？”

桑持玉看出他的脚压根儿没事儿了，缓缓抬起头，“嗯”了一声。

“……”苏如晦的脸色变得很难看，“你服了秘药？你疯了？你脑子被门挤了？”

“没有。”桑持玉淡淡回答。

苏如晦一时之间不知道他是在回答没喝秘药，还是他的脑子没有被门挤。

“你过来。”苏如晦冲他招手。

桑持玉不动弹。

“我要走了。”他说。

苏如晦气得两眼发黑，这个没良心的王八蛋，好吃好喝供着他，就差把他当佛爷了，他倒好，说走就走，若非苏如晦眼尖，他恐怕连声再见都不打算说。

苏如晦努力平了平心头的火气，问：“你去哪儿？”

“黑街。”

这厮果然服了秘药。苏如晦彻底火了：“去什么去，你知不知道黑街是什么地方？我真是服了你了，我以为你是个心头有数的，没想到你这么没谱。招揽你的是大悲殿吧？之前那只老狗胡咧咧我全听见了。大悲殿黑观音每年都会招揽不少人，你知不知道为什么？因为他手底下每年都死不少人，没人知道他们为何而死，但十有八九和黑观音给他们吃的秘药脱不了干系。”

“嗯，我知道了。”桑持玉说。

这寡淡的态度，仿佛对生死置之度外。苏如晦从没这么气过，简直想要把桑持玉摁着暴打一顿。可是转念一想，却也是情有可原。陡然从一个天才秘术者变成一个废人，桑持玉若不在乎，不会颓废那么久。

“回来，不要去。”苏如晦肃了脸色，头一回对他正儿八经地说话，“你的秘术我给你想法子，你给我回来。”

灿烂天光下，桑持玉的眼眸静静的。他素来是这个模样，安静得像一个女孩子。苏如晦第一次见到他，就以为他是个听话乖巧的小女娃娃。

“苏如晦。”他忽然道。

苏如晦一愣，他没有听错吧，桑持玉喊他“苏如晦”！

“你因何而来？”桑持玉问。

苏如晦被看破身份，颇有些尴尬。这厮怎么看出他来的，看出来了竟还不说！

“不告诉你。”苏如晦嘟囔着说。

桑持玉这小子变坏了，还是蔫儿坏蔫儿坏的，面不改色地听他叫了这么多天的“主人”，苏如晦尴尬得想要挖个地洞钻进去。不如自尽吧，这人间他没什么好留恋的，苏如晦绝望地想。

桑持玉轻声道：“这几天谢谢你，但是我有必须要去做的事，不要再打听我，也不要再关心我。你要远离我，不认识我，我的事同你不再有关系。除了我，没有人知道你是苏如晦。这座宅子送给你，你可以在这里雕木头种花草，做你想做的事。从今往后，不会再有人打扰你。”

他拿出一张秘术符箓，黄纸上金光闪烁，符箓化为一道光影旋涡。

“喂！”苏如晦喊他。

“最后一句劝告，”桑持玉道，“莫要奇装异服。”

他说完，踏入旋涡，不再回头。苏如晦追过去，只来得及触及一线扭曲的光，旋涡在他眼前轰然闭合，桑持玉消失得无影无踪。他依稀闻见空气里桑持玉留下的气息，雪一样冷的味道，不管是什么季节，那个男人待过的地方始终如同凛冬方至。

莫要奇装异服？苏如晦低头看自己，才发现他之前为了伪装换上了白采苹的裙子，忘记换回来了。他一面尴尬，一面又生气。他奇装异服怎么了？他不只奇装异服，下回他还裸奔！气死这糟心玩意儿。苏如晦半晌没能平过气来：“去吧去吧，有种再也别回来，我再管你我就是傻驴笨猪王八蛋。”

桑持玉什么时候发现他是苏如晦的？苏如晦想不明白，有些心虚。他俩从前是冤家，桑持玉最厌恶的就是他，亏这小子面不改色跟他处了这么多天。心虚之后，苏如晦又感到气闷，给那小子做了这么多天饭，谁想他竟然如此无情，说走就走。

恰好肚子咕咕叫起来，他清空大脑，去厨房拿早饭吃。到了厨房才发现，红漆盘子里只剩下两杯乌梅浆，饭团不翼而飞。

苏如晦彻底忍不住了，摔盘子怒道：“走就走，拿走我的饭团是什么意思？至少给我留一份啊！”

去他的，不就是黑街吗？桑持玉以为他去不了？

苏如晦气势汹汹掏出一沓秘术符箓，点了点，找出无相法门符箓。他竖起符箓就要施用术法，踌躇了会儿，又悻悻把符箓收起来。这种长距离传送的秘术符箓是逃跑最佳符箓，只有一张，还是省着点儿用吧。

他回废墟四处翻拣，阿七是极乐坊的人，应该会有黑街的通关路引，就是不知道有没有被那日的爆炸烧毁。翻了半天，没翻到。他饿得难受，去厨房捏了个实心饭团充饥，忽见锅灶旁边的砖头是松的，掰开一看，通关路引压在里头。

原来阿七把路引藏在厨房了，苏如晦吹了吹手里头的路引木牌，将它收入怀中。饭团吃完，他戴好兜帽，蒙上脸，步子一迈，套马出了府宅。

马车驶进城，苏如晦摸着下巴思忖，去秘宗之前得先去黑街拿点儿东西。

呵，他才不去找桑持玉，那没良心的就自生自灭吧。

他转入悬空栈道底下，沿着小路去了贫民坊，找到一家不起眼的杂货铺。铺子有着黑洞洞的门脸儿，客堂里供奉铜锈斑斑的财神爷。苏如晦跳下车，敲了敲曲尺柜台，一个山羊胡子在柜台后直起身，有气无力地说了句："路引。"

苏如晦在他眼前晃了晃木牌。

山羊胡子扫了眼，右手一指，一个狗洞大小的光影旋涡在苏如晦眼前打开。

苏如晦挑眉："让小爷我钻狗洞？"

山羊胡子翻白眼："爱钻不钻。"

苏如晦："……"

这是恶人回黑街最普遍的方式。黑街的具体位置是高层机密，一般只有帮派核心成员知晓。寻常的恶人进入黑街后，都会被发放一个通关路引，带着路引到城池里的秘密联络地，守门人就会为持有路引者打开无相法门。以前苏如晦身边有术士，回黑街直接开门就是，再不济也有秘术符箓，鲜少从联络地回去。没想到联络地的守门人只打得开一个狗洞，也对，要是能开一扇门，就不在这儿当守门人了。

罢罢罢，他苏爷能屈能伸，不就是钻狗洞吗？

苏如晦爬进无相狗洞，眼前光景倏忽一变，他来到了黑街。狭窄的街道上方两边屋檐几乎相互挨碰，各色灯笼洒下迷幻的光线。妓女和相公抽着烟斗立在街边，白花花的胸膛敞露在光下，口中吞吐雾气飘飘欲仙。路人行色匆匆，穿行于黑街中犹如幻影。潮湿的气味充盈鼻腔，苏如晦闻见熟悉的腐朽味道。

如果从高空俯视黑街，会发现这其实是一座巨大的城池。人口过于稠密，房屋众多，挨挨挤挤压做一堆又一堆，所以街道非常狭窄。又因房屋甚高，光线难以照射底部，街道四季阴暗。黑街居民如同蛇鼠虫蚁，盘踞在这阴暗的角落。

鲜少人知道黑街到底坐落在何处，苏如晦恰巧是少数知道的几个人之一。

它是座移动的城池。每隔三个月，城池四方的星阵开启。星阵以灵石驱动，没有攻击力，通常起辅助作用，用以强化秘术效果。黑街四方这个就是扩大化星阵，届时极乐坊和大悲殿的无相法门秘术者同时施术，在星阵的扩大作用下，世上最大的无相法门在黑街下方出现，黑街整体转移到下一个藏匿地点。当年秘宗进犯，就是因为黑街的藏匿地点被泄露，世家联军守候在目标地，将他们打得措手不及。

苏如晦找到黑街第一大钱庄恒泰银号，柜台密封，中间开了几个狭小的窗洞，里头露出伙计笑眯眯的脸。柜台上贴满了秘术符箓，大多起防御作用。敢在黑街做生意，多少都有些手段。苏如晦穿过客堂熙熙攘攘的人群，走过中央小小的天井，进了后头一个红漆木板隔间。他敲了敲横条窗板，连续三下，停一息，再敲一下。

木板咔嗒一声向上推开，黑洞洞的窗洞里传出一个人声："名字。"

苏如晦懒洋洋地说："天下第一王八蛋。"

这名儿着实令人无语，里头的人声顿了一下，紧接着哗啦啦翻书页的声音响起："七年多没来过了？"

"嗯。"苏如晦漫不经心道，"被人逮住了，刚逃出来。"

黑街的人作恶多端，被拿住囚禁甚或处决是常有的事儿。才七年，在黑街不稀奇，那人问："暗号。"

"不渡明日苦，只求眼前乐。"

一个上锁的机关箱箧从窗洞后面挪出来，交给了苏如晦。

苏如晦拎着箱箧出了隔间，忽然发现客堂安安静静，先前办事儿的人都不见了，极乐坊的混子占据了这里，一个个扛着漆黑的火铳，满身彩绣文身，面涂油彩，神情不善。天井正中间搁了一把紫檀木靠背椅，韩野跷着二郎腿坐在上头，两手交叉搭在膝盖上。天光洒落天井，柔和如片片白羽，栖在他白皙干净的指尖。分明是悦目的景象，奈何他拇指上的钢铁指环被照得精光乱闪，平添几分煞气。

"阿七，"韩野笑得肆意戏谑，"我说过我们还会再见。"

苏如晦见势不好，拔腿就跑。

东西南北四个方向，无数黑洞洞的火铳管瞄准了苏如晦，苏如晦脚步一僵，滞在原地。

"温馨提示：宿主已经被三十架火铳包围，宿主是否需要系统提供解决方案？"

苏如晦心里急道：需要！

"根据我的计算，宿主激烈反抗的生存率是3.654%，跪地求饶的生存率是80.357%，出卖灵魂的生存率是100%。"

苏如晦："……"

就知道这个狗系统不会有什么好招，苏如晦认命地回过脸，哈腰道："坊主，真巧啊，吃早饭了没？大清早就起来干活儿，坊主夙兴夜寐，宵衣旰食，是我极乐坊之福啊。"

一面赔笑，一面心里头暗骂，他明明把脸蒙得严严实实，这厮是怎么知道他在这儿的？阿七身上定有追踪定位的东西。

“是啊，能劳烦我大清早兴师动众来抓的人不多了。”韩野对着他的箱箧抬抬下巴，“那里面装的什么？”

苏如晦笑得为难，“一点儿微不足道的小玩意儿，入不了坊主的眼。”

“打开。”韩野摊开手掌，黑色的焰火嗤地冒出来，“不然就让它当你的陪葬吧。”

苏如晦只好老老实实转动箱箧上的八卦锁，里头传来一连串的齿轮咬合声响，最后咔嗒一下，箱箧锁头松开。苏如晦打开箱子，对着韩野一转，里头码着整整齐齐的金砖，极乐坊诸混混都露出了贪婪的眼神。

苏如晦道：“是小的半辈子的积蓄。”

韩野“唔”了声，似笑非笑：“你还挺能藏，攒了这么多家当。把家当都取出来，这是要走？该不会是躲我吧？”

这厮黏皮糖似的甩不掉，就算用无相法门脱逃，身上有极乐坊的追踪法器，一样会被找回来。得想个让韩野无法动手的法子，苏如晦心思急转，忽然计上心头，他拱手道：“坊主明鉴，小的没有能力，实在伺候不了坊主您。本来小的为了保全自己，的确想要逃跑，然则逢见坊主，见坊主夙兴夜寐，宵衣旰食，小的忽然明白，小的生是极乐坊的人，死是极乐坊的鬼，坊主能看上小的，是小的的荣幸。”

“哦？你醒悟了？”韩野讶异地挑眉。

“但是坊主，小的有比伺候您更大的用处！容小的毛遂自荐，为极乐坊赴汤蹈火！”苏如晦义正词严。

“此话怎讲？”韩野眼里皆是兴味。

“前日小的回了一趟江家，江怀苍深夜召见小的，说昆仑深处藏了一个奇珍异宝，还用了迷迭阵隔绝秘术者。江家觊觎这珍宝，可迷迭阵只能容普通人通过，于是江怀苍想起了江却邪。江却邪是江氏子，又是个普通人，是通过迷迭阵取得珍宝的最佳人选。小的如今假扮江却邪，得到了江氏助力，混入秘宗不在话下。届时小的探得珍宝所在，为坊主将珍宝取来，我极乐坊必定声威大振！”

韩野脸色微微一变：“此话当真？”

他的手指收紧，江怀苍所言“珍宝”，难不成就是苏如晦？

“小的绝没有半句谎话。”苏如晦掏出五张秘术符箓，上交给韩野，“坊主请看，这是江怀苍为了让我防身，赠予我的符箓。整整五张啊坊主，小的哪有能耐弄到这么多符箓？这全是江家给我的。”

韩野扫了眼符箓，倒是信了他的话。

“只不过你想着逃跑，异心已生，我又怎能信你？能够通过迷迭阵的普通人极乐坊一抓一大把，我何必派一个不忠于我的人去？”韩野唇角勾起嘲讽的笑容，“阿七，我昨儿本来已经决定放你一马，谁让你自己回来？你这般有趣，想想还是舍不得放你走，你就留下来好生伺候我吧。”

他抬手，极乐坊众人得令，就要上前抓苏如晦。

“且慢！”苏如晦大喝一声，“我还有一个理由！坊主可知，桑持玉已经进了大悲殿？”

韩野笑了：“我当然知道。”

“桑持玉喝了秘药，身子已经复原，大悲殿如虎添翼。极乐坊和大悲殿各自雄踞黑街一方，看起来彼此和平共处，可是一山不容二虎，大悲殿如果壮大，岂有我极乐坊容身之地？”苏如晦开始胡说八道，“实不相瞒，在桑家这几日，小的对他关怀备至，桑持玉早已对小的放下心防，推心置腹。只要小的善加利用，桑持玉必定可为我极乐坊所用，黑观音便会失去对桑持玉的把控。”

韩野笑得直不起腰，道：“阿七，你睁眼说瞎话的本事和苏如晦一般。桑持玉对你推心置腹？你听听你的话，你自己信吗？”

苏如晦严肃点头：“坊主，虽听起来匪夷所思，但这都是真的。大前夜我们还义结金兰来着，要不然我如何得知他入了大悲殿？自然是我们促膝长谈之时，他对我吐露了秘密。对了，我还得知仙人洞的地图，也是桑持玉告诉我的。坊主应该知道，仙人洞之前困的人是谁，正是苏如晦苏老板啊。”他怆然一叹，“苏老板的尸骨恐怕还在那儿，坊主，我们有了地图，或许可以把苏老板的尸骨带回极乐坊安葬。”

“这些都是桑持玉同你说的？”韩野眯起眼。

“不错。”苏如晦沉痛道，“桑公子对我一片真心，我却如此诓骗他。为了极乐坊，我愿意做这个坏人！”

反正桑持玉不在，苏如晦瞎说也没事儿，总归他提供的信息都是真的，韩野自然有法子验证。

韩野收了笑，慢悠悠拿出通讯罗盘：“好，就让我来问问，你说的到底是不是真的。倘若你有半分欺瞒，我断了你的手脚，养在罐子里做人彘。你说话有趣，留张嘴就够了。”

苏如晦盯着他的罗盘，心里起了疑惑：他这是要问谁？不会是桑持玉本人吧？

“忘了告诉你，”韩野道，“极乐坊和大悲殿达成了合作，昨儿我已经见过桑持玉，还留了他的通讯符印。”

苏如晦:“……”

通讯罗盘亮起，灵力流连通，青色的符纹悬在罗盘上空，这说明对面的人接收了通讯。

韩野做了个手势，立时有人上前，捂住了苏如晦的嘴，免得他忽然出声求救。

韩野道:“桑兄早啊，昨日你说不让我打扰江公子，我想了想，还是有些不甘心。桑兄若对江小公子肝胆相照也便罢了，我韩野自然不能夺你贤弟。可若你二人只是表面关系，现如今你又已入黑街，无论如何不会再回桑家了，江小公子恢复自由身，想必我还是可以带他回极乐坊的吧?”

对面没有回应。

苏如晦将手探向腰兜，偷偷摸无相法门的符箓。

“放心，”韩野道，“我不会强逼于他，只不过带他四处游玩，聊表我拳拳之心罢了。”

罗盘符纹波动，桑持玉的声音响起，依旧是那样清清冷冷的声调，没什么起伏。“想问什么，直说。”

桑持玉听出了他醉翁之意不在酒。

韩野笑道:“失礼，只是好奇，桑兄昨日那样回护，不会对这小公子上心了吧?听说你们还义结金兰了?”

对面是漫长的沉默。

天井里寂静无声，大家都在等着桑持玉的回答。苏如晦已经料到桑持玉会说什么了，那小子从不撒谎的，更不会莫名其妙承认同别人结拜的事儿。摸到了符箓，苏如晦在心里倒数五个数，他要跑路了。

“嗯。”

罗盘对面，桑持玉应了声。

“什么意思?”韩野蹙眉。

“如你所说，”桑持玉道，“结了。”

他的嗓音清而厉，声音不大，但足以让所有人听见。

苏如晦一愣，指尖松开了符箓。

韩野哈哈大笑，道:“好一个桑持玉，你让我刮目相看。看来你与我们这些人渣是一路货色。当年苏如晦在黑街，历数秘宗高手，说他们德不配位，唯有你桑持玉堪称君子，是他唯一敬佩的对手。苏如晦怎么会想到，你桑持玉找了个假货来替代他。”

桑持玉语调不变:“江却邪在你手里。”

不是疑问，而是平平淡淡的叙述。他猜到了。

“放心，我不会动他，他这么有趣，我怎么舍得动呢?”韩野低声笑。

苏如晦心里骂，有趣你大爷。

“江却邪，出声。”

韩野挥手，极乐坊的混混松开钳制苏如晦的手。

苏如晦应道:“我在。”

“受伤了吗?”他问。

苏如晦苦哈哈地说:“没有。”

“韩野,”桑持玉嗓音森冷,“现在是辰时三刻，巳时一刻我要在桑宅看见他。分毫有伤，吾必杀你。”

说完，灵力流切断，罗盘符纹消隐。

极乐坊混混看着苏如晦的眼神都不一般了，韩野的目光也颇为复杂。

韩野站起身，拍了拍苏如晦的肩膀:“小看你了，阿七。你要记住，你是极乐坊的人。极乐坊不会亏待兄弟，我韩野尊重有本事的人,”他诡秘一笑,“不管是什么样的本事。”

苏如晦挺胸道:“坊主，阿七为极乐坊赴汤蹈火!”

韩野负手望向远天:“既然你已经知道了秘宝的事儿，那你就去把它带回来吧。此事我昨日便知，极乐坊和大悲殿达成了合作，将在拓荒卫招人时渗透昆仑。你也去，你仍然是江却邪，极乐坊不会把你的身份告知大悲殿。好好干，我听说你成为江却邪之前是东市赌坊的打手，从今以后，你就是那座赌坊的主人了。”

苏如晦松了一口气,他知道他在韩野心里已经从“叛徒”光荣进阶成“小弟”了。

“多谢坊主!”苏如晦摆出副感恩戴德的笑模样，拱手行礼。

“活着回来，阿七,”韩野意味深长地说,“我厌恶苏如晦，却并不厌恶你。”

这厮说完，带着一帮混子离开银号。苏如晦望着他的背影，总觉得他话里有话。这都什么破事儿?苏如晦满头包,拎着箱箧回了家。说到底还是现在实力太弱，被这帮王八蛋肆无忌惮拿捏。苏如晦掏出通关路引，锯开木牌，果然在里面发现了一枚铁条，里头镶了道追踪星阵。星阵不能销毁，否则会让韩野发觉。苏如晦把木牌粘回去，搁在一旁。

然后打开箱箧，小金砖映入眼帘。苏如晦拿起金砖，一块接着一块摔在地上，金砖四分五裂，露出里面藏匿的灵石子窠、陨铁零件、铜镜框和打磨过的水晶石。韩野没有发现，这些金砖全是空心黏合的，里面藏的东西才是苏如晦真正想要拿回来的。

再次转动八卦锁，箱箧完全解体，底层的袖里铳铳管暴露在天光下。苏如晦将护腕、伸缩钢板和铳管组装在一起，安在手臂上，最后填入子窠。这种小型火器小巧轻便，焰火小，不容易被发现。

唯一可惜的是云州禁铁，弄不来刀剑铁器。苏如晦又取出打磨器具，把水晶石磨成薄如蝉翼的水晶片，安在铜质单片镜框里。戴上水晶镜，镜片呈现出细微的青光，小星阵繁复的线条清晰地呈现在眼前。

这单片水晶镜有放大细微之物的功用，是他做傀儡刻星阵的时候戴的。细数浑身装备，苏如晦觉得他可以去秘宗了。

抬头看天色，已是巳时一刻，桑持玉没有出现。

唉，就知道他不会来。只是想不到桑持玉学会撒谎了。苏如晦心里很复杂，那家伙真的变了很多。变就变吧，是人都会变，可怎么不变聪明些呢？脑袋搁脖颈子上净显高了，竟然和大悲殿混在一块儿。他怎么不考虑考虑跟他苏如晦一块儿混？

想想就气人，这事儿急也没用，得慢慢想办法。苏如晦换了身干练的鸦青窄袖衣，拉下袖子掩住袖里铳，穿上鹿皮靴，背上包袱，推门出发。

远处，桑持玉立在檐头眺望苏如晦的背影。确认苏如晦没事，桑持玉戴上兜帽，转身遁入天风。

往北赶了三天路，一路上见到不少流民。这世上的人太多了，大靖拥挤得如同即将爆炸的蒸笼。即使秘宗严刑峻法，每年都有不少囚犯被流放雪境荒原，或者送到矿场开采灵石，仍旧有许多人无家可归，流浪街头。纵然心有怜悯，更要防备盗贼劫匪。一路上不时有衣衫褴褛的流浪汉窥伺直道上的马车，苏如晦无时无刻不按着衣袖里的火铳。

停留在各地城镇歇息，桑持玉叛逃的消息已经传开，秘宗张贴了抓捕桑持玉的告示，从前专属于苏如晦的甲级通缉犯位置被桑持玉取代。通缉令上画着桑持玉那张冷漠的脸，秘宗画技高超，把人画得惟妙惟肖。苏如晦勒马停驻，想起那个家伙面无表情油盐不进的样子，心里叹了一口气。

桑持玉小时候不是那样，至少在苏如晦师父跟前治病的时候，他是个很乖巧的娃娃。

苏如晦记得，澹台净离开苎萝山，苏如晦自告奋勇承担起每天给山洞送饭的任务，还教桑持玉怎么破解迷迭阵，要是桑持玉觉得闷，可以自己来找他。他们偷溜出去玩儿，一直无人发觉，后来苏如晦胆子越来越大，伙同江雪芽和周小粟偷偷把桑持玉接下了山。

他们这帮小孩儿拥有一个小院，叫梨花院。江雪芽和周小粟住主屋，苏如晦住东厢房。西厢房本来是堆杂物的，苏如晦他们把杂物清理到后院，腾出一片睡人的地方。苏如晦贡献出自己的罗汉榻、红线绒毛地毯和上次他生辰老爹送给他的狮子猫引枕，江雪芽和周小粟分别贡献出被褥毛毯和木雕屏风，桑持玉就住在了那里。

明若无在不了斋开了个私塾，不收束脩，方圆几里的小孩儿都能来听课。山下苎萝镇的孩子有一半儿在这儿上课，苏如晦、江雪芽和周小粟也得去。苏如晦三个白天去明若无那儿上课，晚上回来同桑持玉躲在屋里头玩儿。藏了大半个月，没人知道他们院多了个十岁小娃娃。很多年后苏如晦想起这事儿，觉得明若无早就知道了他们藏匿桑持玉，只是睁一只眼闭一只眼罢了。

后来为了桑持玉走路方便，苏如晦用手给桑持玉量脚底板，记住桑持玉的尺码，去山下苎萝镇找相熟的小妹妹给桑持玉做了双鞋。桑持玉很珍惜那双鞋，他们不知道，那是桑持玉的第一双鞋。

桑持玉每天把鞋擦得干干净净的，泥地粘脚，鞋底擦不干净，他不愿意踩。江雪芽这人看脸下菜碟，桑持玉怎么都依着他，还指挥苏如晦背他。苏如晦很郁闷，他托人给桑持玉做鞋就是为了让他自己走路的。然而苏如晦看似是帮主，其实在神龙帮地位最低，他的抗议一如既往被忽视。

表面上苏如晦是神龙帮的帮主，实际上帮派内务都是江雪芽说了算，所以神龙帮的日常游戏都是女孩儿玩的，比如跳皮筋、编花绳，还有变装。桑持玉长得漂亮，江雪芽和周小粟热衷于打扮桑持玉，每天给桑持玉塞各种花色的衣裳，把桑持玉打扮得花枝招展。

苏如晦这人蔫儿坏，故意捣乱。江雪芽她们让苏如晦帮桑持玉梳头，他梳得乱七八糟。江雪芽她们认认真真挑好看的花别在桑持玉鬓边，苏如晦就换成丑了吧唧的大红石榴花。江雪芽给桑持玉穿裥色裙，苏如晦偷偷放只会变色的小守宫在上面，吓得周小粟哇哇大叫。苏如晦捧腹大笑，然后被江雪芽暴揍一顿。

有一次师父给江雪芽泡药浴，周小粟陪着她。明若无休课三天，苏如晦放了假，梨花院只剩他和桑持玉。苏如晦睡到日上三竿，闲着无聊，跑去西厢房找桑持玉。推开门就看见桑持玉坐在橱屉边上，小小一人儿，白衣裳黑脑袋，像个孤零零的小蘑菇。

苏如晦凑近一看，他正把江雪芽和周小粟摘给他的花儿一朵朵放进一个小抽屉，苏如晦摘的大红石榴花也在里面。花儿全都枯了，花瓣发黑，流臭水。苏如晦以为桑持玉早就扔了，没想到他还留着。

“你收起来干吗？都枯了，”苏如晦蹲在他边上，百无聊赖地说，“走，我给你摘新的。”

桑持玉摇头，说：“要留着。”

一只碧油油的守宫从桑持玉背后爬到肩头，苏如晦吓了一跳，定睛一看，才发现是前几天他恶作剧，放在桑持玉裙子上的守宫。

“它怎么也在?!”

桑持玉把它捧在掌心，说：“你送的。”

苏如晦想说那不是礼物，是他弄来吓人玩儿的。一转脸，对上桑持玉大而黑的眸子，那里面清清楚楚映着小小的苏如晦，苏如晦莫名其妙咽下了这话。

“我想起来了，是我送的来着。”苏如晦说。

余光瞥向抽屉里的花儿，每一朵桑持玉都舍不得扔，因为这是他的小伙伴送给他的礼物，一向没心没肺的苏如晦心里破天荒地有了愧疚的情绪。玉儿太好骗了，给他什么他都要，说什么他都信。

若是旁人见了这般乖顺的小孩儿，一定百般怜爱，然后发展出一段催人泪下的温情故事。可惜桑持玉遇见的是苏如晦，苏如晦打小就不是好人，别人怜香惜玉，他专门辣手摧花。这时候苏如晦忽然想起自己屋里堆积如山的臭袜子，心中一动，那点儿愧疚很快烟消云散。

他弯了眉眼，问：“玉儿，你是不是大哥的小弟？”

桑持玉点点头。

“小弟得帮大哥洗臭袜子，你还没帮我洗过呢。”

桑持玉愣了下，道：“我帮你洗。”

“你说的，不许反悔。”苏如晦喜不自禁。

桑持玉轻轻摇头：“不反悔。”

苏如晦领桑持玉钻进自己的小屋，把柜子里的臭袜子全扒拉出来。苏如晦的屋子乱七八糟，桑持玉看见地上乱扔的八极拳拳谱、《握奇经》和崩云刀刀谱。他捡起来看，里面被苏如晦画满了简笔画小人。

苏如晦一边收拾袜子一边道：“那些都是我师父给我的功课，说什么我得好好练体术学星阵，将来混口饭吃……”苏如晦讨厌练功，成日不是扛沙包爬山，就是挥着木刀打木头人，一天下来气喘吁吁累得像狗。他更讨厌星阵，《握奇经》里记载的风后星阵千变万化，光一种天字阵就有几百种变形，他连方位都记不过来。他才不想学，将来他可以去当厨子，世上事儿这么多，干啥不能活？苏如晦翻了个白眼，道："可无聊了，没啥好看的。走，洗袜子去！"

苏如晦把木盆塞他手里，桑持玉实诚，当真抱着木盆到河边，撸起袖子吭哧吭哧搓苏如晦的袜子。袜子积攒得太多，苏如晦疯玩了一下午回来，桑持玉还没洗完。苏如晦良心发现，摘了片大荷叶，坐在他边上为他挡夕阳。

"玉儿，"苏如晦叮嘱他，"你可别告诉江雪芽和周小粟，要是她们问起来，你就说我带你摘花去了。"

"为什么不能说？"桑持玉疑惑道。

"别管为啥，你是我小弟，我是你大哥，你得听我的。"苏如晦连哄带骗，"你表面上听江雪芽的，实际上听我的。"

桑持玉虽然不明白为什么，还是点了头。

"你记住，以后咱俩一伙，江雪芽和周小粟都是外人。"苏如晦笑嘻嘻，"来，叫我如晦哥哥。"

"如晦哥哥。"桑持玉乖乖道。

苏如晦乐滋滋地说："江雪芽的药浴要连泡三天，趁她不在，明天我教你给我捶背捏腿。"

"好，"桑持玉又喊了声，"如晦哥哥。"

地势拔高，空气越发干冷了，睫毛上结起了雪白的霜花。苏如晦一开始只穿单衣，后来换上了夹袄，毡帽盖住脑袋，围巾蒙住脸，只露出双黑黝黝的眼睛在外头。

大靖有四十八州，离开最为繁华的云州，天地趋于广漠。四处是磊磊乱石，裸露的大地如同老人枯硬的血脉与筋骨。远方的雪山拔地而起，逶迤盘踞在云雾里。那寂静深坐的模样，恍若慈悲的佛陀俯瞰尘世。雪山越发近了，风中夹杂了雪粒子。灰蒙蒙的天地里，苏如晦车前孤灯宛若一颗明灭闪烁的星子，徐徐朝大山的方向行去。

清晨时分，傀儡马车进了昆仑脚下的边都。边都城门设了关卡戒严，进出都要查看路引。已有不少人聚集于此，约莫都是来参军入伍的。

边都是大靖的都城，昆仑坐落在此，凭借自身高大的山脉镇守大靖边陲，将雪境荒野隔绝在外。拓荒卫，顾名思义，是专门深入雪境寻找矿山的军队。流民和逃跑的囚犯生活在荒野，野兽一般穴居于地下，当他们被黑街收编成为恶人军，就会成为拓荒卫的敌人。黑街无时无刻不觊觎着秘宗的灵石矿产，因为深入雪境，又直面黑街无处不在的侵袭，这支军队是秘宗军种里死亡率最高的一支。

世家中受到排挤的人和想要镀金涨资历的人大多被下放到这儿，当年江雪芽和桑持玉都在拓荒卫待过。只是桑持玉是因为他师父不当人，非要磋磨历练他，江雪芽则是因为手足迫害，被驱逐到拓荒卫。

这么多人来，约莫都存了当人上人的心思。秘宗垄断秘术辖制天下，进了秘宗，从此高来高去，宰割他人生死，再也不是泥尘里任人践踏的蚂蚁。当然，前提是不要像桑持玉一样犯错。

苏如晦驱车到衙门胡同的征兵处，这里头的府宅都是官衙，朱门白墙，门前大树上停了许多乌鸦。已有秘宗的小军官摆了桌椅，分列两侧，各立了一块板儿，写着“普通人”和“秘术者”。桌子后头的军官揣着袖子，冻得瑟瑟发抖，有出气儿没进气儿似的喊道：“身怀秘术的到这边，没有秘术的去对面。报上名字乡里，排成纵队！动作麻利点儿，天这么冷，冻坏了老子，老子摘你们的脑袋！”

秘术者那列队伍人数寥寥无几，世家垄断了秘术血脉，民间能觉醒秘术的人万里挑一。虽然概率低，但也不是没有，使劲儿找找还是能找到的。等了一上午，来了仨人。再怎么等都没人来了，对面登记秘术者的军官收了簿册，勾肩搭背去喝酒。

苏如晦揣着手炉进了普通人的队伍，前后都是铁塔似的大汉，他个子已算高挑，此刻跟他们一比，像只白兔似的。人头攒动，系统在每个人的脑袋顶上都做了标识，略扫了一眼，大多是“路人”。标了“痞子”“混混”的约莫是极乐坊的。还有一批，应该是大悲殿的。还有个黑衣裳的比较特殊，脑袋上顶的是“神秘少年”。

苏如晦收回视线，摩挲袖子里的手炉。这些人里头有人在窥视他，还不止一个。这一路低调而行，没有暴露身份，无人知道他是江却邪，看来是从云州跟出来的人了。

轮到他了，登记的弟子在那儿打着哈欠，示意他自己写名字。苏如晦写下“江却邪”，放开笔，步入另外一支等候安排的队伍。

这时有人停在他身后，低声道：“阿七，我们是极乐坊的。一会儿秘宗要试炼，你跟紧我们，我们护着你。”

苏如晦回头看了眼他们，一个刀疤脸，一个癞皮头，还有个吊梢眼。

看起来略有些眼熟，好像那日在恒泰银号围堵苏如晦的混混便有这三人。

系统及时解说：“韩野派来的三个混混，皆有隐疾，从左往右依次是不举、天阉、痔瘘。”

苏如晦：“……”

苏如晦是韩野安插在世家的卧底，能带出来堵苏如晦的，应该都是韩野的心腹。只要不惦记自己，一切都好说。苏如晦从善如流，道：“那就多谢三位老哥了。”

他转过眼，正对上对面队伍的一双眼眸。漆黑的，像两片明净的琉璃，属于一个年轻的少年。刚刚就感觉还有人偷窥他，还以为是身后那仨瘪三似的人物，没想到是个少年郎。他一袭窄袖黑衣，看起来十五六岁，正是系统标识的“神秘少年”。

系统标注道：“相貌平平无奇的神秘少年，人生中最讨厌的事物是狗和苏如晦。”

苏如晦感到惊讶，他这么讨人喜欢，这人居然讨厌他。

此人一定有鬼。

这么想着，苏如晦咧开嘴，冲他一笑。

偷看被抓得正着，少年波澜不惊，移开视线。

“名字。”秘宗军官神情惫懒。

少年顿了一霎，他忘记给自己取一个合适的假名了。

不远处苏如晦谈话的声音传来，少年听着那家伙懒懒的嗓音，随口诌了一个名字：“苏玉。”

苏玉，或者说桑持玉，转过身，步入另一侧队伍。苏如晦在他前面几尺，吊儿郎当靠在一棵歪脖子树下面。那家伙向来站没站相，坐没坐相，一副痞子样儿。他太扎眼，桑持玉一来就看见他了。

苏如晦为何会在这里？桑持玉绞起眉心，心中沉郁。昆仑秘宗不是好地方，苏如晦之前就被困在昆仑，他为何还要来？桑持玉记得苏如晦怕冷，最讨厌去天气寒冷的地方。从前这家伙困居仙人洞缠绵病榻，无论生多大的火，他都冻得瑟瑟发抖。

正想着，苏如晦那边忽然起了喧哗。桑持玉抬眼望去，一个铁塔似的大汉堵住了苏如晦。寒风刺骨的天气，这大汉只穿了一件单衣，手臂肌肉虬结，十分可怕。他上下打量苏如晦，道：“你就是江却邪？刚刚我看见你写名字了，乡里在云州，你是桑持玉的奴仆？”

“是啊，是我。”苏如晦坦坦荡荡，“大哥有何见教？”

此话一出，好些人都看向了他们。

大汉嘲讽道：“原来你就是那个被卖给残废做奴的江家子。我听说你那主子喝了秘药进了黑街，好一条丧家之犬，桑门败类，为了恢复秘术，不惜和黑街的渣滓为伍。世人谁不知，桑氏一门就是抵御黑街恶人阖族战死的，他桑持玉竟然叛离秘宗，做了恶人！江却邪，你既然跟了桑持玉，怎么有脸到这里来？”

唉，最烦这种吃饱了没事干找碴儿的人。苏如晦回头看了眼刀疤脸他们，那仨人压根儿没有帮忙的打算，立在一边幸灾乐祸地看戏。

不靠谱啊。苏如晦嗟叹。

“是啊，”四周有人窃窃私语，“这小子胆儿倒是肥，主人叛逃，他还敢来秘宗应征。”

“毕竟是江家子，他姐姐是江雪芽。有江家罩着，秘宗怎么也得给江家几分薄面。”

“你有所不知，原本桑持玉是要和江雪芽成婚的，这江却邪是硬生生被推出去的，早被江家弃了。”

四下热闹了许多，登时如文火煮锅，咕噜噜冒泡。

“不瞒这位大哥，”苏如晦懒散一笑，“他把我赶走了，我跟他已经没关系了。”

一个男人，卖身为奴，又被逐出家门，大汉的目光落在苏如晦身上，眼中的轻蔑更甚了几分。

江却邪是世家子，虽不受宠，却也是好吃好喝养起来的，和他们这些风里来雨里去的泥腿子不一样。眼前这人儿面孔生得白净，骨相有锐利的味道，偏巧眼睛时常带笑，消融了少年的锋芒和锐气，显得温和了几分。身条儿也高挑，像棵挺拔的小白杨，劲瘦但是有力。就是这仪态颇为随意了点儿，不像世家子，倒有几分流氓气。

然而无论如何，这身板比起肌肉虬结的大汉，还是差了不少。

所有人不约而同地想，世家废物，日日饱食膏粱厚味之徒，也敢跑来参军？

大汉正要继续嘲讽，这儿郎忽然脸一撇，举袖拭泪：“我本是江家好儿郎，虽无秘术，却有抱负。奈何阿爹偏疼阿姊，将我卖掉。生为江家子，死为江家鬼，我认命做桑持玉家仆。既为下人，便要尽分内之事。我好吃好喝供着他，每日天不亮就起来给他做早饭，第一天做蒸鸡，第二天做肉夹馍，第三天做咸蛋黄小饭团。我一个十指不沾阳春水的少爷，为了他手也粗了，脸也黑了。我什么都为他做了。谁承想，他竟弃我而去，死生不问。”

大汉张目结舌，不知说什么好了。

“这位大哥！”苏如晦哀戚道，“你可知，桑持玉此人乃天下第一伪君子。他白日让我当牛做马，晚上还要对我百般欺侮。他用鞭子打我，还用绳索绑我！”

大汉慌张道：“快别说了，这种事你自己捂在心里吧！”

苏如晦动情道：“我知道，我自小养尊处优，享惯了福，没什么本事，压根儿不能和各位大哥相比。”

想不到他有这般的自知之明，当下不少人都对他有所改观。

“可是桑持玉辱我身心，死不足惜。”苏如晦声调铿然有力，“所以我痛下决心，加入拓荒卫，从此我与那伪君子势不两立！大哥，诸位，我与你们同仇敌忾，惩戒伪君子，讨伐桑持玉！”

旁边有人怆然道：“江小公子，想不到你有这番苦楚啊！”

找碴儿的大汉羞红了脸：“小公子，本以为你是个骄奢淫逸的膏粱子弟，是我眼光狭隘了。”

还有人义愤填膺：“原来桑持玉是这样的人！江公子，你说得太好了，惩戒伪君子，讨伐桑持玉！”

大家群情激愤，纷纷叫道：“惩戒伪君子，讨伐桑持玉！”

不时有人走上前安抚苏如晦，对他悲惨的过去表示同情，鼓励他向前看，好好生活。转眼间，包括那大汉在内，已有数人认了苏如晦当弟弟。

目睹全过程的桑持玉：“……”

他木着脸，心里没有波澜。很久以前他就知道苏如晦的本事，苏如晦和树上的鸡河里的鸭都能称兄道弟，何况是这些人？

正闹腾着，前方惊堂木遽然拍案，全场立时割了舌头似的，鸦雀无声。

那登记造册的秘宗军官收起簿子，慢悠悠道：“时辰已到，报名截止，在场统共一百三十人。下面宣读试炼规则，规则很简单，给你们三天两夜的时间，不管你们用什么办法，登上昆仑雪线。三天后，我们会到雪线数人。前五十人进昆仑，后面的人全都淘汰。”

大家面面相觑，交头接耳。

苏如晦蹙起长眉，这规则有点儿不对劲。边都在昆仑脚下，距离十几里路，说远不远，说近不近，三天两夜是绰绰有余。所谓选拔，就是设门槛，让一部分人够不上被淘汰。这种程度的试炼拿来选拔人，到时候必定有很多人同时到达，选拔失去了意义。

很快有人提出了苏如晦的疑问：“万一有人同时到达怎么办？”

“还有，”有人举手，“这一路上都没有城镇，更无村庄。若有野兽出没伤人，该当如何是好？”

小军官掏了掏耳朵，漫不经心道：“你们听不明白话吗？我说了，你们有三天两夜的时间，用什么办法我们不管，你们遇见了什么我们也不管。三日后午时，我们准时到达雪线，能上来就上，上不来……是你们自己的命数。”

苏如晦猛然一惊。

他知道这厮的话外之意了。三天两夜，时间太过充裕。雪线附近必定有人同时到达，昆仑的意思是要他们自相残杀，剩余最后五十人得胜。而且不能提前到达，昆仑三天后才到雪线数人，提前到达就是竖在那儿的活靶子。

耳边“嘀”的一响，系统发布新任务了。

任务发布：活下去！

任务描述：在惨无人道的试炼当中存活三天两夜。

任务奖励：任意人物不为人知的小秘密×1，系统权限释放10%，危险预警功能开放。

规则如虎，苏如晦心有戚戚焉，没空管任务不任务的，不动声色往人群后方退。

这儿想必一会儿就要成为屠宰场了，他可不想当羊羔。

还有许多人没有听懂规则，但也有不少人悄悄握住了腰侧的刀。

桑持玉回过脸，便见苏如晦像只偷油的小老鼠，鬼鬼祟祟溜进巷道。一晃眼，苏如晦就不见了。他想要找，苏如晦溜得太快，已然没了人影。

惊堂木又是一拍，军官声如洪雷，宣布道：“时辰到，试炼开始！”

第四章 一个多余的人

这一百三十个人里头不知混进去了多少黑街的人，黑街恶人皆是生杀不禁的虎狼之辈，大悲殿的还喜欢吃人肉，极乐坊的人也不足信，保险起见，苏如晦决定单打独斗。众人还没有反应过来的时候，他已经脱离了战场。果然，没走多远，便听见衙门那边传来的惨叫声。杀戮已经开始，苏如晦一头扎入了白桦林。

马车会留下车辙印，目标又大，容易暴露，苏如晦忍痛撇下马车，徒步奔跑。他的计划是寻个偏僻又暖和的地方，睡他个两天，第三天踩着点上山。那帮人杀来杀去，最后能不能剩下五十人都不好说，名额十有八九绰绰有余，苏如晦预备当个捡漏的。

往林子里一口气跑了一里路，正待休息，后头传来脚步声。有人跟上来了？苏如晦眉头一皱，扭过头，白桦树后头出现三个人影，赫然是极乐坊那三个混混。

“阿七，你怎么不等我们？”刀疤脸笑道，“亏得我们盯住你，要不然就跟丢了，到时候我们怎么向坊主交代？”

吊梢眼和癞皮头从两边走上前，三人成掎角之势围住了苏如晦。苏如晦心里叹道，来者不善啊。

“三位大哥，我以前没招过你们吧？”苏如晦问。

“没有，”吊梢眼嚼着薄荷叶，道，“你来银号之前，我们不认得你。”

第一次见面在恒泰银号，苏如晦懂了：“哦，你们看上了我的金子和符箓？”

刀疤脸赞许地点头：“聪明，难怪坊主派你卧底江家。既然你已经清楚了，就不要不识时务。我们三人中，有两人是秘术者。你一个普通人，打不过我们的。”

“可是我有符箓啊，”苏如晦说，“五张哦！”

“你来银号那天我们看过了，你的符箓里有三张瞬影移形，两张真言术。杀场相抗，真言术有何作用？瞬影移形倒是可以救你的命，可惜不巧，”刀疤脸缓缓笑了，“我的秘术是‘囚笼’。秘术一旦发动，你只能在方圆五十尺之内活动，没法儿用瞬影移形逃跑。你若不长眼，想和我们过两招，我们也乐意奉陪。”

“看来另一位大哥的秘术相当厉害啊。”苏如晦懒洋洋地笑道。

癞皮头发动秘术，全身皮肤缓缓蔓延出铁青之色。

“‘百炼钢’，刀枪不入，火铳无用。”癞皮头眼神阴鸷，“投降吧，交出金子和符箓，我们不要你的命，而且保你进昆仑。”

吊梢眼拔出藏在怀里的短刀，望着苏如晦的眼神流露出不怀好意的光芒。他笑道：“明明同是黑街长大的小子，你怎么生得这般好？左右桑持玉也不要你了，不如来给哥哥们当牛做马，我们给你留一块金砖，吃喝管够。”

“过分了你们，”苏如晦头疼，“要符箓和金砖都好说，要其他的我可翻脸了。”

“小废物，你有什么资格翻脸？”吊梢眼狞笑，“快……”

话还没说完，一声惊雷似的爆响，他的额心多出了一个黑黝黝的血洞。吊梢眼保持着狞笑的表情，直挺挺倒地，苏如晦平举着右手，袖里铳冒出滚烫的烟气。

“他有火铳！”刀疤脸嘶吼，秘术囚笼瞬间发动。

眼前的苏如晦瞬间消失，下一个呼吸，他出现在刀疤脸身后，袖里铳瞄准刀疤脸的后心。子窠弹出弹道，挟裹刺目的焰火扑入长风，命中刀疤脸！刀疤脸却屹立不倒，阴森地回头。他脱下外裳，露出里头精钢锻造的锁子甲。袖里铳口径太小，威力不够，只在他的锁子甲上留下一个浅坑。

失手了。

脑后劲风袭来，杀意凛然如山。苏如晦撤身的瞬间回手装填弹药，发射子窠，全身骨骼如精密的机关器械一般运转，一切动作不可思议地完成于三息之内。癞皮头的拳头与他的脸颊擦身而过，相距不过短短一寸，与此同时，袖里铳轰击癞皮头的胯下。

“砰！”

又是一声巨响，癞皮头倒退了两三步，但是毫发无损。

苏如晦不无失望地说：“连那个地方都成百炼钢了啊。”

癞皮头暴怒：“找死！”

苏如晦迅捷的身手让刀疤脸心惊，他眯起眼：“练家子？哪门哪派的体术？”

“无门无派，”苏如晦懒散一笑，他已经撤到吊梢眼的尸体边上，弯腰捡起了地上的短刀，“只不过练过点儿八极拳和崩云刀，烂大街的武术，街边摊就能买到，你们都学过。”

苏如晦摆出起手式，藏刀于肘后。的确是烂大街的招式，刀疤脸和癞皮头都见过。

可是这一瞬间凛冽的气势让刀疤脸心惊。

刀疤脸惜命得很，拆开包袱戴上头盔："二哥，这小子不对劲，你小心。"

苏如晦进步挥刀，刀刃从袖后撩出，擦着癞皮头的腰间划过，火花噼里啪啦迸溅而出。皮肤太硬，刀刃果然无用。苏如晦转身，贴着癞皮头的后背又开一发火铳，爆响过后依然毫发无损。癞皮头气冲冲地挥拳，苏如晦如一尾游鱼攀上他的脊背，双腿用力夹住他的头颅，凌空用力一扭。

皮肤坚硬，但是骨头可以扭断。碎了颈骨，这人就废了。然而癞皮头顺势旋转身体，两个人一同摔在地上。这混混还挺聪明，苏如晦迅速逃开，退回三尺之外。

癞皮头恶狠狠道："小子，我说过了，我的百炼钢刀枪不入。我也修过体术，你那点儿小伎俩对我没用，你省省吧。乖乖求饶，我或许可以饶你一命。"

苏如晦算了算时间，痞痞一笑："没劲，不玩儿了。"

秘术符箓·神隐。

苏如晦的身影水汽似的蒸发，原地消失。

癞皮头一惊："他人呢?"

方圆五十尺一览无余，连个鬼影儿都没有，刀疤脸后知后觉地反应过来："他还有别的符箓!"他冷静道，"无妨，应该是神隐，符箓持续时间有限，他最多坚持半炷香就会现形，我们且等着。"

癞皮头狞笑："阿七，多活一刻，早死一刻，有什么区别?"

"有啊，"他身后，苏如晦的声音低低响起，"死的人不同。"

伴随苏如晦的声音，一支插着黄纸符箓的黑色短箭飞啸着进入囚笼领域。短箭迎面把符箓送到癞皮头的面门，符箓贴上癞皮头的刹那间，他的皮肤开始溃烂。癞皮头嘶声惨叫，皮肤溃烂之后露出骨骼，骨骼之后是内脏，转眼间变成了一摊红通通的血水。

刀疤脸愣在当场，阿七的声音明明在身后，暗箭却从身前来，阿七有后援?!

他惶然逃窜，贴着符箓的黑箭紧追不舍，一箭命中，呼吸之间，又一人成了血水。

神隐的时间比想象中要短，苏如晦蓦然现形，耳边传来呼啸之声，黑箭迎着眉心袭来，苏如晦几乎能看见箭尖冰冷的光辉。试炼是要众人自相残杀，苏如晦刻意发出三次火铳，响声暴露刀疤脸和癞皮头的方位，必定有人闻讯而来伏在暗处偷袭。苏如晦用神隐藏匿，靶子只剩下刀疤脸和癞皮头，二人果然被杀。

借刀杀人的法子虽妙，却也凶险。神隐符箓效果持续时间太短，还没等囚笼失效，苏如晦逃走，他就现形了，接下来的靶子成了他自己。

瞬影移形发动，苏如晦再次消失，躲开那要命的黑箭，在十步之外的地方出现。黑箭咬着他不放，苏如晦再次发动符箓，黑箭落空，钉入苏如晦身后的白桦树。箭矢长约半臂，发射这种短箭的弓弩不会太大，应该是单臂使用的单张弩。单张弩射程大约一百步，弩箭来自西南方，瞬影移形一次最远传送距离是三十步。苏如晦迅速锁定对方位置，连用四张瞬影移形，四次闪现过后，苏如晦来到了射手的身后。

此人藏在树后，眼睛死死盯着前方，在找苏如晦。

苏如晦摸着下巴，问:“你用的符箓不错，还有吗?”

射手悚然一惊，寒意犹如冰蛇游动于脊背。他迅速回身，可是苏如晦比他更快，手握短刀刺进了他的后心。

“对不住了兄弟。”

温热黏腻的鲜血浸湿苏如晦的皮手套，苏如晦推了一把，射手圆睁着眼倒了下去。苏如晦是个负责任的人，以往都是管杀又管埋的，但是此地不宜久留，一定还会有别人闻声赶来，暂且破一次例吧。

不过财物、符箓和武器还是要搜走的。

苏如晦以最快的速度把吊梢眼和射手的尸体搜刮完，迅速走人。

半炷香之后，桑持玉赶到，地上只剩下两具赤条条的尸体。莫说包袱，连袄子都被扒干净了，光剩皮靴在尸体脚上穿着。

桑持玉:“……”

这一看就是苏如晦的作风，方才是那个家伙用了火铳。

他就知道，苏如晦怕冷。

一路往北走，遇见了好些尸体，树木上残留刀剑打斗的痕迹，还有的是秘术痕迹。苏如晦数了数，包括他弄死的那几个，一共有十五个人死了。试炼才刚刚开始一刻钟，就有这么多伤亡，苏如晦暗暗咂舌。他还是坚持老计划，一路掩去形迹，在半山崖上找了个山洞窝着。这个地方易守难攻，便于侦察。地势高，底下一览无余，要是有人来，一眼就能发现。

苏如晦把前头从尸体上扒下来的衣裳当柴火烧，夹袄留着当被褥。清点收集到的包袱，收获两包冷馒头，还有三张秘术符箓。符箓都是射手包里的，符纹的形状苏如晦没见过，但是都一样，估计就是能熔解刀剑铁器的秘术。这射手颇为富裕，他的单张弩也是极好的东西，短箭还剩下五支。至于吊梢眼他们，简直比苏如晦还穷，包袱里只有干粮。

战斗对符箓的消耗太大了，苏如晦叹气。光对付这么几个小喽啰，之前怪人们给的符箓就用去了好些，瞬影移形只剩下了一张，神隐直接用光。他决定省吃俭用，窝在山洞里直到最后一天。他砍了许多树枝堆在山洞洞口，把洞口挡住，留下几个小眼儿监视外边。从外边看，很难发现这里有个山洞。一切布置完，他安心睡起了大觉。

昆仑秘宗，北辰殿。

纯黑色大理石打造的殿宇中心，绚烂的金黄色星阵在一泓水池中无声地运行。紫宫、太微、北斗三大星官围着水池对坐，太微星官摩陀衍那是个盲眼的僧侣，着一袭黑底银线袈裟。他将手放置在水波下，星阵将他天眼所见呈现在水幕之中。水幕里映现昆仑山下试炼的场景，厮杀，争斗，有人怀刀而行，血溅三尺，有人施展秘术，气旋搅动。

摩陀衍那叹息道:“来了许多混入普通人的秘术者，想必都是黑街的人吧。黑街以为这样就能渗透秘宗，未免太小看我们。”

“乌合之众。”北斗星官昆吾轻蔑地评价。

在他们三人的前方，高台之上，一个黑衣的男人瞑目跪坐。他银灰色的长发披肩而下，垂及地面，从天井斜斜照下的天光洒落其上，明丽的光辉簌簌跃动。朝圣境的大秘术者，寿数早已不与常人同日而语，年纪已至一百余岁，他的相貌依旧如三十壮年。他拥有俊美的面容，浑身透着上位者的威严与冷漠，孤高在上犹如山巅月，只容人仰望。

只是大掌宗常年闭关北辰殿，就连秘宗各法司卫所长官也难以与他见上一面，鲜少人得见他的真容，自然也不知他的面貌，才有云州城内那尊并不与实际相符的塑像。

摩陀衍那轻移手指，搅动水波，道:“他们是黑街的人啊，持玉如今就是同他们为伍吗?”

“懦夫之名，何须再提?”昆吾道。

“他是大掌宗亲手养大的孩子,”摩陀衍那摇头轻叹,“被剥去秘术，敲碎膝骨，江家又拿一个幺子应付他。桩桩件件，如此欺辱，无怪乎他遁入黑街。听说饮下秘药的人会变成疯子，秘宗无间狱关押了多少因为秘药失去心智的怪物，难道我们当真放任持玉不管吗?”

澹台净睁开眼，浅淡到近乎无色的双眸没有情绪。

沉默的大掌宗终于开口:“若他疯魔，孤亲手斩之。”

如此寡情冷性，世无其二。桑持玉便是成日跟在这样的人身前，才长成了与他一般无二的模样。紫宫星官郎雅光适时出来转移话题，朝高台之上的大掌宗稽首道："征兵告示已经张贴在各州县，秘术者凡二十七人，普通人凡二百人应征。怀神目秘术者十人，皆黔首之流，无世家背景。第三批已经到达雪线了，请大掌宗示下。"

澹台净道："苏垢，送他们去报到吧。"

阴影里走出来一个微笑的男人，脸庞是白瓷做的，干净白皙，精致得有些过头，细细看去，有种令人毛骨悚然的非人之感。他的眉眼弯弯，弧度恰到好处。如果苏如晦在这儿，一定会很惊讶。因为这是他在极乐坊造出的第一个甲字号傀儡人，取名苏狗蛋，帮他处理极乐坊一切杂七杂八的事务，还要给他端茶送水捏背捶腿。

他不知道，苏狗蛋已经被秘宗获取，脑中的灵感星阵被修改，从此效忠秘宗，总理秘宗内务，而且被澹台净嫌弃名字不雅，更名苏垢。

苏垢拱手作揖，彬彬有礼道："是，大掌宗。"

三大星官也告退，大掌宗端坐于玄武石高台上目送他们离开北辰殿。片刻后，大掌宗站起身，食指和中指夹起一张无相法门的符箓，一道光影气旋在他面前打开。他步入其中，进入暗无天日的无间狱。逼仄的甬道，冰冷的石壁，秘宗的建筑风格永远如此沉闷又不近人情。疯子们的嘶吼不绝于耳，即使是正常人，常年禁闭也让他们疯魔。大掌宗目不斜视，沿着螺旋岩石阶梯一步步向下，来到无间狱的最底层。

这是一间密牢，四壁都刻了星阵符纹，净土符箓嵌进坚硬的玄武岩，以最严苛霸道的术法压制这里面的囚犯。两个没有面孔的精钢罩人皮傀儡挎刀立在囚笼之外，任何没有得到许可进入囚笼或者从囚笼离开的人，都会被它们毫不留情地斩杀。

囚犯是个女人，乌发披散，面容白净，叠手闭目坐在手臂粗细的锁链中。那锁链如同蟒蛇，缠绕住了她的四肢。她听见澹台净的脚步声，缓缓睁开双眼。那是双漂亮的眼睛，眼梢微微上挑，有种旖旎的美感。可是很少有人敢直视这双眼，大约是星阵太明亮，酷烈的光影落入她的眼眸，她的眸光锋利如刀。

澹台净并不上前，止步在符箓牢笼之外。他缓声开口，嗓音低沉而有威严："傀儡密钥。"

"臣不知。"江雪芽回答得很干脆。

"苏如晦囚于仙人洞，你探望三次，为其夹带傀儡图纸离开秘宗三次。图纸已经被我们找到，你不必再撒谎。"

江雪芽扶着额，怅惘叹道："大掌宗，看看我的模样，你觉得我像是能看懂那些图纸的人吗？我若这般聪明，我爹何必让我当个武官？而且你们既然找到那些图纸了，应该能破译才对，说不定密钥就在里面呢。”

“不在。”澹台净道。

“哦……”江雪芽想了想，“这样吧，大掌宗，你陪我聊聊天吧，聊高兴了，我说不定就能想起来了。”

澹台净的声音越发冷了：“江雪芽，拖延无益。”

江雪芽被关了半拉月了，澹台净除了问她傀儡密钥没说过旁的话。天可怜见，她只是帮苏如晦夹带了几次图纸，跑了几次腿。奈何澹台净多疑，死活不信她不知道傀儡密钥。当然，也可能江雪芽这人太混账，说的话根本不足取信。

江雪芽看他立在囚牢门口，跟个钉子似的，笑容越发揶揄：“站那么远干什么？我又不会吃了您，还是您怕我？您是朝圣境秘术者，昆仑秘宗的大掌宗，为何会怕我这么一个罪臣？郎雅光郎大人的秘术是华胥梦，您想知道什么，让他令我做个美梦看一看不就得了。”

似乎料到她接下来要说什么混账话，澹台净眉眼一沉，厉声道：“噤声。”

江雪芽却丝毫没有停下的打算，她的笑容恶劣又张狂：“我知道了，你怕他看见那一天晚上，怕别人瞧见我把您摁在床上。堂堂秘宗大掌宗，被自己徒弟的未婚妻欺负了。为了掩盖乱伦之事，驱逐桑持玉，囚禁未来徒媳，秘传云州废除婚约。真是掩耳盗铃的好手段啊，不过大掌宗，就算你徒弟知道了也没什么，您把错都推到我身上，说您是被迫的。世人皆知他爱我入骨，为了我不惜同苏如晦反目，他不会怪我的。”

澹台净的声音里压抑着怒气：“再敢妄言，必定严惩。”

他抬起手，转动星阵的八卦锁，锁链缓缓收紧，江雪芽发出痛苦的低哼。

江雪芽舔舔干裂的嘴唇，道：“大掌宗，我自小爹不疼娘早死，阖家团圆吃年夜饭，家族不会排我的座位。那些个兄弟姊妹，要么巴不得我早点死，要么巴不得我嫁出去，少一个人和他们争土地争兵权。苏如晦是我师弟，周小粟是我师妹，我把他们当亲人。你囚禁我的师弟，图谋他的秘技，还指望我背叛他吗？”

澹台净再次转动八卦锁，嗓音森冷：“刚过易折，好自为之。”

“不行啊，我平生最讲义气。”说着，江雪芽暧昧低笑，话锋一转，“只不过……兄弟不如老婆亲，若大掌宗愿折节下嫁，傀儡密钥，臣知无不言，言无不尽。”

第二天，苏如晦包袱里的干粮即将告罄，不得已，苏如晦出门寻找吃食。这天寒地冻的，动物都在冬眠，他得想法子掏窝。下了山崖，走出去没有半里路，忽听得前方三声惨叫，苏如晦立刻调转方向，远离战场。然而后头的人跑得飞快，没多久脚步声急急传来，苏如晦不得已，寻了片厚实的茅草，往里头一趴。

人过来了，一个大汉被两个秘术者追逐。其中一个紫衣秘术者凌空一跃，燕子般越过大汉的头顶，将他去路堵死。另一个黄衣秘术者手里提着一条染血的胳膊，慢悠悠走上前，狠狠咬下一块肉，大汉见此情状大惊失色。

大悲殿的食人菩萨，苏如晦啧啧慨叹，果然每次看到都一样的恶心。

“你丧心病狂！”大汉悲愤喊道，“要杀便杀，为何辱其尸身？”

黄衣秘术者恶狠狠地笑：“老子没带干粮，吃你们几口肉，让你们在我肚子里超生，是你们的福分。”

大汉的声音颇为熟悉，苏如晦想起来了，是找他碴儿又被他忽悠得认了他做弟弟的那个人。

正想着，耳畔传来窸窸窣窣的声音。旁边有人！苏如晦心头一惊，扒下身侧的茅草，同一双明净的眼眸对上了眼——系统标注的“神秘少年”四个大字亮闪闪悬在他头顶。少年一袭黑衣，袖侧有干涸的血迹，一张白净的脸绷得紧紧的。这小子一定也是趴在这儿站干岸儿旁观的，没准儿等着对方两败俱伤，他坐收渔翁之利。他眼也不眨地盯着苏如晦，似乎在防备苏如晦出手。

苏如晦在腰囊里掏了掏，举着拳头到他面前。他黑而大的眼眸跟着苏如晦的拳头移动，然后见这拳头在他面前摊开，里头是一小堆红瓜子儿。

苏如晦笑嘻嘻，对他做口型：“吃不？”

少年没说话，忽然抓住苏如晦的衣领，拖着他离开了草丛。瓜子撒了一地，两个人离开的下一刻，几支寒光凛冽的短箭戳进了茅草堆。

“两只偷看的老鼠。”紫衣秘术者放下弓弩，“今日收获颇丰，今明两日都不愁粮食了。”

藏这么严实都能被发现，这个家伙的秘术估计是天眼那一挂的。另外一个黄衣服的秘术是御物，苏如晦看见他周围盘旋了许多悬浮的骨刀。

“江小弟，是你！”一旁的大汉惊喜叫道，又立即愁苦起来，“小弟，你也没有秘术，你快跑，我拖住他们！”

他举起刀奔向那个黄衣裳，两把骨刀同时调转方向，一左一右刺入他的两手关节，将他狠狠钉在了白桦树干上，嘶声惨叫。

唉，现在这年头，如此有情有义又傻帽儿的人不多了。苏如晦原本想跑，此刻却停住了脚步。

黄衣裳的秘术是进攻型的，比起他，自然是辅助型的好对付些。先拿下一个再说，他正要出手，旁边的少年动作比他更快，袖下撩出一抹霜雪般的刀光，离弦之箭一般冲了过去。那一刻仿佛凶鹘扑入风中，少年手中刀刃一振，肃杀之气笼罩紫衣的面门。

大悲殿的人不认得他，因为他用了化形。不能使用秘术，因为摩陀衍那。他知道大悲殿并未完全交予他信任，所以黑观音没有告知他其他卧底的名单。他也没有交予大悲殿信任，所以他没有告知大悲殿摩陀衍那的存在。如此大规模的征兵，凭澹台净的头脑不可能不知道黑街会派人渗透，秘宗的天眼必定覆盖了这片区域。桑持玉需要人暴露身份迷惑秘宗视线，这样他才能隐藏得更深。

少年悍然出刀，刀气竦峙如山。

接刀的一瞬间，紫衣裳的刀刃崩裂，细密的裂纹向刀身蔓延。少年双手握刀，面无表情地往下压刀刃。紫衣裳目露惊恐之色，他没想到一个十五六岁的少年能有这么大的力气。少年身后，三把骨刀飞速逼近，黄衣裳看出紫衣裳刀势不济，想要迫使少年撤刀。

然而，苏如晦硬生生插入战局。

“小黄，你的对手是我。”苏如晦笑道。

黄衣裳感到疑惑，小黄是谁？他低头看见自己的黄衣裳，一下大怒。

“找死。”

三把骨刀刺向苏如晦，苏如晦发动符箓净土，一切未被指定的秘术失效……然而，骨刀丝毫没有受到影响，继续飞行！

怎么回事?!

飞刀袭来，苏如晦眸子一缩，符箓瞬影移形瞬间发动，身影变模糊的刹那间，骨刀迎面而至，消失的下一刻，骨刀刺穿了他原本所在的区域。苏如晦有危险，桑持玉最终还是撤刀回身。紫衣裳差点儿格不住少年的刀刃，见他撤了劲儿，终于松了一口气。然而就在这时，他背后一凉，一柄短刀送入他的后心。

苏如晦在他身后出现，黏腻的鲜血溅了满手。

紫衣裳万万想不到，方才如此千钧一发之际，苏如晦除了躲避骨刀，还能够想到瞬影移形到他的身后偷袭。

紫衣裳倒下，留下黄衣裳一人瞠目结舌。

现在是二对一，一个刀技卓绝，另一个刚刚用过瞬影移行符箓，不知还有多少符箓存货，黄衣裳当机立断，收了骨刀转身逃跑。

二人并不追逐，把树上的大汉放下来。

“咦，我的净土符箓怎么没用?”苏如晦摸了摸符箓的残渣。

大汉喘着粗气，道：“那个人用的不是秘术，是符箓，他的骨刀上附了符箓。”

难怪净土没用，净土限制的是秘术者，而不是符箓。

苏如晦心疼，他浪费了一张好符箓啊。

“江小弟，还有这位小兄弟，多谢二位救命之恩。”大汉拱手道。

“此地不宜久留，我带你去我的藏身之处疗伤吧。”苏如晦说，“小兄弟，料想你也有藏身之所，我们就此别过。”

苏如晦把大汉扶起来，两人走了几步，那少年立在原地，目送他们离开。两人一起走，留下这个孤零零的少年，回头看，他形单影只，像个被抛弃的小蘑菇，有种可怜兮兮的味道。

不知为何苏如晦没有邀请少年，大汉踌躇片刻，小声对苏如晦道：“江小弟，不若把这个小兄弟也捎上吧，我们三人互相照应。”

他们嘀咕的声音很小，奈何桑持玉融合了心核，耳力大幅提升，大汉的话一字不落进了他的耳朵。桑持玉即将抬起的脚步滞住了，鬼使神差地仍然留在了原地。

“还是算了吧。”他听见苏如晦说。

“为何？”大汉不明白。

苏如晦道：“因为他长得像桑持玉。”

桑持玉：“……”

少年立在原地，有个孤零零的影子。他分明面无表情，大汉硬是莫名其妙看出了点儿可怜兮兮的况味。大汉和苏如晦走出去老远，少年还是站在那儿目送二人狠心的背影。大汉如芒在背，良心十分煎熬，硬着头皮向苏如晦提出收留少年的打算。苏如晦没有良心，推拒再三，最后终究顶不住大汉谴责的眼神，收留了这可怜少年。

苏如晦的糖肉大馒头只剩下五个，他们仨一人是伤患，一人年纪小，只有苏如晦一人活蹦乱跳身强力壮。看这情况，苏如晦不好意思给自己的份额最多，定是要给他俩各两个馒头，自个儿独自吃一个的。不过大汉是个正直善良的好人，定然不会眼睁睁看他吃不饱。苏如晦先给了少年两个馒头，然后递给大汉两个，假惺惺道：“大哥，你多吃一个吧，我不饿。”

这位大哥这么善良，一定会把馒头推回来，到时苏如晦便恭敬不如从命。

谁知大汉眼泪汪汪，将两个馒头都接下，道：“江小弟，我一天没吃饭了，要不是遇见你，我今儿不被那帮混球弄死也饿死了。”

说着，大汉狼吞虎咽，把两个馒头都吃了。

“对了，我叫贺胜，江弟，以后你喊我贺大哥就行。”

孤零零的冷馒头躺在苏如晦手心，苏如晦心里头在流泪。

一个大馒头递到苏如晦眼前，苏如晦抬起眼，对上少年黑白分明的眼眸。沉甸甸的火光在这孩子的眼睛里跃动，那琥珀色的光芒里倒映着苏如晦的脸庞。

“你吃吧。”少年说。

“你还小，你吃吧，”苏如晦不跟小孩儿抢食，“我少吃一顿也没什么的。”

少年不说话，也不动弹，馒头依然在苏如晦眼前。

这模样让苏如晦想起桑持玉，那个家伙递卖身契的时候也是这德行，苏如晦不接他就不撤手。

苏如晦掰了一半，放在少年掌心。

“一人一半。”苏如晦笑道。

少年慢吞吞收回手，低声道：“以后多想想自己。”

不要总是这样良善。

他的话别有深意，只是苏如晦没在意，又开始巴拉巴拉说烂话：“唉，没办法，我这人就是善良惯了，天天做好事儿，不做好事儿我心里不踏实。碰到老奶奶我一定得扶她过大街，有时候扶完才知道人压根儿不想过大街。”他扭过头冲少年一笑，“还没请教小兄弟的名姓？”

“苏玉。”他言简意赅。

“原来是苏小弟，”贺胜拱手道，“我们三人有缘，依我看不如在此结为异姓兄弟。江小弟年纪大家都知道，今年刚好十七吧。我今年二十有三，就厚着脸皮当哥哥了。苏小弟，你几岁？看模样该比江弟小一些吧。”

“十五。”桑持玉随便说了个数。

“那敢情好，”苏如晦揉他脑袋，“快，叫声哥哥来听听。”

桑持玉抿了抿薄薄的唇，没应声。

桑持玉发现苏如晦有让别人喊他哥哥的癖好，小时候在不了斋，苏如晦哄他喊哥哥，后来苏如晦去了黑街，韩野也喊他哥哥。或许在自己不知道的地方，还有很多人围在苏如晦身边叽叽喳喳喊他哥哥。

他记起五年前，秘宗医官对苏如晦体内药毒无计可施，心核散发的毒素肆无忌惮地破坏着苏如晦的内脏。医官无可奈何，铤而走险剖开苏如晦的胸腑取心核。苏如晦血崩，命悬一线，昏昏沉沉最后一刻，他还是那副玩世不恭的样子，攥着桑持玉的手道：“我快要死啦，临死之前，实现我一个愿望吧。”

桑持玉颤抖着，反握住他血淋淋的手。

他的声音气若游丝:“叫我声……”

话还没说完，苏如晦的手就松了劲儿。虽然他没有把话说完，可是桑持玉知道，他想要听自己喊他哥哥。死到临头，竟然是这么个无聊的愿望。

苏如晦这个人真的很无聊，他为什么喜欢到处认弟弟妹妹？桑持玉想。

他沉默了一会儿，对着火光，低低开了口:“哥哥。”

苏如晦没有回复，少年以为他没有听清，又喊了声:“哥哥。”

苏如晦扑哧一笑，揽住他的脖颈子，道:“行，承你这一声哥哥，以后我罩你了。”

贺胜想开口说点啥，又觉得这时候开口很不合时宜。苏玉喊完江却邪哥哥就不吭声了，似乎没有喊他大哥的打算。贺胜后知后觉地发现，这结拜三兄弟里，他好像有点儿多余。

第三天黎明，苏如晦三人朝雪线进发。昨夜刚下过一场雪，地面完全被厚厚的雪层覆盖。一路上途经无数尸体，全冻成了人棍，空洞的眼眶里盛满灰尘和雪花。为了不和其他试炼者狭路相逢，他们选了条稍显陡峭的路线，绕过山崖往上，越过一条山沟，爬上裸露的山坡，便能到达雪线。

山路陡峭，尤其还堆满了雪，一脚踩下去直接没到小腿，三人走得非常艰难。太阳完全升起的时候，他们终于绕过了山崖，到了山沟。三人连成一线，彼此之间系根麻绳，顺着山沟狭窄凸起边缘往北面行走。这边缘太过狭窄，跟走独木桥似的。只庆幸白天天气好，不像昨天半夜风雪肆虐。

忽然间最前面的贺胜尖叫了声，脚下的雪塌陷了一大块，他一下没踩实，身子一歪骨碌碌顺着雪坡滚了下去。他这么一滚，后头的苏如晦和桑持玉连带着被拉了下去。三人一串筑球似的直滚到最下面，苏如晦整个人埋进了雪里，嘴巴里都是冰冰凉凉的雪粒子。

幸好昨晚雪下得大。这山上都是尖石，若没有雪层垫着，这么滚下来人就废了。苏如晦在底下快冻僵了，艰难地睁开眼，正对上一双涣散的眼眸。

桑持玉提溜着他的领子把他拉出来，两人看见他身下死不瞑目的尸体。

另一边贺胜也站起身，他在另一头，和苏如晦离得不远。三人同时回望这山沟，只见无数尸体横七竖八躺在雪下，有的露出手脚，有的露出头颅，皮肤冻得青白，个个挺成了冰棍。若非他们掉下来震塌了冰层，压根儿没法儿看见这里埋了这么多尸体。

“恭喜宿主收获内脏混乱的冷冻肉×37。”

“他们……”贺胜恐惧道，“他们是谁？试炼者吗？”

苏如晦蹲下身看他们的脸，他有过目不忘的本事，先前试炼的人他全记得。略略看了圈，还真看到几个眼熟的，他道:“的确有试炼者，但大部分是生面孔。”

苏如晦翻了翻其中一具尸体，衣着完整，表情惊恐，似乎临死前看到了什么极端恐怖的东西。护领上红线绣着“宝泰”，约莫是这死人的名字。

“他们为什么会死在这儿?”贺胜问。

苏如晦耸耸肩，表示不知道。

这里是背风面，又陡峭，平常肯定没人来这儿，才成了弃尸之地。是谁把他们抛在这儿的？苏如晦想着，转脸看苏玉，却见少年面色凝重，不知在想些什么。

时间不多了，没空管这些尸体，三人继续向上攀爬，踩着点儿到了雪线，但没敢上去。周遭都是雪堆，他们藏在雪里等候午时正点到来。手搭凉棚眺望，雪线上一个人都没有，估计都在附近等着。

午时到了，几个小军官坐着傀儡马车从山下上来，和前天一样，摆了桌子等人来报到。终于有零零散散几个人出来了，在军官那儿说了名字乡里。数着人，来了有十几个了，之前和他们打起来的小黄也在。苏如晦三人对望一刹，也从雪地里爬出来。

报了名姓，在一旁等候，午时过了许久了，雪下再无人出现。军官数了数名字，道:“五十二个，多了俩。”

众人面露惊恐:“难道又要打?”

“等等……”军官眯起眼睛看簿册,“江却邪？云州江氏那个江却邪?”

“是我!”苏如晦出列。

“你是世家子，世家子不能进拓荒卫。”军官挥挥手，命人把他带走,“来人，给他安排个别的卫所。”

苏如晦疑惑道:“为什么不能进？以前都能进的，我姐原来就在拓荒卫。”

“上头下了令，打今儿起不能进了。”军官不耐烦道,“你赶紧的，别耽误我们办事儿。秘宗里世家子多的是, 多你一个不多, 少你一个不少, 再吵吵把你扔出去。”

贺胜安慰他:“二弟，不慌。你有世家身份，他们肯定给你安排更好的差使。”

不对头，苏如晦有不祥的预感。他以前在秘宗待过一段时日，筛选好手入伍，从来是登台打擂，要么是校场格斗，从未听说过厮杀试炼如此残暴之法。看了圈剩下的试炼者，头顶上备注“路人”的不多了，基本上是“恶人”和“混混”。想也知道，黑街隐瞒身份的秘术者对上普通人，定然是黑街胜算大。

再加上之前遇见的那些尸体，感觉更不对劲了。

秘宗试炼的目的恐怕不是征兵入伍，否则无须筛出世家子。

他拱手道：“给军爷添麻烦了。我有两个兄弟也在这里头，我想带他们一同去旁的卫所，不知军爷可否行个方便？”

他笑嘻嘻走上前，用身体遮挡住后头试炼者的目光，遮遮掩掩地给两个军官各塞了一把碎银子。

军官接了银子，挂上笑容道：“想不到小公子世家出身，还这么懂事。实话给您说，咱是听令办事的，能通融咱就给您通融了。这儿有五十二个人，我们只要五十个，你可以带一个人走。少了人我们不好交代，小公子体谅则个。”

“那能不能透露一下，为何世家子不能进拓荒卫了？”苏如晦小声问。

“上头下的命令，为什么咱也不知道啊。”军官压低声音道，“只知道上个月拓荒卫开拔进雪境，五百个人出去，仅十几个人回来，几乎全军覆没啊。我听回来的人说，地洞里好些流民失踪了，不知去了哪里。失踪的人太多，黑街的人也在往回撤。现在雪境不太平，小公子，您能去别的卫所就去别的卫所吧，这龙骧卫、鹰扬卫，哪个不比拓荒卫好啊？”

“最后一个问题，咱们这征兵，是不是征了不止一轮？”苏如晦问。

军官点点头：“的确，一会儿我们还要下去清理死人，扔到背风坡去。”

难怪那么多尸体，苏如晦知道那些尸体的来处了。

“小公子，你快挑个人走吧，我们忙着呢。”军官催他。

苏如晦直起身，回头对贺胜抱歉道：“大哥，对不住，我只能带一个人。三弟人小，没人照顾不行，我就带他了，你自己一个人没问题吧？”

贺胜把苏玉推出去，道：“当然没问题，我就是奔着拓荒卫来的，盼了好几年，得亏赶上征兵，去别地儿我还不情愿呢。”

苏如晦按住苏玉的肩膀，低声对贺胜道：“那我带三弟走了。大哥你自己当心。”

说着，苏如晦带着苏玉登上了傀儡马车。

马车辘辘行驶了一段山路，离雪线越来越远。苏如晦转过脸，问苏玉：“刚才没吓着吧？”

苏玉轻轻摇了摇头，道：“秘宗有古怪。”

两人陷入了静默，彼此心里都十分沉重。

方才苏如晦摔下雪沟，撞到一具尸体，苏玉把他拉起来，两个人一同看见了那具尸体的面庞——那是贺胜的脸。

面孔青白，口鼻流血，死不瞑目。

“任务完成，获得任意人物不为人知的小秘密×1。请宿主指定人物获取秘密情报。”

“任务完成，系统权限释放10%，预警功能开启。请宿主再接再厉，下次权限提升将开启宠物模块哦！”

苏如晦对什么宠物模块不感兴趣，只问：“你告诉我的东西，定然是我不知道的事儿吗？”

“童叟无欺。”

“随便是谁都行吗？”苏如晦又问。

“连狗都行。”

这破系统和苏如晦一样爱说没有意义的白烂话，它会吐露的秘密八成是不举、痔瘘这种无聊的东西，苏如晦一点儿也不想知道。听谁的秘密比较靠谱呢？苏如晦摸着下巴思忖。系统一定会告诉他他所不知道的东西，如果这个“不知道”的范围非常非常小，没准儿系统能说出些什么有用的东西来。

苏如晦有了主意，道：“你说一个关于我的秘密。”

关于他自己，他不知道的东西倒还真的有点儿。比如说之前，他身体里那个心核到底是个什么玩意儿？这个问题困扰了他很长时间，他用尽手段追根溯源，好不容易在雪境找到了点儿蛛丝马迹，却因秘宗把他囚在仙人洞，直到最后都没有找到真相，或许系统可以告诉他答案。

“人物选定完毕，背景资料调取中……秘密情报抽取完毕。”

“秘密情报披露：苏如晦，你不是人。”

苏如晦：“……”

苏如晦感受到了冒犯，他的第一反应是被这破系统骂了，第二反应是第一反应是错误的。系统跟了他许多年，他知道这系统的脾性。系统说的“你不是人”不是骂人的话，而是指苏如晦在种族意义上不属于人的范畴。

这还真是个惊天大秘密。

他不是人，那他是什么？

然而他很快意识到，“苏如晦”这个人物的选择有歧义。“苏如晦”可以指以前那个被囚在仙人洞里的苏如晦，也可以指现在被他占据了肉身的极乐坊混混阿七。“不是人”的究竟是苏如晦，还是阿七？

他问出了这个问题。

“秘密情报披露完毕，系统无法给出解答，请宿主自力更生。”

苏如晦暗暗翻了个白眼。

傀儡马车载着他们回到边都，经过天街，径直入了台城。巍峨的秘宗宫殿出现在窗洞外的视野里，他们进入宏伟的门穹，无数军士按刀而立，细雪落了满身却不融化，远远望去仿佛一列列冰雪雕塑。

苏如晦探出脑袋，手搭凉棚望向远方。视野的尽头矗立着边都最雄伟的宫殿——北辰殿，神秘的大掌宗澹台净端坐在那里，手握天下人的生死。

很久以前，桑持玉也在那漆黑的岩廊下出入。他是澹台净的首徒，刀履上殿，尊贵不凡。可也因此，无人敢靠近他。他们说他是澹台净手里的刀，斩逆臣杀叛贼，所过之处血流成河。苏如晦无数次望见他的背影，旁人三两成群，独他形单影只，在巨大的宫殿下显得无比孤单渺小。

马车一拐，辚辚驶入台城另一侧，沿着堆满雪的直道向下，速度逐渐放慢，最终停在一处卫所。官署府衙上高挂黑底金字牌匾，上头写着“鹰扬卫”。苏如晦知道这个卫所，秘宗有三大星官，下属十三卫，鹰扬卫是十三卫的最末一卫，职掌巡查缉捕，斩逆杀叛。桑持玉原先就供职于这个官署，只不过不知道为什么，他空有品级没有官职，没有上级也没有下属，直接听命于大掌宗。

接引人引他们进了天井，官署里里外外都是军士。气氛冷凝，颇有种严阵以待的味道，苏如晦感觉到不妙，难道他们知道他是黑街卧底，直接把他送来审讯？

到天井底下，上来一个提着医箱的医官。

系统给出他的信息：“秘宗首席男科圣手，擅长医治阳痿、早泄和各类花柳病，建议宿主履行这位男科圣手的所有指令。”

医官说：“把衣裳脱了。”

苏如晦愣了：“脱衣裳？”

苏玉显然也没料到上来就要脱衣裳，轻轻蹙了蹙眉头，问：“为何？”

医官铺开绒布包，露出里头精光闪闪的银针。他解释道：“当武官身子底子要好，要是你们有什么奇怪的病症，卫所可是不收的。”

“以前没听说过这规矩啊。”苏如晦道。

“现在有了。”医官催他，“脱干净，一件也不许剩。”

“在这儿？”苏如晦环顾四周的冰天雪地，“能不能进屋，多冻人啊。”

医官撂下银针，满脸不耐烦：“大男人怕什么冷，赶紧脱。”

“屏风。”苏玉道。

“什么？”医官问。

“给我一面屏风。”苏玉蹙着眉头说。

“穷讲究。”医官招了招手，几个军士搬来屏风，放在空地里。

苏玉转到屏风另一侧，低头解领子上的扣袢。苏如晦没法子，也跟着脱。裉下夹袄，然后是棉裤，接着是里衣。一件一件堆在椅子上，苏如晦使劲儿跺脚哈气，冻得瑟瑟发抖。隔着屏风，单单能看见苏玉瘦削的影儿。

“兜裆布也解了。”医官说。

“有必要吗?!”苏如晦要崩溃了。

“看看你们有没有花柳病，有花柳病秘宗也不收。”

医官催促他们，苏如晦只好连兜裆布一块儿解。两个光屁股的大男孩儿站在雪地里，无比尴尬。唯一值得庆幸的是周围都是男人，苏如晦觉得自己的脸皮又厚了一层。

医官道:“害什么羞，在我眼里你们就是猪肉，你俩把自己当猪肉就行。”

医官挨个儿检查他们俩，往他们身上刺针，还让他们坐下敲他们的膝盖，不停问他们“疼不疼”“酸不酸”。

他们一一答了，医官似乎松了口气，将银针放在蜡烛上烧了烧，道:“行了，你俩健康得很。平日多锻炼，莫喝酒。就是你这个姓江的小子啊，似乎有点儿肾虚。其他没什么大事儿，进里头报到去吧。”

苏如晦气得想吐血，他的肾才不虚！这铁定是个庸医。

“经系统权威鉴定，他并不是庸医。”

苏如晦破口大骂：去死吧！

苏如晦哆哆嗦嗦穿好衣裳，搓着手往里面走。苏玉跟在他旁边，低声道:“他查的是我们的周身大穴，十二经络。”

“为什么查这些?”苏如晦百思不得其解，难道真是检查他们有没有得病？比起往日，秘宗现如今似乎谨慎了不少。

苏玉摇头，说“不知道”。

来不及思考更多疑问，两人越过天井，进了跨院，里面依旧是军士守着门。长廊檐下立了一个黑袍武官和一个白衣男人，武官是个矮矮胖胖的中年人，不到四十岁，留了点儿稀疏的小胡子，看起来成熟稳重。他旁边的男人面带微笑，麻衣似雪，眉目如画。

见着这人时，苏如晦的目光微微一顿。

“身怀秘密的苏垢，原名苏狗蛋，长得有点像桑持玉，据说宿主制造他的时候参照了桑持玉的容貌。”

“夏靖，沂州夏氏长房长子，似乎和江雪芽有不可告人的秘密关系。”

秘密？苏如晦暗暗蹙眉，苏狗蛋不就是一个傀儡吗，他能有什么秘密？

还有夏靖，他和师姐能有什么关系？师姐那个不要脸的，难道连老男人都不放过吗?!

“是的。”

苏如晦：啊?

“不过不是这个老男人。”

夏靖见到苏如晦，拍着他的肩膀笑道：“贤侄，我是鹰扬卫的指挥使夏靖，今日清晨收到令尊信件，嘱咐我对你多加照顾。后生可畏，那样残酷的试炼你都能通过，看来说你羸弱的传闻不可信啊，你比起你的姐姐亦不遑多让。”

苏如晦故作腼腆：“世叔谬赞，却邪愧不敢当。却邪声名不好，有了试炼正名，也好让人刮目相看。”

夏靖笑呵呵道：“有道理，少年有志向是好事儿。桑持玉叛逃，添了不少麻烦，一会儿有个小小的审讯。你和他毕竟一块儿待过几天，还有那层关系，我须得问你些问题。不用担心，走个过场罢了，却邪贤侄不会见怪吧。”

“自然不会，世叔尽管问，却邪言无不尽。”苏如晦道。

夏靖指了指旁边的苏垢：“这是大掌宗座下傀儡苏垢，一会儿主要他问，你据实说来即可。”

苏垢拱手行礼：“苏垢见过江公子。”

苏如晦看着这家伙，心里头很是惆怅。看这毕恭毕敬的模样，苏狗蛋定是被秘宗修改了灵感星阵，一心一意为秘宗效力了。做傀儡很是麻烦，傀儡品级越高，制作时间越长。从前他做个一品肉傀儡，要花整整三个月的工夫，还不一定能做到十全十美。他最完美的傀儡便是苏狗蛋，花了他半年心血，现下倒让秘宗捡了便宜。

夏靖揽着苏如晦的肩膀进屋，苏玉立在门槛外边儿，道：“我等你。”

真乖，苏如晦揉了揉他脑袋瓜。苏垢把花梨木门扇关上，闩上门闩。门扇隔绝内外，屋子很阴暗，蜡烛高烧，照亮桌上方寸之地。三人各在桌子前后坐定，夏靖一坐下就肃了面容，颇有些不怒自威的姿态，不似方才那样温和好说话。

苏垢向苏如晦颔首道：“我会使用真言符箓，公子接下来只能说出真话。”

真言符箓罢了，苏如晦已经很有经验，他说的的确是真话，只不过是有选择的真话。

夏靖做了个手势，示意苏垢开始问询。

苏垢执起毛笔，问：“第一个问题，桑持玉叛逃以前，可有什么征兆?”

“没有，”苏如晦想起那段时日，暗骂桑持玉没良心，“我还以为他准备好好过日子呢，连接下来一个月给他做什么饭都想好了。”

苏垢埋首记下苏如晦的回答，又问：“你认为，桑持玉为何要叛逃？”

“应该是想要恢复秘术吧，还能为什么？总不能去黑街观光踏青。”苏如晦扯了扯嘴角。

“桑持玉在叛逃前，除了你，还见过什么人？”

狗应该不算人吧。苏如晦心想，嘴上道：“跟我回了一趟江家，见了我母亲，吃过饭他就走了，没留多久。”

门外，桑持玉站在檐下，遥望天地细雪纷飞。昆仑又下雪了，他的眸子里倒映漫天雪花。熟悉的风景，熟悉的官署。十二岁起，他就在这片屋檐下进进出出，长廊走到底，拐个弯，下三级木梯，左手边第一间房是他的值房。二十五岁那年搬到那里，一直没换，现在该给了别人吧。

门扉挡不住苏如晦的声音，他听见苏如晦的回答。苏如晦这个人满嘴跑马，说话从来三分真七分假，大概只有真言术下他才会吐露实言。

“江公子，你入桑家并非自愿，然则据我们听闻，进桑家后，公子操持家务，为桑持玉洗手做羹汤，颇为贤顺，”苏垢问，“不知江公子现在如何看待桑持玉？”

危险的问题来了，苏如晦心里有些许沉重。桑持玉背叛秘宗，他一定要同桑持玉划清界限，这个问题他得绕着回答。

他闲闲笑道：“那家伙表面上云淡风轻，其实可讨厌我了，我又不是犯贱，喜欢讨人嫌。我看他可怜兮兮的，好心照顾他，他不领情，净想着赶我走，最后还去了黑街。不稀罕就算了，我以后再也不会做饭给他吃了，让他喝西北风去吧。”

“我明白了。”苏垢微笑道。

一直保持沉默的夏靖忽然开嗓说话：“却邪，接下来的问题，你得明确作答。比方说‘是’或者‘不是’，‘会’或者‘不会’。苏垢记录的公文要上呈给大掌宗过目，你答得太模糊大掌宗那边恐怕不好交代。”

啧，老狐狸有些道行，叫他看破了这投机取巧的把戏。苏如晦觉得有点儿棘手了，回答被框死了，他将无法钻审讯的漏洞。还有办法，用净土符箓。不行，他唯一一张净土符箓浪费在试炼地了，现在别无他法。

苏如晦咳嗽了声道：“小侄知道了，世叔继续问吧。”

“按照公子方才的回答，”苏垢徐徐问道，“公子似乎颇是憎恨桑持玉？”

苏如晦做出思考的模样：“这个……”

夏靖紧追不舍：“却邪，你需明确作答，憎恨，或者不憎恨。”

“不恨，”苏如晦说完，迅速补充，“算不上恨，没到那个地步，但我和他不是同路人。”

“哦？那江公子究竟如何看待桑持玉呢？”苏垢问，“据说桑持玉曾欺侮公子，公子应当心怀仇怨吧？”

躲不过去了，按照他先前在边都编的那些乱七八糟的谎话，这个问题若再回答“没有”，那不就是还有旧情吗？秘宗最重视忠诚，虽然不至于弄死他，但他定然进不了鹰扬卫了。

苏如晦感到绝望，狗蛋啊，你害死你主人了。

不管了，试试再说。

苏如晦开口，尝试说谎。

“是……”

他说出第一个字，心头一惊，符箓有问题，真言术没有起效，他可以说谎！

他眼神微微一凝，不动声色望向眼前笑眯眯的男人。似乎从刚才开始，这家伙就在故意引导他的回答。苏垢先抛出“憎恨”，再抛出“仇怨”，就是有意无意暗示苏如晦该如何回答。

跃动的烛光里两人四目相对，苏如晦在月牙般弯弯的眉眼中，看见了江宅那个假冒的江雪芽。

苏如晦终于知道苏狗蛋的秘密是什么了，原来是这货。

他也笑了，往后一靠，闲闲道：“仇恨不至于，嫌弃倒有些。只不过那个家伙成日木头人似的，怪没趣儿的。他还喜欢独来独往，自以为卓尔不群，装得很。世叔，你和他曾经是同僚吧，他那个样子你应该很熟悉。”

夏靖对苏如晦的回答很满意，神情松快了许多。

对于苏如晦的话，他深有同感，感慨道：“是啊，自恃为大掌宗首徒，傲视同侪，不把人放在眼里。往日见了我，点点头敷衍了事，从不行礼问安，不知道的还以为他才是这鹰扬卫的指挥使。”

门外，桑持玉木桩似的静静站着。他伸出手，接住鹅羽似的雪花。指尖冰凉，丝丝凉意像小蛇，钻进四肢百骸，一直冷到心里。

原来在苏如晦心里，他是这样一个人。

苏垢收起纸笔，向苏如晦庄重作揖：“江公子，秘宗确信你与桑持玉已无半点瓜葛。恭喜您通过所有试炼，加入秘宗鹰扬卫。”

夏靖大力拍他肩膀：“贤侄，刚好校尉有个缺，你先干几天试试手。好好干，你前途无量。”

三人边谈笑边出门，同苏垢擦身而过的时候，苏如晦收到了一张纸条。苏如晦将纸条藏进袖里，赔着笑送苏垢和夏靖离开，直把人送到腰子门才折回审讯堂。

苏如晦肚子空空，此刻只想跟苏玉一块儿去吃饭。回到廊下，正想叫苏玉，却发现雪地里空空如也。

说好等他出来的，人呢？

苏如晦问扫雪仆从看没看到苏玉，苏玉是新来的，没人认识他，苏如晦比画了好久他的形貌，才有仆从恍然想起来，说他朝内事堂的方向去了。该不会被人抓去干活儿了吧，苏如晦心想，那小孩儿老实，一看就很容易被抓壮丁。

到了内事堂，果然看见苏玉。少年正在领用刀剑枪弩，刚刚试了官袍，还穿在身上。一袭笔挺的黑色翻领缺胯袍，两臂戴皮质臂鞲，蹀躞带上挂上了手弩和横刀。他是松竹一样的身条，高挑而挺拔，配上武官的装束，原本老实不起眼的少年一下多了几分凌厉的杀伐气。

“江大人来啦，”内事堂的小吏上前相迎，把制式用具一样样交到苏如晦手里，“这是您的衣袍皮甲，共两套，好换洗，咱们这儿天气干，衣裳洗了挂一晚上就干了。这是陨铁刀，连发灵火手铳和单张弩，手铳射程一千步，连发五次，子窠配三十发，单张弩射程三百步，短矢配三十支。大人须记住，边都城内无令不得动用灵火铳。”

小吏又将一串钥匙递给苏如晦：“这是指挥使吩咐为您备下的宅子，在顺康坊南大街。您来得匆忙，我来不及仔细寻摸个好地方，若是住得不舒心，尽管同我说，咱们再换一处。”

这就是世家子的好处了。苏如晦心里慨叹，假江怀荅一封书信，他连房子都不用找，想必也不用交租金。苏如晦连声道谢，收了东西，还暗暗塞了一袋银子过去，小吏登时眉开眼笑。

苏玉不是世家子，地位卑微，全程没人搭理，自个儿领了东西提着就要往外走。苏如晦余光瞥见这小子孤零零的背影，忙跟小吏道了别，拿起自己的包袱赶上去。

“不是说等我的吗？”苏如晦问，“怎么先来内事堂了？”

苏玉停下脚步，别开脸，低低说了句：“冷。”

天寒地冻的，在外边儿确实冷，是苏如晦欠考虑了。苏如晦恍然，歉疚道：“你还没赁房子吧，要不要跟我住一块儿？他们送我的院子肯定大，我一个人住怪浪费的。”

苏玉摇头：“我自己住。”

苏如晦低头看他半晌，“啧”了声，道：“不对，你小子到底怎么了？生我气呢吧。说，为啥生我气？”

桑持玉抿紧唇，不吭声。他无法理解苏如晦这个人，分明心里厌恶，依然要做兄弟情深的表面功夫。大概就是因为这样，苏如晦格外招人喜欢。他从不让人难堪，从不让人下不来台，对所有人和善，笑嘻嘻自来熟，聊三两句话就能勾肩搭背，称兄道弟。

这其中当然也包括桑持玉自己，即便觉得他无趣，依旧待他好，一日三餐，关心备至。

他忽然很厌恶苏如晦这个模样，他不想说话。

苏如晦摸着下巴端详他神色，忽然一笑："你小子，是不是偷听他们审讯我了？"

桑持玉脸色漠然："没有。"

他提步要走，苏如晦拉住他的手腕。苏如晦用的劲儿太大，他脚下趔趄了一下，险些撞到苏如晦。他现下化用的形貌太小，整整矮了苏如晦一个头。被苏如晦罩住的感觉很不好，他绷着脸仰起头，一派冷冰冰难以靠近的模样。

"放手。"他语气冷硬。

"不放你能怎的？咬我？"苏如晦笑得欠揍，"我说桑持玉的坏话，你生什么气啊？"

桑持玉咬着牙，再次警告："松手。"

"难不成……"苏如晦上上下下打量他，"你是桑持玉……"

他眸子一缩，这么快就被发现了吗？

的确，他的表现太过可疑，他不该生气的。

苏如晦的话没停："你是桑持玉的拥趸？"

桑持玉提起的心一滞，他虽然煞名在外，到底是世家子，身份尊贵，也有一些奇闻逸事流传，引来些许无知的崇拜者。他握了握拳，低低"嗯"了声，便算是认了。

苏如晦笑道："你竟然崇拜他？小玉啊，他现在拜入了黑街，你可得和他划清界限。要是让别人知道你把他当榜样，秘宗肯定要把你踢出边都。"

桑持玉垂下眼睫，应道："知道了。"

"而且，"苏如晦松开他，歪着脑袋笑吟吟将他望着，"那个家伙有什么好崇拜的？他背信弃义，铁石心肠，还不声不响偷走我两个咸蛋黄牛肉大饭团。"

说到这儿，桑持玉的身子一僵。

他并非有意把两个饭团都拿走，他只是觉得……或许以后再也吃不到苏如晦做的饭了。

苏如晦似乎没有注意到他的异样，接着道："你说，他讨不讨厌？"

桑持玉抿着唇，好半晌才开口："讨厌。"

"他可不可恶？"

“可恶。”

“他欠不欠揍?”

“欠揍。”

桑持玉耷拉着脑袋，垂头丧气地顺着苏如晦的话回应。

苏如晦玩够了，叉着手道:“反正呢，我说好要罩你，所以希望你同我待一处。但是你要单独出去我也不拦你，你自己小心点，有事儿来南大街找我。”

苏如晦说得对，桑持玉忽然想起贺胜，他们同贺胜结拜，苏如晦同贺胜关系又好，或许贺胜会去寻苏如晦。贺胜状况古怪，苏如晦很可能会置身于危险之中。

苏如晦正要走，衣角被扯住，他回过头，看见苏玉漆黑的发顶。可怜兮兮的，像株被乌云笼罩的小蘑菇。

苏玉别过脸，道:“我跟你一起。”

苏如晦咧了咧嘴:“不是要自己住吗，怎么又反悔？公子我现在不高兴了，不愿意带你。”

苏玉沉默，拽着他衣角的手没有松。

苏如晦十分无情，让他松手，他却忽然开了口，嗓音很轻，但足够苏如晦听见。

“我给你洗袜子。”

他低着脸，眼睫长而翘，像两只蝴蝶宁静地栖落在他眉底。苏如晦微微怔愣一瞬，似乎回忆起什么，笑了起来:“怎么？小玉这是要给我当小厮吗?”

苏玉瞬时僵住了，脸色苍白，耳朵却红彤彤，仿佛血都涌到了耳朵那儿。他握紧拳头，闭了闭眼，恢复漠然的模样，开口道:“我……”

苏如晦哈哈大笑，把包袱刀枪弩箭扔进苏玉怀里。

“按你说的，以后我袜子归你洗了。”

他说完，背着手，大摇大摆往外走。苏玉抱着他的行李，闷头跟上。

两个人到了南大街，夏靖阔绰得很，给了他一个小院子，大门对街，里头一间厅堂并两间厢房，后头连着个后厨，刚好够苏如晦和苏玉两个人住。家具什物一应俱全，约莫是上一个主人留下的。苏如晦饿得慌，问苏玉想吃什么，他去买菜。

苏玉愣了下，说:“肉夹馍。”

苏如晦说“行”，放了包袱出门采买。苏玉自觉拿起扫帚洒扫屋舍，扫到一半，腰囊里通讯罗盘振动，他取出小罗盘，星阵符纹自动显现，黑观音的声音传出来:“桑公子，你通过试炼了吗？昆仑风景如何，依旧如故吗?”

“何事?”桑持玉问。

“除了你，大悲殿其他派往秘宗的卧底全数失去联络，桑公子知道为何吗?”

“不知道，”桑持玉回答，“他们在拓荒卫。”

“你不在？”

“嗯。”

黑观音那边沉默了会儿，道：“桑公子，你留了后手，你未曾对大悲殿如实相告。卧底的身份暴露了，秘宗拥有天眼秘术者，对吗？看来我的人在试炼中施放了秘术，被秘宗察觉了身份。”

“你也留了后手。”桑持玉把罗盘放在桌上，捡起扫帚扫地。

黑观音沙哑地笑起来：“好吧，桑公子，我需要你的帮助，你也需要黑街作为归宿。否则你将是漂泊无依的浮萍，孤军奋战不会有好结果。不如从今天此刻开始，你我坦诚相待。”

桑持玉没搭理他，专心扫地。

“无极散致人成瘾，成分是罂粟，桑公子若身子不适，吸食少量罂粟粉便可得到缓解。罂粟粉贫民坊处处都有，一两银子足够买三袋。如果桑公子愿意，我可以免费为你提供罂粟粉。”黑观音叹道，“桑公子放心，无极散不会成为我制约你的工具。”

桑持玉觉得自己很忙，想要快点结束通讯。

“你要我做什么？说。”

“我不仅派了秘术者前往秘宗，还派了五个普通人。这五个人是新近进入大悲殿的新人，其他卧底，包括他们彼此都不知道对方的存在。天眼发现不了他们，秘宗刑讯秘术者也得不到他们的姓名，除非他们自行交代身份或者逃跑，否则不可能与我断了联络。”黑观音道，“桑公子，我请求你为我查明这五人的下落。傍晚过后，我将把这五人的姓名和画像放在你住所的屋檐下。”

桑持玉盯着罗盘，不作声。

黑观音在威胁他，暗示他他的住所已经曝光。桑持玉微微绞起眉心，他明明已经更改了形貌，说几句话的工夫，黑观音怎么会知道他的下落？

——苏如晦。

桑持玉明白了，黑观音监视的人不是他，而是苏如晦。大悲殿卧底失踪，拓荒卫其他试炼者很有可能也下落不明。试炼者之中，只有他和苏如晦从秘宗走出来。黑观音监视苏如晦，自然能看见一直跟在苏如晦旁边的他。

“你为什么关注江却邪？”他的声音变冷了，带了肃杀之气。

“听极乐坊的人说，桑公子同江公子肝胆相照，或许无极散无法成为桑公子的后顾之忧，但是江公子可以。”黑观音缓缓道，“我们还没有走到那一步，我只是提醒一下桑公子，请务必与大悲殿一条心。那五个人的下落就托付给公子了，我静待公子佳音。”

桑持玉道：“我知道了，我需要两张无相法门的符箓。”

没想到桑持玉妥协得这么快，黑观音明白桑持玉这种人，桑持玉是一个密封焊死的箱子，保持沉默，难以撬动。果然，江却邪是他最大的弱点，只要提到江却邪，这封闭的箱子就会自己解体。

黑观音笑道：“是我考虑不周，边都广阔，公子没有车马，进出秘宗的确不方便，符箓会和画像一起送往您的住所。”

桑持玉收起罗盘，推开大门。街上人来人往，苏如晦还没回来。

他坐在台阶下等苏如晦，今夜他要回大悲殿一趟，杀黑观音。

边都不仅有禁铁令，还有宵禁令。

秘宗严刑峻法，就算是偷盗了一包细盐也会被按在长凳上狠狠打十大板，如果偷了十包就会被流放。宵禁之后还在街上闲晃，必定会被巡逻的官差押进大牢。

没人想吃牢饭，所以太阳西斜，坊市口敲起了大鼓，所有摊贩开始收摊。苏如晦抢在最后一个猪肉贩子离开前买到了一吊肉，他快饿昏了，希望苏玉那小子勤快点儿，在他回家以前把锅烧热，把水烧开。

苏如晦踩着满地雪粒子回家，阳光遥遥抛在身后，转进一条小胡同，白布棚子底下斜靠着一个人，挡住了他前进的路。苏如晦感到绝望，他想他真该带一把刀出来，谁挡他回家吃饭他就杀谁。

想是这么想，瞧见黑暗里走出的那个高挑的男人，还是换上一副勉强的笑脸：“坊主，您怎么大驾光临？要同我联络，您随意派个人来传话就行，何必亲自来呢？”

“左右闲着没事儿，跟过来瞧瞧。”韩野看着他，似笑非笑，“听说拓荒卫这次的试炼是把一百多个人丢到昆仑雪山自相残杀，想不到你这个没有秘术的家伙能活下来。阿七，你比我想象中更有能耐。”

苏如晦谦虚道：“有一些保命的本事罢了，打架不在行，逃跑我第一名。”

“你们这次试炼，极乐坊盯了全程。从昆仑出来的傀儡马车只有一架，上面载着你和你身边那个小朋友。也只有你们两个从秘宗走出来，带着卫所的制式刀枪弩箭和武官衣袍。”韩野抱着手臂，“我不知道大悲殿派了多少卧底，总之我们极乐坊这边，除了你，还派了三个。其中有两个都是秘术者，他们同你接头了没有，怎么会没有通过试炼？”

这下尴尬了，苏如晦总不能告诉他那仨小弟都被他眼前这个人给弄死了。不仅弄死了，苏如晦还扒光了他们的衣裳当柴火烧。等等，韩野说除了苏如晦和苏玉，其他人都没再下山，贺胜也没下来吗？难道通过试炼的那五十个人，全都没下来？

苏如晦定了定神，娴熟地装傻：“没啊，这试炼太过惨绝人寰，我一进山就猫进山洞，足足躲了三天两夜，您说的那三个兄弟约莫是同我错过了。”

韩野没有起疑，苏如晦估计他压根儿不会想到苏如晦单凭一人能把那仨全撂倒。韩野蹙眉道：“大概是暴露了，秘宗一定有手段监视试炼。”

“没错，说不准他们有天眼秘术者。”苏如晦帮他分析。

正好韩野过来，这小子是洞玄境秘术者，手下还有不少小混混能驱使，不如让他一起查查秘宗，也省得苏如晦孤军奋战，太有风险。苏如晦主动汇报了雪山山沟那具尸体和贺胜的事儿，韩野听了，眉头越皱越紧。这事儿实在太奇怪了，死而复生，那是话本子里才会发生的事儿。

韩野阴沉道：“我看起来很好骗吗？你编瞎话前是不是没打草稿？”

“我对天发誓，绝无虚言，”苏如晦肃然道，“不光我，我那小弟苏玉也看见了。”

“小弟？”韩野的眼神很复杂，“你怎么跟苏如晦似的，爱收弟弟当跟班？”

苏如晦纳闷，他怎么就爱收弟弟了？同苏玉结拜又不是他提出来的。

料想苏如晦也不敢拿瞎话糊弄他，韩野仰头看了看天色，道：“今日天气好，山上不会有风雪，晚上我带人去那雪沟看看。”

“我也去！”苏如晦自告奋勇。

“你当然要去，”韩野冷笑着掐他的脸，“要是你敢耍我，我就把你丢雪沟里和那些尸体做伴。今夜子时，城门口等我，不要迟到，我不喜欢等人。”

苏如晦回了家，咚咚咚剁肉，桑持玉打下手。太饿了，简直要前胸贴后背，做肉夹馍太慢，苏如晦承诺桑持玉以后做给他吃，便随意炖了盘红烧肉，加上一碗酱菜，配着饭，两个人将碟子扫荡得干干净净。

活过来了。苏如晦伸了个懒腰，晚上还得出门，抓紧时间睡个觉。桑持玉看苏如晦进了屋，到屋檐底下仰头望，看见斗拱处多了一个布包。他把布包取下来，回屋点起油灯，打开布包，里面放了五个人的画像和身份信息，外加两张无相法门符箓。

画像里有那天追击贺胜的两个人，一个被苏如晦杀了，一个通过了试炼，桑持玉记得在雪线见到了那个用骨刀的黄衣裳。

桑持玉取了今天领用的横刀，陨铁刀刃，鲨鱼皮刀柄，如意纹刀镡。卫所的制式刀，削铁如泥，可以砍断大部分火铳。桑持玉把刀横放在桌上，又把手弩、灵火铳和匕首放上桌面。他想了想，选择了刀和匕首。虽然火铳威力很大，但他习惯了用刀。

他坐在油灯前等，时间河水一般匆匆流走，灯火映照他安静的面容。他静神敛息，那安稳沉静的神情像菩萨打坐，而不是一个准备去杀人的凶徒。

子时到了，他拿起符箓，一张收进荷包，一张发动秘术。

另一边，苏如晦已经在城门口等候，他赶在城门关闭之前出了城。以防万一，他带着袖里铳和单张弩，卫所发的武器很好，可惜弩箭和子窠都有定额，用光了卫所会询问用在了哪儿，很麻烦，苏如晦决定用自己的武器。刀倒是可以用卫所的，苏如晦低下头，视线落在腰间的横刀刀柄上，这刀分量很足，刀身修狭，是把好刀。

子时，韩野和几个极乐坊混混准时到达，加上苏如晦一共八个人，各自手里提着一盏油灯结队上山。夜晚不好认路，得亏有系统帮忙，苏如晦的视野里，地上投射出一条发光的蓝色路线。

夜色沉重如铁，毛靴陷进雪地，沙沙作响。举目四望，枯槁的白桦树矗立在黑暗里，是一个个张牙舞爪的影子，别有几分诡异的味道。混混们的油灯亮光分散在林间，一同朝着雪沟挪动。

走了整整一个时辰，他们终于翻过了山崖，到达雪沟。油灯能照射的范围十分有限，他们站在雪沟上面眺望下方，只能看见一片黑漆漆的大洞。

“要下去吗?”有混混询问。

韩野招了个人过来:“阿盘，你听听下面。”

那叫阿盘的小子点了点头，蹲在前面侧耳听，半晌之后道:“下面没有活物，安全。”

阿盘，苏如晦记得这孩子。他在极乐坊办过识字学堂，阿盘是学堂的小孩儿之一。没想到五年过去，当年的小孩儿都这么大了。阿盘是谛听秘术者，苏如晦以前见识过同类型的秘术者，听力好到可以听见三百步外一个人的心跳和呼吸。

韩野让混混下雪沟查看尸体，见苏如晦在一边干站着，踹了他一脚，道:“你也下去。”

苏如晦差点被他踹下去，气得牙痒痒。没法子，人在屋檐下，不得不低头，苏如晦安慰自己大丈夫能屈能伸，顺着雪坡滑到沟里。下到底回头一看，韩野也下来了，这厮倒是身先士卒。

混混们挨个儿翻看尸体，压低油灯照他们的脸。清一色冻得死白，尸体比砖头还硬。大半夜，山上冷极了，苏如晦觉得过不久自己也要冻硬了。他一边发抖一边找贺胜的尸体，他得仔细看看那尸体到底怎么回事。

正翻着，另一边响起混混的喊声:“坊主，找到李金鳖了!”

苏如晦深一脚浅一脚走过去，一看，是死在他火铳下的吊梢眼，原来这货叫李金鳌，真是个好名字。韩野弯下腰端详吊梢眼眉心的洞眼，意味深长地看了苏如晦一眼。

苏如晦心里一凉，完了，把这茬儿忘了，没想到秘宗那些军士手脚这么快，半天的工夫把试炼地的尸体全丢这儿来了。他心虚地赔笑："坊主，我可以解释，不是我先动的手，他们仨想要抢劫我，还想杀死我，我没法子。"

"杀死你？"韩野脸黑了。

"……"韩野把李金鳌踹回尸坑，"那他该死。"

苏如晦心道你有什么资格说人家。

前面有人已经走到了尸坑深处，喊道："坊主，又发现一个兄弟！是刀小六！"

又有一个？苏如晦绞起眉心，他记得韩野说除了他，就刀疤脸、吊梢眼和癞皮头三人，刀疤脸和癞皮头都被符箓融化了，死无全尸，怎么又来一个？

苏如晦跟着大伙儿往深处走，几个混混围着中央一具尸体，油灯放在脸侧，照亮了尸体的脸庞——那是刀疤脸的脸庞。苏如晦见了，脊背生寒，下意识按住了想要上前的韩野。

"怎么了？"韩野疑惑地扭头。

苏如晦凝神看，那尸体的确是刀疤脸，魁梧的身材，横过鼻梁的刀疤，一点儿也不差。

怎么会呢？他明明亲眼看到刀疤脸融成了一摊血水，怎么会出现在这里？

另两个混混抬过来一具尸体，是癞皮头。

一混混擦了擦脸上的汗，道："终于找齐了，坊主，咱们是就地烧了，还是带兄弟回家安葬？"

韩野还没有回答，有几个混混慌慌张张跑过来，迎面撞见苏如晦，见了鬼似的满脸惊恐。

"坊主，您过来看一下！"

他们引韩野到另一具尸体旁，混混放下油灯，所有人见了尸体，脸色瞬间煞白。

那尸体阖着眼眸静静躺着，脸颊苍白如雪，是苏如晦的脸。

"阿……阿七，"有人退后了几步，惶然问道，"这里怎么会有你的尸体？"

黑街夜雨，灯火在雨幕里飘摇，黑观音淋着雨，回到了大悲殿。今夜的大悲殿出乎意料的寂静。他不在意，径直回到自己的寝居。他居住在巨傀儡的胸口，大悲殿守卫不多，因为巨傀儡就是他最好的保镖。

他打开佛陀背后的暗门，一路顺着螺旋的石阶梯向上，四壁是静止的齿轮，他的影子投射其上。隔着一层厚重的石板，傀儡的核心星阵悬置在上方，他是个谨慎的人，星阵运转的微弱声响不会影响他的睡眠，反倒会给他受到庇护的安心。

他回到自己的寝居，点燃蜡烛，将斗篷脱下放在靠背椅上。安静，傀儡内部寂静若死，他向前走了两步，仰头注视头顶的石板，意外地发现他没有听见星阵的声音。

有人入侵了。他后知后觉反应过来，心头怦怦急跳，慢吞吞回过头。那昏晦的烛光里，一袭窄袖黑衣的男人坐在靠背椅上，发丝上淋了雨，白皙的侧脸没有表情，一如既往冰冷又寡淡。

黑观音笑了下，沙哑地询问："你怎么找到这里来的？"

"我一直跟在你身后。"桑持玉淡淡地说。

是了，黑观音想起来，这个家伙的秘术是瞬影移形，他贴在自己身后跟随，藏在影子里，所以听不到脚步声。澹台净把他训练得很好，做事不急不躁，杀人干净利落。大悲殿今夜这么安静，恐怕那些守卫早已身首异处。做完这些，他依旧不急着取自己的性命，而是一路跟随，这让他发现了巨傀儡的秘密，并且毁坏了头颅的核心星阵，让自己连最后一张牌也没有了。

聪明人之间无须多言，从桑持玉坐在那里开始，黑观音就明白了他的来意。

黑观音道："看在我引渡你进黑街的份上，至少给我说几句话争取留下自己性命的时间吧。"

桑持玉点头，算是答应了。

黑观音吸了一口气，道："我们这些人，总是容易自以为是。我以为可以将你掌握在手心，将往日昆仑秘宗最强的兵刃据为己有，却没有想到这把刀锋利无匹，割伤我自己。看来江却邪对你来说确实很重要，公子放心，若有以后，我不会再威胁他的性命。你我平等互利，平起平坐。"

桑持玉静静地看着他，没有半点被打动的模样。

"当然，请容我给你看样东西。那是大悲殿的人在雪境发现的东西，傍晚时分刚刚送到了大悲殿，我想桑公子你一定感兴趣。"黑观音拿出通讯罗盘，"阿难，把那东西抬到殿里来。你一个人留下，其他人退出大悲殿五十尺。"

黑观音做了个"请"的手势，桑持玉默不作声站起身，步下石阶。

大悲殿的人动作迅速，东西已经放置在欢喜佛前的空地，一个人守在那里。东西呈人形，上面覆盖着白布。黑观音在它旁边蹲下身，道："桑公子应该知道，秘宗律法严苛，每年都有许多人被放逐进雪境，那些可怜的人只能修建冰屋，或者穴居地下以抵御酷烈的冰寒，像野兽一样衣不蔽体地生活。他们是被秘宗抛弃的人，只有黑街会给他们容身之所。但即使是黑街，容纳能力也十分有限，我们只能挑选一些身强体壮，有足够的潜力抵抗秘宗军士的流民。大悲殿和极乐坊会定期搜寻雪境，将合格的流民收编。然而最近，我的人传讯说，好几个洞穴人去洞空。原本拥挤的穴洞，现在空空如也。”

旁边的阿难不知道桑持玉是来杀人的，还以为他是黑观音的新任心腹，跟着道：“是啊，奇怪极了。我们每隔半个月会去特定的地点派发食物、毛毡，帮助他们抵御寒冬。每回我们去，那儿都挤满了人，食物毛毡压根儿不够分的。但是最近一个月来，人来得越来越少，问他们，说经常有人莫名失踪，不知去了哪里。流民里有传言说，有鬼跟着风雪降临，把那些人带走了。”

“十三天前，我命人搜索驻扎地方圆十里内的所有穴洞，”黑观音道，“他们没有找到人们失踪的原因，但是找到了这个奇怪的东西。”

黑观音掀开白布，一具骷髅骨架暴露在灯火之下。

这骨架拼好了九成，大致呈现出人体的形状，略有些奇怪的是，依照这骨架的个头，这人的体格高大得吓人，大约比桑持玉还要高出一大半。桑持玉如果站在他面前，就像个小孩儿。

“这是我在一个洞穴里发现的，”阿难说，“那个洞穴被碎石封住，里面只有这堆奇怪的骨头。你知道，我们大悲殿吃人，所以我对人骨很熟悉，这些骨头我一掌眼就知道是人骨。我还以为他被人吃了，可是很快我就发现了不对，这些骨头太大了，而且太多了，我怎么拼都拼不对。”

桑持玉细细观察了会儿，弯腰调整骨架，将所有骨头拼拼图似的拼合进去。等他完成，直起身，黑观音和阿难望着地上这巨大的骨架，都瞠目结舌。

地上的骨架已经拼合完毕，所有骨头都放了进去，没有遗漏。令人吃惊的是，桑持玉拼出了八条手臂，八条手臂呈放射状围绕中央的躯干，让这稍显瘦高的骨架看起来诡异非常。

难怪阿难总是拼不对，因为他总是以人体的结构去拼这具骨架。可是如果骨架拥有八条手臂，所有的骨头就都能拼起来了。

黑观音掖着手道：“秘宗矿场深入雪境，听闻守卫矿场的拓荒卫上个月回到边都，几百个人的队伍只剩下几十人。拓荒卫全数撤回，说明那处矿场已经被秘宗抛弃。秘宗视这次撤退为奇耻大辱，秘宗朝中许多武官扬言要灭黑街报仇。”

阿难苦笑：“昨天以前，我们都以为这事儿是极乐坊干的，大悲殿上个月没有采取任何针对秘宗的行动。正巧雪境出了怪事儿，我去找极乐坊的人，问他们有没有相同的遭遇。问话的时候顺嘴聊到拓荒卫，一问之下才知道，他们以为袭击秘宗是我们干的，他们根本没有袭击过秘宗。”

黑观音道：“无论是极乐坊还是大悲殿，都与此事没有关系。那么究竟是谁，有这么大的能耐，让数百名拓荒卫军士死于雪境？”

桑持玉想起贺胜，心慢慢沉了下去。

或许还有一个更加可怕的问题——

那些从雪境回来的几十个军士，真的是人吗？

黑观音慨然道：“桑公子，此事甚为蹊跷，不仅威胁黑街，威胁秘宗，更威胁天下人。”

桑持玉低垂着眉眼，望着那骨架出神。他弯下腰，在骨架的胸口剥下一个黑色圆核，放在光下端详，越看越是心惊。这和苏如晦体内挖出来的心核长得很像，不同之处在于这颗圆核不会发光。

黑观音趁他不注意，朝阿难使了个眼色。阿难愣了一瞬之后心领神会，不动声色地后退，在桑持玉视线的盲区掏出灵火铳。黑观音继续道：“桑公子，我请求你，给我一个活命的机会，让我查明此事。否则，黑街和雪境流民危在旦夕。”

阿难缓缓举起灵火铳，对着望山瞄准桑持玉的后脑勺。

桑持玉收起圆核，抬头望向黑观音，那双眼平静无波。黑观音不确定自己的话有没有打动他，在他来到黑街以前，黑观音以为他是和苏如晦一样的人，被秘宗抛弃，不得已来到黑街，想要做坏人，做得又不彻底。一条路如果不走到黑，半途而废，下场通常很惨，比如苏如晦。可是望着这双没有情绪的双眼，黑观音忽然不确定了。

“我听说，你很博学。”桑持玉忽然开口。

黑观音勉强笑道：“桑公子谬赞。”

阿难观察着黑观音的眼色，在他的示意下将手指覆在了扳机上。

“那你应该知道，黑火药的成分是硫黄、硝石和木炭。”桑持玉语调平常如故。

黑观音不明白他为什么突然谈起这些东西，他只是淡淡地叙述，仿佛在聊闲天。

“我自幼五感灵敏，尤其是嗅觉。硫黄的味道很难闻，我真的很讨厌。”桑持玉低声道。

黑观音愀然变色，刹那间反应过来，这个家伙嗅到了子窠里的黑火药。他长了个狗鼻子吗？黑观音简直难以置信，嘶声喊道：“阿难！”

阿难应声扣动了扳机。

桑持玉瞬间消失，子窠挟裹厉风和尖啸，穿越桑持玉原本站立的位置，洞穿黑观音的面门。黑观音的表情定格在那惊讶的一瞬间，桑持玉出现在他身后，手掌按上了他的头颅。阿难清楚地看见，桑持玉手心爬出许多藤蔓般的冰蓝色经络，顺着黑观音的面门蔓延，钻进他破碎的脸颊。

“黑观音的秘术是什么?”桑持玉问。

阿难被这一幕骇得说不出话。

桑持玉抬起脸，看了他一眼。

这个男人的目光冷厉而肃杀，阿难觉得仿佛有一把刀抵在自己的眉心。

阿难一下栽坐在地上，结结巴巴道:“神目，可……可以透过墙看东西。”

黑观音的头颅支离破碎，桑持玉收回手，面无表情。他的面容仿佛被冰封，眼底铺满霜雪。

“八臂怪骨，你有事未曾言明。”

“怎么会?”阿难强笑道,“小人绝不敢欺瞒公子!”

“雪境多巨石，碎石堵洞，绝非天然。”桑持玉将手掌压在阿难发顶。

阿难感受到头顶的恐怖经络细细抖动,浑身软泥似的瘫软了下去。他汗涔涔道:“公子敏锐，小人的确还有情报未曾告知公子。我们在洞穴外侧发现了火药的痕迹，曾有人在外布置火药，刻意炸塌洞穴，掩盖洞中骸骨。若非我们阴差阳错从洞穴内部另一条路进入，压根儿发现不了那尸骸。根据火药残留和覆在石头上的雪层厚度推断，爆炸的发生起码在七年以前。”

七年以前……桑持玉凝眉沉思。

“继续调查，若有进展，告知我。”

桑持玉说完，打开无相法门，踩着满地血转身离开。

昆仑雪山。

混混们都十分惊恐，有人拿出了火铳，对准苏如晦。

苏如晦苦笑:“好巧，我也想知道为什么会有我的尸体。”

系统说他不是人，难道他其实是个鬼?

韩野倒是镇静，望着脚边的尸体，眼中涌起许多兴味。他把苏如晦拽到眼前，一寸寸摸苏如晦的脸。苏如晦挣扎着要躲，韩野摁住他，不耐烦道:“看你戴没戴人皮面具罢了，再躲爷剥了你的脸皮!”

苏如晦很没骨气地屈服了，木着脸让他摸。韩野摸了半天，确认眼前这人没有戴人皮面具，确实是极乐坊的阿七，道:“你的确没耍我，这里的古怪大得很。来人，验尸。”

“坊主，他是鬼！”混混叫道。

韩野冷笑:“他要是鬼，岂能和你说这么久废话？赶紧的，剖尸，看看这到底是个什么玩意儿。”

老大发话，小弟焉敢不从？大伙儿抽出匕首，上前剖尸。

苏如晦蹲在旁边等，忽然想起今天白天苏垢塞给他的纸条他还没看，于是掏了掏袖袋，对着风灯展开那张皱皱巴巴的纸条。

上面写着短短一行字——

雪山有异怪，遇夜则出，夜晚不可出城。

这么重要的事儿，那家伙怎么能写在纸条上呢？苏如晦无言以对，举目四望，夜色浸润了雪山，除了山沟里的风灯晕晕的亮光，到处都是黑暗。亮光也飘摇，像摇摇欲坠的星子，不一会儿就会被黑暗吞噬。苏如晦向坡上望，自从看了这张纸条，心里头就不自觉疑神疑鬼，总觉得有东西藏在暗处偷窥他们。

此地不宜久留，还是早点儿走为妙。苏如晦打算编个借口，让韩野赶紧撤。扶着膝盖站起身，忽听见混混那边低低地惊呼。苏如晦走过去探头望，只见他们已经把尸体的胸腹纵向切开，红彤彤的胸腔和内脏暴露在风灯的光芒下，里头的内脏乱七八糟搅在一起，心脏在腹部左侧，肠子挤在胸腔，胃囊隔壁是胆，简直惨不忍睹。

苏如晦拧了眉问:“你们验尸就验尸，干吗搅人家的内脏？”

“我们没搅，”混混不满道，“他本来就这样。”

苏如晦一怔，忽然想起第一次看见这些尸体的时候，系统的描述是“内脏混乱的冷冻肉”，他那时只当系统又说无聊的白烂话，没有在意。他凑近观察尸体内腔，在胸腔部位发现一枚核桃大小的圆核。

后头的混混问:“哎，你看，那个是不是舍利子？”

苏如晦取出圆核，定睛一看。这玩意儿有点意思，长得和他之前的心核很像，简直一模一样。

“这家伙后背中了一记火铳，子窠卡在他的脊骨缝儿里。”验尸的混混道，“一记子窠，足以要了他的命，却不足以让他的内脏颠三倒四。而且，”那混混把手伸进尸体，从血淋淋的腹腔掏出两颗心脏，“他竟然有两颗心。”

韩野用匕首戳了戳尸体:“有意思，你说若我剖开这儿的其他尸体，他们的腔子是不是也乱七八糟？敢情这儿埋的都是怪胎？”

“老大，这哪是怪胎，”有人咂舌道，“这简直是怪物啊！谁能长两颗心，还长肚子里？”

他说的没错，苏如晦想起白天秘宗医官给他和苏玉检查身子，说什么检查他们有没有花柳病，都是借口，医官查的是十二经络和周天大穴，经络穴位皆与人体骨骼内脏脉管相对应——他在查苏如晦和苏玉内脏的位置。

换句话说，他在查他们两个是不是人。

“坊主，”苏如晦低声道，“这山沟尸体这么多，看来秘宗是有计划清除这些怪东西。难保秘宗没清干净，没准儿就躲在暗处看咱们呢，我看这地方不能待，我们还是尽早回去为妙。”

“阿七，你埋炸药炸我的时候没见你这么㞞。”韩野睨了他一眼，颇有些戏弄的味道。

韩野虽然不以为意，但仍然选择谨慎行事。毕竟这是在昆仑脚下，秘宗地界，不宜打草惊蛇。他挥了挥手，道：“清理现场，撤。”

大家伙正要爬坡离开，阿盘忽然脸色一变，慌张道：“上面好多脚步声！”

系统的声音响起：“高级危险预警：检测到威胁生命体，请宿主立即采取躲避措施。”

这还是系统开通预警功能后的第一次预警，想不到一来就是高级预警，苏如晦神色一凛。

“是多少？”韩野反应很快，沉声问道。

阿盘侧耳听：“数不清，太多了。坊主，一定是我们的行踪暴露了，秘宗的人来了！”

他们这次是韩野临时起意的秘密行动，就连极乐坊内部都没多少人知道。大家下意识看向苏如晦，因他有炸韩野的前科，如果内部出了奸细，十有八九就是苏如晦。

苏如晦不等韩野怀疑他，主动抓起韩野的手放在自己脖颈子上，飞速道：“坊主，我小命握你手里，足够证明我清白了吧！大家快些灭灯，躺进尸堆。天寒地冻又大黑天儿的，他们看不分明。”

苏如晦的举动取悦了韩野，韩野摁住他冰凉的脖子，笑道：“你倒是识相。”随后断然下令，“所有人熄灯藏匿！”

灯火倏地熄灭，一切沉进黑暗里。大家各自隐匿，韩野按着苏如晦躺进尸堆。韩野这厮颇为谨慎，依然没有对苏如晦交付所有信任，他的手搭在苏如晦后脖子上，但凡苏如晦有丁点儿想要逃跑的迹象，他必定会立刻扭断苏如晦的脖子。苏如晦暗地里翻了个白眼，贴着冰冷的雪粒子侧脸趴着，放缓呼吸，一心一意把自己的存在感降到最低。

脚步声近了，不必拥有谛听秘术，苏如晦也听见了那由远及近的窸窣声响。好像有许多人踩着雪走下来，缓慢地进了尸沟。可是很奇怪，这群人没有点灯，苏如晦依然什么都看不清。

人很多，脚步声杂沓而过。有个家伙从苏如晦背上踩过去，苏如晦闭紧嘴咬牙忍着，没叫出声来。他们渐渐走远，脚步声慢慢消失。苏如晦觉得自己要冻成冰块了，才敢站起身来。

不掌灯就能在黑夜里行走，恐怕那些东西根本就不是人。

“他们走远了，老大，我们撤吧。”有人道。

韩野下令：“撤。”

苏如晦往前走了两步，撞到一棵坚硬的白桦树。白桦树的枯枝扭曲地伸向天空，苏如晦看得见一点儿影影绰绰的怪影。摸着黑实在不好行动，反正那帮怪物走远了，不必担忧，后头接连有混混点起了风灯，苏如晦也把风灯点起来。晕黄的光芒幽幽亮起，像水潺潺流出去。

他刚燃起灯，便见韩野和一帮混混目瞪口呆地看着他。许多人脸上浮现恐惧，仿佛见了鬼。

苏如晦心里明白了什么，慢吞吞转过头。原来他方才撞到的并不是什么白桦树，而是一个人——一个无比瘦高颀长的人。他以为是白桦树枯枝的东西，是这家伙的八条手臂，苍白又枯槁，正似枯树的老枝。

是什么东西，竟能长出八条手臂？

“八臂蜘蛛，饥饿状态，急切需要进食。宿主肌肉均匀，蛋白质含量高，是大蜘蛛捕猎的最佳人选。”

苏如晦一寸寸抬起脸，看见贺胜惨白的脸庞。

苏如晦勉强扯出一抹微笑：“晚上好啊，大哥。”

贺胜眼珠子转了转，好像认出了他，应道：“二弟，好巧。”

“是啊，您忙，我先回家睡觉了。”苏如晦呵呵笑。

“既然来了，就别走了吧。”

贺胜直勾勾地望着他，蓦然张开血盆大口。

“阿七，蹲下！”韩野嘶吼。

苏如晦迅速反应，狸猫似的蜷下身，从贺胜的胯下钻出。与此同时，韩野的黑焰火瞬息而至，炽热的黑色火焰燃遍怪物全身上下。贺胜脸庞破碎，发出刺耳的嘶叫声。山坡上，其他怪物离去的方向，接二连三响起同样的叫声。

苏如晦厉声喊：“快跑！”

混混们吓得心胆俱裂，纷纷爬上雪坡。贺胜被燃烧殆尽，其他怪物涌上来扑苏如晦，苏如晦举起袖里铳轰它们的脸。子窠爆响，最当前的一个怪物脑袋没了一半。苏如晦被它们缠得头大，眼看另一边雪坡黑影耸动，无数怪物正朝这边奔袭而来。

韩野披着焰火，一拳打在追着苏如晦不放的怪物脸上。韩野一拳的力道竟然损伤不了怪物分毫，但火焰烧上了怪物的脸颊，它全身冒火。苏如晦连忙转身爬上雪坡，韩野紧跟其后，后方的黑影扑上来，几乎咬着他们的屁股。

爬上雪坡的混混架起火铳，掩护他们往上爬。苏如晦摸出符箓往后扔，当头的一个高大怪物融成了血水。好不容易全数爬上坡，大家伙儿没命地往来路冲。苏如晦朝林子跑，目光投向黑黝黝的林间。

系统忽然出声："高级预警，强烈建议宿主更改路线。"

"别进林子！"苏如晦停住脚步大吼。

可惜跑在最前面的混混听不到他的喊声，一头扎进林子。很快所有人听见那混混的惨叫声，黑暗里他顶着满头血跑回来，后头追着一根长满倒刺的分叉长舌。看起来像是蜥蜴的舌头，但是实在是太长了，上头的倒刺钢针一般，尖锐无比。

"一只因为智商太低无法变化为人的雪地蜥，肉质鲜美，一个烧烤架放不下，最喜欢的食物是香菜凉拌人肉。"

"救我！"混混惨叫。

距离太远，根本救不了。大家眼睁睁看着那分叉长舌扫起漫天雪风，裹住他的脑袋，钢针倒刺扎住了他的脸，鲜血汩汩流满了全身。那小伙子连哼都没哼一声，一下被拖回了白桦林。

大伙儿都呆了。

有人崩溃叫道："这是什么怪物！"

没时间愣太久，后面那帮鬼东西眼看就要追上来了，苏如晦看见许多怪模怪样的东西摇摇晃晃往他这边跑，有的三颗脑袋，有的八条手臂，胡乱挥舞。

追得太紧了，这时候开无相法门，没准这些怪物也会进城，到时候整个边都都遭殃。秘宗一定在边都关卡外设了什么禁制，才把这些鬼东西拦在雪山，苏如晦决不能把它们带入城中。

混混纷纷架起火铳，火力压制这些鬼东西。

有人喊道："怎么办！往哪边走？"

"进林子！"苏如晦当机立断。

"你疯了，"混混喊道，"刚才小虎的下场你没看见?!"

“前有狼后有虎，”韩野脸色铁青，“进林子再说。那长舌怪吃小虎需要时间，我们最好祈祷没有第二只长舌怪。”

他刚说完，又一条长舌扫过来，直冲他的背后。

韩野根本来不及反应，苏如晦狠狠踹了他一脚，直接把他踹翻，恰好让他躲过那舌头。谁知长舌舌尖一转，裹住了苏如晦的脚踝。长舌裹得死紧，苏如晦感到脚踝剧痛，仿佛连皮肉带骨头一起被碾碎一般。紧接着长舌一缩，他整个人破布麻袋似的被拖进了白桦林。

桑持玉跨过无相法门，踩在苏如晦小院的青石阶上，扭脸望向苏如晦的厢房，红木窗牖阖得紧紧的，素色窗纱暗沉沉一片。

桑持玉默默立了一会儿，轻手轻脚往自己的屋子走。他经过天井，晾衣绳上挂着他白天洗的衣裳，还有苏如晦颜色各异的袜子。

那个家伙真的很邋遢，总是攒一堆袜子，等到快没袜子穿的时候再一起洗，从小到大没变过。

他迈出一步，心脏忽然猛地一缩。他眸子缩小，蓦然立住。

怎么回事？他抚住自己的心口。

胸口有什么在发烫，小小的、圆圆的一点。

他忽然间明白，不是心脏疼，而是那枚心核。他拉开衣襟，看见自己的胸膛布满了淡蓝色的脉络，隐隐约约发出细微的光芒，恍若无数星子藏在他的胸怀。经脉里的血流在加速，内中蕴藏的灵力也在暴躁涌动，他感受到难以言喻的焦躁疯狂。

发光的脉络，奔涌的鲜血……他好像在哪里看过这番景象。

疼痛越发剧烈，短短两息之间，他已无力再行走，痛苦地弯下了腰。

是药毒吗，发作了吗？为什么会这么快？他跪倒在地。

不能吵醒苏如晦。他想着，竭力忍耐住经脉深处的疼痛，一点点爬向自己的厢房。

如果这时有第二个人在这里，会惊讶地发现桑持玉浑身上下的经络都泛着湛蓝微光。他的眼眸也一点点变蓝，成为深海的颜色。然后是头发，从发梢开始恢复它原本的银色。他的化形秘术无法再维持，他原形毕露。

忽然间，所有怪物停止了活动，全都侧着脑袋，两眼发直地望向山下边都的方向。苏如晦停在雪地里，缠住他脚踝的长舌自己松开，缩回了白桦林。

大家不知道发生了什么，举着火铳不知所措。

怪物们的经络发出萤火似的湛蓝光辉，在黑暗的雪山里，恍若一片蓝汪汪的浩瀚星海，无比壮观。苏如晦怔怔望着这一切，觉得眼前的景象有些熟悉，在哪里见过。

有混混哆嗦着嘴唇，问:“老大，它们怎么不动了?”

韩野警惕地盯着它们:“我怎么知道?”

“不管它们，我们趁现在快跑。”苏如晦回过神，一瘸一拐站起来，掏出腰囊摸符箓。

怪物们只静止了一息，好几个缓缓恢复了活动。

混混紧张尖叫:“你是不是有办法，快点啊，它们又开始动了!”

“别吵别吵，越吵我越慢!”苏如晦冷汗直流。

越急越找不到，摸了好几张都是真言，怎么这么多真言符箓!

韩野看他一张一张地摸符箓，阴森森笑:“你小子藏得够深，这么多张符箓，上次只拿了五张出来，原来是糊弄我呢。”

找到了!苏如晦抽出符箓，光影气旋门打开，直通小院，大伙儿急匆匆进了门，苏如晦单脚跳了进去。关门的刹那间，怪物们的嘶吼再次响起。

所有人都累趴下了，躺在地上呼呼喘气。苏如晦坐在地上脱鞋，查看自己的脚踝。他的毛靴被那舌头的钢钉倒刺扎得稀巴烂，脚踝倒是没事儿，只是破了点皮。幸好他怕冷，穿的是最厚重的毛靴，要不然今天非废一只脚不可。

韩野走过来，就着月光打量他的脚丫子:“没事儿吧?”

苏如晦摇头说没事儿，套起袜子，重新穿好他的烂毛靴。

“为什么救我?”韩野抱着手臂看他，“要是我死了，就没人威胁你了。你之前不就想炸死我吗?”

说实话，苏如晦这会儿也后悔得紧。韩野这小混球，合该让怪物吃了算了。

“坊主这说的是什么话!”苏如晦违心赔着笑，“小的对您的忠心日月可鉴，只要坊主不惦记着把小的抓起来，小的为您抛头颅洒热血，干什么都行。”

“你太看得起自己了，”韩野嘲笑他，“小爷惦记的是苏如晦，谁惦记你。”

苏如晦:“……”

韩野踹了下旁边躺着的一个混混:“都滚蛋，今晚的事儿一个字也不许往外说。”

韩野挨个儿踹过去，混混们相携着离开。

小院不大，天井底下月光徘徊，靠墙放了几盆枯死的盆景。韩野看见地上落了套鹰扬卫的武官缺胯袍，包包鼓鼓的，里面好像裹了什么东西。韩野把袍子撩开，一只昏睡的小猫暴露在月光下。这猫浑身雪白，蓬松的长毛像软绵绵的云朵，两只耳朵耷拉着，有些病恹恹的。

“阿七，你家小狸奴把你晒的衣服弄下来了。”韩野说着，拎着这猫的后颈皮，把它提溜起来。

啊？苏如晦回过头往那儿看，他没养过猫啊？

韩野刚说完，小猫颤了颤毛茸茸的尖耳朵，缓缓睁开眼睛。那双圆溜溜的湛蓝眼眸猛地一缩，同韩野对上了眼。

第五章 冰蓝色的光芒

边都，秘宗。

偏僻的殿宇中，苏垢推开了窗。若有人在，会发现他的眼睛闪烁着耀眼的青蓝色光辉。他瓷白的脸颊下隐隐透着盈盈光晕，像有萤火虫在他身上此起彼伏地爬动。

苏垢低下头翻看自己的手掌，缓缓笑开："神荼大人，您感受到了吗？"

他的身后有个怪异的影子，仰起脑袋眺望坊市的方向。

"好陌生的灵力。"那影子出声了。

他们这一族拥有灵力共鸣的天赋，受伤虚弱之时灵力会向体外逸散，附近的族胞感应到灵力便可前往救援。今日这股灵力十分陌生，苏垢从未接收过如此静谧深邃的灵力流。灵力流时断时续，只有他们的族胞才能读懂这灵力流状态背后隐藏的求救讯息。

"灵力流如此不稳定，看来这个孩子刚刚拿回妖核。妖核和他的身体尚未完全契合，想必他胡乱动用了秘术，灵力流暴动，连自己的形态都控制不了了吧。"苏垢道，"可惜隔得太远，无法确定具体方位，要是再近些就好了。他忽然出现，定是新入边都的外头人。这几日除了拓荒卫的应征者，还有谁进了边都吗？"

"据我所知没有，边都一直在戒严状态。"影子说。

"那些应征者基本死光了，只剩下苏如晦和他身边那个小孩儿。"苏垢心下了然，"看来苏如晦对我们有隐瞒啊，明日去会会他们吧。"

边都，南大街顺康坊。

同韩野对上眼的瞬间，小猫浑身奓毛，原本蓬松的毛发枪戟似的四射张开，一爪子拍向韩野的脸颊。韩野反应极快，迅速把它丢了出去。眼见小猫要狠狠栽在地上，苏如晦忙张开手臂，一把把它接住，托着它的屁股和后腿抱在怀里。

“虚弱的猫咪宝贝，不具威胁性，暖手暖脚暖床的最佳选择。性别公，尚未到发情期，为了防止它叫春和到处撒尿，建议宿主尽快采取绝育措施，系统免费为宿主提供全流程阉猫指南。”

韩野挑眉笑道：“你家猫还挺凶。”

“它不是我的猫，我没养猫。”苏如晦说。

低头看怀里的猫儿，其实它不小，毛茸茸一大团，抱在怀里颇有分量。它正眼也不眨地盯着苏如晦，圆溜溜的眼睛瞪得大大的，似乎很是震惊。苏如晦从未见过这么漂亮的眼睛，波光粼粼，里面好像藏了一个深邃的宇宙星海。

猫，或者说桑持玉，震惊了好半天，才逐渐相信眼前的一切——他变成了一只猫，被苏如晦捧在手心。眼前的一切都变大了许多，苏如晦对他来说像个巨人。他的五感似乎又加强了，苏如晦怀里淡淡的皂角味袭上鼻尖。他贴着苏如晦的胸膛，感受到苏如晦胸怀里的温热。

为什么会这样？那枚诡异的心核给他的影响远远大于它从前带给苏如晦的影响，是他与苏如晦体质有别，还是旁的什么原因？他感受着体内的灵力波动，似乎有哪里不一样了，可又说不清哪里不同。

他的身体会衰败吗，他还能苟延残喘多久？他还能变回人吗？

他心里涌起无力的悲哀，或许他现在已经不能算是个人了。

苏如晦把它举起来，问：“小狸奴，你是哪里来的呀？怎么在我家？”

“野猫？”韩野打量它，“看起来不像，挺干净的。”

“大概是邻居家的跑过来了，”苏如晦摸它的小脑袋，越看越喜欢，“这小狸奴长得真可人意，相逢就是缘分，干脆我养了得了。明儿敲门问问是哪家的，把它买下来。”

韩野哼笑了声，提醒道：“猫可不是玩意儿，你要养它就得伺候它。它毛这么长，到时候蹿稀粘得满屁股都是，有你受的。你没养过猫，我劝你还是把它送回去。这猫要是干净点儿，会自己舔屁股，要是邋遢点儿，撒手不管，四处乱窜，把屎尿到处蹭，到时候你就知道后悔两个字怎么写。”

桑持玉冷冰冰望向韩野，湛蓝的眼瞳仿佛铺了一层寒冰。

韩野为什么在这里？

苏如晦不是要杀韩野吗？如今看他二人有说有笑，倒是颇为熟稔。桑持玉缓缓蹙起了眉心。

韩野纳罕道：“它是不是在瞪我？”

苏如晦撩开它的大尾巴，检查它的屁股干不干净，笑道：“它是一只干净的猫。”

桑持玉后方一凉，整只猫打了个激灵。

桑持玉猛烈挣扎，想要离开苏如晦的怀抱。桑持玉战斗过，负伤过，也曾经濒临死亡，危在旦夕，什么样的苦他都吃过，可他从未受过这般羞辱。他竟被他最讨厌的人扒开尾巴，检查屁股！

苏如晦一手抓住它的两条前腿，一手抓住它两条后腿，把它钳制在怀里。桑持玉动弹不得，成为猫之后，力气远不如比他高大许多倍的人类，他无力反抗。

苏如晦道："不许动。大冷天儿的你跑出去，会冻死知不知道？乖乖待着，我认你当儿子。"

桑持玉感到绝望。

"猫得打，"韩野教他，"它不听话，你要打它屁股，让它知道你是老大。要不然它蹬鼻子上脸，把你当它小弟。"

韩野刚说完，就感受到两道冰寒沁骨的目光。低下头，正对上小猫冰蓝色的眼睛。一只猫的眼神竟如此寒冷，韩野觉得稀奇。他又无端感到这眼神颇为熟悉，好像在哪里遇见过。

苏如晦要是敢打他屁股，桑持玉冷冷地想，他就……他就……

他悲哀地发现，此刻的他什么都做不了。

他的耳朵耷拉了下来，一副恹恹无力的模样。他宁愿做一只无家可归的流浪猫，冻死街头，也不愿受到苏如晦如此欺辱。

苏如晦舍不得打，像抱婴儿似的抱着猫。软绵绵的身子，暖烘烘，像小暖炉。苏如晦幸福地想，晚上可以让它给他暖脚丫子。

韩野仰头看了看天色，道："最近不要出城，老实在秘宗待着。雪山那些东西你不用管，我会另外着人去查，你的首要任务是确定秘宗秘宝所在。"

他让苏如晦拿出通讯罗盘，在上头留下他的符印，这样苏如晦便能连通他的罗盘。雪山有异怪，秘宗也是个龙潭虎穴，阿七虽然机灵，他到底不是很放心这小子的安危。

经过这些日子的接触，阿七的脾性他摸明白了几分。看起来圆滑，实则倔强，不是黑街那些为了往上爬什么都愿意干的堕落儿郎。当初估计是被那帮趋炎附势的小人摆了一道，瞧着这小子脸皮子干净，和苏如晦又有几分相似，就送到了他的面前。

他有些担心阿七，但也仅仅是一些些罢了，他首要的目的是把苏如晦从秘宗弄出来。于是到了嘴边的关心话，出口就变成了"罗盘务必随身携带，我不喜欢找不到人"。

苏如晦敷衍他，喏喏道是。

桑持玉仰头看着这两人，眉头越皱越紧。

韩野为何唤苏如晦“阿七”？他们两个到底是什么关系？

桑持玉忽然记起，苏如晦的生辰是七月初七。

阿七……是他的小名吗？

韩野提步想走，又扭回头，状似不经意地问：“桑持玉有没有找过你？”

苏如晦心中警铃大作，当初他说服韩野留他一命，用的理由是桑持玉与他结拜，可以拿他牵制桑持玉。不管有没有桑持玉的消息，他都得编个谎话糊弄韩野。

苏如晦决定撒谎，说他们俩还在鸿雁传书什么的。然而没等他说话，韩野先笑了：“别想骗我，你当我傻的？桑持玉肯定没来找你。”他心情很好，语气也松快了，“和桑持玉断了，日后不必再同他保持联系，我不需要你从桑持玉那儿探听什么。”

“啊？”苏如晦有些惊讶。

“你不情愿？”韩野眯起眼，眼神危险了几分。

他走前两步，把苏如晦逼到墙边。苏如晦抱着猫，猫发出威胁的呼噜声，露出尖利的小小獠牙。苏如晦察觉到小猫的紧张，心里十分感动，才刚刚认他当爹，就知道帮他抵御坏人了，真是他的乖儿子！

“桑持玉是个彻头彻尾的伪君子，不要再和他有任何来往。”韩野道，“办好我交代给你的事就够了，听懂没有？”

苏如晦肃然道：“小的明白！”

韩野满意了，屈指弹了下他的额头：“一脸傻相。”他觑了眼苏如晦怀里的猫，“想好给它取什么名儿了吗？”

“回坊主，”苏如晦答道，“我决定给它取名江宝宝。”

桑持玉：“……”

他的耻辱簿上又添了浓墨重彩的一笔。

“换个姓，”韩野勾唇一笑，“叫韩宝宝。”

苏如晦：“……”

桑持玉：“……”

韩野睨他，眼神里充满威胁：“怎么，不同意？”

苏如晦可耻地屈服了：“同意，同意，就叫韩宝宝。”

苏如晦终于把韩野这尊大佛送走了，等那小浑蛋走远，他心里骂骂咧咧，韩宝宝你大爷。他非要和韩野作对，给他的猫取名叫桑宝宝，不管桑持玉同不同意，反正桑持玉这爹是当定了。苏如晦低头看他的宝贝儿子，通体洁白，像个毛茸茸的大馒头，不吵也不闹，这沉默又高傲的模样还真有点儿像桑持玉。

就是蔫巴巴的，耳朵耷拉着，尾巴也软趴趴地搭在苏如晦的手臂上，有点儿打不起精神的样子。约莫是冻着了，苏如晦心想。他把地上的缺胯袍捡起来，除了衣袍，地上还有横刀，他认出来是苏玉的，不由得感到奇怪，苏玉怎么把刀扔在这儿了？绕过腰子门，苏玉的厢房静静的，没有点灯，约莫睡得正熟，他不便打扰，便把衣袍和横刀放在正厅。

把桑宝宝夹在腋下回自己屋，苏如晦燃起灯烛，将桑宝宝放上床榻。桑宝宝窝在被褥里，用屁股对着苏如晦，不愿意看见他的脸。猫也有情绪吗？苏如晦从它的背影里看出了点儿低落难过的味道。

小小的猫儿，脑袋上好像顶了朵沉重的乌云。

刚到新家，不习惯吗？苏如晦猜测，窸窸窣窣地脱衣裳。熄了灯，钻进被窝，把桑宝宝抱进怀里。

桑持玉挣扎了两下，苏如晦不许他走，把他牢牢圈在怀里。没法子，他放弃了，软软地趴下，认命地窝在苏如晦的怀里。

苏如晦圈着他的力道变松了，他察觉到苏如晦已经睡熟。这是他逃跑的最佳时机，他的脚有肉垫，走路没有声音，苏如晦察觉不了他的离开。然而或许是眷恋棉被的温暖，或许是累了，他鬼使神差地窝着没有动弹。他的视力变得很好，即使身处没有光的黑暗，他也能看清苏如晦的模样。安详的睡颜，清隽的眉目，苏如晦只有睡着的时候才这样安静，没那么讨厌。

他也觉得困了，睡意沉沉，便阖上眼，进入黑甜的梦乡。

时间静静流淌，夜色慢慢稀薄，变成恍恍惚惚的淡蓝，世界好像沉浸在凄迷的水波里。不知过了多久，兴许是几个时辰，桑持玉从梦里醒来。他首先看见自己灿白的发丝，绸缎一般铺陈在苏如晦的手臂上。他迷茫地坐起身，刚睡醒，脑子迷迷糊糊，一团糨糊似的。他呆愣了一阵，身躯感受到的冰凉让他发现了哪里不对，他低下头，自己赤裸的身躯映入眼瞳。

他变回人了。

而且没穿衣裳。

他的眸子猛地一缩，几乎缩成针尖一线。

黎明已至，天光渐亮。他听见苏如晦低低的嘟囔，这个家伙也醒了，并且揉着眼睛坐起身。桑持玉脑子里好像有一根细弦铮然断裂，他来不及想那么多，赶在苏如晦抬起头的刹那间给了苏如晦一记手刀。苏如晦刚醒，蒙眬间似乎看见眼前坐了一个赤裸的白发男人，在觉得惊诧和恐怖之前，剧痛先一步袭上他的后颈，他往后一栽，倒在床上。

桑持玉看着昏过去的苏如晦，听见自己的心擂鼓似的咚咚急跳。

差一点，只差一点，苏如晦就看见他了。

桑持玉把着苏如晦的脖颈子，轻轻把他放回被窝。没穿衣裳，不好出门，桑持玉拿了苏如晦的外袍，披上肩，赤足踩地回了自己屋。关上门，急促的心跳逐渐平复，他蹙眉低头，观察自己的掌心。冰蓝色的外接经络从掌心伸出，犹如一根根细小的触手。他的外接经络和别人的经络连通，就能夺取他人的秘术。经络收回掌心，吞噬秘术没有异常，和往常一样。他闭上眼，感受体内的灵力运转，灵力流有些许的不稳，隐隐有暴动迹象。

为什么会这样？他为何会突然变成一只猫？

检查瞬影移形秘术，秘术猝然发动，他的身形立刻消失，出现在屋子的另一头。检查化形秘术，眼眸和发丝变成墨黑色，镜匣里映出面容冷峻的他自己。接着检查第三个秘术，“神目”开启，视野瞬间变了一个景象，所有事物透明化，夯实的土墙砖瓦失去实体，只余下灰黑色的结构。透过墙体，他看见了腰子门外的前厅。

使用的秘术越多，灵力流越发不稳定，他不敢再动用秘术了。看来他的秘术不宜使用太多，可是这仍然无法解释他突然变成猫。会和心核有关吗？他想。但是苏如晦拥有这个心核的时候从未变成过小猫，桑持玉眉心绞紧，想不明白。难道是他吞噬的秘术太多，触发了心核的某种机制？他只能这么猜测，他决定暂时不再吞噬新的秘术，并且运转灵力，强行剥离了神目。

剥离秘术要用灵力一遍遍冲刷经脉，过程痛苦难当，然而桑持玉已经习惯了。神目剥离，他已经浑身大汗。换了身衣裳，推开窗看天色，时辰差不多了，该去卫所上值点卯了。桑持玉把苏如晦的外袍藏在柜子里，取出早先备下的化形符箓。符箓燃烧，他再次变成了不起眼的十五岁少年苏玉。

苏如晦悠悠转醒，后脖颈子疼得难受。他揉着脖子坐起来，顶着一头乱毛坐了一会儿，蓦然想起晕过去之前的事儿。他的屋子有个裸男！他打了个激灵，连忙检查自己全身，幸好幸好，没有哪里受伤了。爬下床环顾四周，他的衣袍少了一件，桑宝宝也不见了。他震惊无比，那个裸男偷了他的衣裳，还偷他儿子！

他霍地打开门，正巧和想要敲门喊他起床的苏玉撞在一起。

“你有没有看见什么可疑的人？”苏如晦扳着苏玉的肩膀问。

苏玉镇定自若地摇头。

“可恶！”苏如晦恨道。

“怎么了?”苏玉蹙眉。

苏如晦气得头疼:“有个裸男偷偷溜进咱家，把我昨夜捡的猫偷走了!”风冷，直往屋里钻，他返身一面穿夹袄，一面说，“这年头什么鸟人都有，气死我了。今天去卫所，我要张贴通缉令，通缉那个盗猫裸贼。”

“……”苏玉沉默了一瞬，问，“你记得他的模样吗?”

苏如晦想了想，只记得那裸男满头银发:“我被他打晕了，没来得及看清楚，好像是个上了年纪的老男人。七老八十的人，还跑出来遛鸟，怎么不冻死他?”

苏玉的表情非常复杂。

苏如晦懊恼无比,没法子,人肯定跑远了,追是来不及了,更何况他还得去点卯。苏如晦穿好武袍，戴上刀带臂鞲，佩挂刀枪弩箭。

这人平日里不修边幅，现下收拾齐整，倒是显得人模狗样。那高挑劲挺的身段，配上稍带锐气的眉目，介乎男人和男孩之间，带点成熟气又不至于丢掉少年气概，无比飒爽夺目。

苏如晦打小就这样，站在哪里都是众人的焦点。即使没有秘术，即使没有世家为他撑腰，他依然是年轻人里的第一流。桑持玉站在一边，默默看着他。

苏如晦低头检查自己的行装，笑着问苏玉:“怎么样?”

桑持玉点点头:“很好看。”

“说起来，桑持玉原先也穿这身，不知道他穿起来什么样。”苏如晦说。

桑持玉沉默了一瞬，道:“没你好看。”

苏如晦揽着苏玉出门:“小嘴儿真甜，走着，哥赏你吃糖肉大馒头。”

其实桑持玉并不喜欢吃甜，世上只有苏如晦喜欢吃加糖的肉如此令人发指的食物。不过……算了，偶尔吃一次无所谓。

两人驱车到卫所，官员使吏来来往往，议事厅里人头攒动，大伙儿脚步都急匆匆的。夏靖看见苏如晦，冲他招了招手，领他和苏玉去值房。

夏靖推开榧木门,道:“这里原先是桑持玉的值房,现在归你用了。他东西不多,你瞧着有用就留下，没用直接扔了。”

他往苏如晦身后看，瞧见苏玉一声不吭立在后头当影子，他笑道:“这孩子叫苏玉是吧，跟着你一块儿进来的，我看你俩熟悉，那他就归你使唤吧。”

苏如晦连声道谢，夏靖又道:“下个月是岁首大朝议，四十八州世家齐聚边都，近日为了筹办这事儿，会忙上一段时间。你做好准备，接下来的日子恐怕得连着好几天不睡觉。”

“不碍事儿，却邪年轻，扛得住。”苏如晦拍着胸脯打包票。

夏靖拍了拍他的肩膀，忽然话锋一转，意味深长道："雪山试炼三天两晚，却邪啊，你那两晚都待在哪儿？你和苏玉一直在一块儿？"

"头天晚上不在一块儿，第二天遇上硬茬儿，多亏这小弟解围，我俩索性就搭上伙了。"苏如晦谦虚道，"小侄没什么本事，不敢同别人硬拼，找了处隐蔽的山洞躲着，一躲就是三天，世叔莫见笑。"

"见什么笑，这般虎狼的试炼，躲着才叫聪明。"夏靖笑呵呵道，"你们两个孩子有福气。"

苏如晦面上笑呵呵，心里头暗骂秘宗这些老狗贼。幸亏他采取苟活战术，否则怎么死的都不知道。雪山夜晚出异怪，还会变人，第三天那些所谓的"优胜者"，恐怕都不是人了。五十多个人里头只他和苏玉是真真正正还喘气儿的活人，苏如晦想想就牙疼。

秘宗所谓的拓荒卫招新分秘术者和普通人两个赛道，直接入选的秘术者是秘宗真正想招的人，至于另一队普通人，应该是引那些怪物上钩的饵。秘宗知道怪物会替换活人，索性让人进山，给它们这个替换的机会。普通人和怪物的实力差距太大，活命概率非常小。

试炼最后的优胜者基本上是怪物，而不是人，秘宗正好可以设下陷阱一网打尽。就算有一两个人存活下来，想来秘宗早就知道黑街会借机渗透，那些存活下来的家伙也十有八九是黑街的人，死了正好。

试炼不止一次，在苏如晦这次以前还有好些人，秘宗为了勾引这帮怪物出来，不知让多少人葬身雪山。得亏江却邪是世家子，不能不明不白死在雪山，秘宗把他拉出来验明身份，否则苏如晦此刻和那些冷冻肉是一个下场。

"是时候了，"夏靖拍了拍手掌，"苏垢，带他们两个去看看那些东西吧。"

苏垢应声出现在檐下，一袭白麻衣，保持着恰到好处的微笑，笑容的弧度同第一次见时一模一样。苏如晦觉得这些人成天看他这副诡异的笑面，难道不觉得瘆得慌吗？

苏垢掖袖行礼，道："二位大人，请随我来。"

苏如晦有所猜测，面上仍旧假装懵懂："看什么东西？"

夏靖摸了摸嘴唇上的胡子，慢声道："你去看就知道了。"

苏垢带路，苏如晦跟在苏垢后头，苏玉缀在后头，一心一意当苏如晦的影子。苏如晦不时扭头看苏玉，苏玉还是个少年，个子没有完全长开，才到自己胸口这儿，像苏如晦的小尾巴。苏如晦忍不住摸摸他的脑袋瓜，他仰起头，投来一个疑惑的目光。

“跟紧我。”苏如晦对他做口型，笑眯眯继续往前走。

苏垢带着他俩进了无间狱。这是秘宗关押犯人的监狱，别的建筑往高处盖，只有无间狱往地底挖。地面上关押的犯人都无足轻重，地下关押的秘术者才是真正需要防备的。手掌厚的玄武岩石壁镂刻星阵符纹，秘宗监狱狱长殷重施展囚笼秘术坐镇上方，吃喝拉撒睡皆在此地，十二个时辰一刻不歇镇压无间狱。闸门用陨铁制成，每一百步设置一道闸门，闸门只能从外面打开，一旦闭合，从里面无法开启。每二十步有一个军士，一手按刀，一手贴着裤缝，刀带上挂的灵火手铳时刻保持上膛状态。

苏如晦是头一回到无间狱来，以前他虽然是囚徒，但是是待遇顶级的那种。特别是他身子不好，秘宗生怕他带着超一品傀儡的秘密奔赴黄泉，好吃好喝把他供着，还不时派桑持玉过来陪他解闷——虽然那小子老不情愿，守在仙人洞外，一步不肯踏进门槛，一句话不肯讲。

可惜那帮傻子不知道，苏如晦根本没有制造超一品类人傀儡的办法。他们说苏如晦的超一品傀儡从血肉发肤，到心智神思，皆与活物无异。其实超一品傀儡和他喜欢江雪芽一样，是个十足的谣言。

他们经过许多道森严的铁门，铁门上皆开着两指宽的洞，苏如晦看见一双双阴森的眼睛目送他走过。苏垢脚步不停，一直走到廊道尽头，在石壁处停下。闭锁星阵自动浮现于眼前，苏垢打开星阵，圆形的繁复光圈一分为二，闸门缓慢上升。

一股寒气扑面而来。

眼前是个冰窖，两边的冰壁里冷冻着许多动物尸体，大多数残缺，也有不少完整的。从残余的肢体看，许多都奇形怪状，比如一只巨型三头犬，足有一头熊那么大，冻在冰层最里面，两颗脑袋被砍断了，头颅单独冰冻在冰壁另一侧。

苏如晦和苏玉沿着冰壁行走，仰头看这些奇形怪状的动物，系统为它们做出标识。

“可爱的三头犬，长着三颗机灵的大脑袋，还会发出‘哦哦哦’的叫声，适合拿来哄小孩开心。”

苏垢站在一侧，道：“上个月，拓荒卫残余部队归来。没过多久，这些军士的身体出现了异样。有一个龙骧卫的同僚亲眼看见一个军官顶着三个头颅走来走去，还问他要不要一起用早膳。那位同僚很镇定，礼貌拒绝三头军官的邀约，随即带来一队人马将其当场擒拿。其后，秘宗发现这些从雪境归来的军士都有不对劲的地方，几乎所有人的身体都发生了畸变，要么是八臂，要么是四腿。即便外表看不出差别，剖开他们的胸腹，他们的内脏也千奇百怪。”

桑持玉停在了一面冰壁之前，双目微微睁大。

他看见了一只猫，短毛，冰蓝色的眼眸，同他变的那只长得很像，但是比他大很多。

“他们不是人。”苏如晦道。

“然也。”苏垢颔首，“秘宗很快发现，这些从雪境归来的军士根本不是原来那批人。他们是假冒的赝品，扮成人形混迹人群之中。他们能够重组自己的血肉，让自己的形态尽可能贴近人类。不过他们的状态并不稳定，时间长了之后，他们会无法控制血肉状态，长出多余的肢体。更重要的是他们无法完美模仿人从内到外完整的形态，即使外表模仿到位，内里也是一塌糊涂。这就是昨日你二人初到卫所，医官查验你们经络穴位的原因。”

“万一有些怪物机灵，模仿得完美呢？”苏如晦问。

苏垢无奈笑道：“那就只能等他自己露出马脚了。”

“他们是打哪儿来的？”苏如晦又问。

苏垢摇头：“秘宗只知道，他们从风雪深处来。江公子，你可曾看过地图？”

“大靖四十八州？”

“不，”苏垢的笑容带着深意，“我说的是，四十八州以外。”

“才疏学浅，没见过。”苏如晦耸耸肩。

“四十八州之外，是风雪肆虐的雪境。秘宗对雪境的探索非常有限，最远的矿场仅仅深入雪境一百里。雪境深处有什么，雪境有没有尽头，秘宗通通不知道。这些可怕的怪物来自昆仑北面，他们披着拓荒卫的形貌翻越昆仑，他们唯一的来处便是雪境深处。这是千百年来，人间第一次看见从雪境走出来的东西。”苏垢道，“秘宗对他们的了解太少了，只知道他们天性残忍，嗜爱搏杀，尤喜以人为食。老姆妈常说风雪里藏着妖魔，让怀里的孩子保持对风雪的畏惧，以此防止他们踏入风雪送了性命。秘宗从传说中得到灵感，将它们命名为‘妖’。”

“哇，牛。”苏如晦捧场地鼓掌，“你们有没有抓到过活的？”

苏垢点头，领着他们进入第二重闸门。这扇门后头放了个陨铁笼子，地上镌刻束缚星阵，星阵中央躺着一个男人。那男人眼上罩着黑布，嘴里喃喃自语：“我感应到了……我感应到了……”

“他在说什么？”苏如晦问。

苏垢说不知道：“他不愿意与我们交流，即使施以极刑，他也无动于衷。”

苏垢拨动雷火星阵，灵石充能进入星阵，所有暗淡的光线逐条亮起，雷火的光芒在其中闪烁，男人被烧得不停抽搐，仍咬牙不吭声。苏如晦看不下去，喊苏垢停下。苏垢停止拨动星阵，那男人的身上浮现出蓝色的微光，他焦黑的皮肤下，经络一条条发光。苏如晦怔住了，桑持玉的眼神深邃复杂。

“他为什么会发光?”苏如晦问。

“秘宗还没有得出准确答案，现下只能猜测或许和身体受损之后的自我疗愈有关。”

那蓝色微光无比熟悉，苏如晦的额头隐隐作痛。

他一定在哪儿见过，可他想不起来了。

苏如晦上前几步，近距离凝视男人发光的身躯。

“江大人?”苏垢唤他。

“秘宗确信这是第一次有东西从雪境来到人间吗?”

“当然。”苏垢道。

不，不是第一次。苏如晦心里有个声音说。

他想起来他在哪儿见过这蓝色光芒了，在他小时候，在苎萝山。

❄ ❄ ❄

这事儿说来话长，得从二十二年前苎萝山不了斋讲起。

彼时苏如晦在他师父明若无的讲堂昏昏欲睡，明若无铆足了劲儿要传给他《握奇经》，三天两头召见他催他背书。他师父是个奇才，精通风后星阵和岐黄之术，四十八州世家，有三十州的防御星阵是他师父布的，几乎所有世家的人都到他师父这儿看过病。他师父不仅医术好，人也好，那些世家子弟得了什么难以启齿又不好治的病症，求也要求到他师父这儿。主要是因为他师父从来不说三道四，要是去别家治病，只怕第二天谣言就满天飞了。

明若无想把自己的毕生绝学传授给他的弟子，他都想好了，医术传给周小粟，周小粟有天分，秘术是“枯木逢春”，可以疗愈伤痛疾病，正是学医的好材料。风后星阵传授给苏如晦，苏如晦的秘术是“无极推演”，无论是多么庞大复杂的术数计算，苏如晦顷刻间就能得出答案。风后星阵蕴含无穷极的变化，苏如晦拥有修习风后星阵的绝佳天赋，他生来就是要修行星阵的。

可惜苏如晦这小浑蛋一心一意要当个厨子。

天光渐收，竹帘打下一片阴影。孩童们书声琅琅，随风传出去很远。不了斋私塾大部分孩子都来自苎萝镇，贵人与黔首有着天壤之别，明若无开坛授课，实在难得。孩子们修习认真，一字一字念着经书。这其中，唯有苏如晦脑袋一点一点，就快要睡过去。

明若无放下《握奇经》，惆怅地叹了一声，他走到苏如晦面前，屈指敲了敲苏如晦的脑门，示意他到外头说话。苏如晦跟着明若无走到木头廊下，明若无摸他的脑袋瓜，道："阿晦啊，你不好好学本事，将来娶不到老婆的。"

苏如晦摇头晃脑，振振有词："师父，您这话说得不对。我爹没有秘术，又挣不着钱，还能娶秘宗公主当老婆，可见能不能娶着老婆看的不是本事，而是相貌。我相貌还行，您放心吧，将来肯定有姑娘看上我。"

"你呀，歪理装了满肚子，我说不过你。"明若无摇头苦笑，"你自小同小粟和雪芽一同长大，她们俩你喜欢谁？小粟出身渝州周氏，医技已入门庭，颇有为师当年之风；雪芽出身云州江氏，更是鲜见的强攻型秘术者。你好好学，等你十四岁，无论是小粟还是雪芽，我帮你提亲。"

无论是娶周小粟还是江雪芽，对苏如晦来说都是个天大的灾难。

苏如晦无语半晌，道："您死了这条心吧，江雪芽说她的夫婿得是天下最火辣的男人，周小粟说她要天下最柔情的男人。我既不火辣也不柔情，她俩看不上我。"

话音刚落，暮鼓声响了。幽幽鼓声散入山林，惊起无数飞鸟。

苏如晦眼睛一亮，道："师父，下学了，明儿见！"

苏如晦回屋拿书箱，刚进门，不小心撞到一个少年，仰头看，是苎萝镇的大龙。这厮躲在门后，约莫在偷听他和师父说话。大龙十四岁，比苏如晦高一大截。

"苏如晦，你长没长眼睛？"大龙瞪着他。

偷听别人说话还这么嚣张。这货一向看苏如晦不顺眼，三天两头找碴儿，碍着苏如晦是明若无亲传徒弟，不敢过分造次。苏如晦不想招惹这货，拿了书箱就出门，然而还没走下木廊，就被江雪芽堵住了去路。

"哪儿去啊你？"江雪芽冲他抬了抬下巴。

她的嗓音阴森森的，苏如晦目光一转，瞧见周小粟叉着腰，气呼呼地瞪着他。苏如晦暗道不好，收起书箱就要溜。江雪芽一个箭步蹿过来，使出擒拿手，老虎叼黄羊似的逮住了苏如晦。

江雪芽对明若无道："先生，我们还有事儿，先走一步。"说着就撵苏如晦走了。

明若无挥着手帕道："好好玩儿，别打架！"

事情果然如苏如晦预料的那样，他让桑持玉洗袜子的事儿被周小粟发现了，周小粟告密给江雪芽，于是江雪芽也知道了。两个人押囚犯似的把苏如晦押回小院，正巧赶上桑持玉来苏如晦的屋子收袜子。江雪芽撵着苏如晦打，苏如晦上蹿下跳，最后躲到抱着大木盆的桑持玉背后，朝江雪芽做鬼脸。

“苏如晦，你脸真大，”江雪芽骂他，“让别人帮你洗臭袜子，你就不怕把玉儿熏死！”

“就是就是，”周小粟在一旁帮腔，“师哥你羞羞脸，我看不起你！”

“第一，我的袜子不臭，”苏如晦从桑持玉背后探出个脑袋，笑嘻嘻道，“第二，玉儿是我小弟，小弟为大哥分忧解难天经地义。玉儿，你愿不愿意给我洗袜子？”

桑持玉点头：“愿意。”

“听见没听见没！”苏如晦朝江雪芽和周小粟做鬼脸，“人家自愿的。”

“玉儿，你被他骗了！”周小粟跺脚道，“他就是要你当他的奴隶。你现在帮他洗袜子，明天他就让你洗衣做饭扫地洗碗。”

“玉儿，你过来，”江雪芽道，“我们带你去抓泥鳅，咱们不和苏如晦玩儿。”

桑持玉看看苏如晦又看看江雪芽，黑而大的瞳子里满是茫然，他不知道他应该选谁。

“别理他们，小孩儿才玩抓泥鳅。”苏如晦拽着桑持玉就跑，“我和我小弟先走一步，您二位请吧。”

苏如晦一面跑，一面听见周小粟大声嚷嚷：“我要去告诉师父和大掌宗！师哥你等着跪祖师爷吧！”

就会告密，苏如晦撇嘴。他扭头看桑持玉，白白净净的脸蛋，黑白分明的大眼睛，安安静静。还是玉儿好，苏如晦紧紧拉着桑持玉的手，江雪芽是个母夜叉，周小粟是告密精，娶她们我苏如晦这辈子完蛋！

两个人直接跑到山腰小溪，苏如晦累得直喘气儿，桑持玉一点事儿没有，仿佛还可以再一口气跑八百里。桑持玉把木盆放在溪边，有些迷茫地问：“我们不能和江雪芽周小粟一起玩了吗？”

他垂着脑袋，好像有点儿难过。苏如晦安慰他：“没事儿，过两天就好了，到时候还能一起玩儿。”

“真的？”桑持玉问。

“真的，”苏如晦拍胸脯保证，“我什么时候骗过你？”

桑持玉放心了，江雪芽和周小粟都是他的朋友，他不想和她们绝交。桑持玉蹲下身，吭哧吭哧洗袜子。苏如晦也在他旁边蹲下，看他白生生的手臂没进潋滟水波。夕阳下，水波在发光，桑持玉的手臂好像也在发光。

苏如晦撑着脑袋，忽然说：“玉儿，要不然我俩一起养老吧。”

桑持玉一愣，歪着头不解地望着他。

苏如晦百无聊赖，用手撩水波：“我师父疯了，他想让我娶江雪芽或者周小粟。

娶她俩我这辈子就瞎了，我宁愿同你在一块儿，老了我们就互相照顾。”

桑持玉似懂非懂地“嗯”了声。

苏如晦用力拍桑持玉的肩膀，严肃地说道：“咱们神龙帮最近新添了一条规矩，大哥讨不着老婆，小弟要给大哥养老。我只有你一个小弟，所以我余生养老就靠你了。”

苏如晦是个静不下来的人，没过多久，他又问：“玉儿，你愿不愿意当我小弟？”

桑持玉点头说：“愿意。”

“小弟，叫大哥。”苏如晦喊他。

“大哥。”桑持玉回应。

玉儿好乖，苏如晦感动得一塌糊涂。以后他就是有小弟的人了，苏如晦觉得他的人生非常圆满。他忽然有了极强的责任心，既然玉儿当了他小弟，他就要对玉儿负起大哥的责任来。

桑持玉看苏如晦没事儿要说了，便回过脸继续洗袜子。他低垂着眉眼，这般安宁的样子，像寺庙里的小菩萨。他总是这么乖，答应苏如晦所有要求。

这么乖的小玉儿，要被苏如晦欺负一辈子了。

苏如晦破天荒地良心发现，道：“玉儿，以后你不用帮我洗袜子了。”

桑持玉疑惑地抬起头：“为什么？”

苏如晦坏心眼地捏他腮帮子：“因为我疼弟弟呗。”他擦了擦桑持玉额上的汗珠，“你等我会儿，我去摘桑葚给你吃。”

苏如晦走了，桑持玉扭头看向溪水对岸的草丛。桑持玉从小五感敏锐，好得不像正常人，澹台净曾经叮嘱他，不要让任何人知晓这件事，他听从澹台净的嘱咐，连苏如晦都没告诉。现在他听见对岸藏着一些人，他们自以为自己藏得很好，可是他听见了他们窸窸窣窣的响动。从刚刚开始，他们一直在偷听苏如晦和他说话。

桑持玉轻轻皱了皱眉，低头专心致志洗袜子。

他听见对岸那些人出来了，靠近了溪水。

“喂。”有颗小石子儿打在他身上，在他的白披风上留下铜钱大的泥巴印。

他抬起眼，见对岸站着一伙蓬头垢面的小孩儿，最大的那个看起来十四岁，大多赤着脚，衣裳打满补丁。

“大龙哥，”有个小孩儿拉住最大的那个孩子的手腕，“不能打他，他是贵人。”

“喂，你是大掌宗的徒弟吗？”大龙问他。

桑持玉望着他们，保持沉默。

“你是贵人，为什么要给黔首当小弟？”大龙问，“你怎么会认苏如晦当哥？他爹是个教书先生，和我们一样的泥巴腿，要不是会吟两句酸诗，哪能勾搭上秘宗尊贵的肃武公主？前段时间他爹还在我们苎萝镇卖过草鞋呢，你看我脚上穿的，就是他爹做的。他爹上不了台面，世家人都瞧不起他。你听我说，苏如晦不能当你哥。”

后面的孩子腼腆地朝他打招呼：“我们是苎萝山下苎萝镇的，我叫小虫，你有没有见过我，我天天上山上学。”那孩子艳羡地说，“真羡慕苏如晦，他可以做明先生的亲传弟子，和江家、周家的小姐当朋友，还可以和大掌宗的小徒弟称兄道弟。”

桑持玉慢慢皱起眉，他在那个叫“龙哥”的男孩身上感受到怒火。不知道为什么，仿佛来自一种荒野动物时刻保持警惕的本能，他对敌意和杀机很敏感，他知道这往往预示着攻击和死亡。

“你既然可以认苏如晦当哥，就可以认我当哥。我比苏如晦好，那个废物的秘术是算数，一点儿用都没有，你看我的秘术，”大龙将手掌对准溪水，一团水球被他吸上来，他骄傲地说，“是不是很厉害？我还可以用水箭打猎，上次我打了只野猪回镇子，连里长都说我有进秘宗的本事。要是我是世家子，我早就进秘宗十三卫了。”

后面的小孩儿都欢呼：“大龙哥，你要是当了大掌宗的徒弟，可不要忘记我们啊！”

大龙傲然道：“那当然，以后咱们都是贵人！”

桑持玉轻轻摇头，道：“不行，如晦哥哥才是我哥哥。”

大龙怒道：“为什么？我哪点不如苏如晦？他就是运气好，拜了明若无当师父！”

桑持玉回答他：“如晦哥哥不生气。”

大龙一窒，半晌没说出话来。不生气算什么理由，他认苏如晦当哥，竟然就是因为苏如晦不生气！大龙想起苏如晦成日嘻嘻哈哈的样子，苏如晦不生气，是因为苏如晦是个没心没肺的二流子！

那群人讨了个没趣儿，垂头丧气地离开了，只剩下桑持玉一个人专心致志洗袜子。桑持玉用桂花香的胰子打沫沫，盆里的水变得香喷喷的。穿了他洗的袜子，苏如晦的臭脚丫子也会香喷喷的。

过了半炷香，苏如晦还没回来，那个叫大龙的出现在他身后。他回头，不声不响地看着这个十四岁的少年。

大龙说：“苏如晦摘桑葚摔下树，把腿摔断了，现在在我们镇，里长已经去通知明先生了，你要不要去看看他？”

桑持玉一怔，站起身："要。"

"那就跟我走吧，弟弟脚下当心。"

苏如晦用衣襟兜着桑葚回到溪边，身后跟着江雪芽和周小粟。苏如晦朝她们做鬼脸："你俩不是不跟我们玩儿了吗，跟过来作甚?"

"我们又不是找你玩儿，我们是找玉儿。"

周小粟哼了声，走到小溪边，却没看见桑持玉，地上只有堆着苏如晦脏袜子的木盆。她疑惑道："咦，玉儿呢?"

苏如晦也奇怪："他刚刚还在这儿呢。"

江雪芽探头看溪流："玉儿是不是不小心掉进水里，被冲走了?"

"呸呸呸，乌鸦嘴。"苏如晦眼尖，看见地上的脚印，一大一小，往山下延伸。苏如晦拧眉道："有人来过，把玉儿带走了。"

桑持玉跟着大龙下到山脚苎萝镇，走上高高的田垄。两边都是田地，山坡上还有豆腐块似的梯田，庄稼人埋首在土地里，他们的肤色和土地一样黝黑。桑持玉一身洁白置身其中，仿佛误入尘世的小仙童。乡野黔首过得比城里的黔首还要差些，居所是石头垒砌的小屋。大龙把桑持玉带到自己家门前，推开栅栏引他进院，指着那低矮的石屋说："苏如晦就在里面。"

"你骗我，里面没人。"桑持玉侧耳听，屋子里静悄悄，根本没有人声。

大龙面色不改："或许是里长把苏如晦带走了，我去问问苏如晦在哪儿。你进去喝口茶吧，等我一会儿。"

桑持玉说："我和你一起。"

"不行!"大龙拒绝得太急切，让桑持玉仰头看了他一眼。丁点儿大的萝卜头，眼神干净又清澈，大龙望着这双眼睛，不自觉心虚起来。苏如晦根本没摔断腿，他第一次欺骗世家的孩子，诱拐一个和他有着天壤之别的贵人。心扑通扑通急跳，他顾左右而言他："你走了这么长的路，难道不累吗? 小虫走一趟山路就累得半死，你怎么连汗都不出? 你真的不想喝茶歇息一会儿?"

桑持玉一怔，道："我累了，我要喝茶。"

他牢记着澹台净的话，他要和平常人一样。

大龙长舒了一口气，打开石屋的大门，强忍着心中的兴奋看桑持玉跨过了门槛，走进黑漆漆的小屋内。只待桑持玉在屋里站定，大龙迅速锁上了门。桑持玉回过头，墨黑色的瞳子望着大龙。暗淡的光线里与这双眼眸近距离对视，大龙心里没来由地涌起一阵疑惑。他后知后觉地发现，从溪边走到这里，桑持玉从未有过喜怒哀乐，像一个没有情绪的瓷娃娃。大龙只当他天生迟钝，没有多想，兴奋已经蔓延全身，大龙连指尖都在颤抖。

迟钝点儿好，他想，迟钝就明白不了接下来要发生的事。

他挥了挥手，秘术发动，角落里大水缸的水咻咻飞出，拧成锁链，牢牢捆住了桑持玉。桑持玉低头看了看锁链，精致的眉心绞起。大龙轻声细语地安抚他："弟弟，不要怕，我会对你好的，比苏如晦对你更好。他让你帮他洗袜子，我不会，以后会有很多很多奴仆服侍我们。只要你乖乖的，同我结拜，认我做哥哥，大掌宗就会收我当徒弟了。"

大龙叽里呱啦说了一大堆，桑持玉大半没听懂，他像往常一样，遇上他无法理解的东西就保持沉默。

大龙靠近他："你放心，我亏待不了你。从今往后你就是我唯一的兄弟。你们这些世家的孩子奴仆成群，上回爷娘带我去城里卖猪肉，我都看见了，高家的小少爷身后跟的奴隶比苎萝镇的人还多。以后我也会有这么多奴隶，说不定还会成为未来的大掌宗！"

桑持玉感觉到不舒服，蹙起眉心道："你骗了我，如晦哥哥不在这里。"

"如晦哥哥，如晦哥哥，你怎么总是喊他如晦哥哥？"大龙厌恶这个称呼，"你给我听好，你以后是我的弟弟，你再敢叫如晦哥哥，我就像隔壁钟叔打儿子那样打你。"

"我要找如晦哥哥。"桑持玉站起身要走。

大龙怒不可遏，一把把桑持玉推在地上。桑持玉额头着地，磕出铜钱大的血印子。

"都说了不要叫如晦哥哥了！凭什么你们都喜欢他，明明我也有秘术，整个苎萝镇只有我有，为什么我去求明若无收我当徒弟，跪在地上哭着求他，他硬说我们没缘分！我们同样是黔首，为什么苏如晦就可以娶江雪芽，娶周小粟！"大龙越说越愤怒，"若我拜入苎萝山，我比他强一万倍！"

桑持玉从水流锁链中挣出了一只手，一言不发，固执地往门口爬。

"你们这些狗眼看人低的世家子，"大龙抓起桑持玉，扼住他的咽喉，红着眼道，"我明白了，你看不起我，觉得我卑贱。你是不是觉得我脏，觉得我臭，所以看不起我？小白脸，天天穿这么白，你以为你是什么冰清玉洁的仙子吗？今天我让你跟我一样脏，跟我一样臭！"

大龙死死扼着桑持玉，把那张白净的脸往地上摁。大龙太过愤怒，以至于他没有发现他的水流锁链越锁越紧，桑持玉说不出话，肋骨竹筷子似的根根断裂，肺里的空气越来越少，他黑黝黝的眼眸逐渐失去神采，变得空洞。

大龙喘着粗气，怒火渐熄，慢慢回过神来。歪在地上的小孩儿软绵绵的，像个布偶娃娃。他着了慌，把桑持玉拉起来，桑持玉小脸苍白，已经没有声息了。他惊得松了手，小孩儿又软软地歪倒在地。他努力把桑持玉扶正，若不强行搀住，桑持玉就软绵绵窝下去。大龙心跳越来越急，着急忙慌地摇晃桑持玉，希望把这孩子唤醒。

过了一会儿，大龙渐渐明白，桑持玉再也醒不过来了。

他杀人了。大龙惊慌失措地想，他把大掌宗的亲传弟子杀死了。

他的阿爹阿娘回到家，夫妻俩瞧见地上的小孩尸体，差点儿吓晕在地。大龙爹抽大龙两个嘴巴子，又抽了两口烟斗，做了个可怕的决定。

父子俩把桑持玉抬到屋后，一铲一铲刨土坑。大龙娘泪眼汪汪用草席把孩子卷住，捡起铁锹一起铲土。

把孩子埋了，不会有人知道他死在这里。

土坑挖到一半，大龙娘不经意间扭头，竟发现草席空了。三人都大惊失色，一转脸，看见原本死了的小孩儿正面无表情地站在一边，浑身脏兮兮，泥娃娃似的。大龙松了铁锹，喃喃道：“他……他怎么活了？”

大龙爹道：“兴许是刚刚没死透。”

“有人吗！”三人听见栅栏外有人在喊。

桑持玉扭脸望向那方向，黑黝黝的瞳子有了丁点儿的神采。他沙哑地唤了声：“如晦哥哥。”

不能让他们发现这小孩儿在这儿！大龙爹迅速醒神，扑过去死死捂住桑持玉的嘴，一面用眼色示意大龙娘。大龙娘整了整衣裳，换上笑容迎出去。栅栏外是三个小孩儿，大点的女孩儿看起来十一二岁，另两个小的兴许才十岁。

“大娘，你有没有看到这么高一小孩儿，披着白斗篷，长得可好看了。”男孩儿在自己胸口比画了下。

“没呢，”大龙娘搓着手，“没见过。”

桑持玉听着苏如晦的声音，用力扒着大龙爹的手。大龙爹的手捂得太紧了，像一块铁板焊在嘴上，桑持玉扒不开。或许用秘术可以杀了他，可是桑持玉记得澹台净说过，决不能，决不能动用吞噬秘术。

一旦动用秘术，他们就会发现他和别人不一样。到那时，如晦哥哥还会认他当小弟吗？

苏如晦在外面问话：“大娘，您再想想，他的脚印朝镇上来了的，镇里的脚印太多了，我不知道他去镇上哪个地方了。”

如晦哥哥。如晦哥哥。

桑持玉想要发声，想要往外跑，他用力抠着大龙爹的手，抠出五道深深的血痕。

“真没见过。”大龙娘诚恳地说，“你们再去别地儿找找吧，可别叫坏人拐了去。”

“好，”苏如晦急切地说，“那我们去别处找了。大娘您要是看见他，记得把他拦下来，别让他乱跑。”

“一定一定，你快去找吧。”

苏如晦的脚步声远了，桑持玉大睁着眼睛，眼泪夺眶而出。心里有一种很陌生的情绪藤蔓似的生发，仿佛是害怕，又像是悲伤。他要死了吗，再也见不到如晦哥哥了吗？经络里青光乍现，灵力在他的身体里勃发了一瞬，他不知哪里来的大力，硬生生掰开了大龙爹的手。

苏如晦还没有走远，他大声喊苏如晦一定能听到。他张开嘴，想要喊哥哥。

快要喊出口的刹那间，一只手忽然从后方抓住他的头发，摁着他的脑袋使劲往石块上撞。

桑持玉额头破了个大口子，血汩汩而流。大龙赤红着眼，抓着桑持玉撞石头，直撞到鲜血沾满石块他才停下。脏兮兮的小孩儿滑落在地，墨黑无神的瞳子被鲜血染红。

“我不是故意的，”大龙哭着说，“我不是故意的，谁让你不听话，怪你自己。”

大龙娘赶回来，急道：“愣着干什么，快把人埋了！叫贵人知道，我们一家都没命！”

大龙爹冷汗直流：“对对对，这下死透了，快埋快埋。”

大龙娘蹲下身，收敛桑持玉的尸体。她怀着内疚，却又无可奈何。这孩子是世家的娃娃，让旁人知道大龙拐了这孩子，他们一家子必定会被五马分尸。

“孩子，我们一家对不起你，你走好。来世再投个好胎，安安稳稳过一辈子。”

她碎碎念叨着，手指摸上桑持玉的衣裳。滑腻的绸缎，是他们庄稼人一辈子都没有穿过的好料子。内疚落下去，贪念在她心头滋长。改一改，可以给她的孙子缝小衣裳。反正他已经死了，留着这衣裳也没用。大龙娘把桑持玉的衣裳扒下来，让他赤着半身躺在草席上。

大龙娘捧着衣裳抬起头，正待继续刨土坑，忽然对上一双没有情绪的双眼。

桑持玉满脸是鲜红的血，只那一双眼是妖异的冰蓝。他面无表情，望着悚然僵坐的大龙娘。

大龙娘捂着嘴，死死掩住口中的惊叫，眼睁睁看着这小孩儿自己坐起来。不可能，他明明死了，头上的伤那么重，流了那么多血，怎么能活？小孩儿身上一点点亮起萤火似的光晕，仿佛有许多萤火虫藏在他的皮肤下面，他的肌肤白得不像话，几近透明。

“又活了……又活了……”大龙娘语不成调。

桑持玉好似没听见她的话，目光落在大龙娘的心口。那是热血的源泉，人体血气最丰郁的地方。他的视野忽然变得很奇怪，他看见肌肤下的经络血行，蛛网一般复杂密集，血肉的香味吸引着他，让他口干舌燥。

他轻轻拧起眉，说：“我好饿。”

他朝大龙娘伸出了手。

“啊啊啊啊——”石屋后响起凄厉的尖嘶。

远处，苏如晦猛然回头。

他往尖叫声的地方跑，江雪芽和周小粟在他身后追。他跑回之前去过的那户人家，翻身跃进栅栏，转到屋后，只见满地是血，一男一女的尸体横陈在地，半裸的桑持玉立在土坑旁，手里拽着一个十四岁男孩的头发。男孩半死不活，胸膛破了个大口子。桑持玉的经络泛着冰冷的蓝色光芒，那光还在缓缓流动，仿佛有浩瀚的星海藏匿在他的身体深处。

“玉儿……”苏如晦愣愣地喊他。

桑持玉缓缓回眸，冰蓝色的眼眸望向苏如晦。

苏如晦从未见过如此冰冷的眼睛，桑持玉的眼底仿佛卧了一片冰海。

是秘术暴走吗？苏如晦快速判断着情况。明若无擅治疑难杂症，苏如晦见过不少秘术暴走的患者，秘术暴走者控制不住体内的秘术，疯癫成魔，最后往往爆体而亡。

苏如晦心中焦急，轻声唤桑持玉：“玉儿，你还认得我吗？”

“认得。”桑持玉说。

苏如晦松了口气，还认识人，问题不大。苏如晦慢慢靠近桑持玉，尝试帮他安抚秘术：“玉儿，你听我说，你把他放下，我带你回家。来，跟着我吐纳，深呼吸。”

江雪芽和周小粟终于赶到，两个人都气喘吁吁。周小粟看见满地狼藉，惊恐地尖叫。江雪芽察觉桑持玉的异状，大声喊：“阿晦，别过去！”

“没事，玉儿还认得我。”

苏如晦说着，一点点靠近桑持玉，握住他的手，把他的手掰开，松开那个男孩儿的头发。桑持玉的手好冰，凉丝丝的，像死了一般。苏如晦依稀猜得出桑持玉身上发生了不好的事，苏如晦想，都是他的错，他不该把玉儿一个人留在小溪边。

他一边流眼泪，一边脱下外袍，披在桑持玉身上，帮他一颗颗系扣子。

“玉儿，没事了，我带你回家。”

江雪芽急得直冒汗，咬牙道：“苏如晦，你快回来，别靠近他，他疯魔了！我们先去找你师父！”

“你们去，”苏如晦轻轻拥住桑持玉，“我在这里陪玉儿。是我让玉儿一个人待着才出事的，我不能再走了，况且玉儿还认得我。”

“认得。”

桑持玉仰起脸，在他的视野里，苏如晦体内流转的灵力纤毫毕现，光芒璀璨。他看不清苏如晦的脸，他只看得清苏如晦的血管。他血脉里掠食的欲望在复苏，先祖的血液在沸腾。秘术者比普通人更加美味，他无师自通地知道这一点。

“你是食物，好香。”桑持玉轻轻说。

江雪芽和周小粟只见苏如晦身体一僵，而后无数鲜红的血线从他后心探出。什么东西贯穿了苏如晦的身体，鲜血淋漓而落，滴滴答答如同珠子般掉在地上。苏如晦浑身的灵力向桑持玉涌流，十息不到的时间里，苏如晦秘术尽丧。

“师哥！”周小粟惊声尖叫。

苏如晦快疼晕了，他低头看，桑持玉的掌心伸出好多冰蓝色的经络，蛇一般钻进了他的身体。苏如晦昏昏沉沉地想，原来玉儿的秘术是这样的，有点恐怖啊，难怪玉儿从来不愿意向他们展示秘术。周小粟还在尖叫，苏如晦的耳膜都快被震破了。快去找师父啊，苏如晦觉得他师妹真是笨得没边了。

他用尽最后的力气抱桑持玉，免得桑持玉杀完他，去追江雪芽和周小粟。两个人都满身鲜血，恍若两个血娃娃。

“玉儿，快醒醒啊，”苏如晦的声音越来越低，“要不然我真的要死啦。”

手脚越来越冷，苏如晦快站不住了。血液带着温度从体内流走，灵力也在疯狂地逸散。血越流越多，周小粟跑去叫师父了，留下江雪芽看着他们俩，越来越多镇民围过来指指点点。

桑持玉感受到苏如晦温热的鲜血浸润他的身体，有一种奇异的感觉在复苏，就好像心脏停摆之后又重启。桑持玉冰冷的眼眸再一次有了温度，于是苏如晦在临近昏迷的最后一刻，如愿以偿听见了桑持玉轻微又颤抖的声音：“如晦……哥哥。”

苏如晦被送回不了斋的时候，已经快不行了。明若无给他吃怒血灵丹，激发他最后的生命力。他从昏迷中苏醒，脑子里塞了糨糊似的，昏昏沉沉一片。许多人围着他，有好多仆役端着盆进来，又端着盆出去，盆里装的是他的血。

苏如晦的视野越来越模糊，眼前蒙了层雨幕似的，看不分明东西。然而他感觉到似乎江雪芽和周小粟一直在，还有一身血污的桑持玉。

周小粟不住哭啼，边哭边推搡桑持玉：“你走开，你把我师哥害死了，我一辈子都不原谅你。”

苏如晦没有听见桑持玉的回应，光听见周小粟哇哇直哭。玉儿好了吗？为什么不吭声？思绪像一根根游丝，溃散着，好像就要彻底断裂。手背忽然溅上一滴水滴，紧接着啪啪嗒嗒，一串豆大的水滴砸在他手背上，冰冰凉凉的。他懵然想，下雨了吗？

手边立着桑持玉白如幽魂的身影，明明不停被周小粟推着，却仍木偶似的立在那儿不动弹。苏如晦迟迟地明白过来，是玉儿哭了，玉儿在为他哭泣。他好想起身让周小粟别推人家，他和桑持玉已经结拜，他要是死了，桑持玉就算他的遗属。

忽然间，周小粟的哭声止住了，师父温和的嗓音传来：“玉儿，晦儿五脏俱裂，血流不止，这天下已没有救他性命的灵药。不过，我还有一个险招。你有所不知，你的体质与他人不同，只要你剖出心头血救晦儿，晦儿或许有回天转机。你可愿意赠晦儿一碗心头血？”

这是什么法子？苏如晦骇然，剖心头血，还要一碗，玉儿还能活吗？什么救人，这分明是以命换命的法子！他动了动手指，嘴唇翕动，江雪芽摁住他，道：“都要死了还不安分！”

千万别答应，苏如晦内心嘶喊着。死就死了，他苏如晦才不怕死！他呼喊着，没有人听得见。寂静里，桑持玉开口：“整颗心，都给他。”

之后明若无如何动刀剖心，植入苏如晦的身体，苏如晦都不记得了。他喝了麻沸散，睡到第三天早上才醒。事情全是江雪芽告诉他的，说过程如何如何凶险，周小粟两次被召进药室，施展秘术为他和桑持玉痊愈伤口。还说大掌宗得到消息，漏夜打开无相法门，亲临茳萝山。最后江雪芽啧啧感叹：“大掌宗生得是花容月貌，后半夜我光顾着看他，忘记看你了。”

甫一醒来，眼前是他自己的小屋，拳谱刀法被人收拾过了，整整齐齐垒在乌漆案上。他坐起身，低头解开衣带查看自己的身子。没有刀痕，更无破口，完完整整和以前一样，连破皮的地方都没有，令他几乎以为这鬼门关前走一趟是他做的梦。

师父的医术又精进了。

苏如晦觉得他这伤好得不太对劲，但又不知道哪里不对劲。他那时候不学无术，脑子里装的净是吃喝玩乐，正经事没地方放，便不再细想。

门外响起喧闹声，苏如晦穿好鹿皮小靴，一边穿衣裳一边推开门。天光正好，院子亮得刺眼。苏如晦手搭凉棚遮光，远远瞧见周小粟站在对面西厢房的门口，指挥着仆役把后院杂物堆回西厢房。桑持玉抱着包袱，沉默地立在门口。

“既然你已经休养好了，就快走吧。你以后不许住在这儿了，回你的山洞去。”周小粟朝桑持玉努努嘴，“快点儿，收拾好你的衣裳，赶紧滚蛋！”

桑持玉愣了会儿，垂下长长的眼睫，抱着包袱要走。

“等会儿！”周小粟夺过他的小包袱，检查里头的东西。里面没什么值钱的物事，大半是苏如晦、江雪芽和周小粟送给他的小玩意儿。很难相信桑持玉出身秘宗，竟身无一物，比苏如晦这个没娘的孩子还穷。

周小粟把苏如晦送的三头小狗，江雪芽和她送的绒花、闹蛾子挑出来，哼哼道：“这些都是我们给你的，你不许带走。你来的时候是什么样，离开就是什么样。你听好，我们跟你绝交了，从今往后不许来找我们玩儿。”

“绝交……”桑持玉轻声重复。

“对，绝交！”

“周小粟！”苏如晦气得眼前一黑，撑住廊柱稳住自己，“你发什么疯！”

“我发疯？是你发痴！”周小粟叫道，“师哥，你看看你自己被他害成什么样儿了！他们都说他是小怪物，大龙爹娘全没命了。得亏他有个好师父，是大掌宗，硬帮他把事儿压下去。师父救你那天我全听见了，连大掌宗都说他是怪物，要师父把他变成正常人！”

“你——”苏如晦胸口疼，这回他真相信他是被剖过胸膛了。

“哎呀，别说了别说了。”一个老嬷嬷过来劝架，“晦公子刚醒，快进屋歇着吧。粟娘子，莫再气你师哥了。那姓桑的小贵人既然是打山上下来的，就让他回山上去吧，你们俩莫再置气了。”

周小粟撇嘴，嘟囔道：“反正我不和怪物住一块儿。”

苏如晦痛得直不起腰，竭力想说什么，老嬷嬷把他抱起来送进屋。

桑持玉站在木廊下，静静看苏如晦消失在门后。他把怀里的小包袱交到周小粟手里，什么都不带，两手空空，一身白衣。周小粟让仆妇领他回山洞，仆妇们面面相觑，露出惧怕的神色。她们都害怕他，听说大龙爹娘死相极为凄惨。

“不用了，我认得路。”桑持玉平静地说。

他孑然一身出了梨花院，走到门口略略回过眼眸，望向苏如晦紧闭的门窗。他抿了抿唇，沉默地离开。

苏如晦被摁在屋里整整两天，这两天他常听见不了斋门口遥遥传来哭喊声，听说是大龙的亲戚把大龙爹娘的尸体横在不了斋门口，逼迫明若无交出后山小洞天的桑持玉。事关大掌宗的亲传弟子，苎萝镇上一级县令亲自来督察案件，最终结果是大龙夫妻拐卖世家子，判处车裂之刑，因为犯人已经死亡，不做惩处。大龙一家不服，明若无给足了他们银两，还不收钱银医治大龙，他们才不再来闹事。

苏如晦心里不平，那叫大龙的压根儿不是个好东西。澹台净是指望不上的，秘宗律条由他一手创制，这些年来他修明法制，推行律令，以身作则。且他是桑持玉的师父，为了避嫌，苏如晦伤好他就回昆仑了，大龙爹娘一案他避而不问。若是苎萝县令混账点儿，判处桑持玉有罪，苏如晦相信，澹台净二话不说，定会把桑持玉关进大牢。

又躺了一天，这天苏如晦终于发觉自己失去了秘术。明若无原本遮遮掩掩，想着怎么同他说才好。周小粟和江雪芽这两日待他也极为小心翼翼，生怕他受刺激似的。秘术者和普通人不一样，前者是天上的云鹤，后者是地上的牛狗。失去秘术，对一个秘术者来说是天大的打击。苏如晦蒙着被子郁闷了一个时辰，爬起来吃吃喝喝，睡得比猪还香。明若无叹息连连，直道这小子没心没肺。

第四天，苏如晦寻了个机会捆好被褥衣裳，背着巨大的包袱夤夜偷溜出门。鬼鬼祟祟潜行到不了斋门口，苏如晦迎头撞见他师父和澹台净。他心里头怵澹台净，因为他这个阿舅成日板着个脸，谁离他近点儿谁就会被冻成冰碴子。

“去哪儿?”明若无笑眯眯问他。

苏如晦嘿嘿赔笑:“师父您都看出来了还问我。”

澹台净蹙眉道:“玉儿嗜杀，尔等不可亲近。鬼门关前走一遭，仍不足以让你长记性吗?”

“周小粟骂他就算了，您是他师父，怎么也这么说话?”苏如晦不满地嘀咕，“您可别当他面说，他听了会难过的。我先走了，您二位继续赏月吧。”

“晦儿。”明若无拦住他，塞给他一本经书，“放心吧，我已医治好玉儿的痼疾，他不会再秘术暴走。明日早课，带着玉儿一起来吧。那孩子十岁年纪尚未识字，实在说不过去。”他颇为不满地看了眼澹台净，“既然要他学做人，便要读书知礼，识理明义。成日关在洞里，养出来的自然是茹毛饮血的禽兽。”

澹台净微微蹙了蹙眉，不再阻拦。

苏如晦收了经书，麻溜儿滚蛋。进了小洞天，桑持玉正抱着膝盖坐在石床上。天这么晚，桑持玉竟也没睡，孤孤单单坐在那儿，像一株遗世独立的小蘑菇。见苏如晦来了，桑持玉眼神变得怔怔的，漆黑的眸子圆溜溜，让苏如晦想起山林里的小狸猫。

苏如晦放下包袱，解开绳子，将被褥铺在地上。

“周小粟不让你住梨花院，那我就跟你住小洞天。”苏如晦盘腿坐在被褥上，拍拍自己的枕头，“以后我睡这儿了。”

“不要，”桑持玉缩进角落，离苏如晦远远的，“我会害人。”

“不是你害人，是大龙一家害你。”苏如晦不满道。

桑持玉垂下眼，低低道：“可是我杀了他们。”

死的人是大龙一家，所有人都看见了桑持玉发狂的样子。即便是大龙一家拐了桑持玉，大家也惧怕这个控制不住秘术的小孩儿，何况连他师父也一口咬定他天性凶残。苏如晦心里苦涩，为什么受害者反倒要承受骂名？他想跟那些人辩驳，告诉他们玉儿是好孩子，可是大人用年纪论道理，他年纪太小，他不占道理。

气氛太沉重，两个人相对着沉默。

半晌，桑持玉开口了：“师父说我和别人不一样。”

“哪儿不一样啊？”苏如晦郁闷地说道，“我就看出来你比别人好看。”

桑持玉抿了抿唇，道：“在镇子里的时候，我觉得你很香。”

“香？”苏如晦挠了挠头，道，“玉儿你好笨，你觉得我香，是因为我是你哥，你喜欢我。”

桑持玉眼里露出了疑惑：“这样吗？”

“对啊，”苏如晦一副很懂的样子，“放心吧，喜欢大哥不丢人。”苏如晦伸手给他，“你闻闻，还香不香？”

桑持玉低下头嗅了嗅，迟疑地摇摇头：“好像不香了。”

“……”苏如晦嘟囔道，“你对你哥这喜欢也去得太快了吧。”

桑持玉闷闷地说：“对不起。”

“没事儿，我不介意。”苏如晦转而问道，“你的伤怎么样了？”

桑持玉解开系扣，拉开衣襟。苏如晦看见他缠着绷带的胸膛，纸片似的瘦弱，绷带上还残留着星星血迹，心中不由得一涩。

桑持玉合上衣襟：“你该走了。”

苏如晦哼了声，大剌剌往地上一躺，开始耍无赖：“就不走，有本事你把我搬走。”

桑持玉爬下石床，蹲下身挪苏如晦。这小孩儿看着弱不禁风，力气倒大得很。苏如晦真的被他挪动了，忙道：“你是我小弟，你到底听我的还是听他们的？”

桑持玉望着他，紧紧蹙起眉心。

苏如晦哄骗他：“你不听我的，你就是坏小孩。你是不是坏小孩？”

桑持玉的眼神变委屈了几分，他埋下脸，摇了摇头。

“对嘛，快睡觉！”苏如晦推他上床。

苏如晦无赖，桑持玉拗不过他。石床上窸窸窣窣一阵响，两个各自躺下安歇。苏如晦悄咪咪睁开一条眼缝儿，桑持玉睡在他上头，像只猫似的蜷着身。他绸缎似的长发流下床沿，悬在他眼前。他忍不住用手拨了拨桑持玉的发丝，一根根地数。

一根、两根、三根……

第六章 超一品肉傀儡

秘宗无间狱，冰窖。

苏如晦久久不言语，苏垢笑眯眯地望着他，弯弯的眼眸中颇有些意味深长的味道。

苏垢袖下的手指微微一动，读心秘术无声发动。

幼年种种白蝶似的在眼前纷沓而过，苏如晦唏嘘不已。他老早就有疑惑，桑持玉秘术暴走的真相是什么？一碗心头血怎么能救活一个人？还有他体内来历不明的心核又是何物？二十二年前发生的一切疑点重重，追查半生，这一切疑问终于有了答案。

如今看来，心核就是师父所说的心头血。这所谓的心核似乎是妖的灵力源泉，是妖性的根本，蕴藏着妖族“血肉重组”的天赋。

师父借由心核的力量治愈了他的内脏损伤，但心核终究无法与凡人紧密无间地融合，随着苏如晦长大，副作用逐渐显现。他最终因为心核身体衰败，难以为继。

而这救了他性命，又害死他的心核，来自桑持玉。他今日最大的收获便是确信了这一点——桑持玉不是人，而是妖。

苏如晦忍不住深思，若妖来自风雪，那桑持玉是怎么从雪境落入人间的？澹台净为何要收养桑持玉，还给了他世家子的身份？更重要的是，桑持玉的原形是什么？

苏垢眸子微动，缓缓问：“江大人似乎并不信服苏某的话，难道大人从前遇见过妖吗？”

“没，”苏如晦飞快答道，“我一个大门不出二门不迈的娇弱贵公子，哪能见过这玩意儿？”

“是吗？”苏垢笑了，“时间还早，江大人可有空，听我说说我之前提到的‘刀兵’。”他侧身向苏玉拱手，“烦请小苏大人回避。”

苏如晦一把揽住苏玉的脖子，扬眉一笑:“我小弟是我心腹，不用回避。”

苏垢颔首:“既然如此，那便一道儿听听吧。”

桑持玉微微蹙起眉心:“刀兵”是何物?

苏垢的嗓音拉长，露出追忆的神色:“千百年来，我族深居险恶之境，栖身陋劣之所。秘术强大者得生，弱小者必毙于狂风暴雪。为求存续，我族智长者穷尽心血探寻秘术传承的规律。众所周知，秘术觉醒没有规律可循，每个人觉醒的秘术都不尽相同。他致力于找到一种方法，让族里的孩子觉醒出最强大的秘术。

“三十多年前，他提出了一个方案——推选族中圣女，接受族中老祖的雨露。我族有五位老祖，秘术修为深厚，功法造诣卓绝，若放之于你人间，当属朝圣境大宗师。诸位老祖欣然应允入圣女帷幕，可惜我族向来孳息艰难，一月之后，圣女仍未怀胎。医官说圣女心情抑郁，有碍于繁衍。那时族中恰巧抓来一个外来人，便献于圣女充作宠物，谁知圣女与之苟合，半月之后珠胎暗结。”

“……”苏如晦汗颜，这圣女真是倒了八辈子的大霉。

“念在我族子孙难继，老祖们做下决定，分食那人宠，留下胎儿。”如此惨绝人寰的事儿从苏垢嘴里说出来，可这家伙半点波澜都没有，仿佛杀人分尸天经地义。苏垢微笑着继续道:“胎儿足月降世，竟然觉醒了我们从未见过的强大秘术。”

“什么秘术?”苏如晦问。

“‘吞噬’，他可以掠夺他人秘术，任何被他吸食了精血的人，秘术都会转嫁到他的身上。”

当年被桑持玉吸食了精血，苏如晦的秘术就消失了。这下一切谜题水落石出，苏如晦心下了然，桑持玉就是那圣子。然而苏如晦心中又升起疑惑，他从来不曾见过桑持玉用他的“无极推演”，事实上，他压根儿没怎么见过桑持玉用秘术。

苏如晦身边，桑持玉垂下眼睫，遮住眸中复杂的神采。

苏如晦挑起一边的眉梢，道:“你可别告诉我，这个孩子便是你族的绝世刀兵。”

“大人猜对了。”苏垢微笑着点头，“听到这个秘术，你好像并不惊讶。”

“惊讶，怎么不惊讶!”苏如晦捂住心口，佯装恐惧，“太强了，我已经开始害怕了。”

不知道他的演技有没有过关，总之苏垢只是笑了几声，没什么特别的反应。

苏垢继续道:“可是后来发生了一件举族震惊的事，三十多年前的一个夜晚，圣女带着圣子逃离土城。他们遇见了来自秘宗的旅行者，旅行者带着圣女母子一路西逃，圣女死于途中，圣子被带入秘宗，从此不知去向。我等忌惮秘宗，不敢深入。拖到今日，做好万全准备，才深入秘宗。”苏垢向苏如晦拱手，“江公子，现在你明白这个孩子对我们有多重要了。你若有关于这个孩子的消息，请务必告知我们。”

“我才刚进秘宗，路都认不全，更别说人了。”苏如晦装傻，“三十前生的，现在该是而立之年了。你等我，我去鹰扬卫调取案牍，把秘宗三十岁以上的人列张单子，你看看能不能找到。”

苏垢遗憾地摇头：“江公子，你不坦诚。实不相瞒，我已经得到这个孩子的线索，而你的过去与其息息相关，你不可能不知道。你不说实话，如此一来，我们没有合作的必要了。”

“掰了更好，我也不想跟你们一块儿沆瀣一气。”苏如晦冷笑，“你说你们造的什么孽，人好端端一个女孩子，被你们囚起来生孩子，你们还沾沾自喜觉得自己找到了拯救全族的百年大计。还圣女，人乐意当这个狗屁圣女吗？”

苏垢并未发怒，一字一句道：“为我族未来献身，是她的荣耀。”

“好啊，”苏如晦气笑了，“现在我告诉你，只要你与十个彪形大汉夜夜同床，就能拯救你族于水火，你愿不愿意？”

苏垢沉默了。

苏如晦回头看了眼一直静悄悄不吭声的苏玉，那小子的脸罩在荫翳下，看不清表情。他比往日还要安静沉默，似乎一心一意当苏如晦的影子。

桑持玉是钝钝的人，多年来苦修静心，便是狂风暴雨呼啸而过，他的心湖最多漾出圈圈涟漪。与其说是迟钝，不如说是冷漠。苏如晦并不知道，他很难与别人共情。对他来说，父母太过于陌生，他们的悲惨遭遇无法让他产生过多激烈的情绪。然而此时此刻，他却感觉到难以言喻的悲哀。他抚着心口，心尖儿的位置有灼烧般的疼痛。原来，苏如晦一生的病痛与苦难皆因他而起。他因为苏如晦，感受到深刻的悲哀。

“我说过，”苏垢叹道，“不要与我们为敌，你的力量同我们相比不值一提。你何必自寻死路？你很聪明，我曾期望你能为我们所用，为我们行走凡尘。可没想到，你我最终仍是要刀兵相向。”

他的读心秘术早已洞穿了苏如晦的心绪，看见了苏如晦那段幼年回忆。方才说那么多，是他实在怜惜苏如晦这个人才，给苏如晦一个坦诚的机会，只要苏如晦和盘托出，他们就可以同苏如晦继续合作。

可惜，结果并不尽如人意。

苏垢退后两步，素手牵动星阵杀线。繁复的光线现出金光，交织成一片网。那是星阵的星线，牵动一根，整个星阵的走势立时改变。这样的星阵在秘宗随处可见，秘术者死了不能复生，星阵破了还能再修。比起秘术者，秘宗更愿意仰赖精致缜密的星阵，秘宗培育星官，花费数十年的光景让或攻或守的星阵浸透秘宗每一寸土壤。

星线一改，原本温和的星阵霎时间蜕变成了杀机毕现的绝杀之阵。庞大的雷火星阵笼罩住了苏如晦和桑持玉，熊熊火焰在苏如晦和桑持玉眼前嗤地燃起，火苗几乎能舔舐上穹顶。桑持玉缓缓推出横刀，一截秋水刀刃出了鞘。

苏垢站在阵外赞叹道："多么绝丽的杀阵啊，想不到蚂蚁一般的凡人也有如此智慧。这雷火杀阵精巧无比，足有上百种变幻姿态，除非你能未卜先知，从几百种变阵可能中预测你们要应对的变阵姿态，否则你们绝无逃生之路。孩子，后会无期。"

桑持玉不动声色地观察着周围，他专精刀术，对星阵并不精通，但是所有星阵都基于星线分布，只要用绝对的暴力破坏星线，这星阵就无法运转。苏垢和他背后的族胞意图不纯，圣女宁死也要逃离雪境，可见苏垢一族之凶恶。苏如晦必定不会供出他的身世，把他交到这些怪物手中。他必须救苏如晦，就算在苏垢面前暴露自己的秘术也无所谓。

若有必要，他甚至可以自曝身份。

他正待出刀，却见苏如晦举起手："等等等等，我说，我说就是了。你们要找的人是我那个倒霉主人桑持玉，我见过他身子发光，他还夺走了我的秘术，和你描述的圣子特征一模一样。没有意外的话，他就是你们流落人间的圣子。"

桑持玉："……"

苏垢笑着点头："不错，灵力脉络、吞噬秘术，他的确是我们的圣子。想必你已经猜到，我们这一族并非凡人。我们来自险恶莫测的风雪，我族是远比你们凡人更加优越、更加古老的族群。我们天生自愈能力强大，天生能够重组血肉，而你们大部分人都无法觉醒秘术。"

"这么看不起我们？"苏如晦抱着手臂道，"可我主人有一半的血脉属于凡人。"

苏垢遗憾道："卑贱的凡人血脉，玷污了我们的圣子。不过按着你们凡人的话，祸兮福所倚，若他是只纯正的妖，只怕活不到今日。若我猜得不错，你们的大掌宗应该剖去了他的心核，以至于我们派遣神目秘术者暗中寻觅数月，仍然未曾找到他的下落。寻常的妖族失去心核必死无疑，而桑持玉是只半妖，失去妖的血脉，他便只余人的血脉。"

苏如晦低声喃喃："所以他才能活下来。"

可是当时师父剖心核的时候知道这一点吗？苏如晦暗暗后怕，他敢打赌，阿舅和师父绝对没有十足的把握保证桑持玉能够在失去妖核之后存活，他们压根儿就是打算用桑持玉的命换他的命。

“孩子，没想到你这么容易就松口，”苏垢笑着叹息，“我原以为你同那孩子情谊深厚，看来是我高看你了，我的族胞说得对，凡人大多是贪生怕死之徒。”

苏如晦敛了心中的复杂情绪，定了定心神，回应道：“你想多了，他向来不稀得搭理我。而且……”

苏如晦诡秘一笑，说出了一句令苏垢无比震惊的话：“而且你不是会读心吗？我说不说又有什么关系，反正你都知道了。”

苏垢的声音一滞：“你怎么知道我会读心？我告诉过你，我的秘术是真言。”

苏如晦拍了拍手掌，掌声一出，苏垢就感到后颈痒痒的，一只破破烂烂的钢铁小蜘蛛从他肩膀上爬下来，指甲盖那么大，尘埃似的不起眼。他拈起一条蜘蛛腿，蜘蛛在他手里挣扎了一会儿，不动了，好像在装死。

“我的窃风蜘蛛，”苏如晦笑嘻嘻地介绍，“那天去江家落在江宅的，谁承想就听见你们谈话了呢？你这秘术麻烦得紧，我这人脑子转得快，就爱胡思乱想。为了今日，我训练了好久控制思绪不瞎想，免得让你读到什么不该读的东西。”

“何意？”苏垢微微愣了一下，“你今日所思所想是故意给我看的？”

“差不多。”苏如晦点头。

“你回忆桑持玉幼年秘术失控，你被夺走秘术，明若无为你移植心核，都是故意的？”苏垢不敢相信，“怎么可能？”

“可能啊，怎么不可能？”苏如晦笑眯眯道，“在今日之前就怀疑你们和桑持玉的身份便可能。”

苏垢眯起眼：“是了，我知道了，我的族胞告诉我你昨夜出过城。你见到他们身上的灵力脉络，想起桑持玉，所以对桑持玉的身份起了疑。”

“不止，在昨夜以前。”

“昨夜以前……”苏垢低眉细思，“你与我的族胞第一次见面在江宅，第二次在秘宗，第三次便是昨夜。昨夜以前，难道是我在秘宗露出了马脚？还是你在江宅便有所怀疑？怎么可能？我们并没有露出致命的破绽，没有显露过灵力光流，更未曾显示过非人的怪异之处，你为何会认为心核、桑持玉同我们有关？”

“你对你们的伪装实在太自信了一些，不过主要原因是在你们之前，我就见过同你们类似的妖怪——换句话说，我见过你们的族胞。”

苏垢不信：“不可能，不算桑持玉，这是我族第一次来到人间。”

“谁说我是在人间见的，”苏如晦缓缓道，“我是在雪境见的。”

桑持玉一惊，电光火石间他想起了什么。大悲殿的阿难曾说雪境地下洞穴发现一具八臂怪骨，七年前有人炸塌了山洞掩盖这具怪异的尸骸。他现在知道那个人是谁了，那人就是苏如晦。早在七年前，苏如晦便知道妖物的存在。

苏如晦掸了掸袖子，抱着手臂道："自幼年那场灾难起，我就注意到了桑持玉身上的异状。我不是傻子，用心头血救我这谎话骗骗十岁的我勉强可以成功，十二岁我就知道这事有蹊跷。

"赶巧我十八岁那年，无意间得知桑持玉并非桑家遗孤的秘密。这可真是奇了怪了，桑持玉的身份是假的，为他捏造这个身份的人只可能是我阿舅澹台净。我阿舅是个极端死板的人物，竟不惜扯一个天大的谎言庇护桑持玉。

"后来我进入黑街，找了个拥有神目秘术的家伙，让他看看我的五脏六腑。果然，我的胸膛里多了颗奇怪的'心核'。七年前，我在雪境发现了你们一个死掉的族胞，在他身上发现了一颗一模一样的心核。从那时起，我便知道桑持玉的身份有古怪。"

"你故意在我面前回忆过往，是为了从我口中得知桑持玉的真实身份？"

"不错，要感谢你，愿意同我唠嗑。要是碰上桑持玉那样的闷葫芦，我叽里呱啦同他说一天，他大概只会说三个字。"

"什么？"苏垢忍不住问。

"你，好，吵。"苏如晦道。

桑持玉："……"

桑持玉抿抿唇，没吭声。

他才不会这么说，他从未说过苏如晦吵。

苏如晦笑了下，脸上现出少有的落寞神采。其实那段回忆还没完，陪桑持玉睡觉那夜他忽然胸口剧痛，原是因为他的身体对心核产生了严重的排斥，明若无和澹台净夤夜进入小洞天把他抱走。他连续发了五天烧，等能下床的时候，桑持玉已经回了秘宗。

自那次分别，他们七年不曾相见。

更重要的是，待他再次苏醒，一片雪花从天而降，落入了他的眼眸。从此以后，他的脑袋里多了一个声音——系统。

他不会忘记那天，系统平板的声音在他耳畔响起——

"检测到宿主失去秘术，存活率低于10%，系统上线条件达成。宿主信息确认中……确认完毕，宿主000号，姓名苏如晦，性别男，目前状态为重伤。

"初次见面，我是您的系统。我将竭尽全力让您平安存活，直到您发现这个世界的奥义。"

“苏老板果然天生聪颖，也好，当个明白鬼，上路才没有遗憾。”苏垢欠身拱手，“您准备好上路了吗？”

苏如晦感叹：“你这小妖怪还挺周到，杀人火化一步到位。”

说着，他偏过头，对上了苏玉的眼睛。他笑眯眯问：“小玉，刚刚他叫我苏老板，你好像一点儿也不惊讶。”

桑持玉面不改色地撒谎：“苏老板是谁？我没听过，他为什么叫你苏老板？”

这谎言无懈可击，他如今是一个乡野出身的小孩儿，苏如晦叱咤风云的时候他才七八岁，没听过这个名号很正常。

“有小苏大人相伴，你的黄泉路不寂寞。”苏垢颔首道，“在下还有事，苏老板尽快启程吧。”

他刚要牵动杀线，苏如晦忽然又高声叫停：“其实我还留了一手。”

苏垢摇头笑：“不要再做无谓的挣扎，冰窖深藏地下，此间情况外界无从得知，不会有人来救你。”

“这位大哥，同你扯皮这么久，其实我还有个目的。”苏如晦笑道，“考考你，这雷火星阵烘烤多长时间，冰窖里的冰会融化？”

苏垢低下头，他的脚下已经湿漉漉一片。雷火星阵开启起码有一炷香了，热烈的火焰让场中三人皆汗流浃背。苏如晦那小子已经把缺胯袍脱了，没办法，他穿得实在太厚。苏垢动了动脚，水波在他脚底晃荡。这般的水量，冰窖恐怕已经融化大半。

可是这又如何呢？

苏垢的陶瓷脸微笑如故：“苏老板，难道你异想天开，要冰层里那些冻僵的妖族尸体救你吗？”

“不错，就是这么异想天开。”苏如晦的笑容无比欠扁，“我这人天生运气好，除了揍翻桑持玉，什么痴心妄想都能成真。”

桑持玉再次失语。

他忽然觉得苏如晦故意捉弄他，但是这家伙怎么可能知道他就是桑持玉？他的身高形貌都不复当初，连声音也是十五岁少年郎的音色，苏如晦无论如何都不可能看出来。他忍不住侧脸望向苏如晦，那厮神色如常，没往他这边看。他稍稍安了心，那厮就是天生嘴贱。

苏如晦幽幽道：“苏垢，你往后看。”

不可能，苏垢心里大喊着不可能。他族胞的尸体绝不可能死而复活，就算复活又怎么会对他獠牙相向？他慢吞吞回过脸，明艳的火光下，两面冰壁早已融化殆尽，而其中的妖族尸体不翼而飞。

苏垢遍体生寒，犹有一条冰蛇在他的脊背游走。苏垢低下头，他地上的影子正在扩大，变得魁伟、壮硕，獠牙毕现。他抬起脸，同一只蹲踞在房梁上的三头犬对上了眼。这是冻在冰层最里面的那家伙，两颗头颅与身子分家，现下也一样，它用它仅剩头颅上的眼睛阴森地注视着苏垢。光影在它怪异的脸上跳跃，两只铜铃大的眼睛青荧荧的，仿佛两颗发光的灵石。

更多的青色双眼在它身后睁开，妖物们磨牙吮血，缓步逼近。

苏垢不知道苏如晦使了什么手段，他只知道，苏如晦不能活。他急切地伸出手，就要搅动杀线。三头犬一跃而下，咬断了他的手臂。他奋力同妖物周旋，数只苍白的手从他所栖身的陶瓷傀儡内部伸出，傀儡光洁的瓷面上蔓延出细密的裂痕，陶瓷白脸破碎了一半，露出他藏匿于下的可怖脸庞。漆黑似铁，触须掀动如排浪，那是他的本来面目。

苏如晦咂舌，这妖怪真丑，桑持玉的原型不会也这么丑吧？

“信息解锁，百手蜈蚣，拥有一百零八只手，曾为自己缝过一百零八个手套。注意，只有子窠能够杀死他。”

苏垢的余光瞥见苏如晦鼓了三下掌，三头犬扭过头，咬着他的断臂勾连几根杀线。杀阵瞬时熄灭，所有火焰偃旗息鼓。他的身体开始变形、拉长，无数手足伸出来，陶瓷傀儡碎裂如雨。他咬牙杀出一条血路，手足狂抖，洞穿无数妖物的身体。这些妖物比他还不对劲，即使失去了半颗脑袋，也能挣扎地站起来，张大残损的嘴巴咬向他的脖子。

他心里渐渐有了答案，这些“妖物”根本不是他的族胞。

它们并非妖族！

他怒吼着缠绕房梁向前突进，“妖物”被他甩击在地，四分五裂。许多“妖物”的眼睛闪闪烁烁，动作也变得迟钝。他心中狂喜，贴着穹顶向苏如晦的方向爬。他必杀苏如晦！忽然间，耳畔一声尖厉啸响，是什么划破了空气。视野中心袭来一丝汹涌的火焰，而后前心剧痛，他听见陶瓷傀儡的碎响，一枚子窠打进了他的胸膛。他无力支撑身体，手足松开梁柱，山岳崩塌似的撞击触地。

“只有子窠能要你们妖族的命，”苏如晦居高临下地打量他，“你们拥有血肉重组的天赋，自愈能力强大。雪山乱葬岗里的妖物全是被火铳击杀，因为子窠入体，如果挖不出来，你们就无法自愈，耽误了时辰，慢慢就凉了。我说得对否？”

“是我小看你了，”苏垢环顾四周，妖物的碎尸随地可见，“它们究竟是什么？”

“我的机关武库，听说过没有？”苏如晦蹲下身，闲闲道，“秘宗收藏了我的一品兽傀、星阵图录，这个地方的东西全是我造的，包括你刚刚用的那个雷火星阵。我的兽傀还不错吧？”

“原型是我们？”

“那倒不是，是我老爹留给我的玩具木偶给的灵感。”苏如晦撑着脸叹了声，“你看，我就说嘛，你对自己的伪装太自信了。你踏进秘宗的第一步就有人发现了你，他故意让你将机关武库错认成收藏你族胞尸体的冰窖。”

“他为什么要这么做？”苏垢喑哑地问。

“我猜是为了我。我的身份也暴露了，有人怀疑我。你带着我过来，要是我能操控这些一品兽傀，毫无疑问，我就是苏如晦。要是我不能，我便是江却邪。假如我是江却邪，被你弄死在这儿，下一刻这座石门就会被秘宗军士冲开，你也会被捉拿归案。弄死我的是你，是秘密潜入秘宗的妖族，和秘宗没有半点干系，江家不会怪罪于秘宗。”

苏垢嘶声道：“若你是苏如晦……”

苏如晦站起身，对着墙面发动火铳，子窠炸出一个圆洞。透过圆洞，三人都清晰地看见后头的机关齿轮。机关已经启动，齿轮正飞速运转。桑持玉眸子紧缩，问：“这是什么机关？”

虽然桑持玉听不见，系统还是给了解答：“庞大的窃风机关，窃风星阵的超级放大版。其中包含一百零五个齿轮，由八十八个窃风小星阵组成，机关效果强大，可以窃听到宿主放的屁。”

苏如晦对着齿轮射了几枪，齿轮分毫不损。紫极陨铁，硬度极高，火铳破坏不了。苏如晦抽出苏玉的横刀，插进齿轮里。齿轮止住转动，却仍不依不饶地想要运转，横刀发出不堪重负的咔咔声。

苏如晦笑了笑，道：“好大一个窃风机关。若我是苏如晦，他便能得知我从你口中探知的一切。”

桑持玉心头微沉，除了他，还有谁知道苏如晦的身份？那背后的人是谁？

横刀崩裂，齿轮再次转动，苏如晦把自己的横刀插进去。

苏如晦揪起苏垢的领子，道：“时间不多了，问你最后一个问题，桑持玉的原形是什么？只要你告诉我，我就帮你挖出子窠。”

苏垢正待说话，后心忽然再次剧痛。有许多细线一样的东西借着他满地黑压压触须的掩护，侵入了他的身体。苏玉站在苏如晦背后，右手背在身后，掌心释放出了无数经络。苏垢盯着苏玉，眸子几乎缩成一根针。原来此人就是桑持玉，他刚刚只顾着读苏如晦的心，忽视了这个影子一般毫不起眼的少年！

桑持玉的目光漠然，仿佛在看一坨死肉。

苏如晦摇他：“你快说。”

苏垢丑陋的脸庞定格在了震惊的表情上，他死了。

苏如晦讶然：“太脆弱了吧，死这么快？”

算了。苏如晦摸他全身，看他身上有没有什么罗盘、信件之类的。苏如晦在他的白麻衣内侧摸到一个信封，缝在衣裳的夹层里。苏如晦撕开布料，取出信封，里头的信上写了短短一行字：

江雪芽在秘宗无间狱最底层。

神荼

江雪芽不在妖族手上，可苏如晦万万没想到，江雪芽竟然在秘宗。师姐犯了什么事儿，秘宗为何要囚禁她？

这个神荼又是谁？

“江雪芽？”桑持玉也很疑惑。

苏如晦检查地上的兽傀，看还有没有能用的。看了一圈，基本全废了，所有兽傀的眼睛都不再发出灵石光辉。要么是被苏垢打废的，要么里头的灵石已经消耗殆尽。那背后的人算得极准，他故意给兽傀留下即将耗尽灵力的灵石，确保所有兽傀只能使用一次。

没法子，苏如晦放弃兽傀，领着苏玉打开巨石闸门，一路向下，直接到最底层。一路上没看到人，往日戍守的军士都不见了，苏如晦越想越觉得不对劲。下到最底层，只有一个牢笼，里头空余蟒蛇般粗的锁链，连个人影儿都没有。

被转移了。苏如晦倒是松了口气，江雪芽要真在这儿，苏如晦也没有把握能把她带出去。

两人原路返回，回到地下第一层，顺着来路往外走。出乎意料，陨铁闸门统统保持开放的状态，两人一路畅通无阻。

什么路数？苏如晦暗想。

待苏如晦和桑持玉离开，一直躺在冰窖囚笼里的男人默默站起了身。他的身形烂泥一般瘫软融化，变成地上的一道虚影，钻出囚笼的缝隙，蛇形游走到苏垢的身边。

秘术·洄流之影。

他恢复原貌，身材高挑颀长，肤色素白如雪，额上一道半指长的红印。

苏垢僵硬的眼睛转了转，竟然动了。他没死，只是装死而已，虽然离死也不远了，但至少能拼着最后一口气说一两句话。

“神荼大人，您都听到了。”

“听到了，我又不聋。”神荼蹲下身看他。

苏垢苦笑着：“是我太轻敌。我从前一直想不明白，苏如晦为何能够成为我族杀戮名单的第一名，现在我似乎略略知道缘由了。王君煞费苦心制作名单，告诉我们名单上的人对我族威胁甚大，我却心存侥幸。”

神荼摸了摸他的脑袋瓜：“可怜的小蜈蚣，你死之后，我能把你泡酒吃掉吗？我听凡人说蜈蚣泡酒壮阳。”他说着，又问，“壮阳是什么意思？”

苏垢的脸僵硬了一瞬，挣扎着交代最后的遗言：“传讯回雪境王城，唤醒老王君，告诉他我们找到了那个流落人间的孩子。苏如晦身边那个名唤苏玉的少年，便是圣子桑持玉。”苏垢嘶哑地说道，“老祖宗养了这么久的伤，该好了。”

他说完，阖上双目，彻底失去了声息。

无间狱大门口，夏靖正站在牌匾底下，两手插袖，不停跺脚取暖。大冷天儿，冷风直往领口钻，苏如晦冻得打喷嚏，忙不迭地穿上缺骻袍。夏靖瞧他俩出来，对着苏如晦笑眯眯道：“贤侄，跟我走吧。”

苏如晦一瞅这人就明白了，是了，夏靖让苏垢领他们去的冰窖，诱导苏垢的人不就是夏靖吗？夏靖背后铁定还有人，这会儿就是要去见那人。苏如晦心下已经有了计较，大致猜得出是哪位高人。此去凶多吉少，他叹了口气，回头看苏玉。

桑持玉拽住他的衣袖，肃着冷冰冰的面庞道：“我同你一起。”

身处敌营，要逃也没地儿逃，还不如共进退。苏如晦也挂上一副假模假样的笑脸，对夏靖道：“劳世叔带路。”

飞雪寒冬，静谧的宫城被白雪掩埋，戍守的军士犹如沉默的木偶按刀立在雪中。他们走过长长的雪地天街，一步步迈上重重上叠看不见尽头的汉白玉石阶，来到宏伟的北辰殿前。除了他们，还有不少等待召见的官员立在阶上。官员们三两成群，瞧见他们的到来，都絮絮低语了起来，殿前小火煮起了锅似的，咕嘟嘟响。五品以上的官员才有资格觐见大掌宗，苏如晦和桑持玉两个人穿着低阶武官的衣袍，在里面格格不入。

好在苏如晦脸皮厚，而桑持玉压根儿不在乎。苏如晦仰头望向黑沉沉的北辰殿，心中惆怅。他就知道夏靖背后的人是澹台净，那家伙果真是个老怪物，什么都瞒不过他的眼睛。自己苏醒还没几天，这就暴露了。话说回来，他真的不想见他这个阿舅。他天不怕地不怕，只怕他阿舅。

夏靖躬身道：“贤侄稍候片刻，我进去通传一声。”

苏如晦目送他进去，蹲在雪地里臊眉耷眼等着通传。过了一会儿，一个人瘸着腿走过来，停在苏如晦面前。眼前是一双黑皮靴，绣着金线，十分华贵。苏如晦顺着两条腿往上看，先入眼的是黑地金绣祥云长袍，接着是一张陌生的男人脸，俊美，但无端有几分阴冷味道。脑袋上顶着峨冠，金丝带一丝不苟地系在白皙的颔下。

“江却邪？”对方问。

苏如晦往后看，许多官员对他指指点点。看来他们还不知道他是苏如晦，要不然早提刀上来砍他了。

苏如晦站起来，笑道：“这位大哥您是？”

“莫要胡乱攀亲戚，我并非你大哥。”男人哼了声，“吾乃幽州世子，燕瑾瑜。”

“燕瑾瑜，周小粟的丈夫，最讨厌的人是宿主你和桑持玉。世人皆认为宿主和桑持玉乃宿敌，仇深似海，只有燕瑾瑜不依不饶地认为你俩有不可告人的关系。”

原来是这货，差点儿没认出来。世界真小，苏如晦没想到在这儿见到这混球。

他挺看不上这人的，劝了周小粟好多回，不要被男人皮相迷了眼。且看他苏如晦，生得何其俊朗不凡，奈何天下数他最浑蛋。更何况这厮和自己与桑持玉有血海深仇，其左腿就是他苏如晦弄瘸的。然而周小粟一意孤行，当年她成亲，他已身陷秘宗囹圄，无缘赶赴幽州观礼，托人送了个机关指环过去，不知道周小粟有没有收到。

“江却邪，你为何会在此处？”燕瑾瑜眯着眼看他，满脸鄙夷，“桑持玉叛逃秘宗便不说了，你还成了他的奴仆。身为世家子弟，如此受折辱，本就该自尽以全体面，还敢抛头露脸？就算不自裁，你此时也应该羞于见人，闭门不出，诵经自省。还是说你乃妾室之子，疏于家教，你母亲没教过你这些？”

苏如晦听笑了，道：“不知世子来北辰殿有何要事？”

燕瑾瑜整了整袖子，慢声道：“吾初封世子，按世家礼，等候大掌宗召见赐印。”

苏如晦哦了声：“我来遛弯的。”

“遛弯？”燕瑾瑜斥道，“秘宗重地，怎容你这等闲人？”

苏如晦瞥见燕瑾瑜手上的指环，这指环瞧着普普通通，他却是一眼就认了出来，这不就是他亲手做的那枚机关指环吗？他努了努嘴，道：“世子这指环瞧着挺别致的。”

燕瑾瑜露出得意的神色，负手道：“你这庶子倒有几分眼光。当年我同苏如晦比武，三招将他打败，他跪于我剑下求饶，将这戒指作为冒犯的赔礼相送。我本想了了他性命，只因见这戒指有点意思，便饶了他。早知他后来会为祸天下，我当初就该将他斩于剑下。”

苏如晦哭笑不得，须臾后又替周小粟感到难过，她这是嫁了个什么玩意儿啊？

“神勇无双，神勇无双。”苏如晦连连赞叹，“别说苏如晦，我也自愧不如啊。”

后头的桑持玉默默看了苏如晦一眼，什么都没说。

燕瑾瑜轻蔑地笑道：“你再多学几年吧，秘宗重地不容闲人放肆，你还不速速离开？”

“这就走这就走。”苏如晦敷衍着，眼见夏靖从北辰殿走出来了，顺口道，“咦，那不是夏指挥使吗？世子，大概是传您进殿的，您快准备准备。”

燕瑾瑜忙对着日影正衣冠，捋好胸前的绶带，等着夏靖传召。夏靖走过来了，燕瑾瑜正待上前行礼，却见夏靖朝他点了点头，直接越过他，往苏如晦而去。

“贤侄，大掌宗召见，你进去回话吧。”

“啊？召我啊。”苏如晦佯装惊讶，笑眯眯地拍了拍燕瑾瑜的肩膀，“想不到大掌宗有时间见我这么个闲人，世子大忙人儿，我就不打扰您了，先进去了。”

燕瑾瑜不敢相信，扯着苏如晦问夏靖：“他一个小武官，还是有辱门楣的奴隶，大掌宗为何要见他？”

“是啊是啊，我也奇怪。大掌宗召见我，难不成要同我讨论尊卑有别、三从四德？”苏如晦对燕瑾瑜道，“要不咱俩一道进去，你问问大掌宗？”

便是燕瑾瑜再迟钝，也看得出苏如晦调侃他。燕瑾瑜铁青着脸道：“江却邪，你作弄我？”

不光作弄你，还想揍你。到底要给周小粟脸面，苏如晦没再说什么，笑着摇了摇头，便要提步往北辰殿去。

“江门庶子，竟敢作弄吾?!”

燕瑾瑜咬牙切齿，不自觉摸了摸他的机关戒指。这戒指藏了三枚毒针，不致死，但能让人难受一阵。

他抚上戒指的刹那间，桑持玉冷不丁一脚踹过来，直接把他踹下了汉白玉石阶，他就在众目睽睽中皮球似的滚了下去。

燕瑾瑜的仆从哭喊着追下去，不住喊：“世子！世子！”

殿前的大伙儿全围了上来，雪地里炸开了锅似的。桑持玉站在高阶上，神情寡淡，好像他踹的就是个皮球，而不是尊贵的幽州世子。他一个不起眼的小武官，在众人之中却有种傲然如雪松的气度。就是苏如晦也没料到苏玉敢这么踹人，目瞪口呆地目送燕瑾瑜离他们越来越远。

“你平日看人不顺眼都这么踹?”苏如晦问。

难怪你人缘不好啊大哥。

桑持玉淡淡道:“他若死，算我的。”

夏靖抚着胡须道:“小苏啊，幽州世子出了名的小气，你麻烦大咯。”

其实这一脚苏如晦踹得，苏玉是万万踹不得。苏如晦身处秘宗，本就已经走投无路，光脚不怕穿鞋的，踹燕瑾瑜的罪过不会比他以前犯的事儿大。苏玉现在是一个苦出身的小少年，初入秘宗，得罪世家，只怕将来的麻烦事儿不少。

苏如晦本想把苏玉留在殿门前，自己要是进了北辰殿之后出不来，秘宗不会为难苏玉一个小孩子。现下情形不一样了，苏玉留在殿门口，还不如跟着他往龙潭虎穴闯一闯呢。

“你这人，让人不省心。”苏如晦说。

桑持玉往北辰殿走:“不必畏首畏尾。”

苏如晦赶上他的脚步:“燕瑾瑜是周小粟的丈夫，周小粟是我师妹，我得给她留面儿。”

“她未必珍惜。”

苏如晦登时没话说了。

这小子说得对，苏如晦落寞地想，他们师兄妹两个早已形同陌路。周小粟成亲，请柬都没给他发。她给他发请柬，澹台净没准能同意他去看一眼。

苏如晦突然跑回汉白玉石阶。

夏靖讶然问:“你去哪儿!”

苏如晦吼道:“我去补一脚!”

三人一同进殿，高台之上，威严的黑衣男人阖目跪坐，银灰色的长发垂及膝前。君王般的威严，泰山般的压力，走到他面前，会让人不自觉地想要下跪。大门在苏如晦三人背后阖上，殿内只余四周的长明烛火带来的昏黄光晕，澹台净在烛光下恍若精致的雕像。

他睁开眼，灰色的眸子低垂，敛着眉，菩萨般慈悲。

“澹台净，昆仑秘宗大掌宗，朝圣境。”

苏如晦:“……”

他震惊了，久久无法回神。

澹台净眸子微冷，轻启薄唇:“殿外何事喧哗?”

苏如晦被迫知道了澹台净的秘密，不自觉有些心虚，轻轻咳嗽了一声道：“我踹了周小粟相公，一会儿他要是兴师问罪，劳烦阿舅帮如晦挡一挡。”

“乖张放肆，一如往昔。”澹台净冷冷评价。

“好说好说，”苏如晦笑嘻嘻，“阿舅风姿卓绝，也和从前一模一样。”

澹台净：“……”

按照以前的经验，苏如晦如此以下犯上，澹台净早就勃然大怒，把他囚进地牢了。今朝澹台净只是眸子变冷一些，好像想起什么，泛了点儿波澜，便没什么动静了。苏如晦等了又等，澹台净竟然只字不说。男人端坐在上方，面无表情，好像真是一尊无嗔无怒的大菩萨。

不光苏如晦，连桑持玉也疑惑了。

“阿舅，您怎么知道我是苏如晦的？”苏如晦率先发问。

“黑街，恒泰银号。”

是了，那是苏如晦唯一一次以本人的名义行动。想不到短短五年时间，澹台净已经在黑街安插了人手。

“失策，”苏如晦懊悔，“我不该去取袖里铳的。”

“傀儡密钥。”澹台净道。

苏如晦汗颜：“您还没放弃呢？我真没研制出什么超一品傀儡，您这么英明睿智的人儿，怎么净听谣言，还死心塌地地相信呢？”

“风雪妖魔，你已亲眼所见，”澹台净站起身，一步步走下高台，站在苏如晦面前，“妖魔肆虐，深入人间，危在旦夕之局，你要袖手旁观？他们口口声声说只为了寻找圣子，难道你相信他们的谎言？”

苏如晦叹息道：“就算他们真要干点什么，我也没法子。我一个连秘术都没有的废物，阿舅您实在太高看我了。你们清剿昆仑雪山的妖物不是清得挺好的吗？死了一大半了都。剩下的也不敢进边都，还只敢在夜晚行动。”

“那是因为妖祖未出。”澹台净道。

“朝圣境的老怪物罢了，历数我大靖四十八州的高手，您是当之无愧的第一，距离天人境仅一步之遥。除了您，三位星官大人分列二三四位，皆是一等一的高手。在朝有这些，更遑论在野的。那隐居夔门的曲家老剑圣，听说一剑出万骨枯。我在黑街的时候你俩不是战过一回吗？只要您抡臂一呼，届时群雄响应，大家一起对抗雪境妖物。”苏如晦给他出主意，“用不着我。”

“如晦小友想得太过简单，”水池边，摩陀衍那插进话来，“四十八州人心各异，他们只会袖手旁观，等秘宗灯枯油尽，再坐享渔翁之利。可惜妖物并不糊涂，岂会容他们黄雀在后？只怕届时秘宗大厦将倾，妖物进驻人间，从此再难驱返雪境。受苦的不是世家，而是芸芸百姓。”

道理苏如晦都懂，奈何这些老头子死也不信他没有密钥。

苏如晦抓着脑袋道：“我要怎么样你们才相信我没撒谎，要不你们再把我关进仙人洞？”

北辰殿陷入了寂静。

苏如晦一愣，他说什么了吗？为什么冷场了？

“你不是没有，你是忘了。”澹台净道，“既然如此，做个交易吧。孤放你归去，你竭力回想。等你想起来，告诉我答案。作为交换，孤告诉你你父亲去了哪里。”

苏如晦猛地抬起眼。

他十二岁那年，他父亲西行，和所有的浪子一样一去不返。师父和澹台净明明知道他爹去了哪儿，却三缄其口，讳莫如深。他有时候怀疑他爹再娶了，有了小弟弟，不要他了，澹台净和师父怕他伤心才不说。可他爹实在不是这种人，苏如晦觉得更大的可能是他爹苦修路上没挨过去，死了，所以大人要对他撒那种“你爹去了很远很远的地方，等你长大就回来了”的谎言。

毕竟他爹苦修十一年，每次来探望他都遍体鳞伤。

没错，苏如晦的爹是个脑子有坑的家伙，坚信苦修能觉醒秘术。一个只会吟酸诗的教书先生想要觉醒秘术，好多人嘲讽他，取笑他。他像个傻子似的，抹干净别人啧在他脸上的唾沫星子，一心一意三跪九叩，行万里路，求老天慈悲。

谁让苏如晦是他儿子呢，别人可以嘲讽他，苏如晦不可以。

所以苏如晦释怀了。随便吧，反正他没爹也过得很好。他叱咤风云，他惊天动地，天下谁人不识苏如晦，三岁小儿都知道苏如晦是个王八蛋。他爹要是在哪个旮旯地儿听见他的名字，就能向同伴吹嘘：“这是我儿子，牛不牛？”

苏如晦扭头往殿门走，说：“那我真走了？”

澹台净无声地望着他。

苏如晦推开门，试探着一脚踏出门槛：“真走了啊，阿舅您可别反悔。”

“你走吧。”澹台净道。

太奇怪了，苏如晦感到疑惑，阿舅怎么这么容易就放他走？

苏如晦受宠若惊，踌躇了一下，得寸进尺地问：“多嘴问一句，桑持玉的真身是什么？”

澹台净回答：“待你告知孤傀儡密钥，孤一并告诉你。”

没得到答案，苏如晦失望地“哦”了声，拉着苏玉走出去几步，又回头道：“对了，阿舅，虽然不知道江雪芽到底冒犯了您什么，但是我们几个毕竟是您看着长大的，她那个人混账惯了您又不是不知道。敲打敲打得了，姑娘家家的，别逼太狠……”

苏如晦还没说完，刚刚还菩萨似的澹台净忽然愠怒，开口斥道：“滚开。”

话音刚出，澹台净的脚下冰冻三尺，以他为中心，四周霜花生长蔓沿，发出“咔嚓咔嚓”的细响。一瞬间，北辰殿中温度大跌，刺骨的寒风浸透所有人的骨缝。澹台净的秘术是“暴雪”，少有的强攻型秘术，还是朝圣境强者。秘术灵压一出，所有人都感受到了恐怖。

“是是是，我滚我滚。您囚多久都行，这混账丫头必须好好治治！”

苏如晦立刻尿了，往外跑了几步，想起什么，又冒着被澹台净冰冻的风险跑回来。

“云州江家被妖物占领了，阿舅您有空管管。”他问，“另外冰窖里那个关在铁笼子里的妖怪能不能借我审审？”

他真的很好奇桑持玉的真身是什么，这心里跟猫挠似的，难受死了。

夏靖懵然：“冰窖里哪来什么铁笼子？除了你那些怪模怪样的兽傀，还有什么妖怪？你说苏垢？不是被你弄死了吗？”

“不啊，还有一个活口。”苏如晦蹙眉道。

澹台净面容冷肃：“妖物桀骜，活捉必自尽，我们从未抓住活口。”

电光石火间，苏如晦明白了什么。

好一个苏垢，自己在套他话，他也在套自己的话。秘宗险恶，苏垢知道自己很可能没法儿把消息递出去，便安排了一枚棋子以备不时之需。

苏如晦咬牙道：“坏菜了，桑持玉的身份暴露了！”

秘宗紧急戒严，甲级军令从北辰殿出，宫城四方大门封锁。虽然这么做是于事无补，耽搁了这么久，那妖物多半已经跑得没影儿了。澹台净发了手令寻找桑持玉，命人秘密把他带回边都。桑持玉面无表情地看他昔日的师父签发手谕交给夏靖，然后跟在苏如晦的身后离开北辰殿。

厚重的大门闭合，冰冷的大殿里剩下澹台净和摩陀衍那。其他两个星官从荫翳里走出，跪坐于水池边。

摩陀衍那低声赞叹：“多么精妙的傀儡，光看外表他与活人分毫无差，应对从容，反应敏捷，不似其他傀儡笨拙低劣。我从没想到，一个傀儡可以有智识，有情感，会说会笑。我更没想到，他真以为自己是苏如晦。”

摩陀衍那将修长白皙的手浸入水波，水幕浮现秘宗仙人洞。许多穿着白麻衣的医官在洞府中忙碌，分拣药草，熬制浓浓的药汁，锅炉架了整整八台，烟气萦绕穹顶。洞府中央是个维生星阵，灵石插满凹槽，维持它十二个时辰一刻不停地运转。星阵的中央是座玉床，上面躺了个形销骨立的男人。男人上身赤裸，无数根牛皮经络脉管插进他的胸膛，脉管连接药壶，浓黑的药汁从脉管导入他的身体。

如此昼夜不停，他身体里流的早已不是血液，而是药汁。他有时咳嗽，胸膛起伏间肋骨的锋棱清晰可见。他正以无神的双目望着彩画穹顶，那眼睛空洞无物，黯沉沉没有光彩。望了片刻，他阖上了眼，沉沉睡去。很难相信这是一个活着的人，他不像活着，更像死了。

澹台净凝视水幕中的男人良久，道："他的梦境如何？"

郎雅光道："事实上，自从五年前那场失败的剖胸取核，他就无法做梦了。五年来，他一字未说。从那日桑持玉闯进仙人洞斩断他的外接脉络起，他就连苏醒的时间也越来越短。"他说着，不自觉停顿了会儿。无法做梦，意味着这孩子的灵识基本上完蛋了，依靠脉管输送药汁维持生命，压根儿不能算活着。

他咳嗽了两声，继续道："大掌宗，五年来你令我让苏如晦做梦，试图从梦里找到超一品傀儡的线索。可是五年了，我们没有任何进展。今日我们终于见到了苏如晦的杰作，你为何要放它走？"

澹台净的嗓音高寒而冷漠："晦儿的肉傀儡精妙无比，世无其二，尔等以为是为何？是材料难寻，是结构复杂？不，是因为天下没有第二个苏如晦。即使你抓住晦儿的傀儡，打开它，观察它，给你三十年的时光，你也找不出它的奥义所在。那具傀儡继承了晦儿的神思、记忆、情感，晦儿可以研制出超一品傀儡，或许它也可以。不如给它在边都自由行走的权力，让它复制出它主人的奇迹。"

"大掌宗英明。"摩陀衍那俯首，"那苏如晦呢？他已是苟延残喘之躯，李知北说他时日无多，若服下怒血灵丹，或许能回光返照一时半刻，让他和您说说话。"

高台上的男人沉默着，并未回复。

良久，高台上传来一声轻叹："苏如晦亲手造出来的苏如晦，算是苏如晦吗？"

傀儡马车载着苏如晦和苏玉回顺康坊，苏如晦在菜市坊停车，买肉回家做饭。他记得苏玉之前说想吃肉夹馍来着，专程买了条牛里脊，挑好肉准备结钱，抬起头一看，原本挺着将军肚的肉铺老板成了韩野。

韩野朝他伸手："愣着干吗，给钱。"

苏如晦把铜板放进韩野手里，接过牛肉条。韩野掂量着铜板，问道："澹台净为何召你进北辰殿？你们说了些什么？"

苏如晦暗暗一惊。

这厮消息也太快了，秘宗里一定有他的眼线，官品还不低。撒谎容易露馅，苏如晦决定说真话，赔笑道："今儿鹰扬卫领我们参观无间狱冰窖，谁承想那里是苏如晦的机关武库。小的略通一些机关术，手痒，不小心唤醒了机关兽傀。澹台净怀疑我是苏如晦，召我进北辰殿问话。"

韩野扯起嘴角笑了笑，目光在苏如晦脸上溜了一圈，十指成爪，蓦然发难。苏如晦下意识要闪躲，忽又想起阿七一个黑街小混混，身手肯定不怎么样，这时候出手一定露馅，于是硬生生忍了下来，由韩野把他拽进了店堂里侧。韩野掐着他脖子，把他摁在板壁上，嘲讽地笑道："你胆子肥了，敢对我撒谎。"

苏如晦喊冤："我没撒谎啊！"

他说的明明是真话，只不过略去了苏垢和神荼，韩野为何觉得他撒谎？

"我之前忘了告诉你，苏如晦还活着，尚在仙人洞，澹台净怎么可能错认你是苏如晦？"韩野拍了拍他的脸，"给你三息的时间，你最好编个能令我信服的瞎话。"

这一下恍若一声焦雷劈在苏如晦头顶，苏如晦还活着？怎么可能，他明明五年前就死了！倘若苏如晦尚在仙人洞，那他又是谁？

"你的消息有误。"苏如晦抠着他的手，艰难说道。

韩野冷嗤了一声，掏出一张真言符，贴在苏如晦额心。

"澹台净为何召你进北辰殿？你们说了些什么？"他再次问。

苏如晦咬牙答："你问一万遍我也是这个回答，澹台净怀疑我是苏如晦！"

真言术下说不了谎，硬说会吐血。面前的少年除了被掐得有点儿呼吸困难，没有旁的症状。韩野也拧起了眉头，收回手道："你没说谎？"

苏如晦咳嗽不止，不想搭理他。

韩野不住喃喃："怎么可能，我的消息不可能出错，苏如晦一定在仙人洞。你之前也说江家怀疑仙人洞有秘宝，秘宗用了秘术者无法通过的迷迭阵保护，那所谓的秘宝就是苏如晦。"

之前苏如晦被困仙人洞，澹台净确实用了迷迭阵围住仙人洞。只不过迷迭阵防的不是他，而是外头想要救他离开昆仑秘宗的人。困苏如晦的不是迷迭阵，而是十二个时辰昼夜不歇守在洞外的桑持玉。

韩野在那儿沉思，苏如晦心里头也很疑惑。韩野为何会得到一个他还活着的消息？今天澹台净对待他的态度更是十分奇怪，他这阿舅是个雷厉风行，不讲情面的家伙。昔年他连杀两个秘宗武官，澹台净铁面无私，拿他问法，定好了时日要当众斩他，他逃离秘宗，数年来澹台净从未停止过对他的追捕。

现在澹台净一心想要傀儡密钥，而且坚信他掌握着傀儡密钥。按理来说，澹台净绝对不可能放他走。

可澹台净偏偏放他走了。

还有一个最大的疑点，为什么澹台净一口咬定他造出了超一品傀儡？

苏如晦心头擂鼓般急跳，脑中忽然涌现了一个可怖的猜测。耳听为虚，眼见为实，澹台净见到了那具傀儡吗？

他咳嗽着，余光扫到曲尺柜台上置放的铜镜。老物件，镜面生了垢，照得人影儿斑斑驳驳，鬼里鬼气。他不动声色探入腰囊，摸出一张神目符咒。

另一侧，桑持玉停在店堂后窗。苏如晦买肉买得太久了，他过来查看，一进长街便见韩野把人劫进了店堂。他没有急着动手救人，而是观察四周，有好些人的视线都集中在肉铺店堂。是黑街的人，扮成了路人和小贩的样子，又或者他们原本就以商贩的身份埋伏在边都。

秘术·读心。

境界太低，一次只能读一个人，难怪苏垢没有读到他的心。他同这些黑街混混擦肩而过，听着他们心里嘀咕“老大在和那小子干什么”“该不会在里头打起来了吧”。他皱了皱眉，绕到店堂后窗。窗棂开了一条缝，他看见了苏如晦的侧影，还有旁边低声说着什么的韩野。

他低头，拉开手弩弓弦，放上短箭，瞄准苏如晦身边的韩野。

他对韩野死不死没什么感觉，只是觉得这个家伙很碍事。韩野总是纠缠苏如晦，还是杀了的好。正要扣动扳机，他忽然意识到一个问题——韩野死了，苏如晦会难过吗？

迟疑之后，他对着苏如晦发动读心秘术。陌生的心念向他涌来，字字句句恍若絮絮低语——

“阿舅为什么放我走？”

“阿舅是不是见到了超一品傀儡？他因何笃定这世间存在超一品傀儡密钥？”

“苏如晦还活着，那我是谁？难道……我就是那具超一品肉傀儡？”

一瞬间，两个人，心念俱为之一震。

苏如晦望着铜镜，发动符咒。眼前景象瞬时改易，皮肉褪去，露出骷髅骨相，韩野成了一具站立的骷髅架子，炙热的红色心脏在胸膛里规律搏动。夯土砖墙透明化，他看见大街上人来人往，俱为骷髅，青色的经络交织如网，鲜血奔流。

视线挪到铜镜上，他看见了他自己。同样是伶仃骨架，同样有蛛丝一样的经络。只是在他的脑袋中央，多了一道金色的星阵核心。他清清楚楚地看见了自己的雪花徽记，在那灵感星阵的中央，在他的头颅深处。

这是傀儡与活人的最大不同之处。无论是四品木傀儡，三品铁傀儡，二品皮傀儡，还是一品肉傀儡，它们都需要一个核心星阵。即便是超一品肉傀儡，也无法逃脱这法则铁律。

天翻地覆只需要一刹那，仿佛所有声音都离他远去，世界一片寂静，寂静到苏如晦听见自己心里崩塌的声音。

他不是苏如晦，他是苏如晦亲手做的傀儡。

“你怎么了？”韩野轻轻晃他，“你发什么呆？”

苏如晦大梦初醒般回过神来：“怎么了？”

“我叫你你不应，”韩野皱着眉看他，“发梦了似的。”

可不就是发梦了吗？苏如晦悲哀地想，有没有搞错，是不是符咒出问题了？他恍然想起系统吐露给他的秘密，原来“不是人”是这个意思。他有一种不真实感，他的名字不属于他，他的记忆不属于他，或许连他的情感也不属于他。

苏如晦抓着头，开始自暴自弃。他是苏如晦的造物，那他该管桑持玉叫什么？

“坊主，”苏如晦垂头丧气地问，“我是不是和苏如晦特别像？”

“是很像，”韩野抱着臂上下打量他，“第一次遇见你，我还以为他回来了。”

苏如晦臊眉耷眼，又问：“那你觉得，我和苏如晦比高下长短如何？我们俩有没有不一样的地方？”

“……”韩野的眉头越皱越紧，“你突然问这个干吗？”

苏如晦叹了口气：“没什么，就是觉得我的人生特别假。我以为我是我自己，到头来我其实是个赝品，是个替身。你还没回答我的话，我和苏如晦比何如？”

“就你还想和他比？”韩野嗤笑，“一百个你也比不上一个苏如晦。”

苏如晦又长叹了一声：“我知道了。”

这厮一副自暴自弃的样子，不知道为什么，韩野忽然心里很不自在。打从他掐阿七怀疑阿七说谎开始，阿七就一副吃错了药要死的样子。韩野回想，似乎一切的根源都在苏如晦，阿七一直在同苏如晦做比较。

韩野听说当替身的容易心理不平衡，因为他们心里头明白，自己比不上对方心里面真正的那个人，所以他们总是想方设法求证自己比那个人更好。

阿七为何突然如此在意苏如晦？

韩野低头俯视阿七，这个男孩儿和苏如晦确实很像，能屈能伸，油嘴滑舌。可韩野又觉得他们哪里不一样，是哪里呢？眼前人垂头丧气的，像朵蔫巴的喇叭花。好像……好像比苏如晦好那么一些。

“你是不是很难过?”韩野问。

“是啊，难过得快死了。”苏如晦捂着脸说。

这小子果然……韩野想，之前那么抗拒他，是不愿意做苏如晦的替身吧。韩野忍不住笑，好一个倔强的小子，他非但不讨厌，还有点儿欣赏。

“还有什么事儿没?”苏如晦站起身,“没有我就先走了，赶着回家吃饭呢。人生是假的，饭还是得吃啊。”

他步下石阶，面前是熙熙攘攘的人群。正要离开肉铺的时候，韩野忽然伸手拉了他一把。他一个没站稳，后退两步撞到韩野，面前一辆马车飞驰而过。

“看路，别魂不守舍的。”韩野骂道。

“哦……”苏如晦无所谓地挥挥手,“走了。”

“等等!”韩野叫住他。

少年回头，十七岁的大男孩儿，穿着黑色缺骻袍，稚气去了不少，是个惹眼的男人了。他有着高挑颀长的个子，雪松一般立在熙熙攘攘的人群中。众生模糊，只有他鲜明生光。

韩野别过脸，因为他的光太刺眼。

韩野道:“你不用和苏如晦比，你不差。”

苏如晦歪嘴笑了笑，转身没入人流。隐进人群的下一刻，他的笑容立时消退。

他和真正的苏如晦有一个非常不一样的地方，就是记忆。

真正的苏如晦知道超一品傀儡的制作方法，他不知道。他并没有得到苏如晦的全部记忆，除了超一品傀儡密钥，苏如晦或许还隐瞒了别的什么东西。

如果他是傀儡，那么他既不是阿七，也不是江却邪。有人杀了阿七，用苏如晦的超一品傀儡顶替假扮成江却邪的阿七。那个人是谁?江却邪的身份有什么特别，为什么那个人一定要用这个身份安置他?

江却邪是江雪芽的幺弟，阿七在江府潜伏半年之久，那个时候江雪芽还没有被囚禁。而江雪芽是苏如晦为数不多的朋友之一，更是唯一一个苏如晦困在仙人洞时能够接触到的朋友。

答案在江雪芽那里，他必须找到江雪芽。

他回到傀儡马车，弯腰进入车厢。

桑持玉端正坐在侧面，神情一如既往的平静寡淡，漆黑的眼眸仿佛一面寂寂深深的古镜。苏如晦在他对面坐下，打了声响指，马车辚辚开动。

桑持玉凝望窗外，光影在他脸上变幻，车外人潮急速退后，恰似汹涌的时光。

有些人的悲伤是江河倾泻，天崩地裂，有些人是平静海面下的暗流，压抑克制。

桑持玉恰恰是后者，他越悲伤，越沉默。暮色四合，世界被夕阳笼罩，所有人仿佛裹进了一层橘黄的蜂胶里。他无法克制地想起昔年仙人洞中，苏如晦伏在他耳边低声问:“桑持玉，要是我死了，你会不会为我哭?”

会吗？他问他自己。

“我刚得知个消息。”对面的男人忽然开口。

他静静扭过脸，望向苏如晦。

“我有个朋友,他爹没了,留下个孤苦无依的弟弟。”苏如晦抱着手臂,歪着头道,“他爹死了,弟弟没饭吃,就得流落街头,乞讨为生。你说我朋友替他爹照顾这弟弟,他爹在天之灵是不是特别欣慰?”

桑持玉的眉宇一寸寸绞紧。

苏如晦笑着道:“我觉得是。”

桑持玉拳头握紧，青筋突起。他冷冷道:“荒唐至极。”

苏如晦愣了:“我朋友要干的事儿，你骂我干吗?”

桑持玉没搭理苏如晦，转身跃出了马车。犹如黑燕扑入风中，他的身影一闪就没了。苏如晦扑到帘外，连他的衣角都没有抓到。

“苏玉!”苏如晦急了，大声喊,“桑持玉!”

苏如晦找了半天，没找着人，眼看着要宵禁，只好自己回了家。空荡荡的小院,苏如晦的袜子衣裳还挂在晾衣竿上,夜风像鸽子钻进衣袖衣襟,襟袖蓬蓬鼓起,互相拍打扑啦啦作响。

苏如晦站在天井里打开自己的通讯罗盘，罗盘上镂刻了桑持玉的符印，苏如晦抿抿唇，尝试联络桑持玉。罗盘的符光暗淡，没有闪亮，代表对方没有应答他的联络。

王八蛋。苏如晦暗暗想。

收起罗盘，正要跨入黑漆漆的正厅，忽然浑身泛起鸡皮疙瘩，警惕感从心头升起，直觉告诉他屋里有人。他顿住了脚步，正厅深处燃起一盏幽幽的油灯，金黄色的光油脂一样覆满厅堂，照亮那个端坐在紫檀木靠背椅上的人。

夏靖微微一笑，细微的胡须在唇上一抖。他道:“贤侄，路上贪玩，回来得很晚啊。”

此人深藏不露，莫非来者不善？苏如晦的右手悄悄按上后腰的火铳。

“行了，别想着怎么对付我了。”夏靖两手插袖,“我只是个下了值还没法儿回家搂着娇妻烤火，非得来你这儿冻得鼻水直流，确保某个人的话准确无误地传给你的可怜人罢了。”

“世叔说笑，”苏如晦给他看茶，“敢问是来传谁的话，传什么话？”

夏靖幽幽叹了一声：“这话来自你师姐，江雪芽。”

这话当真让苏如晦吃了一惊，他没想到夏靖是江雪芽的人。系统说他俩有不可告人的关系，原来这就是他们“不可告人”的关系。

“别想多，我只是报恩罢了。早年在拓荒卫，我受了你师姐不少恩惠。你出去这么久，是不是遇上什么事儿了？”夏靖摸着胡子笑，“发现你自己是具傀儡了？”

“这事儿果然和师姐有关，”苏如晦笑着拱手，“还请世叔明示。”

“准确地说，和你自己有关。”夏靖道，“细节她没有同我多说，大概意思是从前的你绞尽脑汁想要造出超一品肉傀儡。你的其他傀儡虽然精妙，但始终只是傀儡，它们没有自我，更无智识。十数年来，你期望你的傀儡像人一样自如思考，甚至产生情感。老实说，你这人实在无聊得很，想要造人娶个媳妇儿不就完事儿了吗？”

苏如晦感叹道：“其实我也这么想。”

夏靖继续说：“当初你的确有所进展，这进展就是你现在用的这具傀儡身。可惜，你最后还是失败了，你并没有研制出真正的超一品肉傀儡。”

苏如晦拧眉：“没成功？我不就是苏如晦的傀儡吗？”

“她说，具体的你翻翻这宅院就知道了。这处宅院是她为你备下的，早在你启程离开云州的时候，这宅院就准备要租给你了。你的原身困居仙人洞期间，你所有超一品肉傀儡的图纸都被她夹带离开秘宗，存放在了这里。也是从那时候，她开始了营救你的原身离开秘宗的计划。”夏靖竖起一根食指，“计划第一步，为你准备新身份。江怀苍好色，私生子遍地皆是。我奉命买来一个叫白采苹的女人送往云州，还为她捏造了一个儿子，充作江怀苍的私生子进入江府。这个不存在的私生子就是江却邪，是她为你准备的新身份。

“计划第二步，制造肉傀儡。你师姐花费了整整五年，按照你的图纸为你打造了一副完美的傀儡身。超一品肉傀儡精妙无比，便是手握图纸，也堪堪在一个月前成功造出一具能用的。原本到这一步，我们就应该开始准备让你这具傀儡顶替江却邪了，但是发生了一些意外，江家混进了黑街的人，还有些身份不明的奇怪家伙。你师姐花了一些时间处理，黑街的人处理好了，剩下那帮身份不明者她始终没有查清楚，而且这帮人开始对她下手了。”

“身份不明者？”苏如晦敏锐地反应过来，“是苏垢那帮妖物？”

“不错，现在看来是的。由于我一直在边都，同你师姐只能书信往来，他们之间的交锋我不太清楚，总而言之，看最后的结果是她落于下风。听说她那边以损失了好些好手为代价，护送她全身而退。唯一值得庆幸的是顶替江却邪的计划顺利进行，这事儿是我在负责，我处于江宅之外，不是江家人，明面上和她没有牵连，没有被注意。腊月初一你在桑家老宅苏醒，我们的计划总算成功了。”

苏如晦“啧”了声：“原来杀阿七的人是你。”

“黑街的这孩子叫‘阿七’吗？才十七岁的年纪啊，出来做这么危险的事。世道越乱，死的人越多，大人死完了，小孩儿就要成为大人。”夏靖叹道。

夏靖喝了口茶，继续道：“她撤退之后，处境变得极为危险。不仅那些藏在江家的妖物在搜寻她，她为你夹带图纸的事东窗事发，澹台净也瞄上了她。贤侄啊，你应该知道，秘宗紫宫星官郎雅光拥有秘术‘华胥梦’，能够通过人的梦境探知记忆。你关于肉傀儡的记忆已经被我们当中一个能够抽取记忆的秘术者抽走了，但是她作为一切计划的实施者，决不能损失记忆。如此一来，一旦她被抓回秘宗，超一品肉傀儡暴露，你刚复生就会重新被囚禁，白救了。”

的确，这处境甚为棘手啊，苏如晦咂舌。

“这丫头聪明，想了个一举两得的法子，既能逃脱江家那些妖物的追杀，又能让澹台净无法探知她的记忆。”

“什么法子？”

“我也不知道。”夏靖摇摇头，“我只知道定计之后，她就被澹台净秘密囚在秘宗，早先在无间狱，现在在仙人洞。她你不用管，我有法子帮她离开秘宗，时间差不多了，她应该在行动了。她一向是个明智果决之人，这也是我选择帮她的原因之一，可她却为了你屡次涉足险境，”夏靖深深感叹，“美人难过英雄关呐……”

苏如晦汗颜道：“世叔你想多了，还有什么话要交代尽快说吧，你回家晚了婶子该觉得你外边儿有人了。”

夏靖从袖笼里掏出个晶莹剔透的琉璃小盏，里头置放了一个存储星阵。他递给苏如晦，道：“这是你的记忆，那秘术者抽取记忆的时候没控制住，多抽了点儿。记忆损失的滋味应该不好受，虽然如此，我仍然不建议你重新吸收记忆。秘宗正盯着你，如果你要保护超一品傀儡密钥，遗忘它是最好的办法。”

夏靖说完就走了，外面飘起了鹅毛大雪，纷纷扬扬落满人间。苏如晦也觉得现在吸收记忆不是好时机，便将琉璃盏收进柜子里。他四处敲打家具什物，寻找江雪芽说的傀儡图纸，一面找一面回想夏靖的言语。那家伙并未把他和真正的苏如晦做出区分，让他感觉到非常不对劲儿。

半炷香之后，苏如晦找到了墙面上的空处。他用刀柄砸墙，砸出一个口子，手伸进去，摸出一个密封的陨铁黑盒。紫极陨铁造的，炸药都炸不开。上头是他的八卦锁，三千多种变换，只有他自己能解开。

苏如晦打开八卦锁，里头传来一连串齿轮转动的咔嗒声，盒盖向上弹了一下，锁头松了。他打开陨铁黑盒，里头层叠放了许多图纸，纸质泛黄，笔迹倒还清楚。他坐下来，一张一张地看。

超一品肉傀儡，从雏形设想，到结构蓝图，再到永远跨不过去的瓶颈——如何生发傀儡灵识。他记起那些埋头苦作的岁月，黑街极乐坊傀儡仓库里堆满了超一品肉傀儡的残次品，秘宗仙人洞的苏如晦强撑病体伏案书写。

前面一沓图纸他有印象，能记起是在哪儿画的，最后一沓他想不起来了，看纸张大小，是秘宗专用的八尺生宣，应该是在仙人洞里完成的。

傀儡的核心是灵感星阵，星阵犹如人之脑宫，灵感变幻之千万种可能，对应人的千万种思绪。苏如晦此前的探索是以星阵模拟人脑，但是神思奥妙无穷，苏如晦无论如何都触及不了意识的奥秘。翻阅几张仙人洞的图纸之后，他发现苏如晦似乎转变了努力的方向。

星阵的功用陡然变幻，从思考，成为挪移。

挪移？挪移什么？

雪在窗外纷纷落，枯枝斜倚窗台，苏如晦伏案的影儿映在雪白的高丽纸上，仿佛一幅被窗框框住的皮影戏。他一刻不停，翻阅完毕最后一张图纸，心中震撼无比。他知道了，他的确没有成功，他从未造出过真正的超一品肉傀儡，但却找到了挪移灵识的办法，他在他自己和傀儡义体之间创造了一条通路，让灵识更换身体！

这是天下无双的傀儡技，是天下无双的挪移星阵。若有图谋不轨的人知道，必将引起天下大乱。因为有了这挪移灵识阵，人将获得不死之身。若先前的身体衰败，那么再造一具傀儡义体容纳灵识，从此生生不息，不死不灭。

难怪他怎么也不肯交出傀儡密钥。为了逃避“华胥梦”，他甚至让江雪芽清洗了自己的记忆，把关于挪移灵识星阵的部分抽除。

他明白了，他全都明白了。他逃离囚禁的办法是抛弃肉身，转移灵识，用超一品肉傀儡为自己找到了新生。

他是傀儡，他也是苏如晦。

秘宗那个所谓的“苏如晦”，恐怕仅仅是一具躯壳而已。

人的意识和肉体其实是两套系统，基于这个观点，他才造出了一品肉傀儡。一品肉傀儡凭借傀儡内部灵石提供的灵力流驱动，通过这些灵力流，傀儡能够像人一样呼吸，眨眼。此外，若经过中央灵感星阵下达指令，傀儡则能完成更加复杂的活动，譬如攻击、简单的谈话，甚至是大笑、哭泣。

秘宗一定给他的躯壳布置了维生星阵，星阵会昼夜不停输送灵力流延续他的生命，这些灵力流激活躯壳的奇经八脉，刺激躯壳的肌肉，让躯壳在没有灵识的情况下保持存活状态，做出不需要灵识也能完成的活动——比如呼吸、咳嗽、睁眼、闭眼。但是语言、行走这些需要神智参与才能完成的动作就没办法了。

反正是苟延残喘的人，什么行将就木的模样都不奇怪。只要让躯壳时不时地睁个眼咳一咳，营造出躯壳还活着的假象，便能迷惑秘宗那帮蠢蛋。

真相大白，苏如晦长长舒了一口气。

苏如晦从怀里取出随身携带的水晶镜，架上鼻梁。刺针扎入他的穴位，细微的灵力直达他的中央灵感星阵，透过剔透的镜片，他的双目微微发光，映射出星阵内部的景象。他看到复杂的星线，纵横交错，仿佛亘古的星辰变化皆在这小小阵中。在这庞杂的阵法中心，他看见了一条细如蛛网般的曲折线条——那是通往他原本躯壳的通路。

他摊开傀儡构造图纸，傀儡后颈以朱笔描摹，这说明灵石插在这个位置。他摸了摸自己的后脖颈子，这一处的温度明显比身体其他区域高，原是插了灵石的缘故。

我体内的灵石能用多久？苏如晦问系统。

“扫描中……扫描完毕，你体内的灵石至少能用一年。保险起见，你得找个可靠的人，在灵石灵力耗尽之前为你更换灵石。”

还有一年呢，以后再说。苏如晦放心了，就是这灵石有点儿难弄。灵石被秘宗管制，和铁器、枪械一样，平民不能售卖。

系统好心提醒：“你完成‘拿什么拯救你？我的残疾主人’，我将开启日常物品取用功能。这个功能相当于‘无限金币’‘无限道具’外挂，很好用的。”

你到底是个什么玩意儿？苏如晦感到惊奇，还能开外挂？

系统沉默了片刻，道：“你的权限不够高，能够获取的情报不多。不过对于我的本质，你可以这样理解——

“这个世界的生存环境极为苛刻，地域狭窄，人口密集，等级森严。为了提高种族生存率，造物者为其中一部分人开启了后门，也就是你们口中的秘术。凡人秘术者结成联盟‘昆仑秘宗’，最大限度利用秘术资源，达到了凡人有史以来最为强盛的顶峰。但个人的生存率和种族的生存率并不成正比，非秘术者的生存率远低于秘术者。甚至可以说，秘术者通过掠夺非秘术者的生存资源提高自己的生存率。

“你十岁那年失去秘术，从掠夺者变成被掠夺者，生存率大大降低。大部分人只能够听天由命，而你不同。假如这个世界是一场游戏，那么我就是你的修改器。别人遵守规则，而你修改规则。我将不遗余力帮助你存活，提高你的生存率。但是请注意，我是你最深的秘密，千万不要把我透露给任何人。”

“为什么?”

“因为作弊者会被全服追杀。”

通讯罗盘忽然振动，苏如晦打开罗盘，夏靖的符印闪亮。

“刚刚收到消息，桑持玉入侵仙人洞，秘宗颁布甲级警戒令。桑持玉现在隶属于黑街，入侵仙人洞的目的未知。贤侄，你好好在家待着，没事儿别出门。喂，贤侄，听见没有，回个话!”

第七章 天人境 苏观雨

秘宗，仙人洞。

江雪芽睁开了眼。

眼前是一处四四方方的石室，她的双手被绳索反缚在背后，脚也被缚住了。石室摆设很简单，靠墙一张单人睡的石床，上头铺着旧被褥。江雪芽一眼就认出来了，这是苏如晦从前被关押的地方，现在澹台净把她暂时挪到了这里。这石室没有无间狱的符箓和星阵，她身上那种泰山压顶的压抑感终于没了，登时一阵神清气爽。

负责移囚的是夏靖，路上他给江雪芽递了一片刀片，江雪芽藏在舌下。江雪芽慢慢将被绑住的双手绕过臀下，从双脚后面移到前头。她吐出刀片，用牙齿咬住，割断绳索。无间狱的看管太严格，很难逃脱。仙人洞的看守军士虽然还是很多，起码星阵符箓的禁制松了不少，这是她绝佳的出逃机会。

江雪芽站起身，活动了下筋骨，蹑手蹑脚走到门前，附耳听外头的声音。静悄悄的，没一点儿声儿。有些奇怪，据江雪芽所知，仙人洞十二个时辰都有医官驻守，为那个空壳苏如晦熬药煮汤，灌输药汁。太安静了，不对劲。

江雪芽从石床内侧摸出一把灵火铳和一把匕首，也是夏靖预先备好的。路已经安排好了，她只要按照预定的路线行走。子时一刻，夏靖派人在宫城左翼打开无相法门，她就可以离开秘宗。

江雪芽将门推开，猫儿似的摸出门槛，眼前灯火通明，看守的军士不见了，满地碎渣，似乎经历了一场恶战。锅炉倒在地上，漆黑的药汁四溅，空气里弥漫着苦涩的药味。

她经过几个昏迷不醒的医官和军士，捡起一把横刀，绕过狭窄的石甬道，来到仙人洞前洞。地上的人躺得横七竖八，统统陷入了昏迷。她跨过他们，转过拐角，视野里出现了躺在洞府中央的苏如晦，还有一个沉默静立的男人。

是桑持玉。

江雪芽同这家伙许久未见，没想到在这里重逢。月光洒在黑衣男人的肩头，恍若流水一般沿着他白皙的手掌倾泻，一直流淌在他握着的横刀上。他低着眼眸，沉默地注视着床上沉睡的苏如晦。江雪芽莫名感受到一种压抑的气氛，像阴沉的天气。

“呃，你是来杀苏如晦的？”江雪芽问。

她蹲伏着爬到窗边，谨慎地探出头。漆黑的夜里，她看见空中升起了警戒天灯，灯笼是刺目的鲜红，这意味着秘宗启动甲级戒备，十三卫很快会到达这里。

“你有逃跑的路线吗？”江雪芽退回来，问他。

“没有。”桑持玉依旧盯着床上的人。

“你这家伙……十几年了还是这么疯。”江雪芽催促他，“要杀快杀，割脖放血，一刀毙命，跟杀鸡一样，杀完跟我走，看在咱俩认识的份上搭手救你一把。”

桑持玉抬起手，拔出苏如晦身上的牛皮经络，苏如晦苍白得几乎透明的身体上留下道道红痕和血点。桑持玉脱下黑色外袍，为苏如晦穿上。

“你干什么？”江雪芽问。

“他怕冷。”桑持玉回答。

“他都要死了还怕什么冷？”江雪芽快抓狂了，“你好没好，快跟我走。”

桑持玉一丝不苟地为苏如晦系扣子，一直扣到下巴下面。他低声道：“你走吧，我还有一个人要杀。”

“谁？”

“澹台净。”

桑持玉竟然直呼他师父的名字，江雪芽十分惊讶，问道：“你什么时候和你师父结仇了？”

“刚刚。”

江雪芽弄不明白这厮了，她被囚的这期间似乎错过了很多重要事件，等她出去了得好好补补课。桑持玉为苏如晦穿好衣裳，又把他背起来，弯腰捡起刀，转身往外走。

“你不是要杀苏如晦吗？不杀了？”江雪芽提刀跟上去，“你干吗带着他去找澹台净？凭你去挑战朝圣境大宗师，你分明是在找死。”

桑持玉推门的手顿住了，他冰凉的眼眸中忽然涌起深刻的悲意。这刻骨的悲伤让江雪芽一下哽住了，任何人都无法在这时候开口。

“他爱说话，”桑持玉轻声道，“黄泉路上，要有人听。”

若无人听，便由他来听。

打开门，与此同时桑持玉听见阴暗的丛林里三个军士的呼吸。门打开的瞬间他扣动火铳扳机，枪口火花乍现恍若烟火，三发连珠炮扑入黑夜，三个人接连眉心中弹后仰着倒地。

枪声爆响间，他好像听见背上的苏如晦在轻轻喊他的名字。

“桑持玉。”

苏如晦一定怨着他吧，他想。

五年前，苏如晦剖心核大出血，澹台净将他调离仙人洞，瞒着他用外接经络维持苏如晦的生命，同时派郎雅光窥探苏如晦的记忆。他们不惜让苏如晦苟延残喘，也要拿到神机鬼藏。他们本已经拿到了傀儡工艺和灵火铳，神机鬼藏被秘宗垄断，现在市面上的傀儡都由世家和秘宗出产。可他们依然不满足，他们还想要超一品傀儡密钥。

一个月前，桑持玉无意间回到仙人洞，目睹苏如晦像一摊死肉一样任人摆弄。那一天他人生中第二次违背师令，拔出了苏如晦身上的经络脉管，放任苏如晦的呼吸一点点变得微弱。他被驱逐，被除名。或许是他终究不愿意相信苏如晦真的死去，当他遇见性情大变的江却邪，他竟天真地相信苏如晦用不为人知的手段逃回来了。到头来，原来那只是一具傀儡，由苏如晦亲手制造的傀儡苏如晦。

他又一次放任苏如晦一个人孤单地躺在这冰冷的洞府，苏如晦最怕孤单，最怕冷。

昔年他奉命看守迷迭阵，镇守仙人洞。他鲜少踏入洞府，固守他心中的雷池。苏如晦常常拥着狐裘倚在门边，朝他招手：“进来坐坐呗，外边儿多冷啊。”

他不回应，苏如晦便不罢休。

“我说桑持玉，你成日守着我多没意思。要不然你放我走吧，这样你就不用日日听我唠叨，两全其美。”

“桑持玉，算我求你的，进来陪陪我吧。我快无聊死了，我教你打牌要不要？我让你三局呗。”

桑持玉充耳不闻，稳若磐石。

苏如晦拉长调子，可怜兮兮道：“要不我让你打一次，你放我走？”

桑持玉终于有了反应，他握紧刀鞘，沉声道：“苏如晦，自重。”

“自什么重啊，”苏如晦哼哼，“你又不是没打过。”

桑持玉再也听不下去苏如晦的胡言乱语，转身要走。身后忽然响起惊呼，苏如晦好像摔倒了。他忙回身，却见洞府前那男人好端端靠在那儿，嘴里叼一根枯草。

苏如晦眉眼带笑:“你还是来了嘛。”

“你还是来了啊。”

茫茫夜色里，一模一样的带笑嗓音在桑持玉耳边响起。桑持玉放下冒着青烟的手铳，怔怔然扭过脸，对上一双黑漆漆的眼眸。

苏如晦醒了，仿佛奇迹出现，他原本空洞的双眼里出现了星辉般的神采。

苏如晦无奈地笑:“你要带我去哪儿啊，桑持玉?”

边都，清河坊，官驿。

燕瑾瑜赤裸半身箕坐于帐中，腰腹和手臂裹着纱布。脸上也有青紫的痕迹，侍女正用柔软的棉纱为他涂药。他站起身，侍女恭谨地弯下腰，托着纱布缓缓退开，后头等候的捧衣侍女上前，为他披上绛紫长衣，领缘沿着颔下交叠，再一丝不苟地为他系上束腰，佩碧玉。

子时已到，所有侍从离开暖阁。燕瑾瑜撑着油纸伞走下石阶，立在雪中，遥望北方天穹。

雪色氤氲了视野，窸窸窣窣的声音充盈天地，仿佛情人在他耳边轻声呢喃。就在这时，他听见了一曲箫声。那箫声折折叠叠穿越纷纷细雪，平稳而清亮，好似稚子的歌喉。他回头，雪坪尽处立了一个人。此人一身素白麻衣，戴着堆了雪的斗笠，唇下放着箫，腰间插着一把素色折扇。

官驿守卫重重，戒备森严，从大门到燕瑾瑜的暖阁，共有十数道关卡。这人却好像丝毫没有受到守卫的影响，凭空出现，雪中漫步一般悠然。

燕瑾瑜并未慌张，他沉着地放下油纸伞，以跪拜上苍的大礼伏地而拜。

“幽州燕氏，燕瑾瑜，恭迎神荼老祖入人间。”

箫声停了，一个低哑的声音从斗笠下传来。似乎还不适应凡人的发音，他的语调显得扭曲又怪异:“你是凡人的孩子啊，为什么要为身为凡人天敌的我们效忠呢?苏垢还活着的时候没有告诉你吗，人对我们来说是相当可口的食物。”

燕瑾瑜伏低头颅,远没有在北辰殿前那样傲慢不可一世的姿态。他道:“妖吃人，人也吃人。贵族把黔首当作牛马，让他们用血汗耕种贵族的田地。如果人于妖相当于牲畜饵食，黔首于贵族而言连牛马都不如。若只论吃人与否，我看不到人和妖的区别。”

“你不怕被我们吃了吗?”神荼问。

燕瑾瑜一字一句，铿锵有力:“牛羊需要牧犬，打猎需要猎鹰，燕瑾瑜愿意成为诸位老祖的鹰犬。老祖降临人间，人间四分五裂，黑街逞恶，世家离心，雪境若一举南下，人间必定节节败退。识时务者为俊杰，我并不看好昆仑秘宗。况且，我与昆仑有大仇。天下不乱，我心不平。”

“哦？说说看你的仇怨。”神荼饶有兴致地问。

燕瑾瑜直起身，解开衣带，露出精赤的胸膛。他将手掌贴在胸前，竟一点一点地撕开了自己的皮肉。预想中的鲜血没有出现，那一层皮肉竟然是牛皮鞣制涂色的假皮。于是他胸膛内的景象暴露无遗，他的胸前破了个碗口大的洞，透过这大洞，能够清晰地看见他的肋骨和肋骨后的肺脏，紫极陨铁骨骼和他的骨架完美地接合在一起。风雪灌进他的胸膛，热气化为白雾。

“我十四岁，昆仑秘宗桑持玉杀我亲父亲母，废我秘术，将我变成了这人不人鬼不鬼的样子。若非我命大，流离失所之际遇见真正的燕瑾瑜，夺其信物拜入燕氏，绝无我今日。澹台净口口声声推行大义，却包庇袒护他的弟子。”燕瑾瑜咬牙切齿，道，“我燕瑾瑜发誓，我必伐秘宗，杀桑狗，慰我亲父亲母在天之灵。”

燕瑾瑜再一次长拜于地，道：“神荼老祖，只要天下大乱，世家彼此消耗，秘宗大厦倾颓，雪境便可坐收渔翁之利。我有一计，献予老祖。”

神荼看起来饶有兴致的模样：“你说。”

“相信您已经收到过苏垢大人的讯息，苏如晦秘密从秘宗出逃，化名江却邪。早前我与他照过一面，观其言行举止，那副自以为聪明耍弄他人的模样确实与苏如晦无差。苏如晦乃是黑街领袖，若能杀此人，悬他头颅于边都城墙，黑街必定群情激愤，起兵叩关。”燕瑾瑜道，“我已查得此人住处，待我派人斩他头颅……”

他说着话，忽然发现四周的雪都停住了。

雪声消寂，天地无声。

燕瑾瑜怔住了。

寂静中，他再次听见那个妖异诡谲的嗓音。这一次不在雪坪尽头，而在咫尺耳畔。

“那个名字，你再说一遍。”

燕瑾瑜终于反应过来，他所面对的是雪境深处的妖物，凡人的天敌。它兴许根本不在乎他的什么计策，也不在乎他的仇怨，它随心所欲。

他强行压下恐惧，不敢转头观看神荼的容颜，只颤抖着开口：“苏如晦。”

“这个人的身世，你知道多少？”

燕瑾瑜吸了一口气，道：“回老祖的话，瑾瑜知道一些。他的母亲是秘宗肃武公主，澹台净的胞妹澹台薰，他的父亲是个黔首，出身商贾之家，名唤苏观雨。

“我听闻苏观雨美姿仪，谈吐风流，尤善音律，以貌取悦公主。公主性暴虐，动辄斩杀宫侍。唯苏观雨者，承欢媚上，终日淫乐。后遭公主厌弃，失宠于掖庭。再后来，肃武公主于长城外遇刺，不治身亡，苏观雨被澹台净逐出宫城。

“苏观雨沦落街头，四处流浪，教书，卖草鞋，甚或扛大包，什么下等的活计都做过。听说他异想天开，想以苦修觉醒秘术，当真是天真。他有时会回苎萝山探望苏如晦，我遇见过几次。”燕瑾瑜想到什么，嘲笑道，“有人当面唾他是面首，他大概是过惯了以色侍人的日子，骨头软，从不敢反驳。”

神荼问：“他编的草鞋，你有吗？”

燕瑾瑜一愣：“没有。”

“真是可惜，”神荼的语气很是遗憾，“我很想穿一穿苏观雨做的草鞋呢。”

燕瑾瑜试探着问：“老祖知道苏观雨？”

神荼点点头：“我做过他的引路小狼，那个时候我还没有当上妖祖，他说我是雪境最漂亮的小狼，一看就知道很适合做炙肉。”他歪了歪头，“炙肉是什么？”

燕瑾瑜一愣，以为自己听错了。

神荼又道：“不要去招惹苏如晦，我们关注这个孩子很久了，苏观雨一定给他留了东西。”

“留东西？”燕瑾瑜听不懂神荼的话。

“不错，你以为澹台净以华胥梦探查苏如晦的记忆多年，求的当真是傀儡密钥吗？”神荼笑道，“那是因为澹台净认为，傀儡密钥是苏观雨留给苏如晦的东西。不要去招惹苏如晦，我们妖族尚且忌惮的人物，你一个细皮嫩肉的小凡人，又如何斗得过他呢？”

燕瑾瑜握紧拳：“我知道苏如晦是天纵奇才，可凡事不试试又怎么知道结果？求老祖让我一试。”

“再说吧。我也很想杀他呢，可是关于苏如晦的事儿，我也无法做决定。”

燕瑾瑜一怔，咬牙道“是”。

“对了，你还要帮我找一个……不，一只猫。”

燕瑾瑜缓缓扭过头，他终于看见神荼的模样，不由有些怔忡，因为这斗笠下面是一面滑稽的猴子将军面具，小摊上常卖的那种，大街上的小孩儿人手一面。

这名唤“神荼”的妖怪的诡异声音就从那面具后面传出来。

“猫？”燕瑾瑜问。

“嗯，那个杀你父母的桑持玉，他是我族圣子，老王君的义子，也是一只小猫，一只忘记自己是妖的猫。”神荼慈祥地摸了摸他的脑袋瓜，“小凡人，你可不能杀他。否则，我现在就割下你的头颅。你们人间的豆腐脑花很好吃，不知人的脑花是否也如此美味?”

秘宗，仙人洞。

雪花落了苏如晦满头满肩，寂寂天地里，桑持玉好像同苏如晦一起白了头。

“咳咳——”苏如晦不住咳嗽，仿佛要把肺给咳出来。

通过傀儡身的灵感星阵内部通路回归原身果然有些冒险，灵识刚刚归位便天旋地转。四肢软绵绵，仿佛不是血肉之躯，而是棉花娃娃。他知道他这具身子已然是风雪中的一盏孤灯，摇曳将灭，他的时间着实不多了。

他咬牙吐出几个字:“怒……怒血灵丹……”

桑持玉带他回洞府，把他放在石床上，蹲下身在地上横七竖八的瓶瓶罐罐里翻找。江雪芽迅速把铁门阖上，插上门闩。

好不容易找到一瓶，桑持玉拔了塞子，蹲在苏如晦跟前问:“服几粒?”

江雪芽没想到苏如晦这小子这时候苏醒，简直不要命。她翻了个白眼，把一整瓶倒进苏如晦嘴里。

“怒血灵丹能激发人的潜力，正常人只能吃一颗，不过他这情形，吃两瓶都不够。约莫延捱个一时半刻吧，还是得死。死之前五感会逐渐退化，五感尽失则神仙难救。”江雪芽丢了瓶子,“苏如晦，你回来找死？不早说，我给你一个痛快的。”

服了灵丹，手脚果然有点力气了。苏如晦缓过劲来，问:“师姐，你有路子吧?”

“有，桑持玉不肯走，他说他要带着你去杀澹台净。”

苏如晦有点儿蒙，杀澹台净带着他做什么？等等，桑持玉到底和澹台净结了什么仇怨，竟然闹到这不死不休的地步？可惜纵然有诸多疑问，这时候也没时间问。苏如晦推了推桑持玉的肩膀，道:“看在我快死的份儿上，这回听我一次吧，跟着我师姐走。”

桑持玉的目光凄凉又沉郁，哑声问:“当真活不成了吗?”

“怎么，”苏如晦问,“你想要我活？你要是想，我就死乞白赖活一活。”

仍是痞痞地笑，一副小流氓的样子。洞府里一片漆黑，可桑持玉目力好，看得清苏如晦的笑容。桑持玉从没见过像苏如晦这样顽劣的人，明明死到临头，还是如此玩世不恭。他不怕死吗？桑持玉心里充满悲哀，他真的知道“死”意味着什么吗?

“死”意味着别离，意味着今生此世，他们真的再也无法重逢。

江雪芽道:“要不然咱仨一起？桑持玉背人，我开路。”

“我得留下来挡人，否则你们走不成。”苏如晦摇头,“桑持玉，快走，听话。”

苏如晦再次推他，力气太小了，压根儿没推动。眼前的人一动不动，磐石一般分毫不挪。

“苏如晦，你以前总是想让我进仙人洞陪你。”桑持玉的声音哑得像裹了沙子，“现在我进来了，我陪你。”

他们听见脚步声了，铁靴踏地，步声犹如擂鼓。外面火把云集，照亮了仙人洞前的密密山林。火把的亮光让洞府里亮堂了一瞬，就着那一点微弱的光，苏如晦看清了桑持玉的脸庞。他的目光凄凉又哀伤，像盛满了凄冷的雪，雪在融化，化成晶莹的泪珠滚落他的脸颊。

苏如晦怔住了。

他看见桑持玉在哭泣，为他而哭泣。

这小子不是最讨厌他了吗？每回目光落在桑持玉身上，系统就告诉苏如晦，此人平生最厌恶苏如晦和狗。要不是系统这句提示，他岂能认出苏玉就是桑持玉？他一直在想，从上辈子想到刚刚，桑持玉为什么讨厌他？

现在他好像明白了。

他摸了摸桑持玉的脸庞，冰凉的泪水砸在他指尖。能得桑持玉为他哭，苏如晦忽然觉得死一次也没啥大不了。

“桑持玉，”他附在桑持玉耳边，鼻息洒在桑持玉耳畔，“以后没法儿照顾你了，我有个宝贝儿子，叫江却邪，今后余生让他替我照顾你，好不好？”

桑持玉眸子蓦然一缩，一模一样的话，那叫江却邪的傀儡也说过。是他二人本性荒唐，还是他们俩根本就是同一个人？五年昏昏沉沉，恰在今晚突然复苏。电光石火间，桑持玉明白了什么，不可置信地一寸寸抬起眼眸。他无法想象，苏如晦是怎么做到的？一个人，两具肉身，来回转换，这可能吗？

不可能。可如果是苏如晦，就可能。

因为他是神机鬼藏的创始人，超一品肉傀儡的掌握者，是这天下独一无二的天纵奇才。

枪炮轰击铁门，撞出一个个凸起的圆洞。外面在破门了，苏如晦断然道：“师姐，带他走！”

江雪芽拉起桑持玉，拽着他离开。临去的最后一刻，桑持玉还怔怔地看向苏如晦，满脸不敢相信。苏如晦挥了挥手，报以闲适的笑容。桑持玉的身影彻底消失在拐角，苏如晦把目光转向门洞那边。十息的时间不到，铁门被军士撞破，轰然一声倒地，溅起一地尘灰。

军士们鱼贯而入，火把照亮洞府。澹台净跨进门洞，踩着凹凸不平的铁门走到苏如晦面前。他的身后跟着三大星官和夏靖，大家看见苏醒的苏如晦，都露出讶然的表情。

苏如晦握拳掩在唇下，低低咳嗽了几声，艰难微笑："好久不见，阿舅。"

澹台净的目光在洞府里转了一圈，没有发现桑持玉。流转的目光在关押江雪芽的侧洞停了一瞬，那里门户大开，显然已经没人了。他朝军士做了个手势，道："追。"

所有军士领命追击，而后，澹台净的目光落在苏如晦身上："你为何复苏?"

不因自己醒来而惊讶欢喜，却问"你为何复苏"，这老怪物起疑了。苏如晦暗暗咂舌，阿舅真的很难应付，要在他眼下瞒天过海，殊为不易。

澹台净看他气色好了不少，绞起眉心："你服了怒血灵丹。"

"是啊，"苏如晦懒懒地笑，"要不然怎么能和您拉家常？听说怒血灵丹副作用很大，看来我这回难逃一死，阿舅您救不回来了。"

视野变模糊了，苏如晦的五感逐渐变得迟钝，这说明怒血灵丹的药效开始减退。他看不清楚澹台净的面容，只依稀可见一个高大的黑色影子。

澹台净好一会儿没说话，苏如晦就当是在难过了。苏如晦想他阿舅其实挺不容易的，一百来岁的老男人拉扯桑持玉又要照顾他，一辈子没娶过媳妇儿。回想从前，他在秘宗待的那些年还真没少给他阿舅添麻烦。

他听见他阿舅问："可有心愿?"

苏如晦咳嗽着站起身，扶着石床缓缓下跪。他已经什么都看不清了，也不知道有没有跪对方向。他道："苏如晦求阿舅放桑持玉一条生路。"

"傻孩子，"摩陀衍那忙过来扶他，"玉儿是你阿舅唯一的弟子，他怎么会对自己的亲传徒弟下手?"

苏如晦虚弱地笑："这不是正在下手吗？如果我没有猜错，今天他过来，是因为你们故意对外头走漏了消息，说我尚在人世。"

黑街有澹台净的眼线，桑持玉甫一叛入黑街澹台净就收到了消息。也是从那一刻起，桑持玉在澹台净这里的生机断了。所以黑街才会收到消息，说他苏如晦还在仙人洞喘气儿。或许消息中还会添油加醋，说苏如晦如何如何遭受虐待，如此一来，桑持玉必定中计返回秘宗。

看到桑持玉哭泣的那一刻苏如晦想明白了，那个家伙一定是看到了他在仙人洞的模样，干出了什么不得了的事儿，才被逐出秘宗，永不复用。

摩陀衍那苦笑："你这孩子什么都好，就是太聪明了些。你就不能相信我的话吗？这样你阖眼也能阖得轻松。没错，是我们刻意放出你还活着的消息。你和玉儿是生死宿敌，玉儿宁愿被逐出秘宗也要杀你。你们两个啊，真是一对不死不休的冤家。如今你怎么转了性子，他杀你，你却为他求情?”

苏如晦:“……”

他万万没想到他们这么看待桑持玉。

不过从正常人的角度看，的确如此。苏如晦的生死观和旁人不大一样，有些人明明行将就木，仍想尽办法求得苟活。而苏如晦只愿活得自在逍遥，要他日日夜夜躺在床上，不如给他一刀来得痛快。

桑持玉了解他。

这世间，桑持玉最了解他。

“换一个心愿。”澹台净道。

苏如晦摇头:“阿舅，他是你亲手带大的徒弟。”

“他也是妖。”北斗星官昆吾插进话来，“苏如晦，妖物天性残忍，嗜血好杀，无有伦理，不分亲疏。人对他来说是食物，而非同胞。他身怀吞噬秘术，假以时日，必成大患!”

摩陀衍那叹息道:“是这个道理，晦儿，如果他被妖族找到，必定会成为妖族利器，我们必须在此之前阻止一切。”

“你们看他长大，”苏如晦艰难地说，“难道看不出他人品如何?”

摩陀衍那轻轻摇头:“你错了，晦儿。他的确从善，那是因为大掌宗命令他从善。在他叛逃以前，他恪守大掌宗的命令，就像你的机关听从你的摆布。可这并非他心怀认同，知人性晓天理。他见到残缺疾患者不会怜悯，他看到孤寡幼弱者不会仁慈。物伤其类，他从不与我们同悲同喜。猫会可怜老鼠吗?虎狼会可怜羊羔吗?你好生回想，他从来是一个独立于人群之外的孩子，没有朋友，独来独往。”

苏如晦想要反驳，却不住咳嗽。味觉也退化了，他咳了满手血，但他尝不到血腥味。

摩陀衍那仍在劝他:“他不合群，不是因为人们不接纳他，而是因为他不接纳别人。”

不，他今天哭了，为苏如晦而哭泣。

一只不通人性的妖物，会哭吗?

苏如晦挣扎着想要说话，喉咙被鲜血堵住，血越咳越多。

澹台净叹了口气，手摩挲他发顶:“桑持玉之事，孤会再考虑。”

身体里黑暗袭来，他的知觉一寸寸退守，双腿瘫软，他终于倒了下去。

“晦儿!”他听见澹台净的声音。

摩陀衍那在喊:“来人，传李知北!”

苏如晦听见很多脚步声，许多人进了洞府，过来把他接住，背后扶了好多双手。

“阿舅，他哭……”他竭力把话说全。

“李知北晕了还没醒!”有人回复。

有人禀告:“大掌宗，有人开了无相法门通往宫城，桑持玉逃走了!”

模糊的视野里迷蒙又慌乱，耳畔嘈杂声嗡嗡交织。意识被黑暗蒙上阴影，鸣金收兵般退出他的四肢百骸。

耳畔响起“嘀”的一声。

“‘拿什么拯救你？我的残疾主人’任务完成，系统权限升级，目前开放程度55%，无限金钱开启，无限道具开启，请宿主前往面板获取材料、灵石、钱币等道具。”

陷入黑暗的最后一刹那，灵识内部的通路自动开启，霎时间光影腾挪，天旋地转，他睁开眼，眼前是顺康坊小院高烧的灯烛。脑袋还是晕的，后脑壳残余着临死前的疼痛。他撑着八仙桌站起身，脚步虚浮，不着地似的。

门忘了关，冷风飕飕刮进来，扑了他满脸的雪粒子。院埕里立了一个人，一身漆黑长衣，发顶落满白雪，长而翘的眼睫上也落了雪。

那人望着灯火里的苏如晦，沉默不说话。

苏如晦靠着门框，浅浅笑:“我爹说了，要我照顾你。儿子照顾爹的弟弟，天经地义。”

桑持玉按着鲨鱼皮刀柄的手紧了紧，似乎在压抑打死他的冲动。

桑持玉问:“怎么做到的?”

“唉，你这人，说话就爱说半截，”苏如晦掸了掸肩上的雪，“得亏我了解你，要不然你这么说话谁明白你意思？风后星阵，仰观星宿，推步盈虚。星阵借的是天力，只要你找对天人沟通的路子，什么都能做到。我的傀儡核心星阵连通我的灵识，只要我想，就能在两具肉身里挪移。怎么样，是不是很崇拜我?”

空气中一片寂静，苏如晦一个人在那儿得意。

桑持玉垂下眼眸，神情有些黯淡:“江雪芽早就知道真相。”

“当然了，她帮我造的傀儡。”苏如晦嘿嘿笑，问，“对了，我师姐呢?”

“她说她有事要做，同我分开了。”桑持玉回答。

“在哪儿分开的?”苏如晦多问了一句。

“宫城天街。”

这么早就分开了，江雪芽那家伙干吗去了？苏如晦有些疑惑。江雪芽走的路和他、桑持玉都不同，她是一心一意想要建功立业的，朝中大半官员是她的酒友，她在云州也布局多年，现在妖族入侵，她必然得召集幕僚商量应对之策。她的事儿苏如晦关心不了，顶多给她弄点儿火药和傀儡做支持，便不再多问。

苏如晦又看桑持玉，发现这小子的脸色颇为苍白，不禁皱了皱眉："你身体不舒服？"

"没有。"桑持玉淡声回应。

闯秘宗和逃离秘宗时动用了好几个秘术，他的灵力流又有些不稳了。灵力流影响心境，他心中有一股莫名的烦躁。略站了一会儿，雪没过他的靴底。苏玉的身份已经暴露了，苏如晦太狡黠，桑持玉瞒不过他。桑持玉不愿意再待在这里，转身离开。

身后那家伙追出来，高声喊他："你去哪儿？喂，别走啊！"

桑持玉并不搭理他，脚下一步不停，眼看要出院子，后面追赶的脚步声忽然停了。

"哎，桑持玉，我头好晕。"

声音虚弱，装得很像。

这一招他用过太多次了，桑持玉早已不会上当。

可是明明知道他在装，桑持玉还是停下了脚步，回头确认他没事。

他蹲在雪地里，眼睛很明亮，盛满了璀璨的灯火。

"为什么每次我装摔倒装病装腿瘸你都回头啊？"苏如晦抓了一把雪，扔到桑持玉身上。

桑持玉桩子似的站在那儿，眼也不眨地任苏如晦往自己身上砸雪。他低声道："你既然知道谎言太多不足取信，就不要总是撒谎。"

苏如晦忍不住笑起来。

桑持玉知道是假的，可是还是要回头，是因为他怕是真的。哪怕只有一次是真的，他也必须回头。

"这次是真的了。"苏如晦脑袋发晕，指尖冰凉。

雪花在面前旋转，苏如晦连蹲都蹲不稳了，侧身一倒，栽在雪地里。

秘宗，北辰殿。

澹台净枯坐于冰冷的玄武石座上，遥遥望去，他的脊背挺拔，银灰色的长发委地，一如往常那般教人望而生畏。摩陀衍那回报着苏如晦的后事，依照离州澹台氏的要求，苏如晦的灵柩将于明日清晨出发，送往离州澹台家的祖坟。

澹台净终身不婚，早有传言说澹台净不能人道。澹台净放任谣言风行，决意苦修，澹台氏无法撼动他钢铁般的意志，亦不敢强迫这位独裁专断的大掌宗。苏如晦还未遁入黑街时，澹台氏数次游说苏如晦改姓澹台，成为澹台家的嗣子。直到苏如晦遁入黑街，前程尽毁，离州那边才罢休。然而不管怎么说，苏如晦是澹台薰的儿子，澹台嫡系最后的血脉。唯有苏如晦的子嗣才有可能觉醒暴雪秘术，如今苏如晦病故，澹台氏嫡系的血脉自此断绝。

听说消息刚刚传到澹台家那边，澹台家的老祖宗即卧床不起。

“大掌宗，晦儿的后事已经安排妥当，臣告退。”摩陀衍那小心翼翼地说。

澹台净挥袖，星官们恭谨地退出北辰殿，厚重的大门缓缓关闭，殿内只余深重的黑暗和幽幽烛火。澹台净静坐着，恍若一座钢铁雕像。

半晌，他忽然在脚边发现一封簪花小笺。他清冷的眸光一滞，弯腰捡起这花笺。

上面写着龙飞凤舞的狂草——

大掌宗，你我来日方长。

江雪芽

江雪芽逃离仙人洞，没有立即离开宫城，却来了北辰殿放这封小笺。

竖子骄狂。

澹台净眉心深深一蹙，将花笺放上烛台，任它烧成灰烬。

边都，清河坊。

神荼走在雪道上，手里撑着从燕瑾瑜那里顺来的伞。

他喜欢凡人的东西，他这身斗笠和麻衣是从一个路人身上借来的，虽然那个人好像并不愿意借给他。为了使那萍水相逢的路人同意，他不得不将对方打晕。此刻他正从那赤身裸体的路人身边经过，路人鼻青脸肿躺在雪道旁，为了不让这人冻死街头，神荼贴心地留下一个手炉。

秘宗宵禁，街上早已没有人烟。神荼拐过街角，远处街心支着一个小小的平顶白棚子，热火烧着大锅，锅里热气腾腾。一个微笑的女人和一个脑袋上罩着油纸袋的家伙立在大锅旁边。等神荼走近，“油纸袋”盛了一碗热腾腾的馄饨在公鸡瓷碗里，并且深鞠躬：“客官，初来乍到，尝尝我家的馄饨吧。”

他的声音低沉怪异。然则不同于神荼不习惯凡人的发音，他是刻意如此，让人分辨不出他的性别和身份。

“这是人间最近流行的装扮吗？我也想要一个。”神荼饶有兴趣地打量他脑袋上的油纸袋，上面用墨笔写着“武大郎烧饼”。

“不，神荼，”“油纸袋”道，“这只是我遮掩自己真容的手段罢了，手边没有面具，刚好从前吃过这家人的烧饼，姑且一用。”

“烧饼好吃吗？可以给我来一份吗？”

“味道不错，明日带你去尝尝，现在先尝尝我做的虾肉馄饨吧。”“油纸袋”说着，神荼已经坐下吃馄饨了，“雪境只来了你一个吗？我尊贵的父亲，我们的大妖祖，王君陛下呢？”

“他年纪大了。”神荼说道。

油纸袋面罩下面，这人在笑：“他是被苏观雨吓破了胆，沉眠二十年，依旧没有让他恢复进入人间的勇气。长寿没有让他更勇敢，反倒让他更加惜命。我们妖族原本便子嗣艰难，而我们族群的最强者竟是一个胆小鬼，无怪乎凡人在乐土休养生息，我们却在风雪里艰难求生。对了，苏如晦你见过了吗？”

神荼的动作停住了，猴子面具微微仰起。

“连你也觉得此人对我们的威胁很大吗？我翻过关于他的记录，他虽然是神机鬼藏的创始人，然而在他最活跃的时间里，他制造最多的傀儡是双修美人傀儡，闻名天下的机关兽傀数量不足双修美人傀儡的百分之一。一个沉溺于淫乐的凡人小孩罢了，”神荼啧啧叹道，“他被选为我族杀戮名单榜首，不过是因为他是苏观雨的儿子。”

“你错了，有件事情你不知道。神荼，你听说过肉傀儡吧。”“油纸袋”道。

“有所耳闻。”

“油纸袋”将他身后的女人推到神荼面前：“这是一具由苏如晦亲手打造的肉傀儡，从皮肤肌理，到经络血脉，无一不与真人相同。而这一切都来自她头颅核心的灵感星阵。星阵洞悉了某种奥秘，让傀儡获得生长和反应的能力。我听说，苏如晦制作傀儡的步骤是用陨铁搭建骨架，再安置星阵，星阵一旦落成，血肉经络便会自行生长。”

“就像孩子长大一样吗？”

“孩子长大需要数十年的时间，而傀儡的完成只需要数个时辰，乃至几息之间。如此奥妙，他从何得来？”“油纸袋”揭开傀儡的面皮，傀儡的面骨暴露在风灯下，神荼看见了它面骨中央的雪花徽记，不由得一怔。

“油纸袋”叹息道：“这徽记，你认识吧。”

“当然，”神荼歪着脑袋打量傀儡面骨，“这不是我们雪境天极的印记吗？”

雪境天极，被认为是世界的尽头。它远在几万里之外，是妖族的故乡。那里静卧着一道深海，从未有妖能够跨越。而在那深海之上，悬浮着一个巨大的徽记——雪花。

“族中耆老曾道，雪花里藏着世界的秘密，勘破者必为天人。从古至今，没有妖能够看透那朵雪花。”“油纸袋”略略一顿，道，“我们考察苏如晦的过往，还原他的足迹，他甚至从来没有进入过雪境腹地，他去到过雪境最远的地方是他十七岁突袭黑街贪狼矿场，而这个地方也不过距离长城二百里。他根本不曾真正进入过雪境腹地，凭他自己所能，如何能得到这朵雪花的徽记？”

神荼眨眨眼，道：“二十年前，苏观雨叩开天门造访雪境天极，难道这就是苏观雨留给那孩子的东西？”

“油纸袋”笑了：“是啊，澹台净囚禁苏如晦，吊着他的性命，窥探他的梦境。世人皆道澹台净残忍，对自己的亲外甥下手这般狠辣。小民浅薄，终日俯仰于田亩之间，何以察宗师之心？

“澹台氏以暴雪秘术坐拥大位数百年，世家早已心生不满。澹台薰遇刺，澹台净禁欲修行，澹台氏嫡系即将绝嗣。即便没有我族虎视眈眈，人间亦危如累卵，天下大乱旦夕之间耳。而能让世家臣服，众望归心之物，自然只有苏观雨留下的无上珍宝。”

“油纸袋”嗟叹着：“苏观雨，真是个令人怀念的名字。他分明是这天下古往今来第一个步入天人境的修行者，蝼蚁愚昧，竟把他当作笑柄。”

神荼摸着下巴思忖道：“澹台净为什么要禁欲修行呢？难道他其实不能人道？”

“油纸袋”意味深长地笑着，并未回答神荼的问题。

神荼又问：“雪花既然可以洞悉世界的奥义，那它可以告诉我武道的终极吗？我停滞在观火境太久了，我需要一场战斗。”

“油纸袋”望着大锅的热气，袅袅白烟氤氲了他的视野。他道：“那就去杀了苏如晦吧。千百年来，从人间到雪境，唯有苏观雨登顶天人之境，或许是雪花给了他助力。杀了苏如晦，夺走雪花。不过，不要在边都动手，边都秘术高手众多，我们还不能暴露行迹。”

“我明白了。”

“油纸袋”放下大勺：“我该走了。这一锅馄饨都送给你，记得收拾好摊子。明日要是被巡逻的军士发现，要罚钱的。”

“谢谢殿下，你真是一只好狐狸。”神荼道完谢，摘下面具，张开大嘴，把虾肉馄饨连大铁锅一起吞了下去。

边都，顺康坊。

桑持玉把苏如晦从雪地里拉起来：“苏如晦！”

苏如晦靠在桑持玉怀里，嘴唇发白。雪花落在苏如晦的眉宇间，竟然分不出是雪更苍白还是他的脸色更苍白。桑持玉的心冰冻了一半，凉意从心窝子里生发，游走四肢百骸。他不知道苏如晦怎么了，好端端的，怎么又倒下了？即使换了具傀儡身，也无法康健如初吗？

“好难受……”苏如晦喃喃。

桑持玉颤抖着手探苏如晦的额头，温度滚烫，好像能在上面烙鸡蛋。他把苏如晦打横抱起来，进屋放上床榻。又从苏如晦的怀里拿出通讯罗盘，连通江雪芽的符印。

“什么事儿？”江雪芽的声音传来。

桑持玉沉声道：“苏如晦的傀儡身是不是有问题？”

“放屁，我亲自督造的肉傀儡，除了不能生孩子，能有什么问题？”江雪芽问，“他怎么了？”

“额头很烫，嘴唇干裂，”桑持玉蹙着眉心，搭苏如晦的脉，“脉搏快于常人。”

苏如晦气若游丝，四肢像灌了铅，又酸又沉，抬不起来。

江雪芽又问：“他的灵识转移到仙人洞的时候，他的傀儡身在哪儿？”

“小院正厅。”

“哦……”江雪芽道，“我知道了，那是有些麻烦啊。”

桑持玉的心落了下去，他回想起苏如晦从前在仙人洞的岁月，一天比一天瘦削，一天比一天虚弱，他眼睁睁看着苏如晦离死亡越来越近。难道这样的日子要再重复一次吗？桑持玉涩声问：“苏如晦情况如何，烦请江大人如实告知。”

“家里有没有酒？你往他身上擦点酒，额头腋窝手心，再让他多喝热水。”

桑持玉愣了愣：“如此便好？”

“那还能怎样？灵识挪移，没有灵识的傀儡肉身状如昏睡。大雪天，大晚上，这傻子在厅子里睡觉，他不发烧谁发烧？我说你俩不是仇敌吗，现在是什么情况，你不趁他病要他命，怎么还一副哀哀戚戚的样子？”

桑持玉抬起头，正撞入一双带笑的眼眸。苏如晦侧身望着他，黑漆漆的眼睛里，笑意像星星。

刹那间桑持玉明白过来，他又被苏如晦骗了。

“所以是为什么？”苏如晦笑着问，“咱俩不是仇敌吗？你好像很关心我诶，之前还为我哭了，刚刚你好像又要哭。”苏如晦抬起手，冰凉的指尖划过桑持玉微微发红的眼角，“为什么啊桑持玉?”

“桑持玉哭了?”江雪芽的声音大了起来，“什么时候的事儿!”

桑持玉切断罗盘通讯，江雪芽的声音戛然而止，他握着罗盘的手指尖发白。

江雪芽的符印再次振动，这家伙锲而不舍地试图联络苏如晦，桑持玉干脆把罗盘底部通讯星阵的灵石抠出来，罗盘终于安静了。

“苏如晦，”桑持玉声音沙哑，“以后不要拿这种事开玩笑。”

“我没开玩笑啊，”苏如晦摸摸自己的额头，“我本来就很难受啊，我又没说我傀儡身有问题，是你自己瞎猜的。”

桑持玉沉默了，的确，苏如晦从头到尾什么都没说，是他自己关心则乱，还用罗盘联系江雪芽。苏如晦笑吟吟望着自己，桑持玉有种错觉，在苏如晦的目光里他好像是透明的，一览无余。

浑蛋，苏如晦是个浑蛋。

桑持玉站起身，道:“我走了，你保重。”

这倔驴。苏如晦气得牙痒痒，道:“虽说我没有性命之虞，但我发烧也是真的啊。你忍心让我一个弱男子孤零零待在这儿？发烧太久脑子会烧坏，没准等咱们下次见面，我就是个傻子了。拜你所赐，这世间少了一个天才。”

桑持玉没有搭理他，走到门边。

“酒在厨房。”苏如晦赶在他离开之前说。

桑持玉推门，步入了凛凛寒风。

苏如晦窝在被窝里等了片刻，果然听见回来的脚步声。怎么会有这么心软的人呢？苏如晦忍不住笑，非常自觉地坐起身，在桑持玉回来以前脱了外袍，只剩下一件亵衣。

所以桑持玉进了屋，看见的就是衣衫不整坐在暖炕上的苏如晦。

桑持玉的目光缓缓挪开，将酒壶和干净的巾帕放在炕桌上，声线和以前一样平稳:“自己擦。”

“你觉得我会自己擦吗?”苏如晦仰起脑袋，“要么你帮我擦，要么你任由我烧成傻子。”

桑持玉的唇抿成了一条直线，苏如晦这个家伙不要命，他相信苏如晦能做出那样的蠢事。

苏如晦歪在炕上，哼哼唧唧:“难受，我好烫。”

眼前的少年似乎认了命，弯腰坐在炕沿，用巾帕沾了酒液为他擦身。醇厚的酒香氤氲在微凉的空气里，没有喝酒，可胜似喝了酒，腔子里仿佛浸满了甜香的酒液。桑持玉守礼得很，将他上身擦了遍，硬是没有触碰到他分毫。

苏如晦感觉不到桑持玉的呼吸，这家伙屏住了呼吸。用指腹按压着他的脉搏，苏如晦感受到他的脉搏越来越快，像要跳出那薄薄的一层血肉。

苏如晦以为桑持玉是愤怒，其实根本不是。桑持玉闯秘宗时连续动用了好几个秘术，先头灵力流便有失控的苗头。他原已尽力压制灵力流，然而此刻热血奔涌，终于隐隐有压制不住的迹象。心跳加快，是他失控的前兆。他心头越来越烦躁，他遵从欲望的妖性在吞吃他的理智。

“我没死，你别气了。”苏如晦的声音带了一抹沙哑。

他倾身靠近，桑持玉的手掌抵住了他的胸膛。

“你的记忆有残缺，对吗？”桑持玉忽然问。

苏如晦愣了下：“你怎么知道？江雪芽抽了点儿记忆，放在琉璃盏里了。”

苏如晦指腹下的脉搏越来越快，快得有点儿不正常，这速度远远超过了正常人的水平。桑持玉的眼眸也染上了一层苏如晦看不懂的颜色，苏如晦不知道发生了什么，只是觉得气氛忽然有点儿危险。空气很凉，苏如晦脖子后面起了层细密的疙瘩。

“苏如晦，”桑持玉吸了一口气，说，“你太可恶了。”

桑持玉的理智完全被妖性取代，化形术完全解除，他的眸子变成深邃的蓝，发丝雪一样白。灵力流狂躁地窜涌于奇经八脉，如同潮水泛滥成灾，他的身体在发光，冰蓝的经络犹如藤蔓沿着他的手背蔓延。随着灵力流的波动，心头越发烦躁，暴虐的本性撕扯着他的心脏。

“检测到桑持玉血压升高，心跳加快，呼吸加深，灵力流动荡，判断为妖性复苏。”

妖性复苏?!

“他灵力流不稳定，你此刻惹怒他，他的妖性压过人性，会做出遵从本欲的举动。掠食系妖类攻击性很强。建议宿主好自为之。”

苏如晦一个激灵，小心翼翼地问道：“桑持玉，你还好吧？”

桑持玉深吸一口气，从齿缝里挤出一句话：“有事，先走一步。”

“啊？”

苏如晦还没反应过来，面上一阵凉风拂过，桑持玉已经夺门而出。

苏如晦披上毛绒斗篷，将门打开一条缝儿，探头往外望。黑沉沉的夜，灯笼照亮鹅毛般纷纷落下的雪。外面没有桑持玉，他真的不见了。

苏如晦正准备回屋睡觉，却见檐廊那边出现一个毛茸茸的白色身影，和雪混在一起，看不分明。苏如晦手搭凉棚，努力张望。影子越来越清晰，原来是一只猫，正艰难地行走着，似乎气力不济。

苏如晦眼睛一亮，喊了声："宝宝！"

桑持玉浑身一僵，下意识转身逃跑。方才他赶在变回原形的最后一刻，用瞬影移形逃离苏如晦的厢房，叼着衣裤埋进雪堆。却没想到苏如晦开门，他将将好被抓住了踪迹。应是初融合心核，身体还没有完全接纳它的缘故，他不仅没法儿控制形态，并且每回化归原形都极不适应。一下变成四脚兽，他连路都不会走了，竭尽全力在雪地里跑了几十步，身前忽然罩下了乌云似的影子。

苏如晦顺着他的梅花脚印追上来了，他来不及躲闪，四脚已经腾空，整只猫被收进了苏如晦的毛绒斗篷。他徒劳挥舞着四只短腿，已然被苏如晦囚入了怀抱。

"乖宝，"苏如晦抱着他，"你是从坏人手里逃回来找你爹我的吗？"

桑持玉挣不脱苏如晦的钳制，渐渐心如死灰。其实他可以用秘术，猫的形态并没有限制他的灵力，可是他不想暴露他是只妖。苏如晦那么聪明，一定能猜出来这院里凭空冒出来的猫妖是他桑持玉。

苏如晦捧着桑宝宝往回走，桑宝宝窝在他怀里，像个大雪团子。苏如晦点了点猫冰凉的小鼻子："我宝受委屈了，怪不怪爹没去找你？以后爹在家里布十方雷火绝杀星阵，谁敢偷我儿子我要他狗命。"苏如晦回到厢房，拍了拍桑宝宝身上沾的雪粒子。

这猫真干净，失踪了这么久，身上一点儿灰尘也没有。

他把桑宝宝放上床，嘴里念念叨叨："桑持玉这个家伙，差点要了我的狗命。不理他了，宝宝咱们睡觉。"

嘴上这么说，心里仍是忍不住记挂那头倔驴。妖族和秘宗都在找他，就算一气儿遁出大靖，雪境一样危机四伏，他今夜该歇在何处？脑袋昏昏沉沉，想着想着便困了。明明发烧，身上却一阵阵发冷，尤其是脚丫子，冻得像两坨冰块。

桑持玉蜷成了一团窝在床沿，毛茸茸的大尾巴遮住脸蛋。他正犹豫着要不要趁苏如晦睡着逃跑，仰头望了望窗台，厚厚的高丽纸糊住窗棂，黑暗里隐隐约约看得见簌簌雪影。

雪太大了，外头天寒地冻，他根本无处可去。

桑持玉听着外头的雪声，心里荒芜又空茫，像一片皑皑的雪原。或许当只猫也好，这样就不必以桑持玉的面目面对苏如晦。方才是他失控了，他本不该那样。以前的纠葛就让它过去，从今往后苏如晦怎样都同他无关。

苏如晦冷得难受，余光瞥见床沿的桑宝宝，登时起了坏心。他坐起身，把桑宝宝挪到床尾，盖上棉被，然后把自己的脚丫子塞到桑宝宝的肚皮下面。这下暖和了，宝宝暖呼呼的，又毛茸茸，裹得脚丫子特别舒服。苏如晦美滋滋躺下，终于睡了过去。

桑持玉："……"

桑持玉想要挠他的脚，肉垫触及他的脚底板，好冷。桑持玉犹豫了一瞬，认命似的趴下身，将苏如晦的两只脚丫子抱在怀里。下半夜苏如晦睡得不踏实，嘟嘟囔囔说胡话，桑持玉爬出被窝，看见这家伙的被子掀起了一角，大半个臂膀露在外头。桑持玉咬住被角，拖着被子盖回去。用脚踩了踩苏如晦的脸，并不觉得烫，稍有些温。猫的体温比人要高一些，桑持玉觉得温热，说明苏如晦又烧起来了。

之前提过来的酒壶还搁在床下，巾帕搁在凳子上。如今是猫的形态，身子也是猫的结构，不能饮酒，会中毒。他没法儿咬着巾帕沾酒，太危险。垂着耳朵想了想，咬开酒塞，背过身，将大尾巴浸入酒液，然后甩干净多余的酒水，跳上床，两爪捧着尾巴给苏如晦擦脸擦额头。来回几次，把苏如晦全身擦了一遍。苏如晦出了汗，他又踩了踩苏如晦的脸，好像没那么烧了。

大雪不知道什么时候停了，借着水波一样的月光，桑持玉能看见苏如晦熟睡的模样。苏如晦生得白净，一踩他的脸，他脸颊上便留下一个淡淡的梅花脚印。他只有睡着的时候才安静，不那么讨人厌。

要是苏如晦一直睡着就好了。桑持玉忽然想，苏如晦一睡不醒，就不会再勾三搭四、胡言乱语。他会守着苏如晦，像一只小猫守着沉睡的蔷薇花。

看着苏如晦安稳下来，桑持玉回到床尾，重新钻进被窝，抱住苏如晦的脚丫子。

苏如晦醒来的时候，天已经大亮，天光透过窗纸映在他的脸庞上，蜂子一样微微颤动。脑袋不晕了，他觉得精神了不少。昨夜迷蒙间，他似乎感觉到有人为他擦身，意识昏昏沉沉，做梦似的。扭过脸，看见床沿上坐了个男人，一身黑衣，背对着他，正从脸盆里沾水拧帕子。他摸了摸额头，额上放了湿帕子，是为他降温用的。

这小子还知道回来啊，苏如晦笑了笑，张嘴喊："桑……"

男人回过脸，是韩野。

剩下的"持玉"堵在了嘴里，苏如晦剧烈地咳嗽。

韩野伸过手来拍他的背："好点没？"

"是坊主在照顾我？"苏如晦问。

"要不然呢？"韩野低头拧帕子，哼道，"爷从不照顾人，头一个照顾的就是你。"

苏如晦干笑："劳烦坊主了，坊主体谅下属，是极乐坊之福。"

韩野睨他:“我没这么闲，也就你小子有福气，其他人爱死不死我可不管。”

苏如晦裹着棉被坐起身，被子一缩，露出床尾的桑宝宝。它蜷成一个球，窝在最里头。苏如晦把它抱出来，韩野闻到一股酒味，挑起眉梢道:“这猫偷喝酒了?”

“有吗?”苏如晦一愣。

“你自己闻，它一身酒味。”韩野说。

苏如晦凑近嗅了嗅，还真是，难怪没精打采的。苏如晦把桑宝宝放在腿上，轻轻打它的小屁股:“小猫不许喝酒，你这宝宝不乖。”

苏如晦不知道，照顾他一夜的是眼前这只猫，韩野清晨过来，无意间抢了桑宝宝的功劳。桑宝宝不说，他当然无从知晓真相，只见这猫儿挣出他的怀抱，缩在床尾，不给他摸，也不给他抱。

“猫好像不能喝酒，宝宝会不会有事儿?”苏如晦问。

韩野道:“要是喝得多它会吐，既然没吐，应该喝得不多，没什么事儿。一只猫而已，死了大不了再养一只，你多关心关心你自己吧。”

苏如晦不满:“你别在宝宝面前瞎说。”

没了宝宝，他上哪儿再去找一只这么漂亮的大猫猫?他跪起身，强行把桑宝宝逮进怀抱，抱在臂弯里。桑宝宝通体洁白，独耳朵尖和鼻尖带点儿微微的粉，浑身的毛蓬蓬松松，像天上的云朵下了凡。苏如晦想着趁生病不去上值，他要给桑宝宝缝个猫窝，还要做个爬架供宝宝玩儿。

韩野低头望着抱着猫的苏如晦，这家伙抱猫的姿势像抱婴儿，韩野莫名其妙有一种苏如晦在奶孩子的感觉。越看越像，韩野无声地笑起来。

“阿七，告诉你一件事。”韩野忽然说。

“什么?”苏如晦抬起头。

韩野嗓音低沉:“苏如晦死了。”

苏如晦并不意外韩野得到消息，昨夜大闹秘宗一场，相信此刻苏如晦驾鹤西去的消息已经传遍大江南北。苏如晦做出惊讶又悲痛的样子:“怎会如此?坊主大人，您可要保重身子。苏老板人俊心善，下辈子一定会投个好胎。”

“你的演技很差劲，不要演了。”韩野嗤笑着，顿了顿，又收了笑容，道，“他死了是好事。有件事我谁都没说，之前我得到的消息不只是苏如晦还活着，消息还说澹台净为了挖他脑子里的秘密，不惜用药汁吊他，一吊就是五年。他这般的模样还算是活着吗?若是他有知觉，又该多痛苦?”

桑持玉趴在苏如晦的臂弯里，默默睁开了眼。

苏如晦安抚道:“事儿往好处想，我相信苏老板什么都感受不到。”

“但愿吧。”韩野不咸不淡笑了下,“我犹豫了很久，到底是救他好还是杀他好。救他，他活得痛苦；杀他，给他解脱，我……”

“你下不去手?”苏如晦问。

韩野沉默了一阵, 道:“对, 我下不去手。现在他死了, 解脱了, 倒省得我犹豫了。他被澹台净折磨了五年，大约他自己也撑不住了吧。”

韩野得到的消息并不全，至少他不知道仙人洞里的苏如晦临死前醒来过一次。不知道也好，要不然或许会因为没有见到苏如晦最后一面而感到遗憾。苏如晦心里头感慨，这小子虽然不是好人，却也不是什么十恶不赦的王八蛋，他能这么念着自己，苏如晦还挺感动的。

“想笑就笑,”韩野嘲讽地看着他,“我知道你高兴。”

不用再做别人的替身，这小子心里一定乐开花了。韩野觉得自己完全把他看透了。

苏如晦摸不着头脑:“我为什么要高兴?”

韩野只当他在装傻，站起身掸掸衣袍:“好好养病，别以为苏如晦死了你就清闲了，你还得给我卖命。”他往外走，走了几步又回头,“你主子要走，你不出来送送?”

“我这不是病了吗？沉疴在身，起不来身，坊主见谅。”苏如晦捂着嘴咳嗽。

韩野倚着门框看他，眼神充满威胁。

苏如晦无奈地披上袄子，趿拉着鞋送韩野出门。变成猫的桑持玉跃下炕，趴在门槛边上看他们。苏如晦跟着韩野走到廊下，韩野停住脚步，道:“行了，就送到这儿吧，看把你给冻得，鼻涕水真恶心。”

苏如晦心里头骂他一万遍，面上仍是要赔笑。

“桑持玉没来找过你吧?”韩野又一次确认。

“没。”苏如晦蔫巴得像豆芽菜。

“你心里头不会念着他吧?”韩野眯起眼。

“怎么会呢？我的一腔赤诚都在您这儿。”苏如晦油嘴滑舌地表忠心。

这些话，一字不落进了桑持玉的耳。

韩野满意了，道:“那就好。你若是敢同桑持玉暗中勾结，看我不打断你的腿。”

哈腰送大佛离开，苏如晦舒了一口大气。不知道韩野这小兔崽子吃错了什么药，如此针对桑持玉。说实话，苏如晦想过要表明身份，但是那场面想想就很尴尬，苏如晦招架不住，还是算了。

揣着袖子往回走，回到屋里，没看见桑宝宝，苏如晦愣了下，忽然想起刚才出去送韩野忘记关门了。猫爱跑，桑宝宝肯定不知道跑哪儿去了。苏如晦懊恼至极，穿好衣裳围着狐裘出门找，找遍院子，一根猫毛都没有找见。

听说猫认路，如果它把这里当成家，它就会回来。可惜苏如晦并不知道桑宝宝有没有把这儿当家，推开腰子门正打算出去寻它，便见桑持玉站在回廊里。他立在不远处，一袭窄袖黑衣，松柏一样挺拔的站姿，是寒风吹不折的模样，只是脸上冷了些，低垂的眼眸有一种淡漠的疏离劲儿。

苏如晦眼睛一亮，兴冲冲朝他跑过去，他负着手后退。苏如晦朝他走几步，他后退几步。

苏如晦气笑了："干吗呢你？我是瘟疫还是什么，你至于吗？"

"抱歉。"桑持玉低声说。

"道什么歉？"

"昨夜我身体不适。"桑持玉道。

"嗐，没事儿，"苏如晦扬眉一笑，"我不介意。"

桑持玉望着他粲然的笑容，心绪再次起伏，经络又有发光的征兆。桑持玉缓缓吐息平复心境，道："我要走了。"

"走？"苏如晦要被这倔驴弄疯了，"你能上哪儿去？去黑街？黑街有我阿舅的眼线，你以为那个地方安全吗？"

桑持玉没有回复，只道："苏如晦，你保重。"

他转身往外走，那样决绝的模样，苏如晦几乎可以肯定他再也不会回来了。这背影万分熟悉，恍惚间和另外一个身影重叠。很多年前苏如晦也曾经眼睁睁看着一个人如此绝情地离开，看着他天水碧的衣角融入茫茫风雪。从此天高山远，再不相见。

桑持玉的衣角被扯住了，是苏如晦拉住了他。

"我不明白，为什么你们都这么绝情？"他听见苏如晦干涩的声音，"我十二岁那年我爹西行，我赖在地上撒泼打滚，他甚至没有回头看我一眼。桑持玉，要是我求你留下来，你会留下来吗？"

桑持玉回过脸，对上苏如晦悲哀的双眼。仿佛有累累霜花铺陈在苏如晦的眸底，一滴泪珠夺眶而出，滑落他的脸颊。任何人见了他的模样，都不会怀疑他的悲伤和不舍。

苏如晦哑声开口："求你留下来，好不好？"

桑持玉沉默着，没有回应。他了解苏如晦，苏如晦的每一个表情，说过的每一句话，苏如晦自己不记得，他却都不曾忘记。所以他了解苏如晦的性格，知晓苏如晦的作为。他冷眼看着苏如晦落泪，无比清醒地知道苏如晦在装哭。可是，他又不由自主地想：或许是真的呢？或许苏如晦也有真心，当真会因为他的离开而哭泣。

他发动了读心秘术。

苏如晦竭力回想着当年苏观雨远行的场景，尝试唤起心底的悲伤和落寞，让眼泪流得更凶猛些。奈何他从小到大没哭过，一滴眼泪已是极限，只好卖力垮着脸蛋，做出痛苦难当的模样。

这就是做人太坚强的坏处了，他很少悲伤难过，父亲远行他不曾哭泣，死到临头他也不曾哭泣，更遑论现在？苏如晦着实哭不出来。桑持玉像块石雕，任他扯着衣角，动也不动。苏如晦不禁恨恨地想，桑持玉怎么还不心软，是他不够可怜吗？

桑持玉的心冷了，然而这一切又在意料之中。

他初识苏如晦在十岁，那时候苏如晦是个调皮捣蛋但正派的少年，麻雀一样灵动活泼，说起话来叽叽喳喳，像所有他这个年纪的小孩儿一样无忧无虑，天天傻子似的开心。每当桑持玉在秘宗校场被教头打得站不起来的时候，就会想起那个时候的苏如晦。

苎萝山那段时光是他生命当中为数不多的值得回味的一段日子，然而，十七岁时他们重逢，苏如晦已经变了一个人。七年的时光，足以让一个小孩儿成为一个少年，也足以让一个人面目全非。

苏如晦成了个浑蛋。

❄ ❄ ❄

十五年前，雪境，天麋矿场。

莽莽高原，长夜好似没有尽头。桑持玉站在寒风里，眺望远天沙砾一般的星辰。秘宗星官说星辰里藏有亘古的奥秘，而桑持玉总觉得那里只是一片荒芜，天空就像浩浩雪原，而星辰是遥隔万里的一粒细沙，无人问津，孤独发光。

“他们来了。”他身边的军官说。

他收回目光，重新凝望深邃的山地高原。远处，灰褐色的山地上出现了一队火把。那么渺小，好似蚂蚁结队，行迹曲折，缓慢地朝他们挪过来。桑持玉十七岁，供职于拓荒卫。和所有普通的拓荒卫军官一样，着鸦青色缺胯袍，佩陨铁横刀和一把三发手弩。但他不像其他武官有明确的编制，他没有上级，也没有下属，他所有的命令直接来自秘宗北辰殿。

今早他收到大掌宗的命令，命他接收一支来自边都的囚犯队伍。矿场来囚犯不稀奇，开矿需要矿工，雪境严寒，矿务繁重，每年都有不少矿工死于伤寒和劳累。若黑街进犯，死的矿工会成倍增加。这时候边都就会派出囚犯补充矿场的空缺，大部分是罪无可恕的死囚，偶尔也有强奸犯、小偷和拐子。稀奇的是，今天澹台净让他亲自来接。他是秘宗的利刃，他往常的对手要么是黑街穷凶极恶的匪首，要么是秘宗的叛徒。澹台净让他来，说明这支囚犯队伍里有不好对付的人。

“你知道今天会来什么人吗？”身后的军官在窃窃私语，“怎么把这个疯子派来和我们一道收人了？”

他们不知道桑持玉的耳力甚好，即使压低声音，桑持玉也听得一清二楚。

“听说有个二世祖在囚队里头，”有人回应，“来头还不小呢，派桑持玉过来大概就是镇他的吧。凶神镇恶煞，疯子对流氓。”

“世家子弟？怎么进囚车了？”

“这位爷可不简单，大掌宗亲自把他押上的车。他在边都可是风云人物，干的坏事罄竹难书。上个月和冀州白家的小少爷抢胭脂坊的花魁，没抢赢。这位爷胆子那叫一个大，有一日白少爷歇在外室宅院，这位爷带着一伙二流子蒙面闯进人家家门，扒了白少爷全身的衣裳，将人绑在菜市坊的牌坊柱子底下。这不，得罪了白家，人就给送到咱这儿来了。那花魁娘子是啼血相送啊，临行前赠簪为誓，非这位爷不嫁。”

“真行，他到底是什么来头？”军官好奇发问。

“他是大掌宗的亲外甥，已故肃武公主的儿子。大掌宗迟迟不肯娶妻生子，澹台家的老祖宗有意召他改姓澹台，认祖归宗，届时他便是澹台家的嗣子，大掌宗的继承人。你肯定听过他的名字，”他压低声音，“他叫苏、如、晦。”

话音刚落，车队已经来到近前。军士们纷纷上前，桑持玉像一块礁石一般屹然不动，人潮越过他涌向囚车。他站在后头静静望着，有一个人叼着根野草懒洋洋靠在车里。

只消得一眼，桑持玉就认出了苏如晦。没办法，在一众蓬头垢面的囚犯当中，独他大爷似的独占一辆囚车，太显眼了。看起来是个囚犯，没人真的敢把他当囚犯对待。况且苏如晦在拓荒卫的品级和职位早就定好了，其他囚犯是来受苦的，他是来游玩的。

军士恭恭敬敬把他请下车，一个军士伏低身子供他踩踏。苏如晦看也不看，抓着包袱直接跳下车。小军官搓着手跟在他后头，絮絮叨叨向他介绍拓荒卫和天廪矿场:“江都司给您安排了接风宴，一会儿您先洗个热水澡，我差人把换洗衣裳给您送过去。对了,”军官一拍脑袋,“桑大人亲自来迎您，就在那儿。”

军官朝桑持玉指过来，这一刹那间，桑持玉和苏如晦的目光遥遥相碰。

苏如晦是个醒目的男人，身材高挑，远远看过去像一棵白杨。他继承了父母的所有优点，即使形容恹恹的，也挡不住他眉目里的灼灼光辉。

他只和桑持玉对视了一瞬，很快，目光错开。

苏如晦神态慵懒，说:“不认识。管他是谁，天王老子我也懒得应酬，直接带我去见我师姐。”

桑持玉垂下眼眸，苏如晦与他擦肩而过。江雪芽来接人了，她是两年前来拓荒卫的，因为得罪了长兄，作为江家的边缘人被驱赶到这荒芜的雪境。故友重逢，他们拥抱、大声谈笑，并且不约而同忘记了七年前那个寄居在苎萝山小洞天的男孩儿。

苏如晦把他忘了。

桑持玉握着刀，转身离开。

半夜子时，江雪芽在塔楼设宴为苏如晦接风洗尘。拓荒卫有一个营专门安置或者被放逐或者来镀金的世家子弟，江雪芽算是他们当中的大姐头。这帮人大约准备玩个通宵，丝竹声和嬉笑声从塔楼一直飘到桑持玉居住的营帐。桑持玉坐在营帐门口，用雪水洗濯他的刀身，再用白麻布仔细擦拭。有喝得烂醉的男男女女拥着从他身前经过，倒在不远处的雪堆里翻滚。

他深深地蹙起眉头，就在这时他收到了澹台净的罗盘传音。

“玉儿，晦儿到了吗?”

“到了。”

“替孤看管他，自今日起，你的戒律便是他的戒律。”

他把刀收回刀鞘，朝塔楼走去。一步步走上铺满苔藓的石头阶梯，空气中迷醉的酒味越发浓厚。外面寒风刺骨，塔楼里面篝火高烧，温暖如春。炫目的灯火下男男女女人头攒动，个个衣着暴露，开领一直开到肚脐，露出大片细白胸脯。他们浓妆艳抹，饮烈酒，吸食五石散，手脚发软，飘飘欲仙。

边都律法森严，夜晚集会歌舞会被抓去大牢，雪境倒成了这些世家子释放天性的绝佳场所，在很多人看来，来拓荒卫不是放逐，而是享乐。即使很可能明天就会战死，这种濒临死亡的刺激感让他们更加血脉偾张。

场中人高喊着苏如晦的名字，一声高过一声。苏如晦坐在人群中央，笑意慵懒。他的膝头坐了个妖娆的舞女，光洁的大腿在灯火下淋了油脂似的，珠光玉润，白得刺目。人群在劝酒，苏如晦面前的黑漆案上摆了十碗烈酒，每碗酒里面都放了活金鱼。这些不良子弟以喝酒泡活鱼证明自己是个英勇的男人，即使他们在战场上尿裤子。

桑持玉被淹没在人群里，他的面前，打了鸡血一样兴奋高喊的不良子弟挡了他的路。他拨开这些人，一面艰难向前行进，一面思考等会儿如何向苏如晦传达师父的命令。他不是个擅长说话的人，也不知道苏如晦会如何反应。

苏如晦会想起他来吗？

人群再次沸腾，桑持玉抬起眼，看见苏如晦膝上的舞女端着酒递到苏如晦手里，他举酒敬人群，而后一饮而尽。场中炸开了锅似的，所有人都在大喊“苏如晦”。他继续喝，一碗碗烈酒金鱼从舞女手里接过，一碗碗一饮而尽。舞女拿起最后一碗，却不递给他，张口饮尽酒液，低下头吻住了苏如晦的唇。

仿佛全世界的光都聚焦在他们俩人的身上，周遭一片黯淡。桑持玉站在灰暗的人群里，看那舞女渡酒给苏如晦。他们热烈深吻，旁若无人。

桑持玉想他不该过去的，他走过去说什么呢？难道告诉苏如晦，秘宗武官戒律，不可饮酒，不可淫乐。你喝女人嘴里的酒，一下子破了两条，我奉大掌宗的命令前来拿你。真是蠢透了。

他不想打扰苏如晦，更不想出现在苏如晦的世界。

从十五年前的那场晚宴起，一直到现在，他都这样认为。

苏如晦身边的人很多，边都的花魁娘子，那个名不见经传的小舞女，江雪芽，韩野，还有极乐坊一大票哥哥弟弟。而桑持玉站在黑暗里，站在沸腾的人群里，注视他，看他光辉灿烂。或许终有一天苏如晦会像遗忘花魁娘子和小舞女一样遗忘他，反正苏如晦并非第一次将他忘记。

所以，现在，桑持玉缓缓把自己的衣角扯回来，一言不发。

苏如晦咬牙道：“我杀了苏垢，你不怕妖族的家伙对我不利？”

桑持玉低声道：“你会安然无恙。”

“桑持玉，你这人没良心的吗？你感觉不出我对你的好？”苏如晦气道，“你觉得我是吃饱了没事干净日管你的闲事？”

桑持玉脚步一顿，握紧拳。他回眸，目光非但没有半点儿软化，反而更是冷上了几分。

“留下来，可以。我先去杀韩野。”

苏如晦疑惑了：“关韩野屁事？好吧，我承认他是挺欠扁的，还曾经背叛我，不过我感觉他背叛我可能另有隐情……反正他罪不至死，你和他过不去干吗？”

“我想杀，便杀。”桑持玉冷冷道。

这理由苏如晦无法反驳，又道：“韩野是洞玄境秘术者，你别和他打得两败俱伤啊。”

桑持玉的话语中有轻蔑和冷然：“杀他，不在话下。”

苏如晦感到头疼，从前拓荒卫的同僚背地里骂桑持玉是个煞神，苏如晦还不信，觉得他们嫉妒他诋毁他的名誉。毕竟苏如晦和桑持玉相处这么久，桑持玉除了闷了点儿，手黑了点儿，着实没旁的值得诟病的地方。他杀人，从来只杀澹台净指定的人。

现在苏如晦才发现，剥开君子的皮，他当真是个彻头彻尾的煞星。没了澹台净的戒律约束，他杀人只凭好恶。他若真要杀韩野，韩野必然小命不保。苏如晦心思急转，怎么才能让桑持玉放弃杀韩野的念头？

苏如晦犹豫的模样落在桑持玉眼中，反倒成了焦急和不舍。桑持玉的心慢慢落了下去，别过脸道：“苏如晦，别找借口了。你不是担忧我的安危，而是顾惜他的性命。”

他推开腰子门，跨出门槛。

“桑持玉，”苏如晦想方设法把他留下来，急得口不择言，“你还欠我一个咸鸭蛋牛肉大饭团，你还我大饭团！”

桑持玉的步子顿了一刹。

“不还。”他道。

说完，他头也不回地走了。

苏如晦怔怔地，凝望他墨黑的背影，一点点消失。

人走了，院子好像在一瞬间空了许多，苏如晦的心也空了。他无精打采地回了屋，坐在炕沿上发呆。他怔怔地想，人家那么讨厌你，你干吗还非得把他留下来呢？大约是他苏如晦天生贱骨头，就喜欢在桑持玉眼前赖着，讨桑持玉嫌。桑持玉冷言冷语，他不在乎，反正他就是希望桑持玉平平安安在他跟前。

正想着，窗牖没关严实的缝隙里忽然钻进来一只白绒绒的大猫。

桑宝宝蹲在窗沿上，抖了抖身上的雪粒子，默不作声跃下窗台，落在苏如晦的炕桌上。妖族、黑街、秘宗，对苏如晦来说，它们全都是隐患。苏如晦是麻烦的制造者，更是麻烦的中心。不管有事没事，麻烦一定登门寻他，桑持玉没法儿把他一个人孤零零留在风云诡谲的边都。

桑持玉不愿意以桑持玉的身份面对苏如晦，那便做一只小猫好了。桑持玉低头看自己毛茸茸的爪子，心里满是苦涩。

苏如晦想撸桑宝宝，桑宝宝躲着他，贞洁烈猫似的冲他哈气，不给他碰。

“一大一小，都没良心。”苏如晦气得脑门子疼，“都说君子远庖厨，我虽不是什么君子，好歹是个少爷。给他做这么久的饭，那么烫一个肉夹馍，怎么就捂不热他的心！还说我浑蛋，我什么时候……”

苏如晦猛地卡了壳，若将时间回溯到十几年前，他年少纨绔的时候，他的作风确实相当令人不齿。唉……苏如晦往榻上一躺，死鱼似的挺尸。时间不可回头，那些陈年旧事，他便是想改也改不了。

心里不爽利，桑宝宝不给撸，他苏如晦偏要撸。苏如晦老虎叼黄羊似的把桑宝宝抓进怀里，一手握住它四条腿儿，嘟囔道：“可是他都为我哭了，怎么还这么讨厌我？不应该啊……”苏如晦薅桑宝宝的猫毛，薅一撮念一句，“他讨厌我，他不讨厌我，他讨厌我，他不讨厌我……”

桑宝宝受不了了，忽然暴起，一口咬住苏如晦的手指头。苏如晦指尖一痛，被桑宝宝咬出了几滴血珠子。桑宝宝从苏如晦怀里挣出去，一溜烟逃到床尾，警惕地盯着苏如晦。它耳朵往后折，还弓着背，仿佛苏如晦是它的天敌。

养不熟的臭猫崽子。处不熟的人。苏如晦望着自己的指尖发呆。

忽然想起什么，苏如晦坐起身，取出琉璃盏，放在炕桌上。桑宝宝瞧见那光晕温软的琉璃盏，起了好奇心。一面提防苏如晦，一面试探着接近炕桌，两爪搭上桌沿，猫脑袋从桌子底下探出来。

苏如晦把桑宝宝推开：“宝宝不许动，这是爹的命根。你爹我被抽走的记忆就在里头，我怀疑五年前我和他有什么过节。但是要说起来吧，现在的过节也不少。”

这就是收着苏如晦记忆的琉璃盏？桑持玉僵硬了。

星阵在琉璃盏里发着光，淡蓝的光辉恍若细细的星光。苏如晦左右摆弄，记忆要如何吸收？总不能啃星盘吧？想不明白，苏如晦扭身摸通讯罗盘询问江雪芽。趁此机会，桑宝宝缓缓举起爪子，把琉璃盏推落在地。哐当一声，琉璃盏碎了。

苏如晦回过头，只看见一地琉璃碎片，登时倒吸一口气。

桑宝宝飞也似的逃离炕桌，苏如晦甚至来不及抓住它的尾巴尖。苏如晦蹲下身，摸着地上的碎渣，无语凝噎。

今儿真是什么事儿都不顺，桑持玉这个浑蛋走了，桑宝宝也给他添堵。苏如晦心头火起，抡起鸡毛掸子重重一敲炕桌，怒道：“臭猫，给老子过来！打烂你的臭屁股！”

第八章 流氓以及暴徒

桑宝宝躲在橱子和土墙的夹缝里不出来，苏如晦竭力伸手进去够，奈何手不够长，怎么也够不着。桑宝宝缩在最里面，几乎团成一个小小的毛球，一副宁死不出来的做派。

苏如晦放弃了，扭头看满地琉璃碎渣。星阵已然破碎，灵石散落在红线毯上，恍若破碎的星子。苏如晦心里破了个口子似的，呼呼冒冷风。

他这个人天生心大，很少不高兴。桑持玉走的时候他没有很悲伤，因为他觉得他有办法挽回。只要他拿回抽走的记忆，对症下药，一定能把人找回来。

现在琉璃盏碎了，星阵碎了，他无计可施。他怔在了原地，头一回没头苍蝇似的，茫茫然不知所措。

是天意吗？要走的人终究留不住。很多年前他爹说要走的时候，他洗冷水澡把自己弄病，从树上跳下来摔断腿，最后跪在地上求他爹不要走。那个狠心肠的男人撒开他的手，一步步走远、消失，再也没有回来。

一个人真的很孤单啊，苏如晦蹲下身一片片地捡碎片，从十四岁开始他一个人在苎萝山上度过的枯寂岁月，他再也不想重新回味。所以他总是往人多的地方跑，狐朋狗友成群结队，有人他才安心。

他想起困居秘宗的时候，阿舅怕他被黑街的人救走，将他隔离在仙人洞，每日除了桑持玉他谁也见不到。可是桑持玉那小子防着他，整日待在洞外竹林不肯入洞。他躺在床上数日出日落，感受自己的内脏一个挨一个地枯竭，有时候实在受不了了，起身诱引桑持玉进洞陪他，那个家伙铁石心肠，鲜少搭理他。

他不禁想，他都这么可怜了，桑持玉怎么还不心疼心疼他？他当真这么讨人厌吗？

苏如晦两眼发酸，有想哭的冲动。

裤腿被谁动了两下，苏如晦低下头，看见桑宝宝不知何时钻出来了，正蹲在他脚边，啪嗒啪嗒地舔着碗里的水，大尾巴扫过他的裤脚。

苏如晦心里有气，喃喃道："罢了，他要走就走吧，我不再去找他了。何必呢，自找苦吃，宝宝，你说对不对？"

桑宝宝舔水的动作停了，仰起脑袋瓜注视着苏如晦。

苏如晦去给桑宝宝做早饭，他煮了个大鸡腿，把鸡腿肉撕成一缕一缕地搁在碗里。鸡汤倒出来凉一凉，搁在碗里给桑宝宝喝。端着盘子回寝居，用脚推开门一看，却见桑宝宝蔫蔫地趴在被褥里，比枯萎的狗尾巴花儿还没有神采。

刚刚还活蹦乱跳的，为了躲他的打四处乱窜，现在怎么没劲儿了？

苏如晦把它抱在碗边，要它吃饭，它无动于衷，仍是一副垂头耷脑的模样。

"快吃，吃了就高兴了。"苏如晦拈起一缕鸡丝喂它。

它垂眸望着这缕鸡丝半晌，终于张了口，就着苏如晦的手叼走了鸡丝。娇气猫，苏如晦想，还得有人喂饭才肯吃。

一碗鸡肉丝儿全喂干净了，桑宝宝垂着脑袋啪嗒啪嗒地舔起鸡汤来。它吃饭喝汤的模样斯文得很，伸出粉红色的小舌头小心翼翼地舔，全程没有一点儿汤水洒在碗外。不知为何，苏如晦竟从一只小猫的身上看出了点儿端正的君子做派。

像那个没良心的桑持玉，他吃东西也这样，小口小口，细嚼慢咽。

小时候不懂事，过家家不能作数。苏如晦和桑持玉真正相识的时节，该算在拓荒卫。两次相遇之间空了整整七年，而那七年间恰巧是苏如晦人生中最苦闷的日子。先是老爹丢下他不管，后来是师父驾鹤西去，他披麻戴孝送完师父，周小粟被渝州周家接回本家，江雪芽回到云州，原本热热闹闹的苎萝山只剩下他自己一个人。

十四五岁的半大小子，形单影只，像只野狗一样满山流浪，苏如晦不负众望地长歪了。他成了赫赫有名的二世祖，除了嫖，世家子能干的坏事儿他都干过。

十七岁，苏如晦搬到边都，纠结了一帮不良子弟成日为非作歹，他是其中老大，大伙儿尊称他为大哥。苏如晦那时候年轻，讲义气，满脑子为了兄弟两肋插刀。他手底下有个老弟爱上了边都花魁，一心一意带她过琴瑟和鸣的小日子。奈何花魁娘子被白家小少爷看上，苏如晦二话不说，领着兄弟扒了那少爷的衣裳，逼迫对方将小娘子拱手相让。

小娘子眼泪汪汪，当即对苏如晦一见钟情。苏如晦让她嫁给那老弟，小娘子宁死不从，非他不可。这下尴尬了，苏如晦和老弟反目成仇，直到苏如晦病死仙人洞那年都没有和好。这是后话，暂且不论。总而言之，苏如晦被白家告上北辰殿，澹台净勃然大怒，把他丢进囚车送往拓荒卫。

说实话，去拓荒卫正中苏如晦下怀。因为江雪芽在那儿，江雪芽比苏如晦早两年过去。这姐们儿比他更浑，别人只知道江雪芽得罪了长兄才被驱逐，却不知道江雪芽具体干了什么垃圾事儿。苏如晦知道，江雪芽调戏了她哥的心腹。

物以类聚，人以群分，苏如晦和江雪芽交情好，主要因为他俩都是忘八端。江雪芽早去了两年，早已在拓荒卫打下了一片天地。听说她刚到雪境就站上校场，把世家营的子弟挨个儿胖揍了一顿，就这样，这厮以别人无法超越的混账作风折服了所有不良子弟，成了拓荒卫世家营地的大姐头。

霜风扑面，苏如晦冻得直缩脖子。江雪芽带着人来接他，两年没见，江雪芽身量又高了不少，寒风锻炼了她的锋芒，她的眉眼昳丽得让人不敢直视。江雪芽的美是酷烈的美，像刀剑流光，烈日光影。她一袭红色圆领缺胯袍，红艳艳的越发衬得肌肤雪白，恰似风雪之中的钢铁蔷薇。

她的美太具攻击性，男人们总是不由自主为她倾倒，甘愿做她脚边匍匐的臣奴，前提是他们不要像苏如晦一样了解她，对她知根知底。

“欢迎！”江雪芽笑吟吟同他碰拳，“来得正好，我缺个帮手。”

“我什么都不会，你要我干吗？”

“别跟我装，你那些傀儡小玩意儿我瞧着不错，上次寄给我的伏火大耗子很得我心意，炸山开道正需要，你多给我弄点。这里的山骨头太硬，灵石矿开采这么些年，越开越深。眼看雪季就要到了，不紧着这几个月，上头的差没法儿交。”

“反正降罪降不到你脑袋上，”苏如晦耸耸肩，“这事儿该拓荒卫指挥使管吧，指挥使是谁？我听说叫夏靖。”

“雪中送炭好过锦上添花，能帮一把是一把。”江雪芽问，“你阿舅近日如何？”

“老模样呗，”苏如晦感到疑惑，“你问他干吗？”

江雪芽不答，殷红的唇角漾起一抹坏坏的笑：“我还有事，先走一步。晚上记得来塔楼，给你办了个接风宴，让兄弟们认识认识你。”

“知道了。”苏如晦无所谓地摆摆手。

身后好像一直有一道目光，苏如晦回头望，人来人往，人头攒动，苏如晦什么也没看见。

要是知道晚上的接风宴是那德行，苏如晦是万万不会去的。他来雪境，主要目的是散心，谁知道还得应酬，外加对付刺客。这小舞女爬上他膝头时他就觉得不对劲儿了，一心一意盼望嫁给世家子弟的女人不会把自己的手弄得这样粗糙，她们总是用旱獭油和猪胰子把自己的每一寸肌肤养护得嫩滑如丝绸。

果然，她俯下身的刹那间，右手间闪过一道凛冽的光。金簪即将抵达苏如晦脖间的时候，他握住了她的右手，另一只手抵住她的唇。

“姑娘，在这里杀我不是好时机。”苏如晦笑着低声道。

舞女吞下口中的酒液和金鱼，手中用力，男人稳稳钳着她的手腕，她一寸也无法靠近。

“你现在离开，我让我师姐放过你。我这人怜香惜玉，对女人家下不去手，让你家白小少爷下次派个男人来。”苏如晦道。

舞女余光里瞥了眼坐在不远处的江雪芽，那个放诞不经的女人搂着妩媚的少男，笑眯眯将她盯着。她的目光和江雪芽的目光相会，江雪芽遥遥朝她敬酒。

“被女人罩着，你的骨头真软。”她讽刺他。

苏如晦只是笑：“实不相瞒，我的人生理想是当个吃软饭的小白脸。如果你能罩我，嫁给你我也行。”

舞女收回金簪，直起身。因着角度错位，在外人看来，他们刚刚结束了深吻，人群再次欢呼。苏如晦想明天这事儿传到北辰殿，他阿舅又得派人来数落他了。他饮着酒，忽然看见有一个黑发黑眸的男人沉默地站在沸腾的人群里。

他歪了歪头，系统贱兮兮的声音响起：“桑持玉，年轻的刀术高手，秘术者。由于他的秘术比较复杂，是鲜见的无境界秘术者。对了，他最讨厌的东西是狗和苏如晦。”

苏如晦笑了，又来个刺客，听系统的话他刀术很强，看来不好对付。

人群太过拥挤，男人好像无法继续行进。他低垂着眉睫，忽然抬起了刀。刀刃滑出刀鞘一寸，仿佛波涛荡漾的一截秋水。水波似的刀光闪过身侧子弟的脸颊，人们终于注意到这个从一开始就与他们格格不入的男人。

人群霎时间安分了不少，潮水分流一般为男人让出一条道。

苏如晦在子弟们的眼中看到了恐惧，他发现他猜错了，这不是个刺客，因为刺客不会像这人一样嚣张。此时苏如晦还不知道他们因何恐惧，直到第二天才从江雪芽嘴里知道缘由。很少人敢挡桑持玉的道路，因为他的名声实在很差。苏如晦以流氓著名，而桑持玉是个暴徒。

桑持玉刚来拓荒卫的时候还不出名，这里的世家子比比皆是，很多人的家族历史超过五百年，桑氏遗孤和大掌宗的弟子的身份不足以让他引人注目。他出名是在一场突袭，他受命和寅字营的军士一同突击黑街的七杀矿场，活捉矿场的三名首领。

在距离矿场不足百尺远的雪坡，军士扎营讨论作战计划，桑持玉背着刀独自进入风雪。军士们以为他去侦察，谁知他一去就是一个时辰。一个时辰以后他浑身是血地拖着三个面目全非的人彘回到雪坡，这三个可怜蛋就是七杀矿场的三个首领。军士们进入矿场，发现里面已经血流成河，五十余个黑街叛军全部死亡，那三个残废是最后的活口。他们心惊胆战地把俘虏送回军营，指挥使望着三个奄奄一息的人沉默。

“为什么砍断他们的手脚？”指挥使问。

“防止偷袭。”桑持玉道。

“我要的是活口。”指挥使说。

桑持玉道：“他们还活着。”

“可他们离死也不远了！”指挥使额角青筋暴突。

桑持玉做事的准则是怎么方便怎么来，那三个首领宁死不屈，数次试图偷袭桑持玉，桑持玉就把他们的手脚砍断。上面没有下达留其他活口的命令，他就灭了矿场，以免节外生枝。他不擅长忍耐麻烦，他更擅长解决麻烦。他喜欢独自行动而不是和军士协同作战，是因为那些军士总是磨磨蹭蹭，争论战术。他抱着刀站在一旁听，许久没有得到结果，索性离开，等他带着人彘首领回到营地，他们的争论还没有结束。

然而在军士眼中，他残暴、嗜血，极端不合群。他总是半路失踪，一两个时辰以后提着一麻袋的头颅出现，将头颅丢给军士充作战功首级。军士并不感谢他的恩德，只认为他高傲，看不起同袍。

有小道传言说大掌宗预备让桑持玉和苏如晦成为秘宗下一任接班候选人，没有人支持桑持玉，朝堂上的官员们甚至更加属意于苏如晦。他们宁愿秘宗大掌宗是个沉迷玩乐的昏君，也不愿意他是个暴虐成性的杀人疯子。

桑持玉走到了人群的尽头，站在了苏如晦的面前。苏如晦膝头的舞女抬头见到桑持玉，立马流露出恐惧的神色，忙不迭抱着斗篷跑了。桑持玉杀神的名号让所有人恐惧，他来到这里，没有人会猜测他是来玩乐的。

苏如晦笑着举杯：“桑兄弟。”

男人不言，注视苏如晦的目光凉如雪水。

苏如晦的手举累了，索性放下：“兄弟因何讨厌我？我们以前认识吗？”

男人面无表情道：“大掌宗有令，你跟我走。”

苏如晦仰头叹了口气：“老天爷，为什么我都到雪境来了，还这么多烦心事？打个商量，这儿天高皇帝远的，你睁一只眼闭一只眼行不行？”

“武官戒律：不可饮酒，不可淫乐，不可歌舞，非批准不得杀生，”男人脸色漠然，

“你犯了三条。”

“你知道吗?”苏如晦懒洋洋地笑,“我娘早逝,我爹失踪,差不多等于父母双亡。父母双亡的好处就是无论我干多少坏事儿,都不会有人揪着我的耳朵回家。谁知道偏有人不长眼,上赶着来当我爹。兄弟,我拿你当兄弟,你想当我爹,这事儿不厚道。”

苏如晦站起身,举起酒杯朝他晃了晃,然后在他面前一饮而尽。苏如晦很嚣张:“我现在破前三条戒律,你再不走,我就破第四条。”

男人眼眸低垂,看了看空空的酒杯。苏如晦不知道他在想什么,他的眼睛漆黑而深邃,除了冷漠看不到别的情绪。

“喂……”

苏如晦话还没出口,他出手了,一拳击中苏如晦的腹部。他们离得太近,对方的速度又快,苏如晦来不及躲闪。剧痛顺势蔓延整个胸腹,苏如晦弓起背,喝下的酒水和小金鱼尽数吐了出来。这家伙从腰后取出一捆锁链,缚住苏如晦的双手,锁链的另一头掌握在他的手心。

他一手押着苏如晦的后脖颈子,一手拉着锁链,抬头看向江雪芽。

场中所有子弟都惊呆了,丝竹停下,塔楼里鸦雀无声。

“以后他归我管,”桑持玉问,“你有意见吗?”

他那副样子分明是“你敢有意见我就削你”。

“桑持玉,”江雪芽说,“给个面子,他是我兄弟。你还记得吧,咱们仨小时候有交情,对待老朋友不要这么无情吧。”

交情?苏如晦想,他和这家伙哪来的交情?这家伙比他还嚣张,他认识这么嚣张的人吗?

“记得,”桑持玉语调冷漠,“所以走之前先询问你,你有意见吗?”

苏如晦好不容易咳嗽完,问:“我们仨有交情?”

“打朋友我会内疚的啊,”江雪芽感叹道,摆摆手,“上。”

话音刚落,场中无数男人振袖起身,刀光自袖下刚猛乍现。四面八方,他们一同嘶吼着扑上来。桑持玉一脚把苏如晦踹开,锁链换到左手,精铁链条哗啦啦拉伸,苏如晦跌在石阶下摔了个狗啃屎。无数人的脚从他身边经过,人群中心的那个男人从刀带上抽出了刀,划出一条圆月般的弧线。

桑持玉没有拔刀出鞘,黑铁刀鞘挥舞在他手中,他好像握着一道漆黑的暗影。他挥刀的速度快得不可思议,骨骼断裂声和惨叫声此起彼伏。

苏如晦捂着脑袋坐起身,便见桑持玉以膝盖击中一个扑向他的半裸男人,男人尖叫着倒飞出去。后方有人偷袭，桑持玉迅速旋身，衣袂飞舞犹如蝶翅，他的黑铁刀鞘擦过对方的刀刃，划拉出一连串炫目的火花。

又一个人被击飞，并且飞向了苏如晦的方向。这位老兄满身肥肉，苏如晦的身板可承受不了如此重量，正想滚向别处，锁链忽然一紧，他被桑持玉拉了回去，与头顶飞过去的老兄擦身而过。

锁链拉着他倒向桑持玉，下巴硌在桑持玉肩膀上，好像撞在铁板上，生疼。桑持玉一手接住他，一手取出手弩穿过他的腋下，三发弩箭击中最后一个负隅顽抗的子弟，场中所有人倒地不起，翻滚着哀号。

苏如晦抬起脸，同桑持玉眼对眼。目光相接的刹那间，苏如晦把这个家伙和记忆里藏着的人对上了号。时光在他们周围翻涌，潮水一般回溯到七年前，苎萝山的淙淙小溪边，苏如晦笑嘻嘻喊他“小弟”。苏如晦万万想不到，幼时那个乖乖给他洗袜子的小孩儿会长成如今这个冷峻淡漠的少年，下手还这么黑！

完好无损的人只剩下三个：苏如晦和桑持玉，以及坐在不远处的江雪芽。

江雪芽扶额：“老弟，我尽力了，你一路走好。”

苏如晦眉眼弯弯，道：“啊，我记起来你是谁了。”

桑持玉的身子僵住。

“你是我小弟，”苏如晦轻笑，“你是玉儿。”

桑持玉一言不发，将他推开，拽着锁链拉他走。

苏如晦大笑：“行，被你管，我认了。”

苏如晦被拉到塔楼下面，喊桑持玉停下。桑持玉回身看他，目光冷冷清清，如霜似雪。苏如晦举了举被锁链捆住的双手：“行个方便，解一下绑。”

“你逃不了。”桑持玉淡淡道。

苏如晦无奈道：“不逃，我腾个手，抠一下喉咙。”

“抠喉咙？”桑持玉蹙眉，不知道他要做什么。

“我的胃有点儿毛病，吃不了太多酒，吃多了胃难受。”苏如晦靠着砖墙，笑容懒散，“一下子喝十碗，刚你揍我一拳吐出了一点儿，得把剩下的抠出来，要不然我一会儿肯定胃疼。”

桑持玉拧着长眉看了一会儿，替他解开锁链。

苏如晦的确没耍什么花招，扶着砖墙给自己催吐，把宴席上喝的酒全抠了出来。催完吐，身子总算好受了一些。苏如晦倚着墙坐下，摆摆手，有气无力地说：“歇会儿。”

“既有胃疾，为何要饮酒？”桑持玉问。

肚里没了酒液，苏如晦脸上的醉色渐渐消退下去，透出雪似的苍白。他一副病病歪歪的样子，像一张一阵风便能吹走的纸人。很多年后桑持玉回忆这一幕，觉得心核毒发虽在苏如晦二十五岁，然而他的身体或许在那时就不甚健康了。他身体衰败得那么快，和他无节制的饮酒脱不了干系。

苏如晦摇摇头，没回答桑持玉的问题，只上下打量他，露出一抹笑容："要不你先说，你为什么讨厌我？因为我小时候哄你帮我洗袜子？"

桑持玉没有回答，只是眉间冷色又多了几分。

苏如晦当他默认了，感慨道："小时候是我不对，我道歉。你变了好多，我差点儿没认出来你。他们说桑大人桑持玉，可我只记得你叫玉儿。"

"苏如晦，你也变了很多。"桑持玉道。

"拉我一把。"苏如晦朝他伸出手。

桑持玉解下横刀，递向他。

连拉他一把都不愿意，这是厌极了他的模样。苏如晦有些无奈，抓住他的刀鞘站起身，歪歪扭扭走回了营帐。

桑持玉这个人死脑筋，他是苏如晦平生见过的最不懂得变通的人。澹台净让他去办事，他一定把事办得干净利落，他让敌人粉身碎骨，自己也几乎粉身碎骨。这种人很不好对付，因为你猜不透他的喜好，逮不住他的把柄。

他干活儿不为名也不为利，大掌宗接班人的位置他不稀罕，金银财宝他更不在乎。他衣箱里的衣裳是清一色的拓荒卫制式缺胯袍，刀剑弓弩用的是上头发给他的，他不饮酒不赌博更不逛窑子，营地发什么饭菜他就吃什么。

苏如晦后来发现他有本册子，上头是澹台净给他安排的修行时间表——

鸡鸣　盥洗、朝课
平旦　食粥、坐禅
日出　体术、刀法
隅中　展钵
日南　体术、刀法、经行
黄昏　开浴、坐禅
人定　开枕

更离谱的是，桑持玉一丝不苟地按照澹台净的命令生活。桑持玉是这样一个人，直接导致苏如晦在拓荒卫的日子生不如死。澹台净说桑持玉的戒律就是苏如晦的戒律，所以每天天不亮桑持玉就把苏如晦从被窝里拽出来，让他去苦修。

桑持玉的苦修严苛到令人发指，他们每天必须一大早到山顶坐禅。苏如晦常常冻得鼻涕水直流，然后东倒西歪地打瞌睡。有时苏如晦倒向桑持玉的方向，桑持玉用一只手抵住苏如晦的额头，将他摆放端正。有时苏如晦醒来，发现自己离悬崖只剩一步，他心惊胆战地坐起来，埋怨道："你不拦着点儿我，我掉下去怎么办？"

桑持玉平淡地说道："我为你立冢。"

苏如晦："……"

那以后苏如晦再也没敢在山顶打瞌睡。

回到营地得练刀、格斗、摔跤，直到日落时分才能休息。桑持玉刀法高强，苏如晦根本敌不过他。桑持玉对体术和刀术的要求十分严苛，从来不放水，同他对刀，永远是苏如晦单方面挨打，日日被他揍得鼻青脸肿。

即便是正经军士也不用如此苦修，世家营的子弟们每天看苏如晦从山上跑下来，死狗一样瘫痪在地，报以同情的眼神。若是旁人，苏如晦贿赂一二可以蒙混过关，可惜他面对的是无欲无求的桑持玉。

苏如晦受不了了，开始用歪招。他夜晚偷溜离开营帐，趁桑持玉睡觉的时候招朋引伴出去赌钱，并且故意让桑持玉发现，桑持玉不得不半夜出门拿他。连续几夜，桑持玉一休息苏如晦就偷跑。两人猫捉老鼠似的，几夜都没睡好。

"要么你别管我，要么你别想睡觉。"苏如晦死猪不怕开水烫，"看咱俩谁能撑。"

这招式虽然伤敌人一千自损八百，好在管用，苏如晦明显感觉到这几日桑持玉气力不济，校场格斗的时候反应慢了许多。

营帐里，桑持玉的嘴唇抿成了一条线。

他这几日当真累得很了，苏如晦看他脸色苍白了不少。撩开帘帐看外头的天色，天穹已经暗了下来，高原笼在一片蒙蒙的阴影下。往常这时候桑持玉早歇了，偏生要看管苏如晦，便还待在苏如晦的营帐里。

苏如晦往床上一躺，哀声道："求你了，睁一只眼闭一只眼吧，对咱俩都好。"

桑持玉不搭理他。

苏如晦扭头看他，喊道："玉儿。"

营帐里气氛登时冷凝了几分，桑持玉绷着脸，浑身散着寒气。

"不要那样叫我。"桑持玉冷声道。

"行，"苏如晦笑嘻嘻，"桑哥。"

他故意气桑持玉，桑持玉被气走了他就自由了。

“我不是你哥哥。”

桑持玉的年纪其实比苏如晦小一些，奈何苏如晦这厮脸皮厚如城墙，一口哥哥喊得很溜。

“不是哥哥，”苏如晦道，“那就玉儿。”

桑持玉闭目养神，不再多言。

“好玉儿，”苏如晦摇他袖子，“看在咱们从前的情分上，你还叫过我如晦哥哥呢。小时候那么甜那么乖的玉儿，长大了怎么对我这么无情呢？”

桑持玉拧起眉头，硬邦邦地说：“往日之事，不必再提。”

“我要求的不多，你只要允许我睡懒觉就行，其他修行我还是原样跟着你。”苏如晦同他商量，“嗯？行不行？你要是不同意，我就发大招了。明儿我让全拓荒卫的人都知道你小时候许过诺，要当我小弟。小弟我不才，他们管我喊声大哥。打明儿起，我让他们改口喊你玉儿。”

桑持玉门神似的站在帘幕边上，一动不动。

苏如晦彻底服了。行，耗就耗，谁怕谁。苏如晦也是个犟骨头，自顾自爬下床，鼓捣起他的小傀儡来。他营帐里堆满了木头和铁皮疙瘩，全是他用来制造傀儡的材料。桑持玉低垂着眸子，看他用凿子戳来戳去。

苏如晦脚边有个银色三头小狗，桑持玉在苎萝山的时候见过，听说是他爹送的，里头还有小机关，一拉小狗屁股后面的丝线，小狗便会“嘿嘿嘿”地叫起来。

苏如晦把机关设计得更加复杂严密，还加入了星阵和灵石。星阵导引灵石的灵力，让机关自如运转，好些木雕傀儡自己动了起来。苏如晦在地上画星图，构造星阵。繁复的星线令人目眩，蜘蛛网格似的交杂在一起，桑持玉看不懂。

桑持玉迟疑着道：“没有秘术，也能演算吗？”

“能啊。”苏如晦看了看他，挠挠头道，“哎呀，以前的事儿你不用挂怀。那个秘术有没有对我来说关系不大，手算也能把星阵构造算出来，就是花的时间稍微长点罢了。”

其实他说谎了，有“推演”和没有“推演”的差距压根儿不是一星半点。以前他一瞬间就能得出的答案，现下要花数个月来计算和反复验证。

他指着地上的星图，解释道：“你看，这是三垣，这是五曜，这是北斗。星与星之间相吸相斥，动必顺时，成变化之道，合阴阳之妙。找到它们运行的规律，布为星阵，就可以借得天力，运转机关。”

他戳了戳地上一个钢铁大耗子，大耗子抖动肢体，歪歪扭扭朝桑持玉窜过去，不停撞桑持玉的靴子，口里还嗷嗷地喊：“桑哥！桑哥！桑哥！”

桑持玉：“……”

他有踩它的冲动。

“千万别踩，会爆炸的。”苏如晦笑道，“这是伏火钻地鼠，里头填了灵石粉末和黑火药，炸山开道毫不费力，你要不要？送你几个玩玩。”这玩意儿其实是完成了系统的任务，跟着系统奖励的傀儡书学着做的，不过这就不用告诉桑持玉了。

苏如晦眨眨眼，继续道：“当然，要是你以一天的懒觉为报答，我自然是不会拒绝的。”

桑持玉盘腿坐下，捡起伏火钻地鼠放在掌心瞧，忽道：“我记得你幼时不喜风后星阵。”

苏如晦耸耸肩：“的确，我现在也不喜欢。谁让我爹临走的时候跟我说，要是我达到天人境，他便会回来见我。我那时候信了他的鬼话，一心一意跟着师父修行，结果我师父快死的时候告诉我真相，古往今来没有一个秘术者到达天人境，更别说我这个没有秘术的人了。”

苏如晦之前经历的事桑持玉听说过，父亲出走，师父病逝，师姐师妹回家，他一个人在苎萝山从孩童长成少年。话说到这儿，按照常理桑持玉应该安慰安慰他。可是桑持玉嘴笨，不知道如何开口，营帐里陷入了沉默。

幸好这时候江雪芽进来了，这女人一团火似的，亮得耀眼，她一进门，空气似乎霎时间灼热了起来。她一看苏如晦手里的伏火钻地鼠，蹲下身问：“做了几个了？你做多少我买多少，最好把图纸画出来，我从云州调工匠。”她对着光端详小老鼠，看见它们背上的雪花徽记，“这小雪花儿挺漂亮，你画的？”

苏如晦应了声：“别乱碰，爆炸了咱仨连灰都不剩。”

江雪芽挑眉问：“为什么要用雪花当徽记，你情人叫小雪？”

用雪花是因为系统长这样，傀儡来自系统外挂，苏如晦就随手用了系统的样子当徽记。

只不过系统的事儿他得瞒着，便敷衍道：“我哪来什么情人，瞎画的。”

江雪芽丢开老鼠，老鼠又不依不饶去撞桑持玉，喊着“桑哥桑哥”。江雪芽道：“周小粟来了。”

苏如晦愣了：“周小粟？她怎么来了？”

江雪芽一笑：“八成是偷跑出来的，没带行李没带仆从，死乞白赖要在我屋里睡。她说想咱俩了，听说咱们都在拓荒卫，她也跟着来。你信吗？”

苏如晦也笑：“不如相信桑持玉破戒。”

桑持玉默默看了他一眼。

“所以我查了一下,”江雪芽抱着手臂,“她是为了一个男人过来的。过去一年里,她一直和这个男人鸿雁传书，情意绵绵，诉说衷肠，连下辈子生的小孩儿是男是女小名大名都想好了。”江雪芽顿了顿，道,“他俩甚至互相交换了裸相，画的那种，你懂的。我刚好截获了一张，周小粟把自己美化了不少，胸画大了好几号，她明明是个平胸。”

苏如晦:“……”

桑持玉站起身:“我回避。”

苏如晦拉住他:“听都听完了，不用了。”灯影罩住了苏如晦的脸，他的神情喜怒难辨,“那男的是谁?”

江雪芽道:“幽州燕氏，燕瑾瑜。”

苏如晦配好横刀,一掀帘帐气势汹汹地往江雪芽的营房走去。周小粟是他师妹，她干出如此出格的事儿，合该苏如晦生气。这是他们师门的事，更不是什么有脸的事，桑持玉一个外人不便掺和，原想回自己营帐歇息，却被江雪芽拉住。江雪芽满脸无奈，低声道:“苏如晦这小子肯定要打人，只有你管得了他，一会儿帮忙拉着点。”

她说完急匆匆追苏如晦去了，桑持玉踌躇一瞬，也出了营帐，跟在他们身后。

江雪芽官衔高，不像他们住营帐。她的营房在塔楼下面，苏如晦一路直奔而去，推开门，便见营房里头立了一对正热烈拥吻的男女。其中那个一袭秋香色夹袄的娇小姑娘正是周小粟，苏如晦见了眼前一黑，差点儿没气得吐血。

两人见苏如晦闯进来，都吃了一惊，连忙分开。周小粟比离开苎萝山的时候高了一点儿，她比苏如晦小两岁，如今刚刚好十五。本也是个娉婷少女了，因着脸蛋长得圆，模样比她实际年龄还要显小一些。

旁边那个男的苏如晦没见过，不过能猜到，想必就是江雪芽说的那个幽州燕氏子燕瑾瑜。长相倒是不错，尤其身量甚高，周小粟才到他胸前。方才两人拥吻，周小粟站在凳子上才够得着人家的嘴唇。

系统适时给出介绍:“燕瑾瑜，幽州燕氏多年前寻回来的儿子。对外宣称身高八尺，实际身高七尺五。另外给个温馨提示，他对宿主的仇恨值非常高，请宿主谨慎同他交游。”

苏如晦感到疑惑，他和燕瑾瑜有过节吗?

江雪芽和桑持玉也赶到了，一个营房挤了五个人，登时显得有些狭窄，气氛也变得紧张。

周小粟上前一步，将燕瑾瑜拉到身后挡着，期期艾艾强笑道：“师哥你来啦，我正想去和你打招呼来着。对了，”她拉着燕瑾瑜的手，给苏如晦介绍，“这是幽州王的长孙燕瑾瑜，同你一块儿在拓荒卫供职的。他现在是校尉，说不定以后你们还会一块儿做事呢。”

燕瑾瑜上前，同苏如晦见礼：“久仰大名，苏公子初到拓荒卫那日正好我在外巡逻，未曾得见，甚是遗憾。不过缘分就是缘分，咱们还是见面了。虽说我官阶比你高一点，又是幽州燕氏长房长孙，但你是小粟的师哥，不必太过恭谨，唤我名字便是。”

这厮话里话外显摆自己身份地位不凡，苏如晦听得很是无语。

“别，”苏如晦皮笑肉不笑，“在下福薄，叫幽州燕氏长房长孙的大名会折寿。大黑天的，大家都困，我不跟你客气了，把话直说了吧。我师妹是个脑子缺根筋的，见着长得好的男的腿就迈不动道儿。你俩谈情说爱，发乎情止乎礼也便罢了，但你不该诱引她干出格的事儿。”

周小粟叫道：“师哥！事情不是你想的——”

“你闭嘴，一会儿再收拾你。”苏如晦瞪了她一眼。

燕瑾瑜笑容有一丝僵硬，道：“此事是我与小粟你情我愿。”

苏如晦摆摆手：“随你怎么说，现在我好好同你商量，你把那些书信给我，我当着你俩的面烧了，这事儿咱就翻篇。”

“商量？我怎么听着像胁迫？若我不交，你又当如何？”燕瑾瑜冷笑。

“那就得看你交不交书信了。”苏如晦道。

昏暗的烛火中两人对视，似有雷霆火花在目光相接处闪现。苏如晦莫名其妙觉得这厮哪里见过，偏又想不起来。大约是拓荒卫里头照过面，毕竟矿场营地就这么大，抬头不见低头见的。

眼看气氛僵持，江雪芽一手一个酒杯递给两人，插进话来打圆场：“哎哎哎，大家都是同僚，何必如此剑拔弩张？来来来，喝杯酒再说话。燕校尉我知道的，是个好男儿，前些日子巡逻还捉了两个贪狼矿场的斥候回来，前途无量。小粟同你好，虽说的确有违礼法，但只要人好，我们当师兄师姐的就放心。只不过，那些书信确实不太好，万一传出去，小粟还怎么做人？燕校尉，你说是吧？”

燕瑾瑜正要说话，一直沉默的周小粟忽然出声了。

她大声说：“我们不交！”

江雪芽和苏如晦都看向她。桑持玉拧着眉心听了半晌，默默离开营房。

周小粟上前一步，直视苏如晦的双眼：“师哥，我不是小孩儿了，我的身子我自己做主，我爱让谁看就给谁看，你们管不着。”

“你哪儿学来的歪理！”苏如晦压抑着怒火。

“跟你学的！”周小粟抹了下通红的眼角，“小时候咱们三个明明从来是一块儿玩儿的，现在你和师姐在外头逍遥，凭什么就我得关在大宅院里？师姐你不知道我多羡慕你们，想干什么就干什么，想去哪儿就去哪儿。你那么多小情人儿，我就这一个。师哥你十五岁就撵猫遛狗到处闯祸了，我就任性这么一次。况且我又不是像你和师姐一样逢场作戏，我和燕公子是真心相爱，打定主意要过一辈子的，你凭什么管我?!”

江雪芽无奈地扶住额头。

苏如晦差点儿气得吐血，使劲儿平了平气才忍住打她的冲动。这姑娘娇生惯养，打小拎不清事儿。男人是什么玩意儿苏如晦还不清楚？若燕瑾瑜当真爱她敬她，又岂会让她寄裸相？渝州和幽州一个南一个北，书信但凡出点岔子让别的人看了去，她这辈子就完了。

好吧，归根究底是苏如晦和江雪芽俩不正经的带了坏样，被周小粟这么抢白一通，两人都不知道说什么了。

燕瑾瑜再次拱手行礼，笑容越发幽深：“江都司，苏公子，抱歉，小粟不同意。”

双方陷入僵持，周小粟和燕瑾瑜打死不交，一副情意绵绵的样子，他苏如晦倒成了个棒打鸳鸯的恶人。又扯了一会儿皮，苏如晦准备撸袖子干架了，桑持玉忽然回来了，手里拿了一沓书信。

他递给江雪芽，道：“检查。”

没人能想到这厮趁他们吵架的时候偷袭后方，直接上燕瑾瑜的营帐把书信取回来了。

江雪芽背对众人打开书信，翻了一遍，点点头：“是这些。”

二话不说，放在蜡烛上烧了。

燕瑾瑜脸色黑如锅底，道：“桑持玉，你私自搜查我的营帐，犯了军令。”

桑持玉冷声道：“三日前北辰殿下令，定期搜查军士营帐有无五石散。”他又伸出手，掌心躺了几包粉末，“你的营帐有三包，按律当罚处二十军棍。”

想不到桑持玉为自己两肋插刀，苏如晦笑吟吟地去拿他手里的五石散，道：“不过看在燕校尉配合交出书信的份上，这事儿我们就替你瞒住了，不谢。”

“不行，”桑持玉面无表情地避开苏如晦的手，“律令如铁，不可包庇，请燕校尉自去领罚。另外，拓荒卫闲人免进，我会派人遣送周小姐回渝州。”

周小粟急了：“你谁啊你，我凭什么听你的！”

桑持玉没搭理她，拽着苏如晦的后脖领子往外走。

“该睡觉了。”他淡声道。

苏如晦拗不过桑持玉，一边后退一边指着周小粟：“老实和师姐待着，明日我再来找你算账！——喂桑持玉你别拽我领子！”

桑持玉把苏如晦拽回营帐，夜已深了。金柝之声遥遥传来，两人相对着站在营帐里。苏如晦有些不好意思，道：“让你见笑了，这丫头让人不省心。”

桑持玉沉默了一瞬，道：“你也一样。”

“……”苏如晦咳嗽了几声，假装没听见，道，“今儿个多谢你了，你快回去歇着吧。”

桑持玉没什么表情，他向来是安静寡淡的模样，眸子深而黑，像月色映进深渊，让人猜不透他的心绪。

“拓荒卫已从黑街斥候嘴中得知贪狼矿场方位，我要随甲字营天字队突袭贪狼矿场，明晚回营，”桑持玉叮嘱他，“明日你要自己修行。”

“你何时出发？”

“丑时。”

苏如晦一愣，现在已经子时了，那这家伙岂不是只能睡一个时辰？他被苏如晦闹得接连几天没睡好，突袭黑街矿场可不是轻松的活计，撑得住吗？苏如晦感到内疚，不免有些担忧。

没等苏如晦开口，桑持玉先问他：“今晚你会睡觉吗？”

苏如晦义正词严：“当然会！放心吧，我再不闹你了！”

他刚说完，几个勾肩搭背的不良子弟掀帘子进来：“晦哥，白天说好今晚一块儿斗鸡，你怎么……”话刚说到一半，和里头的桑持玉照了面。

苏如晦扶额。

不良子弟忙不迭地溜了。

“坐。”桑持玉指了指床榻。

“哦。”苏如晦乖乖坐下。

桑持玉一个手刀打在苏如晦后颈。苏如晦晕了过去，倒进棉花被褥。

如此便不闹了。桑持玉默默地想，帮他盖好被子，摆成端正的睡姿，转身离开。

第二日清晨公鸡还没有打鸣，天刚刚蒙蒙亮，苏如晦就醒了。脖颈子后面疼得要命，桑持玉这厮下手太黑了。

他本想继续睡，睡他个日上三竿再起，然而在床上翻来覆去，竟然怎么也无法重新入睡。他躺在床上瞪着帐篷顶瞪了半晌，翻下床捣鼓他的伏火大耗子。他弄了个新款式，让这耗子会跳着叫“玉儿”，气死桑持玉。

桑持玉说晚上回来，可是到了第二天，还是没个人影。苏如晦大部分时间窝在营帐里不见人。世家子弟来找他斗蛐蛐，不知怎的他觉得甚是无趣，推说不去，只有处理周小粟的事儿的时候他会出门走一趟。燕瑾瑜本来也要同桑持玉那支队伍突袭贪狼矿场，因着领了二十军棍，这回没跟着去，留在营房里养伤。周小粟死赖在营房里要照料他，被江雪芽关进了大牢。

“我劝你老实待着，别整幺蛾子。”苏如晦盘腿坐在牢房栅栏外，手里玩着他的水晶镜。这是他新制的小玩意儿，实际上是一种小型星阵，里头的灵力流同对应机关相连，即便相隔数里也能操控机关。

周小粟抱着膝盖啜泣，眼睛哭得通红，小兔子似的。苏如晦抬头看了她一眼，叹了声，道：“不是说不让你谈情说爱，是你现在还太小，识人不清。燕瑾瑜大你六岁，你女孩家家，同年纪大的男人谈容易上当受骗。过两日你大哥就来接你了，你先回家去，我和你师姐摸摸这人的底。要是他真像你说的那么好，我俩保证不干涉，你爱干吗干吗。”

周小粟仍是哭，抽抽搭搭：“哼，我才不要听你的。你说我，那你自己呢？师姐跟我说了，昨儿你身边那个男的是小时候来咱们苎萝山的小怪物。你的命差点儿丢他手里，如今你还敢和他厮混。自己成日没个正形，还管别人。”说着，周小粟对着他翻了个白眼。

真想打死这死丫头算了，苏如晦气得要吐血。她如今叛逆，浑身反骨，苏如晦知道无论他说什么她都听不进去。他越是反对，她就越是坚持。

反正把人送回渝州便万事大吉，苏如晦站起身想走，忽然瞥见角落里的牢房躺着三个人影。他走过去，伸脖子一看，是燕瑾瑜之前抓回来的黑街斥候。就是这仨人交代了贪狼矿场的位置，让拓荒卫拟定计划突袭。

三人睡得死沉，听不见半点声息。苏如晦起了疑，转头问周小粟：“这仨什么时候睡的？”

“不知道，反正今天没见他们醒过。”周小粟哼哼唧唧道。

苏如晦心里头咯噔一下，登时有种不祥的预感，忙找来军士开门，进去一瞧，果然仨人早已死去多时，身子都硬了。苏如晦沉下脸走出牢房，问周小粟：“昨夜这里来过别人吗？”

周小粟知道出事儿了，站起来道：“我睡得沉，没注意。”

牢房发生了凶杀案，苏如晦不放心周小粟留在这儿，遣人开门把她拉出来。黑街斥候莫名其妙暴毙，难不成和他们交代口供有关？这做派像极了杀人灭口，贪狼矿场那边不会出事吧？

苏如晦惴惴不安，拉着周小粟去找夏靖。一出门，便见营地里多了许多伤兵。个个缺胳膊断腿，在地上辗转哀号。

“我正要去找你，”江雪芽按着刀出现，脸色凝重，“突袭失败，天字队一半的人折在贪狼。”

“桑持玉呢？”苏如晦问。

“他？”旁边有个浑身血污的人冷笑道，“进入矿场之后就不见人影，我们所有人被围攻，拼死抵抗。若非他们的库房发生爆炸，我们压根儿出不来了。”

苏如晦也冷笑：“好一个糨糊脑袋，库房就是桑持玉炸的。他不炸库房吸引注意，你们哪有生路？”

那人愣了一下，犟嘴道：“你又不在现场，你如何知道库房是他炸的？再说了，他哪来的炸药？”

“你傻不傻，矿场要开山，怎么可能没炸药？”

现在不是斗嘴的时候，苏如晦不再同那人多费唇舌，在伤兵里挨个儿看有没有桑持玉。看了个遍，没有一个是他要找的人。他把牢房的事情告诉江雪芽，江雪芽脸色又黑了几分。斥候供出贪狼矿场的位置后暴毙，显然是受人指使，而后被杀人灭口。这次突袭压根儿就是个圈套，吸引拓荒卫自投罗网。

夏靖在大帐召人议事，苏如晦品级不够，进不去，急慌慌等了半晌，终于等到江雪芽出来。

“怎么样？”苏如晦跟在江雪芽身后。

江雪芽一面走，一面摘头盔：“刚得到消息，桑持玉没死，被贪狼活捉了。贪狼首领石敢当要拿他同北辰殿谈条件，这厮胃口大得很，一开口就要三座灵石矿。”

“你不觉得燕瑾瑜很可疑吗？斥候是他抓回来的，他本来也在突袭军士的名单中，因为领了二十军棍，刚好逃过一劫。”苏如晦越想越不对劲，“这也太凑巧了。”

“当然，”江雪芽停下脚步，无奈道，“但是我们只有猜测，没有证据。阿晦，你可别冲动。你现在要是去揍他，理亏的就是咱们。”

“他和桑持玉有过节？”苏如晦又问。

“据我所知，没有。家族之间没有恩怨，利益上也没有纠葛，前天晚上之前，他俩甚至没有说过话。再等等吧，北辰殿定然不会坐视不理，桑持玉毕竟是大掌宗唯一的弟子。”

苏如晦正要说话，忽见对面不远处，燕瑾瑜立在屋檐下。

燕瑾瑜转过脸，对上苏如晦的目光。那家伙嘴角漾出一抹浅笑，遥遥冲苏如晦作揖。他一瘸一拐地别过身，周小粟在他身后出现，扶着他，一脸关怀备至的样子。二人就在苏如晦的注视下渐行渐远，消失在帘幕之后。

小王八蛋，以后再收拾你。苏如晦心里头冷笑。

“师姐，我阿舅是什么人你不清楚吗？他的心肠可是比冰雪还冷，他绝不会舍弃三座灵石矿去救桑持玉的命。”苏如晦一字一句道，“这回桑持玉十死无生。”

“可惜了，他是个好人。”江雪芽叹息道，“以后我会去给他扫墓的。”

苏如晦幽幽注视着她。

“呃，”江雪芽挠挠头，“再带两壶陈年女儿红？够意思了，我和他又不熟。”

“师姐，我一直把你当好兄弟。”苏如晦道。

“好巧，我也一直把你当好姐妹。”

苏如晦两手插袖：“实不相瞒，我和桑持玉是生死之交了，以后他就是我们自家人了，你不会对自家人见死不救吧。”

江雪芽震惊道：“你行啊你，桑持玉怎么可能同意和你当生死之交？他脑子被驴踢了？我看他成日闷不拉几的但不像是个傻子啊。”

“这事儿他不知道。”苏如晦说。

“不知道？”江雪芽没听懂，“他不知道他和你是生死之交？”

“暂时不知道，”苏如晦扬眉一笑，一脸痞相，“等把他救回来，他就知道了。”

江雪芽：“……”

“好吧，我说实话，”苏如晦叹了口气，“这几天我天天吵他不能睡觉，他若是养精蓄锐，这次险境未必不能逃脱。可他好几天没合眼了，他失陷敌营，燕瑾瑜有份，我也有份。”

不出苏如晦所料，当晚江雪芽从夏靖那边得来消息，北辰殿已经决定放弃桑持玉。澹台净这人心肠狠，心里头装天下苍生，装昆仑秘宗，什么桑持玉，什么苏如晦，全部靠边站。今儿个若现在贪狼矿场的是苏如晦，澹台净照样放弃。

苏如晦估计桑持玉不会有怨言，不知道为什么，虽然桑持玉成日唯秘宗规条是从，好像十分忠心的样子，苏如晦却感觉他这人其实啥也不在乎。他一个人待着的时候总是静静的，好像不存在似的，这世上任何喧嚣皆不能进入他安静的世界，万事与他无关。正因为不在乎，他才能拼命，才能视死如归。

可惜，苏如晦没法儿像桑持玉一样。他不在乎，苏如晦在乎。周小粟一身反骨，他苏如晦更是叛逆透顶。苏如晦就是看这厮不爽，他脚不沾泥，苏如晦偏要把他拉进尘土。

夜间，苏如晦在塔楼攒了个局，召集所有世家子弟。

“诸位弟兄，今儿个天字队五十人突袭贪狼，只余二十人归来，简直是奇耻大辱！”苏如晦举起酒杯，行走于人群之间，“昆仑秘宗大掌宗首徒桑持玉，为了营救天字队弟兄逃生，不惜孤身炸毁贪狼库房，吸引黑街狗贼的注意。现在桑持玉身陷敌手，北辰殿意欲弃他于不顾，难道我们能够坐视不理？”

人头攒动，大家面面相觑。

“不错，”江雪芽站出来，高声道，“桑家乃百年望族，昔年黑街攻打不苦关，桑氏阖族战死。桑持玉如今是桑家最后一根苗，若他死，桑门绝后，黑街必定士气大振，耻笑我秘宗无人，连个十七岁的少年都护不住！”

有人叹道：“江都司说得有理。当年我们一家正好在不苦关，那场仗若非桑家，黑街必然践踏城池，我今日更没法儿站在这里。”

不苦关一役天下皆知，当年的惨痛历历在目，许多人嗟叹着点头。苏如晦看火候差不多了，大声道：“世家当守望相助，更不能让黑街耻笑我们软弱可欺。天字队战败，贪狼必定放松警惕。诸位弟兄，不若我们星夜偷袭，杀他个措手不及！”

场中有人热血澎湃地回应，但更多人保持沉默。苏如晦摔了酒杯，厉声问：“难道你们都是没有胆气的懦夫！素日里我们担着膏粱子弟的名头，让人瞧不起，你们这是认了，当个缩头乌龟，任他人耻笑？”

江雪芽也摔酒杯：“没人响应便罢，苏如晦，我同你去！”

说着二人佩起刀便走，苏如晦数着步数走到门口，暗叹怎么还没人拦他们。临到门口的时候，两人对视一眼，苏如晦咬着牙跨出门槛，这时后头终于有人摔了酒杯：“我也去！晦哥，江都司，我不当懦夫！”

这一摔，酒杯破裂声此起彼伏，塔楼里架了油锅似的，所有人热血澎湃，纷纷佩起刀剑。苏如晦松了一口气，笑吟吟转过身，与兄弟们热烈拥抱。

其实苏如晦没真把宝压在他们身上，毕竟这里大部分人包括他自己压根儿没上过战场，他们要是偷袭贪狼矿场，胜率极低。他的目的只在于鼓动这帮世家子随他出行，整个世家营出动，必定惊动拓荒卫高层。他只需把队伍驻扎在贪狼矿场外头的隐蔽处，等人来找他们。世家子弟身份尊贵，要是有损伤，世家一定要拿上头的人问责，届时拓荒卫想不出兵都不行了，必定得来贪狼救人。

“且慢！”人群后头，一个男声响起。

苏如晦目光一滞，他的眼前人群分开，燕瑾瑜拄着拐杖，一瘸一拐地走上前。周小粟跟在他身后，满脸不安。有仆役悄悄过来，在苏如晦耳边道：“咱们派去摁燕瑾瑜的人让周小姐用迷烟迷倒了。”

苏如晦心里头低叹了一声，他料到燕瑾瑜要坏事，所以早早派了人去看住燕瑾瑜，没承想周小粟横插一脚，坏了大事。

“苏公子，我看此事得从长计议。”燕瑾瑜环顾四周，“诸位切莫逞一时之意气，你们有所不知，那贪狼矿场的首领石敢当乃是二品百炼钢秘术高手，刀枪不入，炸药难摧。更不论贪狼矿场聚集了近百黑街流民，皆历百战有余，在座各位，许多连鸡都没杀过，如何能应对这些穷凶极恶的凶徒？”

苏如晦好不容易激起来的士气登时被浇了一盆冷水，场中子弟纷纷退后了几步，面露畏惧忧虑之色。

“无妨，”苏如晦止住他的话头，“我们只需驻扎在贪狼之外，传讯回拓荒卫，让夏靖以为咱们身陷敌手，等候拓荒卫派兵来救。”

燕瑾瑜摇摇头道：“恕我直言，贪狼矿场凶险万分，万一出了岔子，我们如何应对？况且……我们拿桑持玉当兄弟，拼死过去救他，他平日里又可曾把我们当作是兄弟？”

场中议论纷纷，苏如晦听见有人点头称是。

“那小子高傲得要命，上回我有意结交，敬酒与他，他竟说他喝不了酒。笑话，分明是看不起老子。”

“就是就是，要我说，苏如晦真是狗拿耗子多管闲事。桑持玉不是同他不对盘吗？他干吗救他？”

苏如晦气笑了：“我说这位燕校尉，我们是不是以前有过节？”

“公子何出此言？”燕瑾瑜讶然道，“我素来礼贤下士，虽然你有个黔首父亲，但我从不曾低看你。”

苏如晦有点儿牙疼，这厮是不是离了出身就不会说话了？

燕瑾瑜又道：“只不过今日实在是看不过去，出来说说公道话罢了，免得诸位弟兄白送了性命哪。”他话音一转，“苏公子，你与桑持玉相识不过数日，怎得今日就要舍身相救？我知道了，桑持玉为人虽然傲慢自矜，但胜在出身不凡，风姿卓绝，想必苏兄也是想巴结几分吧。”

此话一出，后头立时有人起哄：“苏哥，桑持玉成日板着个冰块脸，别冻坏你了。来找我啊，保证比桑持玉对你好一万倍！”

塔楼里哄堂大笑。

这话太过轻浮，苏如晦竭力压住心里的怒气，问：“一同在拓荒卫便是战友，他日诸位上战场不幸遭难，若无人来救，敢问诸位当是何等心情？从此以往，谁还敢舍生忘死，保卫秘宗？”

一个子弟道：“别的弟兄我自然要救，桑持玉就算了。他素日看不起我们，想来定然不屑于被我们救吧。”

众人纷纷道是。

苏如晦想说桑持玉并无蔑视他人之意，那家伙只是单纯地不会说话。然而此时辩解压根儿不会有人信，偏见已经产生，岂是三言两语能说清楚的？

苏如晦的心跌到了谷底，他忽然能理解为何桑持玉独来独往了。桑持玉没有朋友不是因为他交不到朋友，而是因为他不需要这些低劣无耻之徒做他的朋友。

苏如晦很想知道自己在桑持玉心目中的形象，该不会和这些人一个模样吧？

燕瑾瑜叫人搬来了美酒佳肴，塔楼里的集会逐渐成了世家子弟的狂欢，不再有人记得那个生死未卜的桑持玉。灯火通明间，火光映着苏如晦的脸颊，半边明半边暗。他很少有这样沉默的时候，往日跳跃在眼角眉梢的笑意沉寂下来，整个人一下子冷了许多。

周小粟蹭到他旁边，期期艾艾道：“师哥，我不是故意迷翻你的手下的，我还以为你要找燕郎麻烦呢。但是我觉得燕郎说得没错，你和那个小怪物是仇家来着，干吗管他？”

苏如晦看了她一眼，道：“你听着，你再跟燕瑾瑜混一块儿，迟早完蛋。”

周小粟不爱听这话，翻了个白眼，自己喝酒去了。

江雪芽大剌剌坐到他身边：“行了，咱已经尽力了，别搁这儿自责了。”

苏如晦扭头看江雪芽，他和师姐是死党，他要揍人，她二话不说，撸袖子就上。他要干什么事儿，无论多出格，江雪芽从不拒绝，反正天塌了她顶着。

燕瑾瑜有一句话说得不错，贪狼矿场很危险，师姐和桑持玉非亲非故，确实不该拉她下水。他们师门三人，独江雪芽有正经差使，在外头说话有分量。从小到大，她不知道帮他和周小粟拾掇了多少烂摊子。

江雪芽看他沉默，喝完最后一口酒，道：“你要是真这么想去，我奉陪。”

苏如晦叹了口气：“师姐。”

“不是白帮你啊，以后你的机关傀儡，所有图纸我都要。只卖给我一家，而且你得打折。”江雪芽撸起袖子，拍拍他的肩膀，“犹豫什么呢，什么祸事咱俩没闯过？你师姐我亲缘淡薄，我一生下来我爹说我抢别的兄弟姊妹的奶，天性狠戾，将成大患。我连家里人都没认全，我爹就把我远远送走，嘴上说托付我大任，其实就是由我自生自灭。所以阿晦，你和小粟就是我亲人。有事儿你就办，我给你兜着。走！”

苏如晦按下她：“师姐，不救了。有多大能耐干多大事儿，咱们没法子，看桑持玉自己的造化吧。”

他站起身，拎着酒壶一个人走了。江雪芽以为他真的放弃了，继续喝起酒来。她不知道，其实他打算自己一个人去贪狼矿场。他自己的决定，不必连累其他人。他去江雪芽的营房偷了地图，上面标注了贪狼的位置，又去马厩偷了马，贿赂守门卫士出了营地。

或许有人会觉得他脑子有病，其实他只是看不得别人被抛弃。他理解那种感受，像被遗忘在封闭的棺材里，无人知晓，无人救援。

他时常记起父亲远行，师父病逝后的苎萝山，山林寂静，像咽了声儿，不了斋紧闭的门扉隔开他和喧嚣的世界。他雕了许多三头小狗，固执地等待远行的人归来。那扇门最终还是没人打开，他的棺材深埋在世界的角落，至今无人开启。他背起行囊，焚烧所有木雕，去往边都，成为恶名远扬的纨绔。

如果没有人去打开桑持玉的棺材，那就由他去吧，虽然桑持玉厌极了他。

耳畔响起“嘀”的一声——

任务发布：拯救好兄弟桑持玉！

任务描述：今天是兄弟，说不定明天就是父子，宿主怎能见死不救？

任务奖励：系统权限释放10%，获得《仿生傀儡精解·二》×1。

这么说来桑持玉非救不可了。苏如晦脑子里的垃圾系统常常给他发布一些无聊的任务，有时候是送迷路的小鸡回家，有时候是偷隔壁大叔的春宫图。十五岁那年他做了个掏光苎萝山所有鸟蛋的任务，拿到了系统给他的《仿生傀儡精解·一》。正是因为这本书，他做出了那些会叫“玉儿”的伏火钻地鼠和单片水晶镜，十分好用。“仿生”这个词儿不知从何而来，不明所以，他把“仿生傀儡”更名为“机关傀儡”。

临走前回头望了眼笙歌缥缈的塔楼，他不由得淡淡地笑了笑。

桑持玉，你不对我好真说不过去。

下雪了。纷纷落雪像出丧时撒的纸钱，那静谧飞舞的模样好似天地在为桑持玉哀悼。桑持玉和其余天字队军士被押上营帐前的雪地，雪粒子积落在他的睫羽和发间，视野也变得朦胧。

这里是贪狼矿场，隶属于黑街。黑街和秘宗对峙多年，双方皆在广袤的雪原中不遗余力地搜寻着对方的矿场地点。雪境恍若辽远的宇宙，而散落其中的矿场则如渺小的星子。谁率先发现对方的位置，谁就可以占据先机。这次拓荒卫得知贪狼所在，原以为胜券在握，谁知中了敌人的圈套。

桑持玉和其余秘宗军士被反绑着手，被排成一队，像畜生一样等待着处决。距离被俘已经过去了整整十日，拓荒卫没有派人来，说明他们已经被放弃。桑持玉并不意外，天字队除了他，大多是黔首出身，秘宗不会为了黔首而冒险。至于他，既然有尊贵的身份，黑街必然拿他交易，可惜黑街低估了大掌宗。

“小子，你恨不恨你师父？”贪狼矿场的首领石敢当拍拍他的脸颊，“你是个有本事的，只要你肯投效，我不光不计前嫌饶你性命，还让你做贪狼的二把手。你师父不顾惜你的性命，你得学着顾惜你自己。我知道你在秘宗不招人待见，你们秘宗太可笑，像苏如晦那种只知道玩乐的小子遍地是朋友，而如你这般真正的强者却遭人排挤。我保证黑街不会发生这样的事，我们不靠喝多少酒睡多少女人论男人，我们靠的是身上的伤疤、手里的刀！”

桑持玉没有应答，保持沉默。

石敢当哼了声：“是个有血气的小子。好，你要当宁死不屈的英雄，老子成全你。”

所有秘宗军士被按在了地上，脸颊贴着冰冷的雪。桑持玉看见石敢当开始处决俘虏，石敢当用的是一把折刀，他拽着俘虏的头发，让俘虏抬起头来，然后用折刀深深地割破俘虏的喉咙，就像杀一只鸡。俘虏发出“嗬嗬”的痛苦呻吟，鲜血涌泉一样喷洒，溅在雪地里红得刺眼。石敢当一个挨一个地割喉，有的俘虏开始哭泣求饶。桑持玉是最后一个人，他知道他是被故意留在最后的，利诱不成，石敢当想用威逼让他屈服。

可惜石敢当不知道，桑持玉一点儿感觉也没有。杀人对桑持玉来说如同饮茶吃饭一样平淡，一个人死在他面前，和一只苍蝇被拍死并没有什么不同。

他很早就发现他同别人不一样了，人们热衷于交游，春天他们要踏青，秋天他们要登高，而他在人群中永远格格不入。他无法体会他们的快乐，正如人无法理解蚂蚁的欢喜，他觉得他们相互吹捧的活动，甚至他们本身，都毫无意义。

师父说他要像个人，还在边都的时候，师父要他陪同边都世家的女眷游玩，希望他像一个少年一样体会他这个年纪该有的情感。可是每次宴会之后，女眷们皆委婉地向大掌宗表示日后不必令他扈从保卫。不仅他自己无法融入她们的世界，她们也觉得当他像个沉默的影子一样跟随的时候有些碍眼。

十五年后他终于明白，原来无法融入人群是因为他不是人。人对于妖来说是食物，是捕猎的对象。就像一只猫不能同老鼠感同身受，他在人群里永远是一个异类。

石敢当在割倒数第二个人的喉咙了，滚烫的鲜血喷洒在桑持玉眼前，有几滴溅上了桑持玉冷白的脸颊。这时桑持玉看见一只小老鼠，鬼头鬼脑地从喽啰们的脚下钻过来，停在桑持玉的面前。桑持玉几乎以为自己出现了幻觉，雪境里怎么会有老鼠呢?

这只小老鼠两眼泛着细微的青光，看起来非常怪异，但是黑街的人没有发现。

小老鼠歪着脑袋看了看桑持玉，吱吱吱地把身子凑前，伸出细细的舌头，舔掉了桑持玉脸颊上的血迹，然后埋下小脑袋，钻进了桑持玉的衣领。

桑持玉:“……”

他讨厌老鼠，仅次于讨厌狗。

静谧的风雪里，有脚步声传来。他看见石敢当眯起眼，放下了折刀，于是他也艰难地仰起了脸，望向远方。有一人从风雪深处一步步走来，发辫落满苍苍雪花，好像白了头。那人越走越近，桑持玉终于看清楚了那张脸。

是一贯带笑的眉眼，疏疏朗朗的笑意，仿佛能让天地生光。

黑街所有混混缓缓拔出了刀，慢慢围上了，将那人团团围住。

石敢当问:“你是何人?”

“秘宗苏如晦，”苏如晦笑道，“首领应该听过我的名字。”

系统忽然出声:“石敢当，黑街贪狼矿场首领，二品百炼钢秘术者，外表几乎没有弱点。以宿主现在的能力，同他刀剑死斗败率为90%。”

苏如晦深吸了一口气，真棘手啊。

石敢当听见他的名字，也笑了:“确实听过，只不过论及你的名字的时候，多半不是什么值得夸耀的事儿。小子，你胆子很大，一个人过来的?我这里可没有美酒，也没有女人。你过来做什么?”

“斗胆向首领要一个人，”苏如晦冲桑持玉抬抬下巴，“可否容我带他走?”

石敢当像听见了天大的笑话，哈哈大笑。不止他笑，周围人全都笑了起来。

“苏如晦，你果真是个草包。你凭什么认为你一句话，我就会同意放桑持玉跟你走?”石敢当摇头道，“你们年轻人胆子太大了，大到让人发笑。你要知道，我们可不是什么读圣贤书说大道理的好人。你今日既然来了，就应当有走不成的觉悟。不过，我倒是很想知道，桑持玉那些所谓的战友和同僚尚且弃他于不顾，你小子怎么独身过来了?”

苏如晦笑着，说的话似真似假:“一个人为了另一个人孤身赴死，除了情义还能有什么旁的理由?我认识桑持玉很久了，小时候他来苎萝山治病，我一眼就相中他，认他当了我小弟。说起来我俩因为一场意外还共用一颗心呢，他要是没了，我一半的心就死了。”

石敢当将信将疑，回眸看桑持玉：“他说的是真的？”

桑持玉面无表情，霜风袭面，他的目光和冬雪一样冷。

石敢当对苏如晦说：“我瞧着他看不上你。”

“谁让我是个草包呢？”苏如晦耸耸肩，笑得玩世不恭。

“这样吧，”石敢当道，“老子给你个机会，让你耍耍威风。无论几招，只要你胜过我，我今日便让你和桑持玉从我这儿离开。”

“大哥您真客气。”苏如晦由衷地说道。

桑持玉的目光更冷了。

石敢当的笑容变得阴鸷：“你高兴得太早了，我可不会留手。你要是在我手下死了，是你咎由自取。你放心，我会把你和桑持玉埋在一起，让你们去九泉之下团圆。”

苏如晦乃是养尊处优的膏粱子弟，又是个失去了秘术的草包，常年沉溺于声色犬马，哪里能够同尸山血海里拼出来的黑街首领相提并论？一直沉默的桑持玉终于开口了：“苏如晦，离开。”

偏苏如晦这厮不要命，连连摇头：“这可是让你欠我人情的大好机会，我怎么能放弃？”

石敢当扒了上衣，赤裸着上身站在雪风里。他虬结的肌肉一寸寸发青，透出钢铁的冷硬色泽。那是“百炼钢”，二品秘术，刀枪不入，水火不侵，黑火药也难以损伤分毫。他伸出手，混混恭敬地递上一把狭长的弧刀。他手握弧刀，杀气在鹰隼般的眉目中蔓延。

和他比起来，苏如晦简直就像一只羽翼未丰的小鸡。这傻货慢吞吞抽出自己腰侧的横刀，风太大，手没拿稳，还掉在了地上。

单凭气势已经输了，桑持玉不由自主握住了拳。小老鼠钻出他的衣领，眨了眨眼吱吱叫。

“你和桑持玉不一样，你手上没有沾过血。年轻不知事的孩子啊，你会后悔来到这里。”

石敢当出刀了，这一刻桑持玉感觉到一道劲风从自己身边射了出去。刀光划过纷纷雪花，以桑持玉卓绝的目力，他清晰地看见一朵六瓣白雪被斩成了两半。苏如晦反应极快，反手握刀，刀背贴着手臂，刀刃迎着石敢当，迅疾无匹地接住了这一刀。

两人开始了滚刀连斩，两道刀光不停相撞，雷电一般耀眼刺目。他们的脚步快得让人看不清，纷纷大雪丝网一般裹住了他们凛冽的刀光。

“我小看你了，”石敢当一边斩一边笑，“你的刀术不错。听说你的师父是明若无，这就是他的刀法吗？”

苏如晦咬着牙，刀刃在他袖间闪现犹如青蛇。

有混混嘀咕：“这草包有两把刷子，竟然能和首领打成平手。”

不。桑持玉额头出了冷汗，石敢当尚有余力说笑，而苏如晦已经竭尽全力，连回话的工夫都没有。

苏如晦的刀术的确出乎意料地不错，若在同龄人中他毫不逊色，可是他面对的不是秘宗那帮世家子，而是石敢当。

苏如晦必败无疑。

“可惜，”石敢当叹道，“你将止步于此。”

他大喝一声，声若洪钟，刀势忽然一变，原先灵巧如蛇的刀法变得泰山般沉重。他双手将刀举过头顶，悍然当着苏如晦的脑袋压下。这一下前方留出了空门，苏如晦撩刀向上，刀尖滑过石敢当的胸膛，迸发出星星点点的火花。石敢当毫发无伤，而他的刀濒临苏如晦的头顶。

百炼钢果然厉害。苏如晦无奈，反手格挡。

重刀袭来，仿佛有一座山撞向了苏如晦，苏如晦差点儿格挡不住，虎口破裂，鲜血沿着手腕流淌，喉间也腥甜。

“苏如晦，逃！”桑持玉大喊。

“休想。”石敢当暴喝。

局面急转直下，重刀连斩，苏如晦难以抵挡。力量与力量的差距便是如此，蜉蝣之力，如何能撼动泰山之威？

苏如晦被石敢当压着打，步步退后，手里的刀几乎握不稳。连中了好几刀，即使不致命，却也让苏如晦失去了战斗的节奏。纵然有心预判石敢当的刀势，苏如晦的身体也无法跟上脑子。

苏如晦终于倒在地上，横刀被石敢当击飞，凌空旋转，插在雪地里。

桑持玉目眦欲裂，想要起身，身后的混混踹了他一脚，他倒在雪里。他的对面，石敢当慢慢走到苏如晦身后，用脚踩住了苏如晦的脸，不让苏如晦爬起来。

苏如晦喘着气，汗水漫过眼眶，朦胧的视野里，他看见对面的桑持玉。

“是不是很感动啊，玉儿？”苏如晦竟然还笑得出来。

桑持玉咬着牙，死死盯着对面的他：“你为何要来？”

“都说要救你了。”

石敢当道：“说完遗言了吗？孩子，死很快，不用惊慌。”

石敢当一手拽住苏如晦头发，扯起苏如晦的头颅，一手抽出折刀。桑持玉的眸子几乎缩成一条线，就在这时，石敢当的头顶突然出现一只小老鼠，老鼠拔着他的头发，他不知是什么东西，只觉得头皮剧痛。他正要抓头上的东西，手下的苏如晦忽然暴起夺走了他的折刀，扎向他的咽喉。

石敢当并不畏惧，他的皮肤刀枪不入。可是苏如晦忽然翻过手腕，以坚硬的刀柄猛击他的喉咙。喉间剧痛无比，一瞬间他感到无法呼吸，不由得张开了嘴。苏如晦抓住机会，不知往他嘴里塞了什么东西。那东西好像还会动，竟沿着他的食道下去了。石敢当暴怒无比，刚想碾死这小崽子，苏如晦合身将他扑倒，手还死死捂住了他的嘴。

“桑持玉！趴着别动！”苏如晦大喊。

一瞬间桑持玉明白了什么，他想起苏如晦鼓捣的那些伏火钻地鼠，配制的那些威猛的黑火药。苏如晦给石敢当喂了伏火钻地鼠吗？石敢当的皮肤可以钢铁化，他的内脏却无法变成钢铁。

这的确是苏如晦所想，系统说他的外表没有弱点，也就是说他的弱点在内里。

混混们想要上前砍死苏如晦救出石敢当，忽听得那边传来一声闷闷的巨响。石敢当圆睁着眼，七窍流血，死鱼似的瘫在雪地里，不动弹了。他的百炼钢秘术退却消失，铁青色的皮肤变回原样，还泛着红。因为内脏爆炸，全身血管爆裂，他身体内部正在大出血，让他的皮肤像煮熟的虾子一样红。苏如晦趴在他身上，也没有动静。

一只小老鼠不知道什么时候跑了过来，趁众人不备，咬开了桑持玉手腕上的麻绳。

这才是苏如晦的计谋，他压根儿没想要单挑胜过石敢当，他从始至终只计划着一次致命的袭击。为了不让桑持玉扰乱他的计划，他甚至直到袭击成功才让老鼠咬开桑持玉的束缚。

“怎么回事？首……首领……”混混们面面相觑。

桑持玉深一脚浅一脚走过去，苏如晦像破布麻袋似的趴在石敢当身上，一动不动。黑火药那般威猛，爆炸的余波会不会冲击到苏如晦？苏如晦有没有被炸伤？这个家伙浑身都是血，比被俘虏多日的桑持玉还要狼狈不堪。他死了吗？桑持玉立在他身边，怔怔地想。

许多年了，又一次，在十岁那年之后，桑持玉对别人的死亡产生了恐惧和悲伤。

而他悲伤的对象，竟又是苏如晦。

他蹲下身，伸出手。雪落在手背上，冰冰凉凉。他动作迟缓地把苏如晦翻了个面，一瞬间，他对上了一双黑黝黝的、带着笑的眼睛。

“走得这么慢，你怕我死了吗?”苏如晦问。

桑持玉瞬间恢复了面无表情的姿态，捡起石敢当的弧刀，面对那些黑街混混。

战斗还没有完，死了个首领，其他人仍旧活着。

“等等。”

苏如晦站起身，按下他的刀，解开夹袄，露出绑在身上的黑火药。

这厮拉着桑持玉，大摇大摆走向众人，众人看见他身上的炸药，纷纷惊慌后退。

“想必诸位没有石首领那样刀枪不入的能耐吧，”苏如晦笑眯眯道，“我身上的是黑火药，你们也知道，这玩意儿有用得很。炸翻你们这个小矿场，小菜一碟。”

贪狼矿场的二把手惊恐地说道：“你不就是想走吗？走吧，带着你兄弟走，我们不会拦你。”

苏如晦满意道：“这位大哥非常上道，我喜欢。劳烦大哥给我俩准备个雪橇。”

雪橇备好，苏如晦让桑持玉先上，然后自己再上。

“都别动啊，小心我急眼。”苏如晦指着他们。

桑持玉发动雪橇，几只狗奋力狂奔。黑街混混站在风地里，很快成了一团黑点。与此同时，矿场二把手举起一张弓，搭上箭，对准远处的苏如晦。他的秘术是“虎贲箭”，只要被他的箭瞄准，无人可以生还。

风雪遮住了苏如晦的视野，矿场二把手看不见自己已经被瞄准。

“吱吱。”

耳边响起怪声，矿场二把手皱起眉，转过脸，只见肩上蹲了一只灰老鼠，他正好对上这只老鼠的眼睛。

“这是什么……”

话还没说完，老鼠的眼睛青光大盛。砰的一声巨响，矿场炸成了一团浓烟。苏如晦手搭凉棚遥望那徐徐升起的浓烟，耳畔响起系统的喜报声。

“任务完成，系统权限释放10%，目前权限65%。发放《仿生傀儡精解·二》×1，宿主可在面板查看。”

苏如晦用手肘戳了戳桑持玉：“你打算怎么谢我？要不你管我松点儿，许我睡懒觉。”

“不行。”桑持玉硬邦邦地回答。

“不是吧你，这都不行，我拼死来救你啊。你看我浑身伤，全是为了你，你的良心在哪儿?”

桑持玉把包袱丢给他：“不要吵了，包扎伤口。”

苏如晦低下头给自己包扎，嘴里依旧喋喋不休：“你个小没良心的，你看看我，看看我为你受的伤。好好好，不睡懒觉，那你能不能别揍我了？我这张俊脸若揍坏了，多少小娘子要伤心！我说桑哥，你有没有听我说话？”

桑持玉终于有了反应，他握着缰绳，“嗯”了一声。

“‘嗯’是什么意思？”苏如晦气得牙痒痒。

桑持玉的嗓音带着些许无奈：“我在听，你说。”

苏如晦愣了下，缓缓笑开。举目远望，高原冷肃。虽有寒风，倒也不算太冷。

他道：“停一下雪橇，我要撒尿，你要不要一起？”

桑持玉：“……”

“哇，不会吧，你从来没跟别人一起撒过尿？”

桑持玉后悔了，苏如晦的话，他一点儿也不想听。

第九章 为什么讨厌我

回到营地，苏如晦小题大做，原本伤口早已好得七七八八，他却表现出一副快断气的模样，逼得桑持玉给他多放了两天假。

这天桑持玉去修行，苏如晦逮着机会，同燕氏二房次女燕拂娘见面。

“姐，不是什么稀罕玩意儿，胜在是小弟亲手做的。”苏如晦笑嘻嘻地递上一大盒雕花黑檀木簪，“牡丹花、绣球花、百合花，什么花样都有。姐您要是想要别的，尽管跟小弟说，小弟两天给您完工。”

燕拂娘接过花簪，对着光挑剔地打量。苏如晦的手艺确实不错，这雕工惟妙惟肖，便是专攻雕刻的木匠老师傅也比不上他。她哼了声：“说吧，找我什么事儿?”

“你那个堂哥燕瑾瑜有没有什么把柄?”苏如晦问。

“把柄倒是没有，不过我这儿听来一桩谣言。阿晦，一盒不值钱的木簪可没法儿让姐姐开口，”燕拂娘挑起眼梢，一双媚眼钩子似的撩拨他，“姐姐我昨儿刚和许家那个臭男人掰了……”

“这好办，我带着人套麻袋打他一顿，他敢惹我姐不痛快，我要他狗命!”苏如晦恶狠狠道。

“喊，”燕拂娘翘起纤纤食指，点上苏如晦的胸膛，“不用你打他，你只需今夜到我帐里来说说体己话。”

苏如晦的笑容僵硬了一瞬，很快恢复正常：“能陪姐姐高兴，是我的福气。”

燕拂娘吃吃地笑：“就你嘴甜。”

苏如晦压低声音：“敢问那桩谣言是……”

“附耳过来，”燕拂娘低声道：“我说给你听，你可千万别说出去。燕瑾瑜八岁那年走丢，十五岁才被我大伯大娘寻回来。宗祠验了他身上的胎记，确定是燕瑾瑜无疑。可是我听府里的老仆说，我这堂哥和小时候一点儿也不像，他分明八岁便能舞文弄墨，诗词歌赋倒背如流，十五岁回来，写的字却像狗爬似的，还比不上他五岁时摹的大字儿。”

“你们怀疑他是冒牌货?”

“哎呀，我可没说这话。七年才还府，写不出原先那么好的字儿很正常，反正我大伯大娘对他的身份深信不疑，捧得跟眼珠子似的。就是他不来拓荒卫，大伯大娘也定能给他谋个好前程，奈何我这堂哥上进，非要过来历练历练。我的消息说完了，”燕拂娘站起身，笑着拍了拍苏如晦的脸，“晚上姐姐备着好酒好菜等你。”

苏如晦笑嘻嘻送她走，等她走远了，苏如晦的笑容落潮似的消退。他转过身，径直往燕瑾瑜的营房走去。他开了燕瑾瑜营房的锁，在里头燃起一盘迷魂香，关好帘子，在营房外头不远处猫着。整整猫了一天，眼瞅着迷魂香就要烧完，苏如晦终于等到了燕瑾瑜。那厮毫无防备地打开门，攒了一天的烟气直熏面门，立刻头昏眼花，倒地不醒。苏如晦推来运粮草的板车，把人架上车，蒙上油布，推着车去了矿洞。

燕瑾瑜被一盆水浇醒，惊魂未定地回过神，便见苏如晦阴恻恻的笑容。黑暗的矿洞里只燃了一根短蜡，幽幽的火焰映照苏如晦晦暗不明的脸庞，平添几分喜怒不定的阴森感。

“苏如晦，你狗胆包天，”燕瑾瑜强装镇定，“竟然敢绑架我。”

“说话小心点儿，”苏如晦朝他边上努了努嘴，“看看你旁边是什么?”

燕瑾瑜偏头一瞧，魂魄登时飞走三分。他正躺在悬崖边上，稍稍一侧身，他便会滚落万丈深渊。

“你小子狠啊，设下那般毒计想要置桑持玉于死地。”苏如晦抽出一把匕首放在手里把玩，“虽然这计谋幼稚了点儿，可手脚做得很干净，拓荒卫里硬是找不出你半点马脚。本来我应该去贪狼那边找找的，可是那帮人头太刺，只好全炸了。这下好了，你最后的马脚也被我收拾干净了。你听说贪狼被炸没的事儿，是不是挺高兴?”

燕瑾瑜冷笑:“你休要冤枉我，桑持玉失陷敌营，同我何干？你是记恨我同你师妹在一处，故意构陷我!”

“别嘴硬了，你那点儿破事儿我全知道了。”苏如晦用匕首拍他的脸，“你不是燕家亲子吧。”

燕瑾瑜咬牙切齿:“苏如晦，你我无冤无仇，你绑架我，构陷我便罢了，如今还要污蔑我的身世吗?”

看这怨愤难当的模样，不知道的还真以为苏如晦冤枉他。苏如晦摇摇头，笑道:“说得好，你我无冤无仇，我就想不明白了，你干什么如此针对我和桑持玉？小子，你弄到了世家子的身份，就应该安分守己。可你吃饱了没事干，非得招惹我，那你这马脚露得不冤枉。我是左想右想，也想不到桑持玉哪里惹你了，我又是哪里惹你了。我俩都没去过幽州，更不曾同你这个燕家长房长孙照过面。”

燕瑾瑜颤抖着嘴唇，正要说话，苏如晦把匕首刀刃撬进他的嘴，燕瑾瑜张着嘴，不敢动了。

“嘘，听我说完。”苏如晦道，“正好，我听见一个消息，说你八岁走失，十五岁还府。我和桑持玉要同你结仇，那我们必然见过。而我和桑持玉见面，乃是七年前在苎萝山的事儿。七年前，不正是你走失那段时间吗？”

燕瑾瑜抖得更厉害了，额头冷汗簌簌而落。苏如晦取出匕首，匕首上沾了燕瑾瑜的口水，苏如晦觉得恶心，用燕瑾瑜的衣裳蹭刀刃。

苏如晦低着头道：“七年前，桑持玉身上的确发生了一桩大事。一个无耻狗贼拐走了他，惹得他秘术暴走。狗贼父母当场伏诛，我师父心善，给那狗贼儿子治好了伤，从此那狗贼儿子不知去向。”他似笑非笑，“想不到，狗贼儿子摇身一变，成了尊贵的燕氏长孙。”

“你才是狗贼！”燕瑾瑜脱口而出，说完立时回过神来，压抑着怒气道，“苏如晦，你莫要血口喷人，信物胎记皆能佐证我的身份，凭你一面之词，你觉得谁会信你？谁不知道你苏如晦是个游手好闲的二世祖，而我却是燕氏俊才。你宣扬出去，人们不会觉得我身份成疑，只会觉得你看我不惯故意找碴儿，惹是生非。”

“那看来我是动你不得了？”苏如晦摸着下巴思忖。

“当然，”燕瑾瑜露出轻蔑的神色，“休怪我没有提醒你，我父母视我如珍宝，若我有个三长两短，他们决不会善罢甘休。苏如晦，你但凡考虑考虑自己的前程，就乖乖把我放回去，否则，燕氏决不会容你这等胆大妄为之徒。”

苏如晦将匕首尖对准燕瑾瑜的心房，隔着一层薄薄的血肉，燕瑾瑜的心尖似乎能感受到匕首的冷意。燕瑾瑜吃准了他在虚张声势，并不慌张。苏如晦果然没有更进一步，而是移着匕首向下，达到他的大腿。

“我猜你肯定觉得我在虚张声势。”苏如晦笑眯眯地说，“所以我偏不。”

他手腕用力，匕首没入燕瑾瑜的腿肉。鲜血汩汩而出，燕瑾瑜痛呼出声。

“嘘——”苏如晦摁着他，“别乱动，你身边就是悬崖，你滚下去了我可救不了你。”

“你竟敢——你竟敢——”燕瑾瑜汗如雨下。

“我为什么不敢？这世上毁我前程的人排个号，除了我苏如晦，没人敢认第一。”苏如晦一点点把匕首戳得更深，“我师父死了，我父亲抛弃我下落不明，我阿舅把我当累赘。我苏如晦一人吃饱全家不愁，我要是死了那更是天下太平。你真不该惹我，我是个万事不顾的烂人，我才不管什么后果，我只看眼前爽不爽。”他盯着燕瑾瑜的伤口，摇摇头，“不够爽。”

说着，他割断了燕瑾瑜脚踝肌腱。

“啊——”燕瑾瑜痛苦嘶喊。他知道他要变成瘸子了，他感到恐惧，他终于意识到眼前这家伙是个疯子，面对一个疯子你没法儿讲道理，更无法威胁对方。燕瑾瑜喊道：“实话告诉你吧，燕氏长房早就知道我并非真正的燕瑾瑜，他们留下我是因为他们需要我！真正的燕瑾瑜早已客死在流亡路上，他们需要一个儿子！你得知这个秘密，燕氏不会感谢你，反而会杀你！”

苏如晦一怔，原来如此，怪不得找不到这小子任何把柄，原来有燕氏长房为他托底。苏如晦心思急转，又冷笑道：“那又如何，我没记错的话，你家家族大得很，除了你这个长房长孙，你家二房也有男丁。本来嘛，你要是不出现，燕氏世子之位非你堂弟莫属。你说我要是把这个消息告诉你堂弟，他们会怎么办呢？”

燕瑾瑜慌了，拼命摇头：“不要……求求你，苏公子，不要。”

“他们当然是四处收集证据，你从苎萝山流亡到幽州，一路上肯定见过不少人吧。我苏如晦没手下没人脉，可你二叔有啊。”苏如晦笑着道。

燕瑾瑜彻底慌了，他回忆起那数年的颠沛流离，那猪狗不如的生活。上天垂怜，让他能有今日。他是高高在上的燕家长孙，奴仆成群，一呼百应，他怎能回到那蓬头跣足的日子？

他哭泣着哀求：“苏如晦，求你放过我，从今以后我对你唯命是从，马首是瞻。”

“得了吧，我可养不起你这么能耐的手下。”苏如晦问，“七年前，你为何拐桑持玉？”

燕瑾瑜喘了口气，道：“他生得好看，卖进深山，价钱不菲。”

“周小粟和江雪芽生得也好看，你怎么不拐她们？”苏如晦作势要斩他的腿，“给小爷说实话。”

“我说！”燕瑾瑜盯着他的匕首，忙道，“我偷偷听见桑持玉说要与你义结金兰，我心怀嫉妒，拐他回家，想要哄他和我结拜。只要我同他做了兄弟，我便可以攀上大掌宗，变成人上人。”

苏如晦越听越气，真想一刀子弄死这王八羔子算了。满脑子龌龊，还把算盘打到桑持玉身上，若苏如晦冲动一点儿，这厮绝不能活着走出矿洞。奈何燕瑾瑜如今还有一层燕氏嫡长孙的身份，虽说能把真相卖给燕家二叔，然则听闻燕家二叔性情懦弱，摇摆不定，不是个靠谱的。又有燕氏长房庇护这小子，他苏如晦一个纨绔，如何能和燕氏作对？杀了燕瑾瑜能图一时痛快，杀了之后便是麻烦重重，届时便是苏如晦的外祖母出面也不一定能保他。

燕瑾瑜涕泗横流：“苏如晦，我知道你要说我卑劣。你放心，我没动过桑持玉，反倒是我父母为桑持玉所杀。秘宗嘴上说律法严明，世家犯法，与庶民同罪。可其实呢？桑持玉连杀两人，一样活得好好的。从前往事，无人再提。我们这些黔首在你眼里，是不是就像尘土一般？”

“你错了，”苏如晦道，“我从不把你看作是脚底的泥。”

燕瑾瑜怔怔然抬起脸。

苏如晦补充道：“我把你当狗屎。”

燕瑾瑜握紧双拳，双目发红。

“你父母是因你而死，不是因桑持玉而死。你不要自己承担不了罪过，就推给桑持玉，真相如何你自己心里清楚。你父母死了，算为你赎罪，七年前的事儿我不再追究。你要记住，你的把柄在我手里。我弄不死你，能弄死你的人很多。你也别想对付我，你这个把柄我会秘密告诉给你不认识的人。但凡我出了一点儿岔子，你真实的姓名祖籍便会出现在你二叔房里。”苏如晦道，“我问你，你还会找桑持玉的麻烦吗？”

燕瑾瑜红着眼摇头。

“你还会和我师妹纠缠不清吗？”

燕瑾瑜咬着牙道：“我定然与她一刀两断。”

“你这腿瘸了，”苏如晦用匕首拨了拨他鲜血淋漓的脚踝，“啧，治不好了，周小粟的疗愈秘术也无力回天。太惨了，谁弄的啊？”

燕瑾瑜颤抖着，深吸一口气，道：“路遇黑街匪徒，不幸遭难。”

苏如晦收起匕首，站起身：“明日，我不想在拓荒卫看见你。”

苏如晦负着手，大摇大摆回了营地。夜色已深，灿烂银河铺陈天穹，仿佛流光溢彩的乌金釉。路过桑持玉的帐子，苏如晦往里瞥了眼，没亮灯，人估计还没回。收回目光，刚走出一步，袖子忽然让人拽住，他回头，脸上结结实实挨了一巴掌。

“好你个苏如晦，敢耍我。”燕拂娘剜了他一眼。

苏如晦这才想起来，今夜他答应了燕拂娘，要去同她春风一度的。他怎么可能真去？反正消息拿到手，只好翻脸不认人了。

四周的军士对着他们指指点点，有些人围上来看热闹。苏如晦有些尴尬，燕拂娘更尴尬，压低声音道：“小兔崽子，同你有约这事儿我早已告诉了一众姐妹，谁让你教我没脸。听着，接下来我要说的话你若敢不认，我一定好好收拾你。”

苏如晦苦哈哈地想，她要说什么啊？

燕拂娘冷哼一声，扬起音调道：“苏如晦，原想着你个头高，又是练家子，定然很能耐，谁知苗而不秀，是个银样镴枪头。光会油嘴滑舌，什么玩意儿！哼，下次再来寻我，记得以溺自照，掂量掂量自己的本事！”

说完，她扬长而去，只剩下苏如晦孤零零站在原地。周遭人群哄笑，冲他挤眉弄眼。苏如晦一口气憋在胸口，撒也撒不出。人群散乱，苏如晦垂头丧气，正打算离开，忽看见一个墨黑色的人影，独自站在营帐边，遥遥望着他。

是桑持玉。

苏如晦呼吸一窒，莫名感到心虚。不是吧，刚才燕拂娘的话他听见了？这可太丢脸了，苏如晦紧张得浑身难受，他到底是先澄清他不是银样镴枪头好，还是先澄清他和燕拂娘什么事都没有发生好？

桑持玉没搭理他，独自撩开帐帘，进了帐子。苏如晦长长叹了一声，心里一阵失落，又转念想，走了也好，省得见面尴尬。他扭头要走，那边帐帘一掀，桑持玉又出来了，手里还拿着什么东西，遥遥朝他走过来。苏如晦心里头忽然变得很乱，躲是躲不了，总归要照面，刚才桑持玉到底看见了多少，他又该怎么解释？这厮不会又觉得苏如晦是个不靠谱的登徒子吧？

桑持玉走到了他面前。

“事情不是你想的那样。”苏如晦心里委屈。

“那是如何？”桑持玉问。

苏如晦抬起眼，同桑持玉对上了目光。桑持玉的眼睛很深很黑，目光是安静清冷的，像皎皎月光。桑持玉在等他的回答，苏如晦知道这家伙谨慎公正，绝不会随随便便相信片面之景，片面之词，只要他坦白实情，桑持玉就会相信他。

苏如晦张了张口，想要澄清，话到嘴边又吞了回去。要是坦白，肯定要扯上燕瑾瑜，暴露动用私刑的事儿。桑持玉是个一根筋的傻帽儿，说不准还得押他去刑罚司。多一事不如少一事，苏如晦干脆锯了嘴，委委屈屈道：“反正不是那样，你爱信不信吧。”

桑持玉脸庞平静，看不出情绪，他拉起苏如晦的手，将一盒金疮药放在苏如晦手心。

“消肿散瘀。”他说。

苏如晦一愣，后知后觉地反应过来，他脸上有个火辣辣的巴掌印。这模样在桑持玉眼里，一定无比滑稽吧。

桑持玉迟疑半晌，似乎在斟酌措辞，又道：“若有隐疾，亦不必自苦，慢慢医治。”

苏如晦:“……”

桑持玉转身走了，苏如晦望着他的背影，心里没来由地难过。这难过的心情，跨越了时空，延续到如今。现在，苏如晦盘腿坐在红线毯上，怀里抱着熟睡的桑宝宝。他将目光投向漆黑的庭院，雪花在晕红的灯火下飞舞，恍若孤飞的苍蝶。

他默默地想：桑持玉，你心里到底是怎么看我的呢？想到这儿，他自嘲似的轻轻笑了笑。

不用猜也知道，大约是纨绔、垃圾、王八蛋吧。

❄ ❄ ❄

雪境，流民营地。

韩野按着腰侧的刀，疾行于冰屋之间狭窄坑洼的雪道上。远方，阴沉沉的黑云正在集聚，雪粒子犹如冰刺从天而降，这预示着暴风雪即将来临。极乐坊的混子们正引导流民进山洞躲避，百姓们哆哆嗦嗦地从混子那儿领用取暖的灵石手炉和食物，扶儿携女进入山洞。

“我不进去！我不进去！”忽有一个流民大声嚷嚷，抱着混子的腿不撒手，“里面有妖魔，我不能进去！”

那流民挡住了后头等着领用灵石和食物的百姓，混子们将其拉开。韩野正好经过此处，略略皱眉，脚步不停，进入一个狭窄的冰屋。阿盘早已候在冰屋里，他的脚边躺了一具尸体，尸体上蒙了白布。

“怎么回事？”韩野沉声问。

阿盘把白布掀开，只见底下是一具不堪入目的碎尸。头颅不知去向，骨头血肉被拆得七零八碎，甚至分不清哪里是腿哪里是手，依稀能从血泥里辨认出几根苍白的手指。

饶是已经见过一次，阿盘仍然面色惨白，几乎作呕。他道:“野哥，这是这个月第五具这样的尸体了。这里是有杀人魔吗？最近人心惶惶的，还有不少人说看到了妖魔，肯定是哪个王八蛋搞鬼。敢在我们极乐坊放肆，我和兄弟一定把他找出来。”

韩野眉头锁成一道深壑，缓缓摇了摇头。他道:“我刚收到一则匿名讯息，打边都递过来的，说雪境里有吃人的妖怪，让我们想办法带大家撤离。”

“胡扯吧！还吃人的妖怪。”阿盘说。

韩野抓住他的领子:“你忘了吗？我们在昆仑雪山见到的那些会发光的东西，

你觉得是什么？”

阿盘也想起了那天晚上，结结巴巴道：“真……真的有妖怪。”

韩野放开他，转身出冰屋。山洞前面排了一条长队，形容枯槁的流民等着领取物资，互相依偎着取暖，满面凄风苦雨。人实在太多了，除了这一处营地，还有许多处，黑街根本容纳不下这么多人。

或许应该派些术士过来，加强营地的守卫，韩野凝眉苦思，目光不自觉望向远方。

黑云压得低低的，仿佛裹着风雪匍匐而行。汹涌的雪潮里好像挣出了几个黑点，急速向营地这边飞来。

韩野呼吸一窒，那是什么东西？

许多百姓也注意到了这不寻常的状况，对着远方指指点点。那几个黑点越来越大了，阿盘发动谛听秘术，风雪呼啸声中传来它们的膜翅划破寒风的声音。它们以恐怖的速度逼近，所有人都看清了它们的模样——那是许多只巨大的蝙蝠，翼展足有一个成年人的两臂之长。

“野哥，快走。”阿盘推着韩野，“快走！”

“进山洞！”韩野大喊，“别看了，快进山洞！”

大家疯了似的往山洞挤，人群犹如狂躁的蜂子堆叠踩踏，许多人没有站稳跌倒在地，很快被后头的人踩成烂泥。极乐坊的混混们想要拦住他们，保持秩序，其中一个混混不小心摔倒，立马被踩得面目模糊。混混们红了眼，用火铳抵住流民的脑门。

山洞里面的人绝望地高呼：“别进了！挤满了！挤满了！”

就在这时他们听见妖魔膜翅拍打风雪的声音，比暴风雪来袭的声音还要恐怖。那些怪头怪脑的巨大蝙蝠落在冰屋上方，指爪抓住冰砖，冰蓝色的眼睛望住了这些恐惧的凡人。它们没有马上进攻，仿佛在打量他们这些新奇的事物。

阿盘望着那个被踩死的混混，绝望道：“野哥，咱们的无相法门术士被踩死了！”

没有那个家伙开法门，他们没法儿回到黑街！

韩野当机立断：“封锁山洞，其余人跟我跑！”

黑焰火瞬间发动，黑蛇般的火焰缠绕韩野全身，韩野拔出刀用力一斩，滚烫的焰火呼啸而出。蝙蝠妖被黑焰火逼退，在上空盘旋。流民们趁此机会逃跑，山洞那边迅速落下千斤闸。

韩野一面挥斩，一面狂奔，蝙蝠妖咬在他们身后死死不放。极乐坊所有秘术者抽出火铳跟上，火力压制蝙蝠妖，掩护流民逃跑。然而流民实在太多了，秘术者太少，乌泱泱一群，很快成为蝙蝠妖的捕猎对象。

蝙蝠妖朝着边缘俯冲，膜翅披风带雪，底下一个女人绝望地回眸，正对上蝙蝠妖那长满绒毛的怪脸。女人嘶声大喊，转眼间被咬破了喉咙。

阿盘一枪命中蝙蝠的头颅，蝙蝠巨大的身体失去平衡，黑漆漆的大翅膀扫过来。阿盘抱着脑袋逃窜，哀号道："野哥，我们往哪里去！"

韩野咬牙嘶吼："雪境长城！"

那是秘宗建造的长城，隔开了大靖与雪境，每年有无数人从那座巍峨长城里放逐出来。秘宗和世家的每座城池均布有守卫星阵，而雪境长城则是白衣上人在世时亲手布下的钧天星阵。

正是这泰山般高大的城墙，和那杀伐精悍的星阵，抵御每年冬季雪境狂飙而来的暴风雪，城内城外成了两个不同的世界。

蝙蝠妖定然越不过长城，他们离不苦关最近，只要进入长城，他们就安全了！

一路血流成河，不少人负了伤。韩野将刀刺入一只蝙蝠妖的肚腹，黏腻的黑血溅了他满头满脸。他抽刀，旋身，刀刃带着黑焰斩杀另一只扑过来的蝙蝠。

他的身后，数百流民连滚带爬跑到城墙脚下，高喊："开门！开门！雪境有妖怪！"

从下面仰望，巍峨的雪墙几乎看不见顶。而从韩野的视角看过去，则能看见巨大的星阵在长城上空盘旋，无数灵石光柱从城墙向上延伸，几乎高可摩天。有一只蝙蝠试图越过光柱栅栏，接触到光晕的刹那间被烧成了齑粉。

城墙上的军士看见下边的景象，全都傻了眼："那些会飞的是什么？"

韩野怒吼："开门！"

他带出来的混混默契地建立防线，举着火铳射击天上的蝙蝠妖。一排打完弹匣，后一排迅速替换同伴接着打，给第一排更换弹药子窠的时间。

然而这么下去根本不是长久之计，阿盘叫道："野哥，我们的子窠快用完了！"

即便建立了防线，还是有几只蝙蝠突围而入。仅仅一只蝙蝠进了人群，便像耗子进了粮仓似的，流民们被撕咬追逐，惨叫声传上了城墙。军士们望着下方血肉横飞的惨烈景象，有好些于心不忍，提议开城门。

"万一那些蝙蝠怪跟着飞进来怎么办？"有人反对。

守城将脸色沉重，道："上火铳，举弩炮，帮他们压制这些怪物。我去禀告大掌宗，请示开城门！"

所有当值军士被召上城墙，一箱箱子窠打开，军士瞄准空中的蝙蝠妖，森冷的火铳管排成黑漆漆的一列。校尉一声令下，弹雨齐发。

秘宗，北辰殿。

雄伟的黑铁殿门洞开，官员们执着象牙笏鱼贯而入。江雪芽也在其中，她一身大红色圆领缺胯袍，蹀躞带束住劲窄的腰身，鹿皮靴严丝合缝地包裹住笔直的小腿。很少人能把武官官服穿得这样飒沓风流，乌泱泱的人群中属她最是显眼。

她是龙骧卫的指挥使，站在三星官之后，十二卫所武官之前。而最前方，玄武岩石座上，端坐着那个掌握天下权柄的男人。

她好些日子没出现，澹台净说她身体不适，告假修养，今儿个出现，许多人前来慰问，她点头微笑，表示自己已无大碍。说话间，她感觉到自己身上落了道威严而冰冷的目光，便抬起头望向那玄武岩石座。男人灰沉的眸子俯视全殿，好像从未注意到她。

今天三个星官都缺席，前方原本属于他们的位置空空荡荡，江雪芽微微皱了皱眉头。夏靖走到她身边，笑道："江大人，你胆子真大。刚逃出去，就敢回来早朝。"

江雪芽耸耸肩："正因光明正大，大掌宗才不敢拿我。连他自己都说我是病了回家休养，现在我病好了，自然要回来上朝。"

夏靖不住摇头："你呀。你到底怎么冒犯了大掌宗？我从未见过他那般生气。"

江雪芽以食指抵唇："不可说，说了掉脑袋。"

早朝开始，夏靖呈上今日第一议："年关渐近，大朝会将至，届时诸王侯觐见北辰商议来年大事。王侯接引、边都巡守警卫一应事务，不知哪位同僚愿意领命担此大任？"

江雪芽跨步而出："龙骧卫掌执边都宿卫，统率禁旅，大朝会巡守交予臣自然最是合适。"

夏靖朝玄武岩石座叩拜："请大掌宗示下。"

上方，男人高寒的嗓音传来："准。"

江雪芽噙着一抹笑意，退回官员行列。大家窃窃私语，江雪芽领的差使乃是护卫大朝会王侯的安危，如此重任交付给了江雪芽，可见大掌宗对她的倚重。江雪芽素来位高权重，权势滔天，如今比往日又更胜一筹，日后只怕三星官见了她也要恭敬行礼。

第一议奏完，往后的事务皆无关紧要，江雪芽昏昏欲睡。重心左脚换右脚，正无聊着，殿下忽传雪境长城不苦关守城将觐见。

守城将不守城，来北辰殿做什么？

江雪芽睁开眼，见那将军当殿而跪，沉声道："有妖异邪物围攻雪境流民，流民死伤惨重，拼死逃到城墙下，求我等开门庇护，请大掌宗示下！"

夏靖嘶了一声，问：“妖异邪物？”

不苦关守城将回忆起那些怪物的模样，冷汗涔涔道：“是，乃是一群蝙蝠模样的怪物。嗜血暴戾，能飞能跑，展翅足有一个成年男子大小。”

夏靖叹了口气：“雪境的怪物终于冒头了，大掌宗，这些东西恐怕和随拓荒卫回来的那些怪物同出一脉。诸位大人，还记得之前宫城里那个顶着几个脑袋走路的军官吧。这些天，我们鹰扬卫在昆仑清理了数十只这样的怪物。”

下方有观星舍人忧郁地说道：“昨日臣观星象，荧惑犯南斗，此乃灾异之象。妖魔南下不是偶然，拓荒卫是第一批，眼下这是第二批。妖魔擅伪饰，谁知流民中有多少是凡人，多少是妖怪。更何况，这些流民有许多被黑街收编，为韩野和黑观音卖命。若贸贸然放他们进入不苦关，我们不仅要忧虑妖魔异患，还要担忧黑街密谋叛乱。”他深深叩拜下去，“大掌宗，千万不能开门放人。不苦关距边都不过百里，不苦关一旦沦陷，边都危在旦夕。”

夏靖摇头：“流民也是性命，纵然曾经犯过秘宗律，但正因罪不至死，才将他们流放雪境自找出路。如今妖魔环伺，若不放他们入城，恐令百姓寒心。”

眼看这两人要吵起来，有人出来打圆场：“二位说得都有道理，只是眼下情势危急，还是少说几句，尽快拿个决断吧。”

澹台净抬起手，所有人俯首静默。

“江雪芽，”澹台净道，“你说。”

江雪芽挠了挠头，道：“大掌宗，臣可背不了这么多人命。”

澹台净低不可闻地叹息了一声，目光放远，眺望门穹之外的高远云天。

他嗓音冷肃：“吾颁秘宗律，辖制天下世家百姓。守律者为良民，安居乐业，家畜兴旺；犯律者为奸民，训诫逮治，化而为俗；再犯者为贼民，放逐雪境，永不复归。不苦关内皆良民，潜心耕种，守土安家，不苦关外皆贼民，烧杀掳掠，恶贯满盈。何以短良民之利，使其冒妖邪寇土之险换贼民？闭城关，拒流寇，绝妖邪。”

守城将紧咬牙关，终究没有再说什么，再拜道：“谨遵大掌宗令旨。”

城门久久不开，极乐坊众人的弹药早已耗尽，防线崩溃，蝙蝠长驱直入。所有流民百姓退守于城下，仰赖城上军士的弹雨抵挡蝙蝠，苟延残喘。韩野浑身是血，几乎杀红了眼。弟兄们损失过半，阿盘也精疲力竭。韩野回身纵火烧城门，奈何这城门是巨石所建，根本不惧怕他的黑焰火。

“开门啊！”有衣衫褴褛的女人拼命举起怀里的孩子，“求你们开门啊，我犯了罪，我的孩子没有罪过啊!”

又有流民拼命地呐喊:“求求你们啊，我只是偷了一个老爷的荷包，我真的不想死啊!”

军士们面面相觑，他们已经得到将军的指令，不能开城门，只能用火铳为他们抵挡一二。可是这些蝙蝠皮太厚，动作又敏捷，十发子窠射出去，只有一发勉强能伤到它们。

有的流民铤而走险，想要借助冰镐攀登城墙。秘宗军士举起火铳瞄准城下，大声警告:“登墙者死!”

不等军士开火，已有一只蝙蝠贴着墙面飞来，一口叼走了那惨叫的流民。他的颈脖子被咬住，鲜血汩汩而流，雨点儿一般凌空洒下，浇在下方其他流民的脑袋上。所有人都在尖叫，逃窜，可是逃不了多远，蝙蝠的阴影就会兜头罩下。

韩野徒劳地挥着刀，弹药已绝，他身边的人越来越少，地上的尸体越来越多。血腥味令人作呕，他在那些妖物冰蓝色的眼眸里如蝼蚁一样渺小。刀也崩了刃，一个极乐坊的弟兄在他面前被蝙蝠踩在爪底咬住了咽喉，他挥刀斩出烈烈火焰，蝙蝠被逼退，那弟兄也已经断气。

他像一头困兽，固守着阵地的一隅，即使他的阵地已经濒临崩溃，注定无人生还。

一只巨大的蝙蝠俯冲而下，指爪寒光凛冽。

阿盘嘶喊着扑倒韩野，将韩野护在身下。蝙蝠踩在阿盘背上，撕咬他的血肉。滚烫的鲜血小溪一样流淌，沿着阿盘的脸颊往下滴，滴在韩野的脸上。

韩野眼睁睁看着蝙蝠饮着阿盘的血，嚼着阿盘的肉。他怒吼着，竭力想要起身，阿盘死死捂着他的嘴，泪水混杂着血糊了满脸。

“野哥，装死，求你装死。”阿盘哭着道。

愤怒和悲伤席卷胸腑，韩野只能躺在地上，看着阿盘慢慢死去。

暴风雪来了，仿佛天地震怒，大雪掩埋血淋淋的战场。蝙蝠妖纷纷振翅而起，躲避汹涌而来的风雪。城下流民无一活口，断肢残体横七竖八，鲜血浸润了雪地。韩野躺在其中浑身冰冷，眼前是阿盘鲜血淋漓的脸。

阿盘的眼神开始涣散，他的背后被啃咬得坑坑洼洼，露出白惨惨的蝴蝶骨，像残破的羽翼。他气若游丝地说:“要是……要是苏老板在就好了，他有机关兽傀，还……还会风后星阵，他一定可以带大家回家。苏老板教过我推演，可是我……笨，学不会。”

韩野紧紧握着拳，指甲嵌进血肉。风雪太冷，冷到他心里。

阿盘的眼眸里，最后一丝神采烟雾般消散。

“野哥，我想回家。”

诸臣退朝，官僚游鱼般离开宫殿。人影散乱，脚步声远去归于沉寂，偌大的殿宇里只剩下那个端坐在冰冷石座上的男人，和底下挺拔昳丽的女人。

“为何不走?”澹台净垂下深灰色的眼眸，冰凉的目光犹如清冷月色，笼罩江雪芽全身。

江雪芽抱臂而立，笑着歪歪头:“不是大掌宗希望臣留下来吗?”

澹台净的嗓音越发寒凉:“你太放肆。既得孤宽恕，当闭门思过，而非再次挑衅。”

“挑衅?”

江雪芽颇有些讶异地挑了挑眉，她忽然抬步，拾级而上，向澹台净走去。数十年来，还没有人像她这般放肆。

大掌宗高坐于北辰殿，九重阶彰显了他尊贵的身份，将他和别人分离。他圣人一般独自坐于云端，而他的脚下，皆是要俯首参拜于他的尘土。

此刻，江雪芽这个胆大妄为的女人竟踏上了他的九重阶，一步步向他走来。她的靴底污染了他的净土，澹台净的脸色越发冷凝。

“这才是挑衅。”江雪芽笑着，嘴角缓缓渗出血丝。

君王般威严的灵压无声地施加在她的双肩，逼着她低头，逼着她停步。毕竟是朝圣境的秘术者，这天下最为霸道强大的男人，他的灵压山海一般沉重，在他的面前你只能虔诚地跪拜，否则必定折断骄傲的头颅。

然而江雪芽仿佛不怕死，固执地仰着头，一步步向他靠近。她强撑着泰山崩岳般的压力，脚下的石阶不堪忍受负重裂开缝隙。她竟然还带着笑，满眼桀骜与戏谑。

澹台净沉默地看着她走来，她长大了，和以前不一样了。她是他挚友白衣上人的弟子，与他唯一的外甥苏如晦情同手足。他数次见她与苏如晦勾肩搭背，嬉嬉笑笑，也曾见她与桑持玉比试刀锋，校场格斗。她和玩世不恭的苏如晦不一样，和无欲无求的桑持玉更不一样。他知道这孩子刻苦上进，在秘宗摸爬滚打十数年，一路走进北辰殿。

他照拂她，把她当成和晦儿一样的晚辈小孩。他赞赏她的果敢成熟，所以赐婚云州，让他唯一的弟子与她订立婚约。只是他没有想到，当女孩长成女人，她渴望的远超他的想象。

一个半月前，秘宗第一次发现妖邪入侵，她解剖妖物，请他旁观，却没想到那妖物骨头生香，让人意乱情迷。那是个无法改正的错误，像不洁的污点污染他的人生。

江雪芽终于走到他的面前，身体微微颤抖。她已经是强弩之末，观火境都不到，根本无法承受他的森然威严。可她并不退缩，注视澹台净的双眸仿佛炽热的炭火。她单膝跪在大掌宗跟前，捧住他骨节分明的白皙右手，轻轻亲吻他的指尖。

“可我并不想挑衅你，”江雪芽低声道，“我仰慕你啊，大掌宗。”

“孤视你若子侄。”澹台净的面容冷若冰雕。

“太不巧了，大掌宗视臣若子侄，臣却视大掌宗若爱侣。爱侣杀我，我甘之如饴。”

“晦儿病死昆仑，玉儿遭孤驱斥，”澹台净浅淡若琉璃的眸子注视着她，“狂妄的孩子，你不怕落得同他们一般的下场吗？”

江雪芽缓缓笑开：“他们怨你铁石心肠，可事实真是如此吗？阿晦是你胞妹唯一的骨血，五年来你想尽办法延续他的寿命，又何尝不是想等待一个奇迹？

“桑持玉是你带入秘宗，他桑氏遗孤的身份是你给的，他举世无双的刀法是你教的。恕臣大胆猜想，你早知道他是个卑贱的半妖，若要他性命，岂会等到纸包不住火的今日。

“当年你让他同臣结亲，打的是让臣回护他周全的主意。后来结亲不成，你废他秘术，断他右腿，是为了让他无害，他日东窗事发，百家讨伐，不会把一个废人视作威胁。可惜他们只看见你冰冷的面目，看不见你的苦心筹谋。桑持玉执意反叛秘宗，你的心何尝不痛？”

澹台净冷漠地评价：“妄加揣测，自作聪明。”

“大掌宗分明是被臣看穿，恼羞成怒。”江雪芽轻笑，“大掌宗心怀天下，为天下子民计。人间狭窄，田地有限，养不起源源不断呱呱坠地的孩童。十个人分一碗饭，十个人都会死。五个人分一碗饭，勉强能够苟活。严刑峻法驱逐劣民，是为了让人间的百姓至少人人有口粮。但是不会有人感谢你，即使是那些有口粮饱腹的黔首，也只会埋怨你高居庙堂，不知人间疾苦，才让他们衣衫褴褛。如今你放弃了不苦关外的流民，只怕黑街会更加恨你入骨。”

她狡黠地笑：“所以我赌大掌宗心软，必定不会杀我。”

澹台净缓缓移开视线：“退下，孤不杀你。”

江雪芽的身体微微颤抖：“想退也退不了啊……”

她说着，咳出一口血。灵压伤及她的筋骨，此刻她承受的压力无异于扛着百斤大包。纵使秘术者身体素质卓越，也受不了如此折磨。

江雪芽最后一个字说完，便晕了过去。她失去意识，向一侧歪倒，并非朝着澹台净的方向。底下玄武石阶足有九重，江雪芽本就跪在阶沿，这样昏过去，恐怕会滚下阶梯。

澹台净端坐着，似乎无动于衷，任她倒下。

最后一刻，江雪芽即将倒在地上的时候，一双素白的手接住了她，她落入了澹台净的怀抱。

澹台净垂眸看她的睡颜，半晌，道："胆大包天。"

江雪芽醒来的时候，发现自己躺在一张榻上。被褥里熏过香，是很熟悉的味道，之前江雪芽在澹台净身上闻到过。她揉着肩膀坐起身，发现这是一间书斋，炭火摆在榻下，暖烘烘熏着脸。天光透过悬在落地罩下的竹席，在地砖上打下一片徘徊光影。

筋骨不痛了，一定是澹台净找疗愈秘术者给她治了伤。

侍者跪于榻边，呈上一枚符咒："江大人。"

江雪芽抓起符咒，是天眼，不过是用过的。这符咒浸入水中，可以看到当时天眼符咒之所见。澹台净要给她看什么？书斋正中有一盆水，看来正是澹台净给她备下的。江雪芽把符咒丢入水中，符咒溶解，水幕中浮现影像。

江雪芽端详着水中影，一眼便看出这是在无间狱审讯室。认得这么快没别的原因，只因她也在里头待过好长一段时日。

栅栏后面关着一个男人，被锁在椅子上，双脚戴着镣铐。这人面孔十分诡异，正不停更改着容貌，一会儿尖嘴猴腮，一会儿俊美无俦。江雪芽知道，这肯定是秘宗活捉的妖怪，这妖怪灵力不足，模仿人模仿不到位，没法儿固定成一张脸。

摩陀衍那、郎雅光、昆吾三大星官站在栅栏外，联合会审。

"人间藏了多少妖魔？你们究竟意欲何为？"昆吾厉声诘问，"如实招来放你一条生路，若不招，刮骨抽筋，让你生不如死。"

那妖怪呵呵低笑："藏了多少？走出这座牢笼，到街上去看看吧。贩夫走卒，农人啬夫，歌伎乐女，甚或官僚胥吏，王孙贵胄，皆有我的族胞。谁知你们北辰殿里的大掌宗，是不是早被掉了包呢？"

"你太小看我们了，"郎雅光摇头，"人有父母，有妻子儿女，朝夕相处，日日相对，神不知鬼不觉地替换一个人何其艰难？你纵然外貌形似你吃掉的这个人，你却无法模仿他平日的言行。你深知多说多错，干脆闭门装病缄默不言，可你需要进食，需要喝水。你不知碗筷器皿如何使用，你用刷过的恭桶喝水，用痰盂装饭，你的下人惊异非常，报上衙门，你的身份自然暴露。"

摩陀衍那道："你们根本不了解人间，怎么可能渗透这么多妖魔进来？秘宗早已进行过一遍筛查，找出妖怪数十，就关押在你旁边的牢笼。要不要我让你听听他们的哀号？比起你，你的族胞更加识时务，早已招了许多事。”

“不必诓我了。”那妖怪神态自若，“先不说你们到底抓到我多少族胞，便是你们抓到了，也休想从他们口中知道什么。我们和你们不一样，凡人。你们龟缩于洞天福地，饱食终日，你们早已忘记了风雪的残酷。所以你们自相残杀，党同伐异，你们驱逐你们的同胞，任由他们无奈地冻毙于风雪。而我们不一样，我们举族向同一个目标奋斗，不惜奉献自己的生命。你们这样自私卑劣的种族，不配享受雪花的恩德。”

“你们从风雪中来？”昆吾逼问，“你们来自雪境何处？”

妖怪露出思念的神采：“我的家乡很远很远，有一个凡人曾经叩过我们的天门，可惜他已经死去。你们想要掌握我们的故乡所在，袭击后方吗？没有用的，你们的军队无法在雪境中长途跋涉。”

“凡人？”昆吾皱眉，“是流民吗？只有流民才会为了生存深入雪境。”

“不必再说了，”郎雅光拍了拍掌，“让我使用华胥吧。”

昆吾点头：“也好。”

那妖怪好像看见了什么，神色忽然变得悲怆：“人间很美，可我依然怀念我故乡的穹顶。雪花落在那上面，姿态万千，多么漂亮。若我死后，我的魂魄能穿越茫茫大雪，返回我的家乡吗？”

昆吾眉头紧蹙：“他在说些什么？”

郎雅光的反应远比他迅捷，愀然变色，吼道：“退后！离他远点！”

他的话音刚落，那妖怪闭上眼，变幻不停的面孔终于停住了，定格在一个悲怆而寂寞的微笑。那妖怪的身体忽然发光，蛛网般的荧光经络在他身体上生长。而后他的身体四分五裂，以他为中心，这座牢笼发生了剧烈的爆炸。

水幕里白光一片，画面消退。怪不得今天三大星官没上朝，他们一定在爆炸中重伤了。侍者又奉上一个托盘，里头装了几块碎裂的铁片。江雪芽端详铁片，帷幕另一端冷不防响起一个淡淡的嗓音。

“眼熟吗？”

江雪芽抬起头，竹席帷幕后面坐着澹台净，光影朦胧，依稀看得见他长发委地的侧影。他的面前放了一张棋盘，似乎在自己同自己对弈。

“是我师弟的伏火小铁甲，”江雪芽道，“妖物受伤则灵力迸发，经络发光。爆炸之前，那妖物身体浮现经络，说明他内里大出血。他把伏火铁甲埋在了他的身体里，铁甲启动，他也受伤，而后不久，铁甲爆炸。”

“不错。”澹台净颔首道，“继续说。”

“伏火铁甲只在两个地方有。一个是黑街极乐坊，师弟曾是极乐坊坊主，他们一定留有制造伏火铁甲的技艺。还有一个地方则是秘宗，大掌宗您得到了机关武库，秘宗早已拥有制造伏火铁甲的图纸。这妖怪的伏火铁甲究竟从何而来?”江雪芽沉吟着，“还有，这妖怪死前的神态让我很在意，郎星官说要动用华胥秘术探他梦境的时候，他好像看见了什么。”

它原本还好好的，忽然间神色变得非常悲怆，还说了一堆像遗言一般的话。

澹台净道:“他自尽，乃是有人属意。”

江雪芽瞬间明白了:“审讯室内有人同他暗传消息，告诉他自爆。”

这猜测非常可怖，但也正好解释了这妖怪的伏火铁甲从何而来。秘宗有内鬼，一个非常聪明的内鬼。妖怪自爆，审讯室内的人皆身受重伤。内鬼用苦肉计给自己洗脱了嫌疑，重伤秘宗星官之后，同时误导秘宗极乐坊中有妖怪。一举两得，一石二鸟。

“我们曾认为妖物模仿拙劣，容易辨认。并非如此。还有藏得更深的妖物，在秘宗，在我们身边。”

江雪芽踅身进了帷幕，跪坐于棋盘对面，神色凝重。

“看顾好晦儿，若非必要，不要让他离开边都。”澹台净道，“妖物窥伺他性命久矣，今时不同往日，令他不要胡作非为。”

江雪芽一愣:“大掌宗您……”

澹台净冷淡的目光落在江雪芽身上:“你以为，若非孤的默许，你能够安然无恙将傀儡图纸带离仙人洞?”

江雪芽终于反应过来，原来澹台净一直在演戏，秘宗有内鬼，他不知道是谁，不得不提防身边所有人。妖物不知为何盯着苏如晦不放，澹台净要保苏如晦性命，却不能自己出手，否则说不准妖物动什么手脚，救人成了害人。

他知道江雪芽的行动，但他睁一只眼闭一只眼，假装不知。他不动声色，静待时机，现在那内鬼终于行动了，也露出了马脚，他们的机会来了。

苏如晦从前常对江雪芽说，他这阿舅老谋深算，他们在他面前玩阴谋阳谋，完全是班门弄斧，小孩儿过家家。朝圣境的高深不只体现在他的秘术，更在于他的城府。

澹台净指出她的不足:“你太年轻，纵然设法周全，难免有疏漏。”

“疏漏在何处?”

“玉儿和晦儿情谊深厚，虽然因晦儿遁入黑街而反目，然则晦儿归来，玉儿一心所系乃其安康。旁人道他二人是宿敌，孤却知，他们是挚友。”

“……”江雪芽挠了挠头，“只是挚友吗？”

澹台净微微皱眉：“不然呢？”

“没什么，请大掌宗继续为臣释疑解惑。”

“所以第一，当日玉儿闯仙人洞，你不该带他走。”

江雪芽叹道：“的确，桑持玉那般找死的性子，怎么可能乖乖跟我一走了之？除非他知道阿晦一定会安然无恙。”

“第二，晦儿若身死我手，你该如玉儿一般恨我怨我。”

江雪芽笑了：“我就不能被情爱迷花了眼，弃血海深仇于不顾？”

澹台净漠然瞥她一眼：“再多言，孤必罚你。”

江雪芽拱手问：“大掌宗要臣去查内鬼？”

“大朝议之前找到他。”澹台净抿了口茶，“否则僭越失职数罪并罚，逐你出秘宗。”

“臣领命。”江雪芽道，“臣从云州开始查。阿晦说江氏被妖物占领了，秘宗的妖物十有八九和那些妖物有关系，顺便救一救臣那些没用的父兄。”

她忍不住笑，他身边堪用的人那么多，偏偏找上她。没别的原因，只因所有人都有可能是内鬼，只有她不可能是。妖物入秘宗，必然小心翼翼，步步为营，断不可如她这般放肆。更何况她和桑持玉、苏如晦一样，是在他眼前长大的孩子，他闭着眼睛也能摸出她肚子里的花花肠子。

她是他最可信的人。

得寸进尺、恃宠而骄说的就是江雪芽了。这厮进了帷幕，倒也不见外，坐在棋盘对面，拿起澹台净手中的茶一饮而尽。茶水润湿她潋滟的唇，她笑得恣意戏谑。

熟悉的灵压当头压下，但没之前那么难以忍受了。

江雪芽望着澹台净冷漠深邃的眼，道：“有罚必有赏，臣若抓到内鬼，怎么赏臣？”

澹台净阖上眼眸，不再看她湿润的红唇。他问：“你想要什么？”

江雪芽倾身探手，摘下澹台净腰间一枚麒麟青玉。

“以此为信，许我随时出入宫城。”江雪芽笑眯眯地说，“包括夜晚宵禁之时。”

夤夜入宫闱，不用思考也知道这厮贼心不死。

威严的灵压忽然加重，江雪芽一下趴倒在桌上，背上仿佛压了千钧重担，起不来。象牙棋子被她扫落一地，的的笃笃珍珠似的掉落在木地板上，四处乱滚，黑与白缠绵地交织在一起。

“疼。”江雪芽喊出声。

压力霎时间消失，江雪芽一愣，仰起头，看见澹台净冷玉般的面庞，他蹙着眉，似乎因为自己不自觉撤销压制而懊恼。

“江雪芽，你喜欢孤什么?”澹台净问。

江雪芽直起身，缓缓道:“大掌宗想得到什么答案？你一人独在高处，太孤单太冷清，我想来陪你？——不，这并非臣所想。”江雪芽的潋滟红唇微微一勾，明媚的笑容漾在唇畔，“臣想要大掌宗下云端，入凡俗，来陪臣。”

澹台净盯了她片刻，神情一如往常冰冷肃然，毫无动容。

“妖族潜伏人间久矣，其行动组织缜密，定有一妖居于幕后，统摄全局。”澹台净道，“孤常常感到棋盘对面有人同孤对弈，只是孤从未捕捉到他的踪迹。”

“哦?”

“找到他。”

澹台净站起身，朝门外去。

江雪芽喊道:“桑持玉的命，大掌宗还留吗?”

澹台净的身影滞了一滞:“晦儿是玉儿唯一的朋友，这世间唯有晦儿能够牵制他的妖性。既然晦儿还活着，孤可留他一命。”

他的身影消失在门外，大约是他忘了，最终那枚麒麟青玉遗留在了江雪芽手里。

苏如晦是被桑宝宝踩醒的。

这厮踩着他的脸蹦下炕，苏如晦顶着一脑袋白花花的猫毛坐起来。推开窗一看，碧苍苍的天穹，高而深远，白晃晃的日头高挂在天心，已是日上三竿的时辰，他点卯迟到了。算了，今天上午不上值了。反正阿舅指着他给超一品肉傀儡的图纸，他就算在秘宗裸奔，鹰扬卫也得供佛似的供着他。

桑宝宝不知道跑哪儿去了，苏如晦喊了两声，那臭猫不搭理他。苏如晦趿拉着鞋往厨房走，煮了一锅热腾腾的水煮鱼，挑了刺儿，拌成糊烂的肉泥放在碗里，又倒了一碗鱼汤，搁在桌上晾凉。饭菜齐了，桑宝宝还是没影儿。

苏如晦抽出一根筷子使劲敲碗:“吃饭啦！吃饭啦!”

再抬眼望门外，果然见一团雪白的影子飞奔而来，三两步蹿上桌，把大脑袋埋进猫碗，啪嗒啪嗒地舔鱼汤。

苏如晦:“……”

这饭桶。

苏如晦使坏，抢走桑宝宝的饭碗，高高端着，让桑宝宝够不着。

“宝宝，给爹撒个娇，翻肚皮，爹给你吃饭。”

桑宝宝没动弹，蹲在地上，仰着脑袋注视苏如晦。那湛蓝如深海的眼眸没有波澜，有着不同于其他狸猫的冷淡和严肃。

它简短地叫了一声："喵。"

它什么意思？苏如晦问系统。

"本系统没有猫语翻译功能。"

苏如晦哄骗系统："你这么聪明，还掌握着这个世界的奥义。这不过是一只脑袋才比我拳头大一点的猫儿罢了，想必你只需观察它的一举一动，便能推断出它的意思。"

"好吧，我的翻译不保证百分之百准确，不过大意应该没错。结合它的语调、语速和眼球运动，据我推断，它的意思大概是——

"傻帽儿虐猫男，给老子饭。"

苏如晦："……"

地上的桑宝宝忽地耳朵一动，好像听见什么声儿，一下弓起背，露出警惕的模样。放着饭不吃，桑宝宝嗖地一下蹿了出去，一道闪电似的。苏如晦摸不着头脑，跟在它身后跑，穿过雪地到了正厅，进门便见一个血淋淋的男人坐在圈椅上。

桑宝宝挡在苏如晦身前，以冰冷的眼神注视那男人。它像领地被入侵的猛兽，浑身毛发倒竖。

屋里没点蜡烛，暗沉的荫翳罩住了韩野。他低垂着头，手臂上有一道狭长的伤口，鲜血顺着手指头往下滴，在冰裂梅花地砖上溅起鲜艳的血花。

苏如晦有些发怔，片刻后反应过来。大约是雪境的流民营地出事了，他已匿名传讯，告知韩野雪境定有妖物逡巡，现在看来，他的讯息终究还是晚了一步。

"坊主，你还好吧？"苏如晦指了指他的伤。

"你的猫好像不欢迎我。"韩野嗓音十分哑，揉了沙子似的。

苏如晦抱起正哈着气的桑宝宝，赔笑道："小孩子家家不懂事儿，您别跟它一般见识。"

韩野好像没听他说话，目光放在远处，又好像放在虚空。他忽然没头没脑说了句："阿七，我做错了事。"

苏如晦寻了张杌子，在离韩野老远的位置坐下，把桑宝宝搁在腿上，一下一下给它梳毛。

"我做错了事。"韩野低声重复，"我辜负了苏如晦。"

苏如晦梳毛的动作一顿。

"他二十三岁那年，我跟着他做事。黑街谈生意，必然要喝酒，那些浑蛋灌他酒，他总是躲到后巷抠喉咙，抠完继续喝。他二十五岁那年，第一次喝到吐血，我找了神目秘术者来看，发现他心胃已坏，胸腑里还有一颗奇怪的心核。那是他第一次病倒，也是他第一次毒发。后来身体每况愈下，我看着他一点点瘦下去。极乐坊为他延请了许多名医，来一个摇一次头，我生气，说谁再摇头我割了谁的脑袋。

“他笑我，说有些事强求不了。他跟我说，他死那天，我们要给他办一场盛大的丧仪。他的丧事用红不用白，他要黑街家家户户挂大红灯笼，在门前摆最好的酒送他出殡。他要极乐坊的兄弟在他棺前跳舞，后来他又反悔，说我们跳得不好看，要我们请万乐楼的舞娘来跳《春莺啭》，露肚皮的那种。”

韩野低头看着地上氤氲的血花，仿佛看见很多年前，苏如晦掩着唇咳嗽，鲜血从他指缝间滴落，染红一片地砖。那个没心没肺的家伙无所谓地擦擦手，弯着眼眸笑道：“我这人喜欢热闹，活要热热闹闹地活，死也要热热闹闹地死。我的葬礼你们要慷慨高歌，送我远行。”

韩野第一次看见苏如晦这种人，把自己的丧事规划得明明白白，连请的宾客名单都拟好了，名单第一个好像是桑持玉。韩野那时候无法理解苏如晦，这个玩世不恭的男人活得乱七八糟，死也要如此儿戏。

苏如晦的毒一日比一日深，韩野每天给他送药，后来发现这家伙怕苦，偷偷倒到窗台下面，绣球花被他浇死了一片。即使身体大不如前，他仍然天天画他的风后星阵。他居住的内堂刻满了点线交错的星图，满地皆是横七竖八的书籍，连他的床也堆满了报废和半报废的小星阵。那些星阵里镶满了灵石，但凡星阵出个岔子，溅出点儿爆炸火花，苏如晦会和他的床一起化为飞灰。

可是这家伙从来不在乎，他废寝忘食地研究。韩野过来收碗筷，发现筷子被他拿去刻星图。他成天不按时吃饭，以至于有时候肚子疼。一面受药毒侵蚀五脏的苦，一面因为胃疾而腹痛。

即便如此，他依然苍白着脸对韩野指点星图：“看到这个星阵没有，我新制的雷火星阵。把它布在流民营地地底，它能够消耗灵石升温，烘烤雪地，如此一来，那些流民便不必躲在地洞里挨过漫漫寒冬了。只不过这星阵现下还不太安全，冒出火来会烧死人，我得再改改。”

韩野捧着饭菜，道：“晦哥，你不好好吃饭治病，将来谁来布这星阵？”

“我不是开了星阵学堂吗？你们好好学，将来这些星图阵法交给你们了。”

韩野垂头丧气：“实话告诉你吧，你的课压根儿没人听。太难了，成日修行就够费劲儿了，谁还听那个啊。”

苏如晦无奈道：“总得有人接手啊，我就算长命百岁，总有到头的时候。何况我这身子，眼瞅着是撑不了几年了。”他拍了拍韩野的肩膀，“你得快些长大啊，极乐坊以后靠你了。”

韩野那时候十七岁，他的确想快点长大，但是他长大不是为了极乐坊，而是为了苏如晦。

苏如晦的病情越来越重，人也变得越来越疯狂，他整整三个月没出过房门，天天刻一些韩野看不懂的东西。韩野命人收了他的大理石星盘，他刻不了星阵，就刻木雕制傀儡。他的木雕刻了一尊又一尊，攒了一屋子，地上没有落脚的地方，他的手上全是被锉刀割破的伤痕。

有人来向韩野递话，说苏老板是不是有点疯魔，因为那些木雕着实怪异得紧，它们全都没有脸。

韩野隔着榧木门看他，心里充满悲哀。

苏如晦一边咳嗽一边刻木头，咳嗽越来越剧烈，好像要把肺给咳出来。最后他终于刻不下去，吐了满手血，梅花似的血点子溅上了木雕空白的脸庞。

锉刀从他手里掉落，他阖上眼，仿佛玉山倾颓，咚的一声倒在地上。木雕堆成的小山被他推倒，哗啦啦滚落一地。

“苏老板！苏老板！”混混们大惊失色，纷纷冲进屋去扶他。

韩野桩子似的站在原地，紧紧握着拳。

苏如晦生病了，身体病了，心也病了。

黑街救不了苏如晦。

药毒的蔓延比想象中还要快，韩野再一次请来神目秘术者，秘术者说苏如晦的肺腑颜色深黑如墨，大限将近。不能再拖了，韩野终于下定决心，谋划了一场叛变。

有人出卖黑街的地址，他顺水推舟，任由秘宗的军队兵临城下。当秘宗将谈判条件附在箭矢射上城楼，他联合极乐坊的反叛者把苏如晦关进了地牢。

他记得分别的那天是黄昏，残阳如血，黑街城下百草枯折，白雪迢遥。

他骑着马，手里牵着麻绳，麻绳的另一端绑着苏如晦的两只手。苏如晦跌跌撞撞，跟在他的马后。他忍着，没有回头，策马走出城门，却不由自主把步子放得乌龟一样慢。

秘宗军队阵列城下，出阵接人的是个高挑冰冷的男人。那个男人一袭玄黑色缺胯袍，高高坐在马上，抿着淡色的唇，眉目间没有温度，仿佛积淀了许多年的霜雪。他的目光一直落在韩野的马后，直到韩野停在他的面前。

苏如晦久不见天日，用手遮着光。他见到对面的人，扬起苍白的笑容，道：“是你啊，桑持玉，好久不见。”

男人下了马，韩野把绳子丢给他：“苏如晦给你们了，履行你们的诺言，退兵。”

男人接过绳，注视着苏如晦。

“苏如晦，你病了。”

苏如晦把手举到男人面前，惨兮兮道：“我说桑哥，你不会这么狠心把我拉在马后跑吧？我脚好痛啊，帮我解个绳子呗，我一定安安分分跟你走，不捣乱也不逃跑。”

桑持玉蹙着长眉看了眼他的脚，没有解开他的束缚，而是把绳子的另一头系在了自己的手腕上。

“不用这么提防我吧。”苏如晦叹道，“咱俩系一块儿，要是我出恭掉茅坑里了，你岂不是得跟着一起掉下来。”

桑持玉把他抱上马，接着自己也上了马。

这个目中无人的男人从头至尾没有看韩野一眼，仿佛韩野同那些充作背景的山川草木没有什么分别。若是平时的韩野，早已一团火往他脸上扔了。但那时的韩野无心理会桑持玉傲然的冒犯，只一心盯着苏如晦。

苏如晦喋喋不休的声音顺着风遥遥传来。

“你觉不觉得咱们俩这样好像关系很好？咱俩明明是仇人来着。”

桑持玉似乎习惯了他无聊的扯淡，并不搭理他，沉默着抓起缰绳，策马回军阵。

“桑哥，你硌着我了。”

韩野：“……”

韩野有些着急，苏如晦这家伙天生嘴欠，在黑街也就罢了，现在竟敢在桑持玉面前胡闹。

桑持玉凶名在外，韩野很怕桑持玉一怒之下把苏如晦给斩了。然而那个握着缰绳的男人什么都没说，只弯下腰，从马侧取出一个水囊，塞进苏如晦怀里。

“若渴了，便喝水。”他说。

他们二人渐渐远去，没入黑压压的军阵。

韩野伫立在原地，停了许久许久，久到桑持玉和苏如晦的身影消失，乌泱泱的秘宗军阵全数撤退。

他想，他还能和苏如晦再见吗？

现在他知道，那次便是他们的最后一面。

“他说他要热热闹闹地远行，他要所有极乐坊弟兄一起摔杯送他，祝他下辈子投个享福的好胎。”韩野涩声道，“可我让他失望了，他一个人死在秘宗，无人相伴，孤苦伶仃。他说极乐坊以后靠我了，可我让弟兄死在妖物爪下，无能为力。”

果然是营地出事儿了，苏如晦叹了口气。雪境长城之外便是一望无际的雪原，营地上方毫无遮拦，妖族一抓一个准。早些年他本来想布雷火星阵在营地地下，一方面解决寒冬苦寒难挨的问题，一方面又能保卫营地。可惜没等他改良星阵，他就回了秘宗。

“阿七，”韩野低头看自己的手掌，“他会怪我吗？”

“放心吧，不会的。”苏如晦揉着猫肚子，说，“况且……坊主，据我所知，你一直没找到那个出卖密道的叛徒。你有没有想过，或许出卖密道的，就是苏如晦本人。”

韩野和化身为桑宝宝的桑持玉俱是一怔。

韩野眯起眼：“你在说什么鬼话？出卖黑街密道，等于出卖苏如晦自己。秘宗早已颁布悬赏令缉拿苏如晦，秘宗一旦得知黑街方位，定然以捉拿苏如晦为首要任务。阿七，你虽嫉妒他，却也不必抹黑他的身后名。”

桑宝宝仰头望着苏如晦，苏如晦却不愿多说了，只敷衍道：“我瞎说的。”

韩野拧着墨黑的长眉看了苏如晦半晌，似乎想到什么，忽然站起身：“我还有事，先走了。”

韩野踅身走进雪地，等候的极乐坊术士现身，为他打开无相法门。韩野似乎十分焦急，招呼都没打，直接消失在法门之后。

桑持玉仍在思索，苏如晦不会无缘无故说出“苏如晦出卖苏如晦”的话，这很可能就是当年的真相。可是苏如晦为何要出卖他自己？为了将超一品肉傀儡图纸交给江雪芽吗？可若苏如晦在黑街，秘密会面江雪芽的难度远比被囚在秘宗时要低。况且，他二十五岁那年，恐怕还没有画出超一品肉傀儡。

那是为了什么？

桑持玉正想发动读心秘术，突然发现苏如晦的手停在他不可说的部位。这厮几根手指分开，摁着他的肚皮揉了揉，还低下头扒他的毛，嘟囔道：“咦，乖宝，你肚子上长了好多小疙瘩。”

桑持玉浑身一震，用力咬了一口苏如晦的手指。

苏如晦嘶了一声，手里松了劲儿，桑宝宝立时跑了个没影儿。苏如晦捧着手指看，指尖被咬出了一连串的血珠子，针扎似的疼。

别人说猫养不熟，或许是真的。他给桑宝宝吃，给桑宝宝喝，还把炕让给桑宝宝睡。可是桑宝宝成日动不动朝他哈气，踩他，咬他，有时候还对着他亮爪子。桑宝宝讨厌他，桑持玉也讨厌他，这一对未曾谋面的“父子”，在这一点倒出奇的相似。

苏如晦又开始难过了，心慢慢从腔子里落下去，沉进了水里似的，闷闷的，难受。天地广大，大雪呼呼地下，风雪落寞，他也落寞。

他站起身，取来一把油纸伞，出了门。

江雪芽策马回府邸，刚下马，便见苏如晦坐在她家门口的台阶上。只不过一天没见，这小子似乎颓靡了许多，耷拉着眼皮，像棵蔫巴巴的野草。

江雪芽用马鞭敲他的头："你好像一条丧家之犬，怎么，来我家门口讨饭？"

苏如晦拨开她的马鞭，道："桑持玉跑了，帮我找找他。"

江雪芽把马鞭丢给侍从，道："行，我派人去寻，找到了告诉你。"

"不用告诉我，他不想见我，我也不想见他。"苏如晦把脸一别。

江雪芽看了他一眼，表情十分鄙夷："你俩真有病。你真不想见？本官忙得很，你不想我就不找了。"

"想。"苏如晦垂头丧气。

江雪芽打量他，苏如晦这厮心大得没边儿，她很少看到他这般颓废的模样。真是稀奇，江雪芽有些幸灾乐祸，挑眉问："你们之前不还好好的吗？那傻帽儿为什么要跑？"

苏如晦干巴巴地扯了扯嘴角："大约是讨厌我吧。师姐，他怎么能几十年如一日地讨厌我？这么长时间以来，日日天不亮起来给他做饭，恪守他的戒律，滴酒不沾。别说伎馆了，便是酒楼茶馆，我连门槛都没踩过。我安分守己，没做任何出格的事儿。我都这样儿了，他还是讨厌我。"苏如晦恨恨道，"既然如此，我倒不如继续当纨绔。没日没夜喝酒，没日没夜歌舞！"

"然后再喝出胃疾，再死一回？"江雪芽嘲笑他，"行啊，这法子好，你死到临头，他肯定哭着来看你。"

苏如晦唉声叹气，愁容满面。

江雪芽觉得有意思："讨厌你的人又不止他一个，燕瑾瑜也讨厌你，周小粟也讨厌你，你怎么就揪着桑持玉不放？"

苏如晦垂着脑袋拔地上的草梗子："我有病，我找虐，行了吧。"

江雪芽翻了个白眼，道："多大的人了，跟个毛头小子似的。人我去帮你找，其他的你自己看着办。"江雪芽拍拍他的狗头，"阿晦，不要以为人生漫长，时间充裕。你的时间，或许就在眼前。"

苏如晦绕道去医馆买了点儿膏药，回家捉了桑宝宝，用绳子绑着它不让它动，扒开它的毛发。它的肚皮上长了八个粉色的疙瘩，看起来像是湿疹，大约是这傻猫四处乱跑，沾了不干净的东西，长了疹子。

“乖宝莫动，爹爹给你涂药药。”苏如晦哄着它，小心翼翼帮它上药。

桑宝宝四肢都被牢牢绑住，整只猫呈大字形摊在炕上，仍竭尽全力挣扎。它不断伸脖子，亮獠牙，四爪皆从肉垫冒出。苏如晦感叹着，这只猫真的很野。一丝不苟地给它上完药膏，为了防止它舔肚皮，苏如晦还取来纱布，绑住它的患处。从上到下，一共绑了四圈。苏如晦解开桑宝宝的束缚，桑宝宝立时从炕上蹦起来，跑到离苏如晦最远的地方，一个劲儿地咬肚皮上的绷带。

幸而苏如晦有先见之明，缠了许多层纱布，凭桑宝宝自个儿是没法儿咬断的。

桑宝宝也知道咬不断，趴在原地，用冷冰冰的眼眸注视着苏如晦。

苏如晦莫名其妙在这只猫的眼睛里感受到凛然的杀气。

“那个……”

系统冷不丁地出声。

干吗？苏如晦没好气地问。

“你可以打开面板，无限道具栏有养猫手册，我认为你有必要进行系统的学习。”

怎么了？

“你的猫很健康，没有任何皮肤疾病，那八个疙瘩，是它的乳头。”

苏如晦：“……”

桑宝宝三天没搭理苏如晦，无论苏如晦如何哄，只要苏如晦靠近，它就亮爪子哈气。苏如晦变着花样做了几顿可口的猫饭，桑宝宝终于停止哈气，但还是不给苏如晦摸。桑持玉没个音信，猫儿子也待他如仇敌，他萎靡不振，在家躺了三天，无人催他来上值，只夏靖派了个人来看他死没死，见他好端端在家挺尸，便回去复命了。

极乐坊的事儿他没法儿管，若插手太多，或许会暴露身份。妖怪的事儿自有师姐查，师姐在边都深耕多年，远比他更有能耐。没有闲杂事务，他便在桑宝宝脖上套根绳儿出门遛猫，看能不能偶遇桑持玉，虽然这希望无比渺茫。

桑宝宝本是不同意苏如晦遛它的，苏如晦买了一大包银鱼干，每次遛弯的时候喂它，它才勉强同意让苏如晦遛。

苏如晦百无聊赖，嘴里哼着叮咯咙咚呛，吊儿郎当地遛着桑宝宝四处转悠。走到中途，有招徕香火生意的和尚拦着他，要他上香，指着庙门口挂满红绸的大白杨信誓旦旦地说许愿特别灵。

苏如晦来了兴致，拉着桑宝宝停在树下。

这么多红绸，放眼望去，全是求发财和求姻缘的。桑持玉也仰起头，看苏如晦龙飞凤舞地在红绸上写字。苏如晦爬上树，将飘扬的红绸系上树梢。桑持玉极尽目力，想看看苏如晦写了谁的姓名。

他看见“桑持玉”三个字，目光忽然一滞。

接着往下看——

“愿桑持玉三天拉不出粑粑。”

桑持玉：“……”

“这树真的很灵？”苏如晦问和尚。

“当然当然！”

“那就好。”苏如晦拍干净手上的灰，拉起桑宝宝的绳儿，打道回府。

晚上得空，苏如晦终于想起来翻一翻系统的面板，系统里面的情报有了许多更新。比方说他自己的情报——

姓名：苏如晦

种族：超一品肉傀儡

性别：男

年龄：傀儡无法生长发育，永远保持在十七岁。

身份：神机鬼藏的创始人，桑持玉的奴仆，桑宝宝的铲屎官，假冒的江家幺子。

目前状态：咸鱼躺。

苏如晦往后翻，又翻到了桑持玉的情报。

姓名：桑持玉

种族：半妖

性别：公

年龄：三十二岁

身份：吞噬秘术者，妖族圣子，唯一一只拥有人和妖双形态的半妖。

这个人妖双形态有点儿意思。妖族能够血肉重组，模仿人形，但终究是模仿，正如苏垢所说，许多妖物模仿得不彻底，出现三头六臂的畸形怪物。他们也没有真正的人脸，必定要盗取别人的面目。而桑持玉不同，他是半妖，本身便拥有人和妖两种形态。

苏如晦接着往下看。

目前状态：生无可恋。

那家伙也不高兴吗？苏如晦默默地想。他不高兴什么呢？这世上除了苏如晦，还有旁人能惹他不高兴吗？

低下头，继续查看可以从系统那儿取用的器物。系统虽然常年鸡肋，除了说骚话没多大用，它这次提供的外挂却意外得不错。器物栏一眼望不到头，翻了一页又一页。不仅有平日吃食，还有机关零件，甚至有小猫用具。

“我很有用，是你自己不愿意做任务，权限不够高。我给你发任务，开权限，你做吗？”

滚，没心情。

“……”

苏如晦发现猫猫穿的粉色裙衫，眼睛一亮，先把这玩意儿取了出来。午膳时分，苏如晦用一碗虾肉勾引出不知躲哪儿睡觉的桑宝宝，然后把它逮进怀里，强迫它穿上猫猫小裙子。桑宝宝穿上裙子之后，好半天不会走路，疯狂地咬裙上系结的丝绦。奈何它是只四脚兽，怎么挣扎都摆脱不了小裙子。

苏如晦看得直乐呵，在一旁哈哈大笑。他没有注意到，面板上桑持玉的状态信息更改成：

目前状态：考虑玉石俱焚。

第四天，苏如晦躺够了，开始干活儿。他没有秘术，傀儡是他重要的制胜法宝，身边必须常备傀儡防身。

他戴上水晶镜，从系统那儿取出许多机关零件，组建傀儡大耗子。灵识通路连通数只傀儡大耗子，它们的眼眸鬼火似的亮了亮，很快又黯淡下去。苏如晦问系统要了许多铁甲、灵石和木头疙瘩，填补这些傀儡身上的不足。

猫形态的桑持玉站在一旁，皱着眉看苏如晦凭空拿出许多铁甲零件。他绕着苏如晦走了一圈，细细地打量这个家伙。他不明白，苏如晦何时有了隔空取物的秘术？

苏如晦做了个小耗子给桑宝宝玩，桑宝宝看起来兴趣不大，任由小耗子围着它吱吱转悠，它一动不动。这只猫实在很难讨好，好像除了吃的，它对旁的事物没什么兴趣。果然是饭桶猫啊，到了饭点，苏如晦起来做饭。

今天给桑宝宝做了蒸鸡心和蒸瘦肉，切成粒儿，拌入胡萝卜和熟蛋黄。桑宝宝吃得很香，猫碗舔得干干净净。

经过这几天的相处，苏如晦发现这饭桶猫最爱吃鱼，其次是牛肉、鸡肉和猪肉。鱼中它又最爱银鱼，如果喂它吃银鱼羹，它可以一口气干三大碗。苏如晦有些纳闷，别的猫食量也这么大吗？

一人一猫，着实不好做菜，常常做得太多。苏如晦把剩菜放在一起，端出门喂野猫野狗。顺康坊的野猫多，绕着苏如晦的脚蹭，软绵绵地撒娇。

苏如晦感慨，这些野猫比桑宝宝黏人多了。还有只白绒绒的大狗，一见他尾巴摇得像风车似的，一个劲儿地嗅他端的碗。苏如晦把碗放在地上，身边围满了猫猫狗狗，他一个挨一个撸过去。

在外头待到夕阳西下，苏如晦回了家，桑宝宝正趴在炕上。桑宝宝的体型比旁的狸猫大了一倍，若伸长身子，足有苏如晦上半身那么长。虽体型大，性子却小气，格外记仇。好吧，要怪还是要怪苏如晦自己，祸害它的乳头，还要逼它穿裙子。

苏如晦虽成日遭它冷遇，仍贼心不死，想要撸它的毛。这几天他们的关系缓和了不少，桑宝宝还知道陪他吃饭，苏如晦渐渐胆肥，凑近桑宝宝。桑宝宝抬起眼皮看了他一眼，没动弹。

有门儿。苏如晦喜上眉梢，摸了摸桑宝宝的大尾巴。桑宝宝凑过脑袋，鼻子翕动，嗅了嗅苏如晦的指尖，一股冲鼻的陌生猫味扑鼻而来。桑宝宝一下爹了毛，退后几步，尾巴竖得笔直，喉间发出呼噜声。

“怎么了？”苏如晦一愣。

桑宝宝不可置信地望着苏如晦。

眼前的男人愣怔着，原本疏朗的眉目间盈满疑惑和不解。

苏如晦在外面有别的猫。

桑宝宝嗅觉灵敏，尤其对旁的同类气味敏感。

明明家里有猫，还要在外头招惹野猫。桑宝宝湛蓝色的眼眸里仿佛结了冰，对着苏如晦亮出了锋利如刀的猫爪。只要苏如晦靠近热炕，桑宝宝便对着他哈气。眼看天色已黑，月上梢头，苏如晦连炕都上不了。苏如晦拿出小鱼干哄桑宝宝，桑宝宝软硬不吃，视而不见。苏如晦只好拥着棉被，可怜兮兮地在地上窝着。

这不是养猫，是养了个祖宗。

苏如晦熄了灯，满心郁闷，睡不着，又打开面板，看看桑持玉的状态。

目前状态：生气。

苏如晦撇撇嘴，桑持玉最近过得挺充实的，往常他奉行静心修行，便是燕瑾瑜害他失陷敌营，也看不见他半点儿心绪起伏。他是个世间万物不入心的性子，现在是结识了谁，这才短短几天，竟有如此大的心绪变化？

苏如晦翻来覆去，地上硬邦邦的，睡得他腰酸背疼。屋子里黑沉沉一片，月光越过高丽纸，在地上洒下盈盈清辉。隔着牛乳似的蒙蒙月光，炕上那毛茸茸的猫影像一团阴沉的云朵。

他试探着出声："桑宝宝？"

桑宝宝耳朵一竖，下意识亮出獠牙哈气。

气哈到一半，忽然反应过来，苏如晦刚刚喊的是"桑宝宝"。

苏如晦听见它哈气，上炕睡觉的心厌了，他怕半夜被这祖宗挠花脸。然而胸前一沉，是这祖宗忽然跃下炕，踩上了他的胸膛。

桑宝宝向前一步，两腿分立在苏如晦颈脖子两边，冰蓝色的眼眸盯住了苏如晦。苏如晦听见它喉中低低的呼噜声，它那深海似的深邃眼眸，倒映着苏如晦怔然的面容。

它这副虎视眈眈的模样，着实有种掠食者的压迫感。

一人一猫，大眼瞪小眼。

桑持玉看了身下少年半晌，当苏如晦的猫委实折磨，他近几日无数次想过要放弃。但如今……原来苏如晦给他取的名字不是韩宝宝，而是桑宝宝吗？若是这样，苏如晦倒还算有点良心，或许他可以再忍受一段时日。

他站起身，重新跃上炕，纡尊降贵地让出了半边热炕。

桑宝宝忽然变了态度，让苏如晦受宠若惊。苏如晦慢吞吞支起身，再次试探性地喊它："宝宝，爹能上炕吗？"

桑宝宝不哈气了。

苏如晦生怕惊扰了祖宗似的，从被窝里爬出来，蹑手蹑脚上了炕，缩在炕沿。桑宝宝的脾性太冷酷，苏如晦苦不堪言。罢了罢了，至少还能上炕睡不是，这说明桑宝宝心里还是认他的。只不过它认他是爹还是儿，便有待商榷了。

无妨无妨，苏如晦安慰自己，不管是爹还是儿，至少是一家人。

睁眼躺在炕上，直到半夜依然了无睡意。苏如晦用手指走路，顺着被褥走到桑宝宝的屁股后头，戳了戳它的大屁股："乖宝，我能不能抱你睡觉？"

桑宝宝没反应。

苏如晦试探性地拨了拨它的后腿，它如一块岩石，岿然不动。

“身为你的铲屎官和煮饭公，抱一抱都不行吗？给点面子啊桑宝宝。”苏如晦哼哼唧唧。

对面的大猫仍然没个声儿，却甩给苏如晦它的大尾巴。毛茸茸一大簇，苏如晦喜滋滋握住它的大尾巴，心满意足地睡着了。

第六天，江雪芽仍没有桑持玉的消息传过来，苏如晦等得急了，穿戴齐整去点卯，顺便去找江雪芽。鉴于家里猫毛太多，苏如晦的武官袍也没能幸免于难，临走前苏如晦雇了个大娘下午上门打扫，顺便给桑宝宝喂饭。

最近街头常常出现被开膛剖肚的猫，街坊里传闻有虐猫变态出没，苏如晦将门窗锁好，确定桑宝宝无路可跑才出门。到了官署，苏如晦一个大中午啥事儿没干，茶喝完了一壶。

再过十几天各地世家要来觐见大掌宗，鹰扬卫捉拿各地暴露的妖物，忙得脚不沾地。上回拓荒卫征召来的神目秘术者被派往各地关卡，设防筛查妖物，秘宗内部也在自我清查，武备司制造了一批镶嵌神目符箓的铜镜，能够透视人体。

分辨妖与人最方便的途径便是以神目透视其根骨，除了桑持玉这只人脉和妖脉并存的半妖，其他妖物无论血肉重组的能力有多强，都无法脱离心核。妖有心核，人没有，只要查找胸腔里是否有心核，便能判断是妖与否。

鹰扬卫武官在宫禁设下关卡，检查秘宗每一个入宫奏对当值的官僚胸膛。一旦发现心核，立即拿下。这一找简直不得了，找着不少混迹在人堆里的妖怪。

独他苏如晦闲得发慌，没事儿干。

江雪芽事务繁忙，苏如晦不大好意思烦她。他找人同江雪芽递话，欲旁敲侧击一下有没有桑持玉的消息。等了半天没见着人，却听见不少流言蜚语，说江雪芽近日频频夤夜入宫，在大掌宗的寝殿待到黎明。

有人掩嘴葫芦笑，道：“我说江大人怎么能年纪轻轻身居高位，原来是凭借床上功夫讨了大掌宗欢心。”

更有人疑惑：“大掌宗禁欲修行数十载，怎么能为江大人破例？”

“老房子着火呗。”

苏如晦听得呆愣，敢情上回系统口中和江雪芽有不可告人关系的老男人是他阿舅？

正震惊着，有个小侍者叩了窗：“江校尉，江雪芽大人寻您。”

大伙儿听见江雪芽的名字，纷纷闭了嘴。苏如晦跟着小侍者去龙骧卫官署，踏着满地厚厚的雪，经过长长的天街，进了龙骧卫的大门，见江雪芽正站在石阶底下等着他。她是极明艳的相貌，正是大中午，日头高，可酷烈的光影遮不住她的美，反而更显得她眉目张扬，光辉摄人。

“桑持玉我还没找着，”江雪芽手搭在鲨鱼皮刀柄上，手指头点着刀镡，“你这个冤家很能躲，边都皆是我的耳目，竟寻不到他半点踪迹。”

找不到也是好事儿，说明妖族还没找到他，苏如晦安慰自己。

苏如晦又问：“你家的事儿查得如何？没什么大事儿吧。”

说到此事，江雪芽拍拍他的肩膀道：“你报得及时，我派人回云州救援，老宅里那帮妖物闻风而逃，我那些没用的父兄被关在地窖里，险些去了半条命。好歹人是救回来了，这不，我爹提前上边都来了。”说着，她不无叹息地道，“唉，你说他们要是死了，这云州是不是就是我的囊中之物了。”

苏如晦：“……”

江雪芽这大逆不道的，看起来对她父兄皆安然无恙这件事很不开心。

“我爹在里面，”江雪芽用刀鞘拍了拍他的背，“腰挺直，别露馅，记住你是江却邪。”

于是苏如晦随她绕过影壁，进了龙骧卫的厅堂。跨进门槛，苏如晦看见松竹牌匾底下坐着的人。那人满头白发，相貌威严，端坐高堂的神态像年迈的猛虎，不苟言笑，亦不怒自威。

是江怀苍。

他扭过头来，瞧见苏如晦，道：“却邪，你来了。”

见着这人，苏如晦后背泛起细细密密的霜毛。江怀苍和他在江宅看见的那个“江怀苍”太像了，连脸上笑开时的褶子都一模一样。只是神态差了不少，江宅那个假货笑起来跟人偶似的，面前这老人却有股严肃的杀伐气。

苏如晦笑着作揖：“爹何时到的？却邪不曾拜见，实在是失礼。”

“刚到不久，未曾命人通禀你，不算你失礼。”江怀苍拍拍他的肩膀，“你大哥也来了，这小子越活越娇气，坐不惯傀儡马车，吐了一路，才没跟着我进宫城。”他感叹道，“你说你这孩子，来边都谋差使竟不跟我说一声。若非你阿姊传书回云州，为父竟不知你已入了鹰扬卫。”

苏如晦笑道：“劳父亲惦记。”

江怀苍沉默了会儿，声音低沉了几分：“让你阿姊唤你来，是要告诉你一件事。江府妖祸你应该知道了吧，是为父一时不查，竟让妖物潜入府邸，占据大宅，当真是奇耻大辱。万幸我们皆无性命之虞，只是你姨娘……”江怀苍沉痛地叹了声，“人已去了。却邪，你放心，我定然追查那帮贼人，让他们死无葬身之地！”

苏如晦捏了把大腿，两眼一红，做出悲怆的模样：“想不到我出来一遭，与姨娘竟是天人永隔。那些贼人占据大宅，定是冲父亲您来的。父亲，求您准许我留在边都护您周全。若是姨娘在天之灵，想必也放心不下父亲的安危。”

“阿弟莫哭，”江雪芽给他递帕子，“你姨娘定然保佑咱们大家平平安安。”

苏如晦接过帕子装模作样地擦拭眼泪，帕子按上眼，眼皮登时火辣辣地疼。这帕子上喷了辣椒水！苏如晦这回真落泪了，泪流满面，止也止不住。师姐果然神机妙算，连江怀苍前来报丧也算到了，还特地给他准备了辣椒水帕子。

他哽咽着说：“阿姊，真谢谢你啊。”

“你我手足何需言谢？”江雪芽笑眯眯道。

“好孩子，”江怀苍拍着他的肩膀，怆然叹道，“你既有这份孝心，为父又岂能不成全你？也罢，你便留在边都，待大朝议过后，再同为父回乡祭拜你姨娘。”

三人又嘘寒问暖一番，仿佛真是骨肉情深，实则都在做表面功夫。苏如晦就不用说了，压根儿不是亲父子。瞧这老小子，江雪芽给他塞了个私生子，他还真就信了，想来是私生子遍天下，自己也记不过来了。

至于江雪芽，打小背井离乡，一年到头面见父兄的次数屈指可数。苏如晦还记得江雪芽说过，江宅逢年过节根本不会准备她的座儿，有回她赶回去过年，进了宅子一瞧，人家年夜饭已吃上了，大圆桌围得满满当当，添个座儿的缝隙都没有。

从那以后，江雪芽便再也没有回去过。到了年关，拎着酒壶找苏如晦和周小粟，三个人找个伎馆一醉到天明。

江怀苍对江雪芽说道：“你这孩子，年年送家书喊你回来过年，年年不归。好不容易要成亲，盼着你回家来多待些时日，谁承想大掌宗忽传了那样的旨意。哎，不用说，准是你在大掌宗面前卖了什么乖，大掌宗竟由得你胡闹！”江怀苍叹道，“罢了罢了，你一心仕途，无心嫁娶，爹不逼你。你要自己注意身体，莫让千里之外的老父忧心。”

这一番话说下来，不像是做戏，很有情真意切的味道，苏如晦都有些感动了。果然姜还是老的辣，江怀苍这演技实在高超。

侍者送江怀苍离开，江怀苍背着手步下石阶，行走步态威严稳重，确实同之前苏如晦在江家见到的假江怀苍不同。苏如晦拿出神目符咒，发动秘术，眼前光影倏忽一变，万象肌理悄然呈现。他看见江怀苍的四肢百骸，奇经八脉。

“你怀疑他是妖？”江雪芽在他边上问，“鹰扬卫在宫门设了关卡，每一个入宫的人都要接受查验，他不可能是妖。”

“保险起见，看看再说。”

“那有心核吗?”

“没有。”

“看来那帮妖物已是逃之夭夭了,”江雪芽枯着眉头道,“这下线索断了,你舅让我查内鬼,真不知从何查起。”

“没断,”苏如晦沉声道,“师姐,你家确实不干净。你若要找内鬼,便从你爹身上查。”

“怎么说?”江雪芽神情一凛。

苏如晦摊开手,掌心躺了一只小小的窃风蜘蛛。

“那日我回门,带了不少窃风蜘蛛过去。因着缺乏原料,工期又短,许多蜘蛛的核心星阵不灵敏,十只蜘蛛有七只没能自己找路回来。刚刚我在你爹身上发现了一只,就藏在他的领缘底下。这说明你爹便是那日同我接触的妖物之一,而且我敢打赌,他就是那所谓的假江怀苍。”苏如晦神色凝重,道,“他假扮他自己。”

江怀苍那日定然碰了他的包袱,他的蜘蛛腿上有倒刺,能像苍耳似的贴附在人身上。江怀苍的演技着实不错,演妖物的时候分寸把握得刚刚好,把妖物那股子怪异劲儿拿捏得恰到好处。

可惜他的窃风蜘蛛让江怀苍露了馅。

江雪芽盯着苏如晦掌中的小蜘蛛,眼神晦暗不明。苏如晦明白她心中的挣扎,她与江怀苍虽然不亲,但毕竟是血脉相连的父女。父亲与妖物有勾结,那便是通敌卖族。忠孝两难全,要她大义灭亲,着实是难办。

她拈起窃风蜘蛛,指间用力,蜘蛛碎裂成齑粉。她怅惘叹道:“忠与孝,我选哪个好呢?”

苏如晦正无语着,耳畔忽然响起“嘀”的一声。

新任务发布!

任务发布:寻找妖宠!

任务描述:秋宗虽然不遗余力地抓捕隐匿在人群里的妖物,仍然有一些漏网之鱼。请宿主找到它们,狠狠打它们的屁股,为它们戴上项圈,让它们成为你的妖宠!

任务道具:缘之项圈。

苏如晦感到疑惑,“缘之项圈”是个什么玩意儿?

系统适时给出解释。

“这是宠物功能开启的标志。选择合适的妖物，为它们戴上缘之项圈，让它们成为宿主的专属爱宠。当宠物戴上项圈，主仆关系自动绑定，宠物无法攻击宿主，宿主一旦死亡，宠物也会死亡。另外，贴心的系统还为宿主准备了驯养宠物四件套，除了皮革项圈外，还有精铁口笼、陨铁锁链和藤条教鞭。备注：系统提供的项圈除了宿主外无人可以解除。”

苏如晦：……

倒也不必如此贴心。

燕瑾瑜与侍从驾车进入顺康坊。神目秘术者被秘宗征召了个干净，燕瑾瑜手下没有透视根骨的能人，只好用更为麻烦的法子辨别普通的动物和妖族。寻猫寻了数日，边都十八个坊市已经走完了九个，日日捉一大批野猫开膛破肚，看它们能否自愈，没有一只是桑持玉。

燕瑾瑜并非没有想过去苏如晦的小院里查探，按照他对他们的了解，桑持玉和苏如晦说不定会有秘密联系。然而苏如晦的小院外不仅有大掌宗的人巡逻，还有江雪芽的手下看顾，燕瑾瑜的人无法进入苏如晦的小院。

燕瑾瑜派了人便衣混入顺康坊，盯着苏如晦小院的动向。今日手下忽然传来消息，说苏如晦豢了一只猫，请了个大娘上门喂食。燕瑾瑜当机立断，那猫定然是桑持玉！若抢在妖族之前找到桑持玉，将他杀了，便可报父母之仇。

驾了辆不起眼的青帷车，停在南大街口，燕瑾瑜掀开小帘，望向苏如晦的小院。他的侍从听着他的号令，预备去替换那上门喂食的大娘，刺杀桑持玉。

苏如晦的门外聚了一大堆脏兮兮的野猫，各种花色都有。燕瑾瑜正盯着苏如晦的门，忽见一只穿着粉色裙衫的白色大猫跃上了墙头，在墙上款款走了一阵，突然跳下高墙，扑进野猫堆，同那些野猫厮打起来。登时，苏如晦家门前响起此起彼伏的野猫嚎叫声。那粉裙大猫嘶嘶哈着气，凶猛地追逐野猫，揍得它们四窜而逃，洁白的猫毛蒲公英似的乱飞。

侍从惊呆了：“那真的是桑持玉吗？”

燕瑾瑜：“……”

桑持玉不可能穿那么愚蠢的裙衫。

桑持玉更不可能同一群野猫追逐厮打。

燕瑾瑜阖上帘子，咬牙切齿道：“去下个坊寻。”

桑持玉将所有野猫驱了个干净，门前终于清净了。日落时分，一只大白狗摇着尾巴从深巷中出现，蹲在苏如晦家门口，照常等他开门放饭。

大白狗，或者说神荼，百无聊赖趴在石阶下，意外地发现今儿苏如晦门前冷清了不少。边都高手众多，不好下手，他便日日盯着苏如晦门前。人没杀，倒是吃了苏如晦好几顿饭。苏如晦手艺当真不错，神荼最喜欢苏如晦做的红焖肉，他砸吧着嘴向雪花祈祷，今日苏如晦还做红焖肉。

神荼听见门里由远及近的脚步声，竖起耳朵，高高兴兴蹲立而起，尾巴摇得像风车。

门开了，走出来的却并非苏如晦，而是一个面容冷峻的黑衣男人。他淡漠的目光落在神荼身上，提出来一个大笼子，里头放了一碗香喷喷的排骨。

神荼口中津液直流，顺着香味进了笼子。桑持玉将笼子铁门阖上，上锁，带着笼子去了狗肉馆。

“六十文钱，您收好！”狗肉馆老板将铜钱放在桑持玉手心。

桑持玉转身离开狗肉馆，将铜钱弃置在路边，戴上兜帽，回了家。

第十章 少年鲜衣怒马

“你在发什么呆?”江雪芽问。

苏如晦回过神来，道:“哦，没什么，我在想我家猫。我还是头一回整天不回家，不知道它在干什么。”

“你养猫了?”江雪芽觉得稀奇。

“是啊，吃得贼多。”苏如晦想起之前那些谣言，问,“师姐，我听人说你想当我舅母。”

江雪芽想起那个严肃冷漠的男人，唇角漾起一抹揶揄的笑容。她得了麒麟青玉, 夜夜入宫城闯他的寝居, 奈何那家伙夜夜不在, 宁可窝在不知哪个旮旯里睡觉, 也要躲着她。真不知他是端庄自持，还是胆儿小。

“不错。”

“不是吧……”苏如晦震惊。

江雪芽负手望向庭院:“师弟，你们这些青瓜蛋子太嫩，咂摸不出味道。你师姐我喜欢老的，老男人的怀抱，暖和。”

苏如晦无言以对。

澹台净是怎么个冷心冷肺的性子，苏如晦最清楚。师姐是个不撞南墙不回头的人，苏如晦怕她吃亏。可苏如晦也知道，他师姐不是个能听劝的人。

斟酌半晌，苏如晦道:“我阿舅心肠硬，你自己悠着点儿，不要陷太深。”

江雪芽果然不放在心上，摆摆手催他走，转身回值房办公，掀起竹帘，忽见里头的红漆案上搁了盏茶。她记得她没用茶, 这茶是谁的? 摸了摸茶杯, 还是烫的, 茶水冒着丝丝缕缕的热汽儿。有人刚在这儿坐过，离开不久。

下值的时辰还没到，苏如晦负着手，在宫城里闲逛。澹台净的宫城十分荒芜，打眼望出去，入眼的尽是静悄悄的楼宇，看不见半个人。

不知不觉转进了一处偏僻的殿宇, 他被院中的梨树吸引了目光。树下刻了星阵,维持梨花长盛不败。梨树亭亭如伞，风吹落细雪般的花瓣，委落堆积于地，一地素白。

苏如晦拾阶而上，推开榧木门。暗沉沉的屋舍，家什寡素，落了灰，蒙着一层黯淡的灰色。屋子里唯一的装饰是乌漆长案上的白瓷花瓶，里面放了一束梨花枝。花已谢了，花枝也如铁丝一般冰冷枯硬。

“这是玉儿的旧居。”后方传来澹台净的声音。

苏如晦回身行礼:“阿舅。”

澹台净并不进屋，立在门槛外头瞧着他。苏如晦了解他这矫情的阿舅，这厮一定是嫌弃里头灰尘太多，不乐意进来。

苏如晦打开橱子，评价道:“他好穷啊，没一件值钱的物事。阿舅，你是不是不给他发俸禄?”

“发。”澹台净道,“他不用。”

苏如晦从一个犄角旮旯里翻出个锃亮的瓷脸盆，看这物事的年岁，估摸着和苏如晦一般大。苏如晦咂舌道:“这是什么？桑持玉的脸盆子?”

“他幼时用的奶盆。”

“……”苏如晦震惊了,“奶盆？不是吧，他的奶盆比他的头还大。”

澹台净道:“他幼时只愿用此盆。”

苏如晦想象了一下桑持玉面无表情地端着脸盆咕噜咕噜喝奶的样子，笑得直打滚。

澹台净冷不丁道:“你也用过此盆。”

苏如晦的笑声戛然而止。

澹台净道:“你二人年纪相仿，那时你一岁，尚未入苎萝山。”

“呃,”苏如晦干笑着擦了擦这盆儿,“这小盆儿故事还挺多。”

“晦儿，你养了狸奴?”

“我师姐告诉你的?”

“不是。”

苏如晦明白了，这厮定然安排了眼线监视他。

苏如晦耸耸肩:“一个人怪孤单的，养只猫日子热闹些。”

澹台净道:“猫喜用羊乳。”

“看不出来啊,阿舅,”苏如晦调侃他,“你还懂养猫？那桑持玉的奶盆我拿走了，给我家宝宝用。”

“随你。”澹台净问,“傀儡密钥，想好了吗?”

"没，想不起来。"苏如晦抱着奶盆盘腿坐在地上，一副没精打采的样子。

没话说了，两个人都沉默。他们俩人原本就没什么好聊的，往日苏如晦聒噪，没什么可聊的也能扯出一大堆废话，现下他心情不好，不乐意说话。庭外屋内，空气冷冷清清，阳光里有尘埃如蠓虫一般飞舞。

"晦儿，"澹台净忽然开口，"孤，老吗？"

"啊？"苏如晦没听清。

"无他，"澹台净掖着手离开，"你自便。"

澹台净走了，留苏如晦一个人待在桑持玉的旧居。傍晚的阳光斜斜映在他的脸庞上，照亮他轮廓分明的眉目。

桑持玉这个家伙，当真是无聊至极，光看他的屋子就知道这人有多无聊。墙面光秃秃的，连幅装饰的画儿都没有。书册一丝不苟叠放在梨花木书格里，从高到矮，颜色是完全一致的藏青色。

苏如晦一本一本地翻，有些书他读过，封皮本不是这个色儿，桑持玉那家伙为了一致，不惜给人家换了封皮。

苏如晦盘腿坐在地上，翻桑持玉的书，唰唰翻了几页。斑驳日影落在陈旧暗黄的书页上，眼前光影恍惚，霎时间，他好像又回到了从前。

❄ ❄ ❄

苏如晦十七岁那年进拓荒卫，一直待到采矿季结束，矿场封闭，拓荒卫拔营，返回雪境长城。离开拓荒卫，苏如晦和桑持玉几个月没照面。那段时间苏如晦的外祖母身体抱恙，召他回离州侍疾。他其实特别不愿意回离州，一回老宅，总有乱七八糟的七大姑八大姨拉着他叙旧。

澹台净这一支人丁凋零，架不住澹台净有一堆叔叔和姑妈，这帮人又诞下不少子嗣，老宅里充斥着苏如晦叫不出名字和称呼的亲戚。

幸亏外祖母生辰要到了，宅子里忙着办寿宴，大家伙儿忙得脚不沾地。他总算得了清净，躲在院子里头睡在屋顶看星星。通讯罗盘忽然响了，他阿舅冷冰冰的声音传来："观星科星官大考，简拔观星舍人，你外祖母为你报了名。"

星官大考，顾名思义，是钦天司选拔才俊的考试。届时四十八州所有修习星阵的子弟都会参考，从里头择四十八人进入钦天司，从最底层的观星舍人做起。现在秘宗朝上的三大星官，皆是这么走过来的。

"外祖母真是……"苏如晦无奈，"舅啊，您都是大掌宗了，我这个外甥连后门都走不成吗？您直接把我塞进钦天司呗，我的能耐您又不是不知道，咱不虚，保证不给您丢脸。”

“无须多言。”

苏如晦才不乐意考什么劳什子观星科，仕途上的尔虞我诈他没兴趣，他的梦想是开一家酒楼，他掌大勺。他嘴上答应，又抱怨道：“等外婆寿宴办完，我能不能回边都？待在离州太烦人了，这几天姑姥姥老问我亲事，问我有没有中意的人儿。她肯定想给我塞人，舅你想法子管管她。”

“你结亲，”澹台净拒绝得很干脆，“她自然罢休。”

“那我宁愿同桑持玉搭伙儿过。”苏如晦随口道。

通讯罗盘对面沉默了。

半晌，澹台净说话了，却不是对着苏如晦。

“你可愿意？”

苏如晦一愣。

桑持玉简单干脆的声音传来。

他说：“我拒绝。”

苏如晦后来才知道，桑持玉那会儿调查了许多秘宗内部的叛臣逆贼，须得每日入朝禀告他调查了多少人，处决了多少人。澹台净同苏如晦传讯那会儿，他正等着通禀处置叛逆的情况，冷不丁地便听见苏如晦说这话。

他表情淡漠，干脆拒绝，没有留半分余地。同时内心里数着一二三，果然，苏如晦半点羞耻心都没有，桌上的罗盘内立刻传来苏如晦的哀号：“桑哥咱俩小时候不是约定好……”

桑持玉合上了罗盘，苏如晦的声音戛然而止。

那是澹台净的罗盘，桑持玉这么做显然有些失礼。

澹台净微微蹙了蹙眉心。

桑持玉俯首：“苏如晦言行无状，恐污师父视听。”

澹台净没有计较，铺开宣纸，道：“你师祖母大寿，孤无法亲往，你代孤去。”

“是。”

“晦儿也在离州。”

“我会避开他。”桑持玉道。

“不，孤要你传话，”澹台净执笔写家书，“观星科必须上榜，否则他此生休想同你见面。”

在桑持玉十七年的人生中，他从不曾违抗澹台净的命令，即便澹台净要他赴刀山火海。这是第一次，桑持玉想要拒绝。

但他沉默了一瞬，道：“是。”

澹台净的母亲大寿，附近有头有脸的人物都来了，老宅张灯结彩，满地淌着胭脂似的暖光，映得所有人的脸颊喜气洋洋。

院子正中央搭戏台子，花旦小生咿咿呀呀，情意绵绵，水袖一挥，旖旎香风扑上座中看客的脸颊。桑持玉面无表情地从台下过，递了寿礼和家书，上堂恭恭敬敬拜见师祖母。

老人家今年一百二十岁，仍旧精神矍铄，神采奕奕。她拉过桑持玉的手，念念叨叨，喊他照料身体，孝敬师父。

桑持玉恭谨地道谢，转身退下。跟在他后面给师祖母祝寿的是师父的姑母和一个年轻女孩儿，师父姑母是师祖父最小的妹妹，闺名澹台辛，今年六十出头，桑持玉要叫姑奶奶，苏如晦叫姑姥姥。她的大嗓门大家都能听见：“哎呀，大嫂，您怎么把给嫡媳妇儿的镯子给素素了？这孩子虽说是给晦儿选的媳妇儿，到底还没过门呢。”

桑持玉微微绞起精致的眉心。

师父至今无妻无子，膝下只一个日日四处闯祸的外甥苏如晦。无人知道师父为何不娶妻，师祖母为这事儿病了好几回，逼着师父就范，师父软硬不吃，当作耳旁风。师祖母没办法，最近消停了不少。外头在传谣言，说苏如晦要改姓澹台，原来是真的吗？

“迟早要过门，早给晚给都是一样。”师祖母笑道，“素素，晦儿这孩子荒唐，日后你要多加规劝。”

姑娘羞怯地低下头：“是，素素知道了。”

桑持玉不再注意那边，落座于席中等待开宴。他一人不声不响，坐在角落里无人注意，仿佛是个被遗忘的影子。他素来如此，存在感很低，不吭声的时候经常被人误认为是风景。

大伙儿皆落座，他扫视座中，未曾见到苏如晦。因着代表了澹台净，他的位次很高，同一堆长辈坐在一块儿。他鲜少经历这样的场面，颇有些不自在。

食不知味，更无胃口。忽地听见堂中笑声一片，原是苏如晦来了，在向师祖母祝酒。苏如晦一来，满庭的目光都聚焦在那儿，师祖母也因而喜笑颜开。

“你呀你，老大不小的人了，该娶亲了。你外祖父这一脉的香火，全担在你肩上。”有长辈苦口婆心劝他，“什么时候改姓澹台，认祖归宗呐？”

“再说再说，”苏如晦笑着敷衍，“外祖母不是要我考观星科吗，我近日忙得很呢。”

“考观星科好啊，”大家都点头，“前途无量。你虽无秘术，可你星阵的功夫大家有目共睹，将来做了星官，也算是光耀门楣了。”

桑持玉转回头，搛菜入口，默默咀嚼。他对面坐着姑奶奶，光鲜亮丽的女人，年龄没有减少她的华贵与美丽，花白的发髻高高耸起，眼梢吊得高高的，颇有种盛气凌人的姿态。

她笑眯眯拉过身畔一个少女的手，道：“我们晦儿啊，是白衣上人明先生的传人，什么观星科大考，对他来说是小菜一碟。要我看，如今要紧事不是什么大考，而是终身大事。大掌宗不娶妻，澹台家嫡支的香火岂能就这么断了？晦儿得娶亲，身边有个知冷知热的贴心人，帮他料理后宅，操持家计，绵延香火，这才是一等一的正事。”

旁边有人搭腔：“这姑娘瞧着真可人，莫不成是姑奶奶为晦儿寻的贴心人？”

少女含羞低头，脸颊酡红，敷了厚厚的胭脂似的。

澹台辛掩嘴笑：“哎呀，什么贴心人儿。这是我二哥最小的孙女儿素素，同晦儿是表兄妹。她呀，脑袋笨，配不上晦儿那个聪明劲儿。不过笨是笨了些，好在有个有点儿用的秘术‘庖厨’。她做的膳食，味道鲜美，香色俱全。晦儿这几日忙着温书，什么药膳补汤，皆是素素张罗。晦儿每回都吃个精光，碗底儿能照见人了。”

“姑奶奶，快别说了，”素素低着头，细声道，“我不过做了些枸杞排骨汤罢了，晦表哥喜欢就好。”

桑持玉慢慢吃着饭，等待着宴席结束。却不想澹台辛喊他，道：“持玉，你看看，素素同晦儿般配不般配？”

他抬头，目光在那少女身上蜻蜓点水般掠过。

“般配。”他说。

“何止是般配，我看他们是一对金童玉女。”有人附和，“晦儿平日行事是浑了些，男人嘛，娶了亲就会定下来。素素，你日后可得把你表哥管好，我们澹台家的香火后嗣系于你身，你肩上担子可重得很啊！”

澹台辛搛菜给桑持玉，道：“你这孩子也是可怜，桑家就剩你一个，同晦儿的情形倒是相似。对了，听说你还有秘术暴走的病症，现在好些了吗？”

桑持玉目光一滞，点头道：“嗯。”

“晦儿幼年为了救你，险些搭上一条命。”澹台辛意味深长道，“你和我们澹台家的缘分，不可谓不深厚。你同晦儿年纪一般大，日后有什么打算？”

她提起旧恩，无非是想要得到桑持玉知恩图报，绝不与苏如晦争斗的答案。苏如晦没有秘术，很难成为澹台净的接班人，但是苏如晦的儿子可以。只要桑持玉这个澹台净的关门弟子不搅弄风云，苏如晦的孩子胜算很大。

桑持玉低垂眼睫，道:“自当舍身相报。”

澹台辛满意地点头:“好孩子，我知道的好姑娘不少，待我为你寻寻，定有好人家的女儿不在意你那秘术暴走的痼疾。”

桑持玉沉默地用了会儿膳，没有吃进几口，告了声内急，便退席避去了僻静处。苏如晦应付着各色长辈，推杯换盏，正寻思着怎么脱身，余光忽地瞥见往堂外走的桑持玉。那家伙也来了离州！苏如晦眼睛一亮，喊了声:“桑哥!”

堂中人声鼎沸，苏如晦的声音裹在喧闹的丝竹弦乐和笑闹声里，并不分明。

然而那边的桑持玉显然听见了苏如晦的呼唤，背影一僵。桑持玉并没有止步，反倒走得更快了，一下消失在人堆里。

苏如晦脚底抹油往外溜，经过姑姥姥的时候被拉了一把，硬要他留下来用膳，还把他往那叫澹台素素的姑娘身边扯。这姑娘这几日成日在他眼前晃，他对姑姥姥的心思心知肚明。外祖母要他改姓，要他成为澹台家的嗣子，那也得他愿意改才行。

苏如晦头大，连声说内急，拽出袖子，追着桑持玉出去了。

出了厅堂，没见着桑持玉的人影儿。苏如晦询问仆役他的踪迹，又思及那人的脾性，专门往僻静幽深的地方寻。果然，绕到后花园的梨花树下，便见男人枯松般挺拔的背影。

苏如晦背着手慢悠悠走到桑持玉身边:“桑哥，你来离州多久了，怎么不来找我?”

桑持玉没搭理他。

“我给你写信，为何不回复我?”苏如晦又问。

桑持玉看了他一眼，终于开口:“你信中并无要事。”

好吧，的确，苏如晦信里写的东西除了吃喝玩乐还是吃喝玩乐。苏如晦习惯了他的冷漠，自顾自说道:“还有，咱们十岁时约定你要给我养老的你忘了？之前为何拒绝我?”

桑持玉的眉间似有冷霜。他道:“旧日之事，无须再提。”

“你说不提就不提？我差点儿没命，我不提岂不是很亏?”苏如晦笑眯眯道。

桑持玉握紧拳，沉默半晌，说道:“你往日恩情，我自会偿还。”

苏如晦其实只是逗他玩儿，没承想他当真了。苏如晦端详他的神色，往日只是冰冷淡漠，现下似乎还有些不易察觉的痛苦。苏如晦皱了眉：“你是不是挨欺负了？我看你饭没动，席上有人说你的是非吗？跟我说是谁，我扇他两个大耳刮子。”

桑持玉别开脸，低垂着睫羽：“苏如晦，你要离我远点。”

“为什么？”苏如晦说，“因为你曾经秘术暴走？”

他这病本早已治好了，明若无亲口说过已经根治，澹台净也放心他同苏如晦来往，否则他俩在拓荒卫时，澹台净不会让他来管教苏如晦。奈何他在拓荒卫太暴力，他的杀戮现场常常残肢遍地，令人心胆生寒。常有人拿这过往来说事，正因此越发没人敢同他来往。

桑持玉点点头：“嗯。”

“唉，这可有点难办，”苏如晦摸着下巴慨叹，“我阿舅让你来管我，你得时时刻刻看着我。”

“那是在拓荒卫，”桑持玉的嗓音冰冷又坚硬，“现下已不在了。”

“这样啊……”苏如晦思忖着。

他打开通讯罗盘，联络澹台净。符纹亮起光，澹台净的声音传来：“何事？”

苏如晦哭丧着脸道：“阿舅，大事儿不好，我又闯祸了。我把离州高家二少爷的手臂打折了，他要我赔钱。我这几天花天酒地，荷包空空，实在无钱相赔。今儿外祖母大寿，他说我不给钱就上府宅闹事，这可怎么办啊？——哎，那不是桑持玉吗？他来离州代您祝寿？阿舅，您让桑持玉帮我平事儿，我做牛做马报答您。”

桑持玉终于看向他，眉关紧蹙。

澹台净把话听完，却没有回应，符纹啪的一下灰了，失去了光芒。苏如晦笑吟吟望着桑持玉，朝他抬了抬下巴。

桑持玉腰囊里的通讯罗盘发出振动，他取出罗盘，打开，听见澹台净威严低沉的嗓音。

“玉儿，去看看苏如晦犯了何事。另外，自今日始，你继续看管苏如晦。”

“……”桑持玉道，“我不想看着他。”

“你并无公务在身，为何不愿？”

桑持玉沉默良久，低声道：“因为我讨厌他。”

澹台净那边顿了会儿，半晌才道：“孤第一次听闻你有讨厌的人。”

“是。”桑持玉道。

他抬起脸，看见苏如晦眼泪汪汪捂着心口，一副很心痛的样子。

做作。他默默地想。

“修行必自苦。”澹台净的命令没有拒绝的余地，“记得传话给晦儿。”

桑持玉预感到澹台净要说什么，很想切断罗盘的联系，可是那样实在太失礼。

于是澹台净那句话终于还是被苏如晦听见了。

“不考观星科，此生休想同你见面。”

澹台净切断联系，罗盘失去亮光。

苏如晦贱兮兮地微笑：“很荣幸成为你这辈子第一个讨厌的人。”

桑持玉：“……”

“还要告诉你一件事，我这人天生反骨，别人不乐意我干的事儿我偏要干。”苏如晦拍拍他肩膀，“你是不是不愿意我去考观星科？我阿舅让你传话你怎么不传呢？放心，这观星科，我就算没了手，也要用嘴咬着笔，把它考完。毕竟我一天不见到你，我浑身难受。”

桑持玉抿住唇，目光犹如冷月，沁人心脾的凉。他拽过苏如晦的衣领，返回宴席，在桌边重新落座。苏如晦非常自觉地坐在他身边，盛饭舀汤，还给桑持玉添菜。

“晦儿，怎么才回来？”澹台辛拉着他说话，“素素刚还跟我念叨你。”

素素脸颊酡红，低低喊了声“姑奶奶”，她看了眼苏如晦，垂着头，为苏如晦斟了一杯酒，细声道：“表哥，素素敬你一杯。”

苏如晦没接，随手拿了桑持玉的瓷杯回敬素素。桑持玉杯中装的是水，他一饮而尽。

苏如晦笑眯眯说：“抱歉，我有胃疾，喝不了酒，以水代酒，谢你好意。”

素素的脸色登时有些尴尬，深深埋下头去。

说完，苏如晦把杯子还给桑持玉。

桑持玉：“……”

澹台辛面露忧色：“晦儿竟有胃疾吗？正好，素素擅庖厨，让她多给晦儿炖药膳。”

“我说姑姥姥，”苏如晦笑道，“您就别乱点鸳鸯谱了。”

“你这什么话，”澹台辛道，“我也是好心……”

“那谢谢您的好心，不过为了素素表妹的幸福着想，她可千万不能嫁给我。”

“十七岁的人了，还成日没个正形，素素这么好的姑娘愿意跟你，你就偷着乐吧。”澹台辛神情不悦，“不想娶？你今日非得说出个理由来，若扯谎诓我老婆子，我可要你好看。”

苏如晦慢条斯理地道：“因为我有隐疾。”

桌上一片寂静，连呼吸声都难以听见。

澹台辛愣了半晌，强笑道：“你这孩子，真爱说笑。”

“没说笑，我真的有隐疾。”苏如晦揽过桑持玉的肩，“桑持玉可以证明，不信你们问桑持玉。”

桑持玉身体一僵，手中的筷子啪的一下忽然断裂。

大家不约而同看向桑持玉。

苏如晦还想要解释一番，桑持玉早已忍无可忍，生怕他再说出什么惊世之语，坑害自己，迅速捂住他的嘴，勒着他脖颈子，强行把他拖离了宴席。

因着苏如晦在席上胡说八道，桑持玉两天没搭理他。纵然监督他温书备考，桑持玉也只是抱着刀，坐在门边一声不吭。

夕阳西下，桑持玉便不见踪影，苏如晦想找他都找不着。至于温书，苏如晦压根儿不放在心上，捧着簿子写话本子玩儿。他的话本非常畅销，常常供不应求。

眼看外祖母寿辰大贺即将结束，苏如晦也准备着跟桑持玉去边都。纵然钦天司在离州也设了考点，然而他着实不想留在离州，成日看一堆莺莺燕燕在他眼前晃悠。姑姥姥显然不相信他有隐疾的托词，仍然不死心，日日唤素素来给他送羹汤。

太阳落了山，苏如晦窝在葡萄架下刻木雕，手边放着通讯罗盘。江雪芽的声音从里头传出来：“你都把自己糟践成这样了，澹台家还不放过你？”

“啊。”苏如晦拿着锉刀，细细雕刻。他这次雕的是人像，他计划按照《仿生傀儡精解・二》的步骤指示做人形傀儡，从木傀儡开始入手。系统的傀儡书十分精妙，苏如晦看其上的记载，最高级的傀儡骨肉皮肤均与人无异，十分稀奇，怪不得叫仿生傀儡。

木雕的身子已然完工，只剩下空白的一张脸。苏如晦正雕刻它的眉目，刀下线条起起伏伏，傀儡的眉眼渐渐成形。

“当纨绔没用，有隐疾也没用，依我看，你除了把自己阉了，没别的路子可以走。”江雪芽说，“要不我给你请个刀子匠？”

“滚蛋。”苏如晦骂了一声。

师姐说的没错，他折腾这么多年，把歌舞伎馆当家，逗猫遛狗，招蜂引蝶，把自己的名声败得彻彻底底。谁都知道他苏如晦是个游戏人间的纨绔，扶不上墙的烂泥，可是澹台氏仍不肯放弃，铆足了劲儿要他做澹台家的嗣子。他阿舅有暴雪秘术，手握无上权柄，澹台氏奈何不得，而他苏如晦只是个毛头小子，无论如何，最终只有任他们摆布的命运。

当嗣子，最要紧的担子便是繁衍。澹台氏希望他苏如晦的妻子诞下拥有暴雪秘术的孩儿，以保澹台家百年荣耀。最近这几日，苏如晦行动也受了限，澹台氏借着他要温书的名头不许他出门，他几乎被软禁在府邸中。看来是不成婚他们不罢休。

“我得想个招儿。”苏如晦说。

“可惜我远在云州，同你隔了十万八千里，救不了你，最多只能给你个接应。”江雪芽也为他忧心。

吹去最后一撮木屑，苏如晦手底下的木头小人儿完工了。放在眼前看，苏如晦蓦然一怔。眼前这木人眉目清俊，鼻梁高挺，唇线淡薄，竟与桑持玉有九分相似。

“怎么雕成桑持玉了？”苏如晦喃喃道。

“你说什么？”江雪芽没听清。

“没什么，”苏如晦挑眉一笑，“我想到谁能救我了。”

桑持玉如此讨厌他，要桑持玉出手搭救，可谓是天方夜谭，苏如晦得好好想个法子。第二天，桑持玉照旧坐在门边，一看便知道是刻意坐那么远，避免和他亲近。苏如晦暗暗咂舌，这人真是难办。

两个人彼此无话待了一整个白天，苏如晦没有半点儿进展。傍晚，素素送来山药母鸡汤。

她将汤盅端到苏如晦眼前，细声道：“表哥有胃疾，这汤养胃是最好的，表哥一定要喝完。”

苏如晦连声道谢：“麻烦你了，下回别送了，多累啊。”

素素红着脸摇头：“不行的，姑奶奶的吩咐，素素不敢不送。表哥你快喝了，我也好交差。”说着，她又从仆役手中的托盘端出一盅，送到桑持玉那儿，“桑大哥累了一天，也喝盅汤暖暖身吧。”

“谢谢。”桑持玉礼貌地接过汤盅。

素素走了，桑持玉端着汤盅微微拧眉。那时候桑持玉还没有尝过苏如晦的手艺，并不喜欢油腻的肉味。眼下这汤浮着一层金黄色的油脂，他看了就没胃口，略喝了几口，实在喝不下去了，随手搁在一边。

太阳落山，桑持玉按时离开。苏如晦伸了个懒腰，目光落在对面杌子上桑持玉用过的汤盅上。

苏如晦正好渴得难受，便走过去，坐在桑持玉坐过的圈椅上，盯着这碗汤看。他左右看了看，又探出头观察回廊，四下皆无人。缩回身，他做贼似的端起桑持玉的汤盅，一饮而尽。放下汤盅，遮蔽视野的障碍物没了，苏如晦看见眼前的檐廊底下立着桑持玉，桑持玉的眼神中有微微的愕然。

苏如晦：“……”

这人怎么跟猫儿似的，走路没声儿！

二人相视无言，气氛中弥漫着尴尬的沉默。

苏如晦率先打破寂静，严肃地说：“桑哥，你怎么能浪费呢？你知不知道，养鸡的农民伯伯们多么辛苦！小母鸡牺牲自己滋补我们的身体，又多么伟大！这汤我帮你喝了，不用谢。”

桑持玉似乎被苏如晦说服了，没说什么，上前一步，捡起椅子底下落下的腰牌。他的发丝落在苏如晦手背，麻麻痒痒的。苏如晦正心虚着，忍住痒意，没有挠。

桑持玉站起身，临走前道：“下次我会喝完。”

他走了，斜阳攀上膝头，清冷的庭院寂静无声。苏如晦心中泛起淡淡的惆怅，要怎么做才能让桑持玉对他不那么冷淡呢？其实法子很简单，他离桑持玉远点儿就行。现在桑持玉一看见他就烦，没准经过刚刚他偷喝鸡汤的事儿，他在桑持玉心里已成了个变态。

可苏如晦犯贱似的，偏乐意上桑持玉跟前讨嫌。

愁啊，苏如晦唉声叹气。

忽然间计上心头，他有法子了。

第三天，苏如晦突然拉桑持玉去书楼读书，说要找什么善本典籍。澹台氏的书楼久无人来，平日用大锁锁着，不知苏如晦从哪弄来了钥匙，拉着桑持玉进到最里面。

苏如晦哗啦哗啦翻书，桑持玉倚在边上，抱着刀等他。斜斜的阳光从天窗洒进来，桑持玉闭目养神，冷白的侧脸镀上一层玉似的光辉。苏如晦遮着面的书缓缓下移，露出一双狡黠的眼睛，盯着桑持玉看。

桑持玉慢慢睁开眼，对上苏如晦的目光。

他发现苏如晦偷看他了。

苏如晦也不躲避，直直盯着他看，黑黝黝的瞳子里盛满碎金般的笑意。

“桑哥，你有交好的人吗？”

“看书。”他道。

“看来是没有，但是我记得你小时候跟我挺要好的。所以你小时候跟我要好，长大了又讨厌我。”苏如晦啧啧叹道，“我对你来说好像很特别。”

桑持玉的神情并无波动，他似乎已经习惯了苏如晦吃饱了没事干捉弄他。他瞥了苏如晦一眼，又阖上眼眸，不打算搭理苏如晦了。

苏如晦也不气馁，道：“之前在拓荒卫，我和燕拂娘什么也没发生，更重要的是，我也没有隐疾。”

“与我无关。”桑持玉道。

“你就不想知道那天晚上我到底干吗去了?”

“不想。”

“你不想听，我偏要说。”

苏如晦笑吟吟踱到他面前，两个人面对面站在书架之间的通道。桑持玉终于睁开了眼，眉心略蹙，目光冷然。

“你失陷敌营并非偶然，而是燕瑾瑜暗中作祟。七年前，有一家庶民拐过你，你记得吗？燕瑾瑜是那家人的儿子，狸猫换太子成了燕氏长孙，他记恨你，想弄死你。他的过去伪饰得很好，我找不到证据，也找不到证人，动不了他的地位，但是这口恶气我不能不出。”

桑持玉的眉头越蹙越紧。

苏如晦继续说:“所以我把他绑到矿洞，挑了他的脚筋。”

桑持玉神色一凛:“胡闹。”

“我为你出头，你却怪我胡闹。”苏如晦摇头晃脑，“桑哥啊桑哥，你好生不讲义气。现在我同你坦白了，挑了世家子弟的脚筋，这罪名可不小，你若要拿我去衙门，我束手就擒。”

苏如晦两手伸到他面前，等着他逮捕。

桑持玉凝视苏如晦的双手片刻，道:“我已不在拓荒卫，此事不归我管。”

这就是睁一只眼闭一只眼的意思了，看来桑持玉并没有他想的那么讨厌他。苏如晦决定让他们的关系更进一步:“咱们俩同生共死多少回了？说咱俩是过命之交，应该不为过吧？我提议，咱们俩义结金兰，以后你管我叫哥，我管你叫弟，好不好?”

桑持玉面无表情地看着他。

苏如晦意识到自己说错了，纠正道:“以后我管你叫哥，你管我叫弟。”

桑持玉看着苏如晦，眸光寒凉如水。他道:“苏如晦，你为何如此喜欢同别人称兄道弟?”

气氛陷入沉默，有些尴尬。腐旧的灰尘味儿萦绕鼻尖，两个人四目相对，明明那么近，却好像隔了一块铁板。

就在这时，一阵杂沓的脚步声进了书楼，伴随女子和男人粗重的喘息。那男子将门关上，书楼里登时昏暗了几分。站在书楼角落里的桑持玉和苏如晦同时一愣，下意识屏住了呼吸。

“檀郎，你轻点儿嘛。”女人娇嗔道。

“好久没碰你，我怎么忍得住？”男人低喘。

淫词浪语不断，分明在隆冬，屋子里却燥热难耐，仿佛是酷暑。苏如晦非常尴尬，又不敢动弹。书楼狭窄，他们和那两个偷情的家伙只隔了几道书架。幸而书架塞得满满当当，对方是看不见他们的。

为了不发出声音，桑持玉和苏如晦都没动，就在这逼仄的通道里杵着。桑持玉没有同苏如晦对视，刻意移开目光，去望阳光里翻飞的细小尘埃。苏如晦看得见桑持玉红透的耳朵。

那两人终于把事儿办完，却又不走，在那儿咬耳朵。

“素素，你真的要嫁给苏如晦？”男人问。

桑持玉一怔，望向苏如晦，苏如晦也是一副很震惊的表情。

宴席上那个唯唯诺诺、羞怯胆小的姑娘，竟在这儿与旁人偷情？

“我有什么办法呀？”素素吃吃地笑，“谁让你没出息，是个马夫。我的秘术又这般无用，不像那云州的江雪芽，与男人平起平坐。”

“苏如晦是个银样镴枪头，你真要嫁他？”男人很委屈。

“他的话你也信，他嘴上跑马，自堕名声，不愿意娶我罢了。”素素道，“我是没法子的，姑奶奶说了，让我在今晚的参汤里下欢情药，端给他喝。生米煮成熟饭，正好趁他意识不清，教他发现不了我清白已失。”

“有那桑持玉在，你姑奶奶的计谋能得逞吗？”

“怎么不能？桑持玉厌极了苏如晦，黄昏一到，立刻走人，才不会管他。”

两人又说了许久的情话，才腻腻歪歪走了。屋子重归寂静，阳光也腾挪了位置，照不进这昏暗的书楼了。苏如晦和桑持玉立在昏暗朦胧的阴影里，桑持玉侧过身，站得离苏如晦远了些。

苏如晦扯住他的衣袖，哀戚道：“想不到我姑姥姥竟下此毒计。这可怎生是好，我是个贞洁刚烈的好男子，若被诓走了清白，不如悬梁自尽。”

“你可避开。”桑持玉似乎丝毫不为他动容。

“避得一时，避得一世吗？”苏如晦掩面，“桑哥，如今只有你能帮我了。”

“……”桑持玉把袖子扯回来，道，“苏如晦，你故意的。”

苏如晦抬起脸，怔怔道：“什么故意的？”

桑持玉波澜不惊，平平叙述：“此间之事，皆是你的安排。”

苏如晦干巴巴地扯了抹笑容，桑持玉这小子还挺敏锐，着实难以糊弄。

的确，那同素素有私的马夫早已被苏如晦买通，诱引素素来书楼私会，故意同他们碰见。不过苏如晦并没让那马夫同素素在这儿苟且，这后头的事儿全是那马夫自作主张，苏如晦只想让桑持玉知道，他在澹台家处境危险。

最好桑持玉能于心不忍，救他离开澹台老宅。

“姑姥姥要设计留我是确有其事，不是我的安排。”苏如晦说，“我真没法子了，澹台家成日像盯贼似的盯着我，再这样下去，我只好挥刀自宫，换取自由。”

“我只看管你温书。”桑持玉说。

苏如晦道：“阿舅的命令是让你监督我专心考学，姑姥姥净日弄七整八，严重妨碍我的学业，按照阿舅的命令，你应该涤除一切不利我读书的障碍。”

桑持玉：“……”

黄昏已至，桑持玉该走了。他看了看苏如晦，转身往外走。

好狠的心，真不管他死活。苏如晦感到郁闷。

桑持玉的身影在几步外停下：“跟上。他们的监视会越来越严密，现在离开是最好的时机。”

苏如晦眼睛一亮：“就知道你不会不管我！你有没有无相法门符箓？”

“没有。”

这家伙打小就穷，苏如晦倒也没在符箓方面抱什么希望。苏如晦问：“那你打算怎么带我走？”

“打出去。”桑持玉说。

好吧，很符合桑持玉粗暴的作风。

苏如晦跟着桑持玉走出跨院，走上木头水廊。黄昏落日映入粼粼水中，仿佛甜腻的胭脂被倾倒进那一片潋滟水色。苏如晦和桑持玉的倒影被旖旎的胭脂笼罩，二人一前一后，步步相随。

他们直接往大门去，监视他们的人发现不对劲，忙去通风报信。不多时，一个嬷嬷领着一群仆婢挡在水廊中央，福身道：“表少爷，天晚了，请您移步歇息。”

“我和桑持玉出去逛夜市，”苏如晦从桑持玉背后探出脑袋，“不是吧，逛个夜市都不行？你们想闷死本少爷？”

“老祖宗有令，”嬷嬷看似低眉顺眼，却十分强横，“观星科考试在即，表少爷须得静心温书。”

桑持玉问：“有我看管，也不行吗？”

嬷嬷朝桑持玉施福礼：“这是老祖宗的命令，桑少爷，请别为难我们这些下仆了。”

桑持玉不是个爱说话的人，更不乐意说废话。

“得罪。”他蓦然拔刀，刀光雪亮，仿佛闪电从黑铁刀鞘中溅射而出。

这是苏如晦第一次看见桑持玉正经出刀，那凛冽的刀光割在眼皮上，简直让人睁不开眼。苏如晦那点不可言说的小心思更蔫巴了，狗尾巴草似的委伏于心尖。他苏如晦皮糙肉厚，却也敌不过桑持玉锋利的刀刃。

而面对这般酷烈的刀，那些嬷嬷和仆婢竟没有后退，在桑持玉拔刀的刹那间拥身而上！

苏如晦没想到，澹台氏决心困他到如此地步，连平日里伺候的老妈子都是秘术者。

这些奴婢的秘术皆是兽化一类，指爪间长出锋利长刺，脸庞也生出狰狞的皮毛。桑持玉眼也不眨，刀光织就光网，恍有雪花纷纷飞落，仆婢个个下饺子似的摔下水廊。道路清空，桑持玉回过头，抓住苏如晦的手腕向前奔跑。一面跑，苏如晦一面放出烟花，联络江雪芽安排的接应人在府外等候。

风声呼呼穿过耳畔，苏如晦望着桑持玉的后脑勺，有些发愣。时间好像在这个时候变慢了，飞花飘过他们的身畔，夕阳在这一刻灿烂无比。

“桑哥，”他忍不住嘴欠，“我们这样子好像逃犯。”

桑持玉拉着他的左手僵了一下，忽然松了手，双手握刀，格住前方一个侍卫的一击。

桑持玉和苏如晦逃府很快传遍整个老宅，苏如晦的外祖母调度府中所有值守的侍卫，赶向书楼的方向。桑持玉恍若锐不可当的刀锋，凶悍无比地切入汹涌的人潮。苏如晦捡起地上的刀，挡住后方的追兵。

纵使有源源不断的侍卫过来截道，也挡不住桑持玉这颗煞星。跨院的角门被死死堵住，桑持玉用力一踹，红漆大门整面倒塌，压住底下哀号的侍卫。桑持玉踩着门出去，跃入蚂蚁似的人海。

苏如晦手脚并用跟上，顺便敲晕一个想从门底爬出来的侍卫。

第一道垂花门，桑持玉一刀斩破。

第二道屏门，桑持玉冲门而出。

第三道大门，桑持玉没硬冲，他踩着墙面三两步跃上墙，然后探身拉住苏如晦的手，把苏如晦拎了上来。爬墙的时候，苏如晦怀里的木雕露出一截小小的头冠。桑持玉瞥见小木雕，问：“这是什么？”

苏如晦莫名心虚，把木头小人按回怀里。

“是暗器！”苏如晦道。

墙外就是大街，苏如晦跳下墙头。江雪芽的接应人已经候在府外，两匹高头大马打着响鼻，马上干粮水囊皆已备好。苏如晦和桑持玉一同翻身上马，直奔城外。

重获自由，苏如晦心情大好。马蹄踏着斜阳，少年鲜衣怒马，正值好春光。

“桑持玉，”苏如晦高声道：“你别讨厌我了行不行？”

桑持玉策马奔行，目不斜视。

“不行。”他道。

苏如晦喋喋不休：“你想想办法呗！”

桑持玉睨了他一眼，清冷的嗓音顺着风若隐若现地传来。

“自己想。”

苏如晦哈哈大笑：“得嘞！”

❄未完待续❄

番外一 澹台净养崽记

苏如晦九个月大时，被贫困的苏观雨背在背上四处流浪，澹台净看不下去，将幼年苏如晦接回了秘宗宫城。侍者将苏如晦放在育儿堂的摇篮里，苏如晦扒着木栏杆，从栏杆缝儿间看见宫室另一边的精铁大笼子。

里面放着棉被窝和瓷脸盆，还有一只熟睡的小猫崽。

一个月后，澹台净忽然想起他好像把苏如晦接进了宫城。他去育儿堂探望，却发现苏如晦在铁笼里，和桑持玉头对头舔着羊奶。

侍者为难地说："小少爷非要钻笼子，不让他钻他就哭。我们拦不住。"

"晦儿。"澹台净唤道。

"喵喵。"苏如晦抬起头回应他。

"出来。"

苏如晦："喵喵喵！"

澹台净蹙眉，问侍者："孤听闻幼儿一岁能言，他为何不会说话？"

桑猫猫舔了舔苏如晦的手心，苏如晦也舔桑猫猫的脑袋瓜。舔了一嘴毛，苏如晦连声呸呸呸。

桑猫猫："喵。"

苏如晦："喵喵喵！喵喵喵！"

"……"侍者流着汗道，"小少爷好像学错了语言。"

澹台净："……"

猫没有变成人，人却成了猫。

澹台净决定把苏如晦送往竺萝山。

正说着，澹台净看见桑猫猫嗅了嗅苏如晦的小屁股，然后背过身，前爪拼命刨地，做了个埋屎的动作。

澹台净问:“它在做什么?”

侍者道:“回大掌宗，小少爷拉裤兜子了，小猫想埋了他。”

说完，侍者发现身侧的大掌宗不见了踪影。回头看，大掌宗已经退到了门外。

澹台净不喜欢小孩，尤其是拉裤兜子的小孩。

桑猫猫不断刨着空气，似乎很疑惑后面这坨“粑粑”怎么还没被埋起来。

“把晦儿收拾干净。”澹台净说。

❄ ❄ ❄

明若无外出行医，告诉澹台净过一个月再把苏如晦送过去，澹台净只好硬着头皮再养一个月的娃。

澹台净每日黄昏去育儿堂探望，今日看见桑猫猫和苏如晦蹲在砂盆里。那砂盆是侍者为桑猫猫备的“茅厕”，桑猫猫极爱干净，从不在砂盆以外的地方解手。

桑猫猫正在苏如晦面前用后脚扑腾砂土。

澹台净问:“它在做什么?”

侍者道:“它在教小少爷埋屎，小少爷总是拉裤兜子，小猫看起来很嫌弃他。”

澹台净:“……”

澹台净觉得不能这么下去了，他命人把两个小家伙清洗干净，熏了香，送到他的书斋。他将一人一猫抱在腿上，铺开宣纸，工整地写下“桑”字，指给他们看并念道:“桑。”

苏如晦:“喵。”

桑猫猫:“喵。”

澹台净耐着性子再次重复:“桑。”

苏如晦:“喵。”

桑猫猫:“喵。”

澹台净开始怀疑苏如晦是个痴儿,而桑猫猫根本不是妖,只是一只普通的小猫。

两个娃娃坐不住，钻到桌子下玩耍去了。澹台净耐心耗尽，起身去取书，苏如晦咬着他曳地的袍裾，桑猫猫学苏如晦，一人一猫撅着屁股被他拖着走。

澹台净听见苏如晦“呀”了一声。

他回头，看见地上少了一只猫，多了个白净的嫩娃娃。那娃娃睁着黑漆漆的大眼睛，低头看自己肉乎乎的小手。

猫变成人了。

苏如晦结结巴巴喊了声："桑……"

原来这小子并非不会说人话，他故意净日喵喵叫。澹台净捏了捏额心。

苏如晦又说："妹妹！"

澹台净纠正他："是弟弟。"

苏如晦："妹妹。"

澹台净："是弟弟。"

苏如晦抱着桑持玉叫唤："妹妹，妹妹！"

澹台净："……"

算了。

番外二 飘鸿归处

边都，宫城。

隆冬时节，边都下起了大雪。天地一片雪白，望向天尽头，分不清天与地的边界。边都鳞次栉比的房屋楼阁都裹上了厚厚的雪被，像孤独矗立的老人家，别有一种萧瑟的气息。

算至今日，苏如晦当街杀人叛出边都已然七年。许多人慢慢淡忘了此事，苦主高家也换了年轻一代人掌理。血仇虽在，仇恨的情绪却已经淡了许多。

大雪总是能埋葬一些东西的。

鹰扬卫一品武官桑持玉从天街上过，一步步登上汉白玉石阶。北辰殿沉重的玄铁大门徐徐洞开，白发的男人坐在幽深的殿中，长明不熄的烛火恍若荧荧星辰，围绕在他的周围。

等候召见的百官纷纷为桑持玉让路，他是边都的煞星，是大掌宗手中最锋利的刀刃，无人敢站在他的路前。他挺拔如松的身影没入北辰殿，阶上那紧绷的气氛才慢慢散去，众人都舒了一口长气。

桑持玉站在九重阶下方，单膝跪地，朝澹台净俯下头颅。澹台净垂下深灰色的眼眸，道："七年了。"

他的话没头没尾，可桑持玉明白他的意思。

"是。"

摩陀衍那跪坐在水池边叹息："那个孩子杀谁不好，偏偏杀高家的孩子。杀一个就罢了，可他偏偏两个一起杀了。若是旁人闯下如此大祸，必然十死无生，谁让他是澹台家唯一的后嗣。澹台家可以力保，但他也逃不脱监禁一生的命运。"

澹台净道："孤为他建了仙人洞。"

摩托衍那淡然微笑，大掌宗固然铁面无私，终究有所偏向。他就知道，当日苏如晦那么顺利地逃离边都，一路窜逃到黑街，少不得大掌宗悄悄放水。

“仙人洞困得住他吗？”摩陀衍那问，“他可是能造出兽傀军，攻下西州白帝城的人。”

澹台净道：“玉儿镇守仙人洞，他脱不得身。”

“仙人洞护得住他吗？”摩陀衍那又问，“高氏必定不遗余力派人来刺杀。”

澹台净依旧是同一个答案：“玉儿镇守仙人洞，无人能伤他。”

摩陀衍那微笑：“大掌宗打算何时把他带回来？”

“下个月，边都出兵攻打白帝城。”

“那么只剩下最后一个问题了，”摩陀衍那问，“谁把他带回来？”

澹台净的目光看向桑持玉。

桑持玉右手按胸，行了个端正的军礼。

“弟子请命，领军攻城。”

黑街，废弃仓库。

这儿原本是用来储存火药的仓库，正好位于极乐坊和惊雷帮领地的边界。两边争斗不休，边界一月一改，这仓库的主人也不断更易，渐渐就废了。此刻两方人马各据半边，中间清出了一块空地摆上长桌。苏如晦坐在长桌的一头，百无聊赖地听对面惊雷帮首领莫雄扯皮。

“上个月你说要和谈，好，你小子有诚意，我给你这个机会！”莫雄拍桌，道，“我们买了你们极乐坊的耕地傀儡三百具，放到雪境去垦荒，定金付了，你看看你们给我们的是什么破铜烂铁？才用了一个月，废了一百多具，你竟然还有脸来问我要尾款！”

“傀儡坏了？”苏如晦笑道，“我瞧瞧，怎么个坏法？”

莫雄拍掌，他的手下人搬来一具罩着白布的巨大傀儡。他们把傀儡放在空地，揭开白布。

莫雄怒喝：“你自己看！”

那是一具巨大的傀儡耕地机，底座安装了在雪地里也如履平地的行动履带，前方并排悬挂了五把楔形犁刀；犁刀用玄铁铸成，强度极大，专门对付雪境那又冷又硬的黑色土地；傀儡头部设置了灵感星阵，可以自己判断耕地方向。现在头部毁了一半，犁刀五缺三，剩下两把刀刃坑坑洼洼，机架塌了半边。整个傀儡机残缺不齐，惨不忍睹，还冒着青烟。

苏如晦摇头笑，他的傀儡机结构精密，外壳坚硬，耕个地搞成这副模样，除非雪境天塌地陷，傀儡机被天外来石砸中。所以结论只有一个，这些惊雷帮的小王八蛋自己拆了他的傀儡机，想要复原傀儡结构图，结果拆了之后无法还原，干脆说傀儡机的质量不行，趁机赖账。

“所以你想怎么样?”苏如晦慢悠悠地问。

莫雄冷笑:“退还定金，这事儿我就不追究。苏如晦，你虽然深受极乐坊老坊主器重，年纪轻轻坐了少坊主的交椅，可是你要是办砸事儿，想必老坊主也不会姑息。”

苏如晦笑了一声，道:“这么说来，莫帮主是不打算给钱了?”

莫雄哼了一声。

苏如晦摸着下巴笑,鼻梁上的单片水晶镜片似有微光。他道:“你们有几分聪明,知道傀儡脑袋里的灵感星阵是傀儡的核心,破坏了星阵,就能破坏它的行动。可惜,你们有没有想过，我这么大个傀儡机，怎么可能只有一个星阵?”

莫雄脸色一变，暗道不好。

苏如晦打了个响指，傀儡机灯笼大的红眼睛登时亮了起来，齿轮转动的声音在傀儡机内部响起，它身上的青烟更剧，仿佛即刻就要爆炸。周围的惊雷帮帮众纷纷抬起火铳，扣动扳机，子窠当当打在傀儡机的外壳，那巨大无匹的傀儡机却分毫无损。傀儡机灯笼似的眼睛里看不出感情，只见它举起犁刀，径直对着莫雄。

苏如晦摘下自己的水晶镜擦了擦，漫不经心地问:“还不还钱哪，莫帮主?”

莫雄脸色惨白，眼睛里却闪过一丝奸险的光。

“苏如晦，你总是觉得自己很聪明。”莫雄咬牙切齿地说,“你有没有想过，今天这场交易，根本就是杀你的局?几具傀儡机而已，值几个钱?你的命，更值钱!”

苏如晦暗道不好，这王八蛋定然是被高家收买了。

莫雄话音刚落，一枚冷光四射的子窠袭来，直逼苏如晦后脑勺。苏如晦听见子窠撕破空气的尖啸，越来越近，无比致命。那一刻时间仿佛放缓，苏如晦觉得自己命不久矣。然而下一刻，子窠擦过他的耳畔，向着他对面的莫雄而去。莫雄还保持着得意的神色，眉心却多了一个血淋淋的洞。

场中一片寂静。

下一刻，惊雷帮帮众凄凉地大喊“为帮主报仇”，极乐坊混混们举起手铳，掀翻长桌。桌子翻转的刹那间，无数子窠洞穿了桌面。

两边开打，仓库中血肉横飞。苏如晦跟着陆瞎子撤退到外头，陆瞎子倒吸一口凉气儿，小声对苏如晦说：“公子，您真高，您怎么猜到莫雄要杀你，还暗中埋伏了好手？”他目测了一下狙击的距离，“啧啧啧，此人能在这么远的位置正中莫雄眉心，您上哪儿找的？”

苏如晦神秘莫测地笑了笑，道：“您就别猜了，这儿的烂摊子留给您收拾。今天之后，惊雷帮的领地归咱们极乐坊管了。”

他挥退护卫的跟随，吊儿郎当地往自己住所去。他住在烟花水袖小巷，离这里半里地远。他哼着曲儿，慢悠悠地走。两边拔地而起的高楼挤得羊肠小路狭窄逼仄，房屋犹如积木一般层叠而上，上面挂满了涂了荧光颜料的招牌，个个五颜六色，在黄昏里散发独特的旖旎光芒。

他一面走，一面有人从楼上掉下来，噼里啪啦摔在他前后两侧。这些人个个黑衣蒙面，手里拿着狙击火铳，但现在他们要么颈间多了道狭长的刀痕，要么胸口被火铳轰出了一个大洞。苏如晦看了看这些人佩的刀，俱是高氏的纹样。

花了七年多渗透黑街，就为了取他的命。苏如晦长叹一声，大摇大摆继续往前走。

周围人惊疑不定地看着苏如晦，实在不明白为何他走到哪儿，哪儿就下起尸雨。

有个小孩儿鼓起勇气问：“苏哥，您是阎王吗？”

苏如晦笑眯眯地说：“我可不是阎王，上面那个才是。”

他到了家，烟花水袖小巷白天冷清，晚上才热闹。斜阳落在两座楼的中央，小巷空旷无人，漆黑的路面铺上了霞光。他在自己家门前看见一个熟悉的身影，坚硬挺拔，清冷如松。

那人就站在夕阳下，冷白的侧脸镀上金辉。苏如晦闻到他身上浓郁的血腥味，他浑身沐血，却都不是他的血。

苏如晦就知道是这家伙，放眼天下，还有谁有这般的身手？

桑持玉杀了那个埋伏在仓库外试图狙杀苏如晦的刺客，用杀手的狙击火铳杀了莫雄，又一路帮苏如晦解决了沿途的刺客，所以苏如晦所过之处，尸堆如山。

“好久不见，桑哥。”苏如晦冲他亮起灿烂的笑容，“你还是这么俊，成亲了没啊？”

桑持玉道：“黑街很危险，你不该待在那里。”

“高氏突然这么下血本，难道阿舅要我回去了？”苏如晦问。

“不错，”桑持玉道，“你回到边都，他们将再无刺杀你的机会。”

“可按你的性子，应该杀我，而不是救我。我可是个窜逃的杀人犯，你不应该拿我归案，以命偿命吗？”苏如晦摸着下巴打量他，“七年多不见，难道你转性了？”

“师父要活着的你。”桑持玉淡淡答。

苏如晦长叹一口气：“我以为凭借我的人格魅力能让你心软，没想到最后还是靠阿舅的命令。桑哥，你实话告诉我，你看着如此英俊潇洒的我，有没有一丝一毫心软过？”

他笑嘻嘻，心里却藏着不可言说的期望。

桑持玉，你不可能始终这么讨厌我吧？明明小时候是那么要好的朋友，现在怎么就变成敌人了呢？苏如晦还记得，小时候玉儿管他叫如晦哥哥。

桑持玉冷冰冰看着他，漆黑的眸子里看不出表情。

“没有。”他说。

苏如晦很失望。他来气了，说：“我死都不回去。”

❄ ❄ ❄

元月，大雪天，桑持玉兵临白帝城下。

大军到了白帝城下，所有人都露出恐惧的眼神。白帝城完全被苏如晦改造了，漆黑的钢铁城墙几可摩天，站在底下有深深的压迫感。城墙的每块铁砖都会移动，底下都有可能扑出一只眼冒青光的兽傀来；机关火铳无差别扫射，每个靠近城墙的人瞬间就会被射成筛子。桑持玉下令围城，调来二十余名囚笼秘术者，共同织成巨牢困住白帝城，城中便无法使用挪移星阵补充粮草。如此半月有余，城中依然没有投降的迹象。苏如晦天生聪颖，大概早已备好粮草守城。

秘宗大军却要支撑不住了，天气太冷，许多兵士都耐不住严寒，纷纷病倒。将领本想伐木取火，谁知白帝城下不知何时成了一片荒原，到处都是秃树桩。桑持玉此时才明白，苏如晦早就把白帝城外的树木砍伐殆尽，就是要他们无法生火取暖。

“大人，我们该如何是好？”军帐中，众将领皆忧心忡忡，“苏如晦太过奸诈，又熟悉此地风土，借大雪逼我们退兵。难道我们就这么退回边都？”

桑持玉脸色沉静，问：“地道挖得如何？”

一个将领拱手禀告：“已经挖通了。只不过时间太紧，这地道挖得窄，根本无法容大军通过。”

“无妨，午夜时分我带一队敢死先锋入城，届时听我传讯，里应外合开启城门。”

众将士俱俯首，喝道：“得令！”

午夜，月光覆在雪上，粼粼闪着水波一样的光。桑持玉轻装简行，一身漆黑，带着二十余人通过地道。地道直达白帝城城中，大伙儿衔枚疾走，幽魂似的潜进了白帝城。桑持玉从地道口出来，踏上石砌的街道。道路两旁是石头房屋，却都寂寂无人，街上连只鸡鸭野狗都没有。

“人呢？”副官低声问。

桑持玉摇头，道：“开天眼，搜寻城门机关所在。”

一个天眼秘术者奉命发动秘术，看了半晌，懵然道：“没看见城门星阵。早前围城而走，不曾发现城门，还以为它同那些机关火铳似的藏在城墙内部，由星阵控制，可我如今从城内细细观看，连道口子都未曾发现。”天眼秘术者顿了顿，“还有一件事……”

“何必吞吞吐吐？快说。”副官催促他。

他道：“城内无人。没有黑街流氓，更无流民百姓。”

桑持玉脸色凝重。

“大人，这是怎么回事？”

“他把白帝城建成了一座牢笼。”桑持玉低声道，“画地为牢，没有他的允许，无人能进，无人能从他手中夺走白帝城。”

众人皆知桑持玉口中的“他”是谁，是那举世无双的叛世天才——苏如晦。

桑持玉的话音刚落，漆黑的街道两旁忽然次第亮起了融融的灯火。若从空中俯瞰，这两道金灯便如同女人袖上的大镶大滚。许多穿着大袖长衣的女人挑着灯笼从屋子里出来，这些女人一个个云鬓花颜，浓妆艳抹，肌肤如玉，在灯下光泽熠熠。

几个兵士看得眼都直了，那副官却心生警惕，问：“不是说没有人吗？”

天眼秘术者道：“奇怪，我刚刚并未看到她们。”

一个谛听秘术者也道：“我方才也未听见她们的呼吸。”

副官惊诧道：“为何？”

桑持玉道:“因为她们不是人，是他的肉傀儡。”

女人们挑灯站在路中心，领头的那个微笑着道:“桑大人，公子请您喝一杯酒。其余大人围城辛苦，雪天夜冷，请随我的姐妹去暖暖身子吧。”

众兵士面面相觑，都不敢动。

桑持玉道:“你们回去。”

“不可!”副官道,“大人岂可单刀赴宴？说不定是陷阱。”

“他敢一个人守一座城,”桑持玉望着城中心的方向，声音如风般缥缈,“我又为何不敢独自去见他?”

“大人!”

他们拦不住，桑持玉接过女人手里的花灯。沿途次第亮起的灯火指引方向，女人们没有跟随，同其他兵士一起望着他没入夜色和风雪的背影。

桑持玉踩着冰冷的石阶，穿过幽深的小巷，萤火似的夜灯照亮他脚下的路，雪风里传来缥缈的琴声。他一步一步靠近那琴声，去往城中央。

白帝城中心是红阁水榭，水早已冻成冰，荷花也枯萎多时。桑持玉停在水榭外，指引他来的灯火已经熄灭，整座城中只余这座水榭亮着灯笼。歌姬在抚琴，肌肤上剔透的冷光昭示她非人的身份。苏如晦一身狐裘，拥着暖炉坐在水榭中煮酒。桑持玉提着灯走进水榭，在他对面席地而坐。

“怎么样，我建的这座城是不是让你大开眼界?”苏如晦笑问。

桑持玉闭了闭眼，的确如此，进来的第一刻，他便知道他们攻不下这座城。白帝城是苏如晦的囚牢，遍地是机关，遍地是傀儡，即使他们越过城墙到了里面，也会被城内的机关杀死。

苏如晦把瓷杯放在桑持玉跟前，桑持玉没动。

“不是酒，知道你不喝酒，是茶。”苏如晦说。

桑持玉依旧不饮，只问:“为何不归?”

“为何要归？我在黑街待得挺好。”苏如晦撑着下巴说,“回去了阿舅免不得监禁我，我岂不是要当一辈子的囚徒?”

“不会是一辈子，至多三年。”桑持玉道。

“我阿舅说的?”苏如晦有些惊讶,“不是他的性子啊。”

桑持玉目光淡然:“我说的。”

苏如晦一怔。

桑持玉继续道:“我为你设法，信我。”

苏如晦盯着他漆黑的眼看了片刻，摇头道:“现如今我在黑街如鱼得水，逍遥自在，谁也管不了我，岂不比在边都自在？倒是你，桑持玉，你为何非要我回去？

桑持玉不语。他的沉默像寂寂飞雪，有种枯冷的味道。他抬手，饮了一口苏如晦的茶。

“你还没回答我呢？为什么非要我回去？”苏如晦追问。

桑持玉放下茶，说:“太苦。”

“什么？”苏如晦有些疑惑，他这茶乃是上等的君山银针，花了他好多钱，怎么会苦呢？

桑持玉起身，挑着灯走上水桥。

风雪中他回眸，目光如雪般清冷:“明日，我会退兵。”

“谢了。”苏如晦笑着摇摇手。

“苏如晦。”他忽然唤。

“怎么？”

他沉默一瞬，垂下眼眸，道:“没什么。我们大概不会再见了。”

苏如晦刚想说的俏皮话滞在了喉间。的确，他在黑街，他在秘宗，此生除非自己死了，他来墓前凭吊，他们很难再见面了。等苏如晦回过神来时，桑持玉已经走进了茫茫大雪。他的背影那样料峭孤单，好似下一刻就会被飞雪掩埋。苏如晦执起他尚未喝完的茶，也抿了一口。

“确实有点苦啊。”苏如晦觉得自己被奸商骗了。

他忽然站起身，跨过小案，赤着脚跑了出去。他一路追出了水榭，遥遥可见桑持玉那一点孤灯。他大喊:“桑哥，这不会是我们的最后一面。我死之前，一定再去看你。我苏如晦说到做到!”

那星子般的孤灯停了停。

“等我啊!”苏如晦用力扬手。

下一刻，灯火没进了风雪，苏如晦也不知道桑持玉到底听见没，脚丫子冻得要断了，他又蹦又跳。

“等着我啊！桑哥!”

图书在版编目（CIP）数据

如见雪来 / 杨溯著. — 天津 : 百花文艺出版社,
2023.8

ISBN 978-7-5306-8584-6

Ⅰ. ①如… Ⅱ. ①杨… Ⅲ. ①长篇小说－中国－当代
Ⅳ. ①I247.5

中国国家版本馆CIP数据核字(2023)第137748号

如见雪来

RU JIAN XUE LAI

杨溯 著

出 版 人: 薛印胜
责任编辑: 宋春悦
出版发行: 百花文艺出版社
地　　址: 天津市和平区西康路35号　**邮编:** 300051
电话传真: +86-22-23332651 (发行部)
+86-22-23332656 (总编室)
+86-22-23332478 (邮购部)
网　　址: http://www.baihuawenyi.com
印　　刷: 恒美印务（广州）有限公司
开　　本: 685毫米 × 980毫米　1/16
字　　数: 327千
印　　张: 18.25
版　　次: 2023年8月第1版
印　　次: 2023年8月第1次印刷
定　　价: 49.80元

本书如有印装质量问题，请与广州天闻角川动漫有限公司联系调换。
联系地址：中国广州市黄埔大道中309号 羊城创意产业园3-07C
电话：（020）38031253 传真：（020）38031252
官方网址：http://www.gztwkadokawa.com/
广州天闻角川动漫有限公司常年法律顾问：北京市盈科（广州）律师事务所